MICHAEL CRICHTON

EXTRÊME URGENCE

TITRE ORIGINAL

A CASE OF NEED

Traduit de l'américain
par *Gérard Colson*

© Jeffery Hudson, 1968.
© Marabout, pour la traduction française, 1973.
© Pocket, 1995, pour la présente édition.

ISBN 2-266-06319-7

Michael Crichton est né en 1942 à Chicago. Étudiant en médecine à l'université de Harvard, il en sort diplômé en 1969.

Pour financer ses études, il écrit des romans (sous différents pseudonymes) : son premier best-seller, *Extrême urgence* (1968), remarqué par Stephen King, est encensé par la critique et reçoit le prix Edgar du meilleur roman policier. L'année suivante, il publie *La variété Andromède*, qui connaît un succès immédiat, et il en vend les droits d'adaptation à Hollywood. Il décide alors de se consacrer à l'écriture, et commence parallèlement une carrière cinématographique, en réalisant des films pour la télévision.

Michael Crichton est l'auteur de plus de vingt romans, tous très spécialisés dans des domaines scientifiques (médecine, informatique, économie, paléontologie...). En tant que scénariste, réalisateur ou producteur, il a une vingtaine de films à son actif, dont *Mondwest* (1973), *L'homme terminal* (1974), *Soleil levant* (1993), *Jurassic Park* (1993), *Harcèlement* (1995), *Twister* (1996), ainsi que la série médicale *Urgences* (1994).

EXTRÊME URGENCE

CE LIVRE A PRÉCÉDEMMENT ÉTÉ PUBLIÉ,
EN 1973, AUX ÉDITIONS MARABOUT,
SOUS LE PSEUDONYME DE JEFFERY HUDSON
ET SOUS LE TITRE :
ENQUÊTE SUR UN CAS D'AVORTEMENT CRIMINEL

DU MÊME AUTEUR
CHEZ POCKET

PRÉFACE

J'ai écrit *Extrême Urgence* en 1967. J'entamais alors ma deuxième année de médecine à l'université de Harvard. Je payais mes études en écrivant des thrillers, publiés sous un pseudonyme, dans une collection de poche. En règle générale, j'accumulais des dettes jusqu'aux vacances. Lorsque ces dernières arrivaient, je m'asseyais devant mon bureau, repoussais mes livres et cahiers de cours, et me plongeais dans l'écriture, à raison de dix-huit heures quotidiennes. Je produisais, en moyenne, vingt-cinq pages dactylographiées par jour. A la fin des vacances, j'envoyais le manuscrit enfin achevé à mon éditeur, installé à New York, en espérant qu'il l'accepterait tel quel, sans demander de corrections. Ce dernier point était d'une importance vitale. La reprise des cours, le lendemain de l'envoi, ne me laissait plus le temps de changer quoi que ce soit au premier jet.

C'était une manière un peu excessive et désespérée de travailler, mais, malgré tout, je suis heureux d'avoir commencé ma carrière de cette façon. Cela m'a évité de tomber dans les affres et les angoisses de la création, contrairement à bon nombre d'écrivains débutants.

Je n'avais pas le temps de me demander si ce que j'écrivais m'était vraiment spécifique, ni de me poser de questions sur l'Art. Toutes ces inquiétudes traditionnelles qui agitent les auteurs, sur la qualité ou l'originalité de leur œuvre étaient sans fondement pour moi. Mon but avoué était d'écrire, sous pseudonyme, et le plus rapidement possible, un ouvrage si parfaitement adapté au marché du livre de poche, si dénué d'originalité, que mes éditeurs l'achèteraient sans hésitation aucune.

La mode était alors aux romans d'espionnage sur fond de guerre froide, à la façon de Ian Fleming. Mes livres étaient tous des variations sur ce même thème. Dans mes romans, les femmes étaient toutes des créatures magnifiques, les hommes conduisaient toujours des Ferrari, et presque tous mes personnages portaient une arme. Je pris beaucoup de plaisir à écrire ces livres, en partie parce qu'ils n'avaient strictement rien à voir avec mon quotidien, plus terne, d'étudiant en médecine. Néanmoins, ma façon de travailler et la nécessité de produire de nouvelles histoires me conduisirent inévitablement à écrire un roman sur un sujet ayant trait à la médecine. Les avantages étaient évidents. Je n'avais aucune recherche à faire, et je pouvais m'inspirer d'un nombre important d'expériences personnelles. Certaines questions, à l'époque, concernant mon futur métier, me troublaient beaucoup, et j'avais souvent de ces accès d'indignation morale si caractéristiques de la jeunesse.

Il faut dire que la médecine qui se pratiquait aux États-Unis, dans les années 60, était très différente de celle d'aujourd'hui. A cette époque, Medicare[1] n'assurait pas la prospérité des médecins, et ces derniers ne faisaient pas l'objet d'innombrables procès. La prolifération des centres médicaux ne les avait pas encore rendus interchangeables, et la multiplication des laboratoires ne les avait pas transformés en technocrates. On exerçait alors la médecine par vocation. C'était une activité aussi respectée que celle de magistrat de la Cour suprême de Justice.

Mais, et ce n'est guère surprenant, il y avait un revers de la médaille. Et de taille. Dans les années 60, la médecine ne se posait aucune question sur elle-même. Les erreurs de diagnostic ou de traitement, les abus faisaient rarement l'objet d'enquêtes. Toutes ces questions morales, concernant la pratique de cette profession, qui se posent avec tant d'acuité de nos jours, étaient à peine esquissées dans ces années-là.

1. Assurance médicale d'état.

L'avortement faisait partie de ces choses qui semblaient aller de soi, à cette époque. L'interruption volontaire de grossesse était un acte illégal dans la majeure partie des États-Unis. Chaque année, environ un million d'Américaines s'envolaient pour avorter à l'étranger. Quant à celles qui ne pouvaient se payer le prix du billet d'avion, on les voyait arriver dans les urgences des hôpitaux, déjà atteintes de septicémie, et souffrant d'hémorragie. Il y avait dans chaque ville des médecins qui pratiquaient clandestinement des avortements, leurs noms étaient murmurés à des femmes effrayées, pressées par l'urgence. Mais toute la profession feignait d'ignorer cette activité aussi dangereuse que lucrative.

Un jour, révolté par cette situation de fait, j'osai interroger l'un de mes professeurs sur la question. Je lui demandai pourquoi la médecine refusait de réagir face à ce problème.

— L'avortement est illégal, me répondit-il.

— Je sais, lui dis-je, mais ce qui se passe actuellement est non seulement dangereux, mais injuste.

— C'est illégal, répéta-t-il, comme si c'était tout ce qu'il y avait à dire sur le sujet.

Comme j'étais fermement convaincu du contraire, je décidai d'écrire un roman dans lequel je pourrais exprimer toutes mes inquiétudes. J'écrivis *Extrême Urgence*, en dix jours, profitant des vacances de printemps. Je l'envoyai à mon éditeur, comme d'habitude, mais je reçus en réponse ce coup de fil que je craignais depuis si longtemps.

— C'est très bon, me dit mon éditeur, mais il faudrait revoir certaines choses.

— Oh non ! gémis-je.

— Ce n'est pas ce que vous croyez, me dit-il, nous voulons éditer votre roman en grand format, certaines corrections sont donc nécessaires.

— Non, répondis-je, je ne change rien, et vous le publiez en poche, comme on a toujours fait.

Il y eut un silence perplexe à l'autre bout du fil.

— Je ne comprends pas, reprit-il, en général, nos auteurs insistent pour que leurs livres soient publiés en grand format.

— Pas moi. Je ne veux pas, et ne peux pas faire de remaniements. Mes cours vont reprendre, je n'ai pas le temps.

Il finit tout de même par me convaincre. Je révisai mon manuscrit pendant l'été, et *A case of Need* fut publié l'année suivante, en 1968. Il n'y avait pas de photo au dos du livre, et l'auteur, Jeffery Hudson, était présenté comme un chercheur américain né à Boston, qui vivait actuellement à Londres, et écrivait sous pseudonyme. J'avais jugé sage d'éloigner tous les journalistes potentiels en me mettant ainsi hors de leur portée.

Le livre provoqua quelques remous dans le milieu médical de Boston. Tous les étudiants le lisaient en se demandant qui pouvait bien être cet Hudson qui connaissait si bien la Fac de médecine...

Je me mêlai aux conversations en faisant semblant d'être aussi intrigué qu'eux.

Mais je ne voulais surtout pas que la vérité soit découverte. La médecine était une affaire sérieuse, et un étudiant, auteur de thrillers, se serait vu immédiatement discrédité.

Vous imaginez donc mon angoisse quand j'appris, quelques mois plus tard, que le livre avait été nominé au prix des *Mystery Writers of America*, pour l'Edgar[1] du meilleur roman policier de l'année. Mon agent, Lynn Nesbit, me téléphona pour me prévenir qu'un banquet était organisé à New York, et que je devrais m'y rendre pour recevoir le prix, si je gagnais. Cette perspective, qui m'obligeait à dévoiler mon identité, me terrifiait. Mais je me rassurai, en me disant que, de toute façon, il était impossible que je gagne le prix.

Le sort en décida autrement. Tard, un vendredi après-midi, je quittai donc discrètement l'hôpital, et m'envolai pour New York afin de recevoir ma récompense. J'étais ravi d'avoir obtenu un Edgar, mais mon discours de remerciement fut bref. Je ne voulais pas être photographié, chaque flash me remplissait de terreur. Je passai les semaines suivantes dans un état de stupeur paniquée, craignant que mes professeurs de Boston n'aient vent de cet événement.

Mais il n'en fut rien. Je parvins à garder mon identité

---

1. Prix décerné par l'Association des auteurs de romans policiers.

secrète, même quand les droits cinématographiques furent vendus à une maison de production. En même temps, je ne pouvais plus me cacher la vérité. La reconnaissance, le succès que je venais d'obtenir en tant qu'écrivain firent que j'envisageai sérieusement d'abandonner la médecine, une fois obtenu mon diplôme de fin d'année. Et c'est exactement ce qui se produisit.

J'ai donc, rétrospectivement, une tendresse toute particulière pour ce petit livre, malgré ses défauts évidents. *Extrême Urgence* est l'œuvre d'un jeune écrivain de vingt-quatre ans, écrite dans l'enthousiasme et... l'urgence. Je supplie donc le lecteur de se montrer indulgent envers ce roman qui parut il y a un quart de siècle.

Michael CRICHTON
Los Angeles, le 12 octobre 1993.

LUNDI

10 OCTOBRE

I

Tous les chirurgiens du cœur sont des salauds. et Conway ne fait pas exception à la règle. A huit heures trente, ce matin-là, il entra en coup de vent dans le labo d'anatomie pathologique, encore vêtu de sa blouse verte et coiffé de son bonnet de chirurgien ; il était fou de rage et quand Conway est furieux, il serre les dents et parle d'une voix blanche et monotone. Son visage tourne au rouge vif et des taches pourpres apparaissent sur ses tempes.

— Crétins ! siffla Conway, damnés crétins !

Il frappa du poing sur le mur et les flacons cliquetèrent dans les armoires.

Tous, nous savions ce qui se passait. Conway fait deux opérations à cœur ouvert par jour, la première à six heures trente du matin. Quand il se montre au labo d'anatomie pathologique deux heures plus tard, il n'y a qu'une raison possible.

— Ce salaud qui ne sait rien faire de ses dix doigts ! D'un coup de talon, Conway renversa une corbeille à papier qui roula bruyamment sur le sol. Je lui casserai la gueule, sa sale gueule d'imbécile ! vociféra-t-il.

Il grimaçait et levait les yeux vers le plafond comme s'il prenait Dieu à témoin. Dieu, comme nous tous, avait déjà entendu la scène, les mêmes grossièretés, la même rage, les mêmes dents serrées, les mêmes coups de poing. Conway était fidèle à son personnage, comme le héros d'un film que l'on visionne pour la seconde fois.

Parfois, sa colère tombait sur l'homme des poumons,

9

parfois sur les infirmières, parfois sur les techniciens du cœur artificiel. Mais, chose étrange, il ne s'en prenait jamais à lui-même.

— Même si je vis cent ans, sifflait-il entre ses dents, même si je vis cent ans, je ne trouverai jamais un anesthésiste convenable. Jamais. Ça n'existe pas. Tous des salauds, tous des idiots de merde !

Nous échangeâmes un regard : cette fois, c'était Herbie. Environ quatre fois par an, l'orage s'abattait sur Herbie. Le reste du temps, Conway et lui étaient d'excellents amis. Conway le portait aux nues, l'appelait le meilleur anesthésiste du pays, meilleur que Sonderick au Brigham, meilleur que Lewiq à Mayo, meilleur que n'importe qui.

Mais quatre fois par an, Herbert Landsman était tenu pour responsable de ce qu'on appelle en jargon chirurgical une MST — mort sur table. En chirurgie du cœur, cela arrivait assez souvent : quinze pour cent de décès pour la plupart des chirurgiens, huit pour cent pour un as comme Conway.

Parce que Frank Conway était un « patron », parce qu'il était un « huit pour cent », un homme à la main heureuse, un homme qui avait la touche du génie, on lui pardonnait ses crises de rage destructrice. Un jour, au labo, il avait brisé d'un coup de pied un microscope et causé pour cent dollars de dégâts. Personne n'avait cillé, parce que Conway était un « huit pour cent ».

Bien sûr, certains jasaient à Boston sur la façon dont Conway maintenait si bas ce pourcentage que les chirurgiens appellent entre eux le « taux de mortalité ». D'après eux, Conway faisait tout pour éviter les cas susceptibles de présenter des complications. D'après eux, Conway prenait la fuite dès qu'il s'agissait d'opérer un vieillard. D'après eux, Conway n'innovait jamais, ne risquait jamais une méthode opératoire encore mal connue. Ces allégations étaient, bien sûr, tout à fait mensongères. Conway gardait son « taux de mortalité » dans les limites de huit pour cent parce que Conway était un merveilleux chirurgien. C'était aussi simple que cela.

Qu'il fût également un homme très malheureux n'entrait pas en ligne de compte.

— Sale crétin puant, grogna Conway, en jetant un regard furieux tout autour de la salle. Qui est-ce qui commande aujourd'hui ?

— Moi, dis-je. Parmi les adjoints du labo de pathologie, j'étais responsable ce jour-là. Tout devait passer par mes mains. Vous voulez une section ?

— Ouais. Merde de merde !

— Quand ?

— Ce soir.

C'était une habitude chez Conway. Il pratiquait toujours l'autopsie de ses morts le soir même et souvent, elle se poursuivait très tard dans la nuit. C'était comme si Conway voulait se punir lui-même. Jamais il n'admettait la présence d'un témoin à ces autopsies ; ses propres internes trouvaient porte close dans ces cas-là. Certains prétendaient qu'il travaillait en pleurant. D'autres affirmaient qu'il riait tout bas. Le fait est que personne n'en savait rien. Sauf Conway.

— Je préviendrai le bureau, dis-je. Ils vous réserveront une boîte.

— Ouais. Merde pour le bureau ! A nouveau, il se mit à marteler la table de son poing. Quatre enfants, c'était une mère de quatre enfants !

— Je dirai au bureau de tout arranger.

— Arrêt du cœur avant même que nous n'arrivions au ventricule. Aussi sec ! Nous avons massé pendant trente-cinq minutes, mais il ne s'est rien passé. Rien.

— Quel est le nom ? demandai-je. Le bureau avait besoin du nom.

— McPherson, dit Conway. Mrs. McPherson.

Il était prêt à partir, mais s'arrêta devant la porte. Il parut flancher soudain, son corps s'affaissa, ses épaules se voûtèrent.

— Bon Dieu, dit-il, une mère de quatre enfants ! Qu'est-ce que je vais bien pouvoir raconter au mari ?

Conway leva les mains, paumes à l'intérieur, dans un geste de chirurgien, et jeta sur ses doigts un regard accusateur, comme s'ils l'avaient trahi. Je suppose que c'était le cas, d'une certaine façon.

— Bon Dieu, dit Conway, j'aurais dû me faire dermato-

11

logue. Personne ne meurt entre les mains d'un dermatologue.

Puis il ouvrit la porte d'un coup de pied et quitta le labo.

Lorsque nous fûmes seuls, un des résidents de première année, tout pâle, vint me demander :

— Il est toujours comme ça ?

— Oui, répondis-je. Toujours.

Je lui tournai le dos et me mis à regarder par la fenêtre ; c'était l'heure de pointe, les voitures pare-chocs contre pare-chocs, progressaient au pas d'homme dans le crachin d'octobre. Sympathiser avec Conway m'eût semblé plus facile si je n'avais su qu'il se jouait cette comédie à lui-même, que cet éclat de colère était une sorte de défoulement rituel, répété chaque fois qu'il perdait un patient. Je crois que Conway en avait besoin mais, au laboratoire, nous souhaitions presque tous qu'il imitât plutôt Delong, de Dallas, qui se plongeait dans des mots croisés en français, ou Archer, de Chicago, qui allait se faire couper les cheveux chaque fois qu'il perdait un malade.

Non seulement Conway venait souffler la tempête au labo, mais il nous retardait dans notre travail. Le matin était particulièrement mal choisi parce que c'est à ce moment que nous devions traiter les échantillons venant de chirurgie et que ceux-ci se succédaient à un rythme que nous avions toutes les peines du monde à suivre.

Je tournai le dos à la fenêtre et pris l'échantillon suivant. Nous avons au labo une technique qui nous permet de travailler à grande vitesse : debout devant les bancs qui leur arrivent à hauteur de la taille, les médecins biologistes examinent les biopsies. Devant chacun de nous se trouve un microphone actionné par une pédale. Ce dispositif laisse les mains libres ; dès qu'on a quelque chose à dire, on pousse sur la pédale et on parle dans le micro, les commentaires sont ainsi enregistrés sur bande. Les secrétaires les dactylographient ensuite pour les joindre au dossier du malade.

Depuis une semaine, j'essayais de renoncer au tabac et l'échantillon que j'avais sous les yeux me fut d'un grand secours : c'était un grumeau blanchâtre inclus dans un fragment de poumon. L'étiquette rose attachée à l'échantillon donnait le nom du malade qui se trouvait maintenant sur le billard, la poitrine ouverte. Les chirurgiens attendaient le résultat de la biopsie avant de poursuivre l'opération. S'il s'agissait d'une tumeur bénigne, ils se contenteraient d'enlever un lobe du poumon. Dans le cas d'une tumeur maligne, ils enlèveraient tout le poumon avec ses ganglions lymphatiques.

J'appuyai sur la pédale.

— Patient AO — quatre - cinq - deux - trois - trois - six. Joseph Magnuson. L'échantillon est une fragment du lobe supérieur du poumon droit, mesurant — j'ôtai le pied de la pédale et pris les mesures — cinquante millimètres sur soixante-quinze millimètres. De couleur rose pâle, le tissu pulmonaire est crépitant. La surface pleurale est lisse et brillante, sans marque évidente de fibrose ou d'adhérences. On remarque une certaine hémorragie. A l'intérieur du parenchyme, on trouve une masse irrégulière, de couleur blanchâtre mesurant…

Je mesurai le grumeau.

— Approximativement vingt millimètres de diamètre. A la surface du fragment, cette masse est blanchâtre et dure. Aucune capsule fibreuse apparente, une certaine rétraction des tissus avoisinants. Impression générale… cancer du poumon, probabilité de malignité, origine métastatique possible. Point final. Signé John Berry.

Je coupai une lame du grumeau blanc et congelai rapidement le fragment. La seule façon de s'assurer si la tumeur était bénigne ou maligne, c'était de l'examiner au microscope. La congélation rapide du tissu permettait de préparer extemporanément une coupe fine. Normalement, pour préparer l'examen microscopique d'une coupe, il faut plonger l'échantillon dans six ou sept bains successifs, ce qui prend au moins six heures, parfois même des jours entiers. Les chirurgiens n'ont pas le temps d'attendre.

Une fois le tissu durci par la congélation, j'en prélevai une tranche au microtome, la colorai et la plaçai sous le microscope. Je n'eus même pas à employer toutes les ressources de l'instrument ; sous l'objectif à faible puissance, je voyais nettement le fin réseau du tissu pulmonaire aggloméré en délicats sacs alvéolaires pour assurer les échanges

13

gazeux entre l'air et le sang. La masse blanche prenait un nouvel aspect.

J'appuyai sur la pédale.

— Examen microscopique, coupe congelée. La masse blanchâtre est composée de cellules parenchymateuses non différenciées qui ont envahi les tissus normaux environnants. Les cellules montrent de nombreux noyaux hyperchromes irréguliers et un grand nombre de mitoses. Quelques cellules géantes plurinucléées. Pas de capsule clairement définie. Impression : tumeur maligne primitive du poumon. Notez le degré élevé d'anthracose dans les tissus environnants.

L'anthracose est l'accumulation de particules de carbone dans le poumon. Quand on se met à inhaler du carbone, sous la forme de fumée de cigarettes, ou à cause de la pollution atmosphérique, le corps ne s'en débarrasse jamais plus. Le carbone reste dans les poumons, quoi qu'on fasse.

Le téléphone sonna rageusement. Je savais qui m'appelait : c'était Scanlon, à la salle d'op, qui faisait dans ses culottes parce que nous ne lui avions pas donné la réponse en trente secondes pile. Scanlon est comme tous les chirurgiens. Il n'est heureux que le scalpel à la main. Il a horreur de devoir attendre le résultat de la biopsie et de rester les bras croisés devant le grand trou qu'il vient de découper dans la poitrine du gars couché sur le billard. Quand il a prélevé le fragment et l'a jeté dans une petite cuvette d'acier, un infirmier doit courir de l'aile réservée à la chirurgie jusqu'au labo avant que nous puissions jeter un premier coup d'œil à l'échantillon ; mais ce sont là des détails dont Scanlon ne tient aucun compte. Et il oublie aussi que l'hôpital compte onze autres salles d'opération qui toutes fonctionnent à plein rendement entre sept et onze heures du matin. A ces heures-là, notre labo a quatre résidents et médecins pathologistes au travail, mais ce déploiement d'effectifs n'empêche pas les biopsies de s'accumuler. Nous ne pourrions rien faire d'autre, il nous est impossible d'aller plus vite — à moins que les chirurgiens ne veuillent courir le risque d'une erreur de diagnostic du labo.

Et ils n'en ont aucune envie. Ils cherchent simplement à vous casser les pieds, comme Conway. Ça les occupe, ça les distrait. D'ailleurs, tous les chirurgiens souffrent d'un complexe de persécution. Demandez aux psychiatres.

En me dirigeant vers le téléphone, j'ôtai un de mes gants de caoutchouc. Ma main transpirait, je l'essuyai sur le fond de mon pantalon avant de saisir le combiné. Nous prenons beaucoup de précautions en ce qui concerne le téléphone mais, pour plus de sûreté, on le nettoie à l'alcool et à la formaline chaque mois.

— Berry à l'appareil.

— Berry, qu'est-ce que vous foutez là-haut ?

Après l'épisode Conway, j'avais bien envie de lui répliquer vertement. Mais je m'abstins et dis, sans plus :

— Vous avez un néo sur les bras.

— Je m'en doutais ! dit Scanlon, comme si toute l'ana-patho du monde n'était qu'une pure perte de temps.

— Ouais, dis-je, et je raccrochai.

J'avais furieusement envie d'une cigarette. Je n'en avais fumé qu'une au petit déjeuner et d'ordinaire, j'en fume deux.

En retournant à ma table, je vis que trois échantillons m'y attendaient déjà ; un rein, une vésicule et un appendice. Je commençais à remettre mon gant lorsque l'interphone se mit à cliqueter.

— Docteur Berry ?

— Oui.

C'est un interphone à grande puissance. Vous pouvez parler d'une voix normale, n'importe où dans la pièce, et la fille du standard vous entend bien. On a monté le micro très haut, près du plafond, parce que les nouveaux internes qui ne savent pas à quel point l'appareil est sensible, s'y précipitent après chaque examen et crient à pleins poumons, au risque de percer les tympans de la pauvre fille à l'autre bout de la ligne.

— Docteur Berry, c'est votre femme.

Je pris un temps. Judith et moi, nous avons conclu un accord : pas d'appels le matin. Je suis toujours débordé de sept à onze heures, six matinées par semaine, parfois sept lorsqu'un membre du service tombe malade. D'ordinaire, Judith comprend très bien cette situation. Elle n'a même pas appelé le jour où Johnny a foncé avec son tricycle dans le train arrière d'un camion, ce qui lui a valu quinze points de suture au front.

— Très bien, dis-je, passez-moi la communication. Je baissai les yeux sur ma main. Le gant était à moitié mis. Je l'arrachai d'un coup et retournai au téléphone. Allô ?

— John ?

Sa voix tremblait. Depuis des années, je ne lui avais pas entendu une voix pareille. Plus depuis la mort de son père.

— Qu'est-ce qui se passe ?

— John, Arthur Lee vient de m'appeler au téléphone.

Art Lee est un de nos amis, un obstétricien, il était témoin à notre mariage.

— Un problème ?

— Il voulait te parler. Il a des ennuis.

— Quel genre d'ennuis ? Tout en parlant, je fis signe à un interne de prendre ma place à la table. Pas question d'interrompre l'examen des échantillons, fût-ce deux minutes.

— Je l'ignore, dit Judith, mais Art est en prison.

Tout d'abord, je pensai qu'il s'agissait d'une erreur.

— Tu en es sûre ?

— Oui. Il vient d'appeler à l'instant. John, est-ce que c'est à propos de… ?

— Je n'en ai pas la moindre idée, dis-je. Je n'en sais pas plus que toi. En coinçant le combiné entre ma joue et mon épaule, je parvins à ôter l'autre gant. Je les jetai tous les deux dans le panier doublé de vinyl. Je vais aller le voir, tout de suite, repris-je. Toi, tu ne fais rien et surtout, tu ne t'inquiètes pas. C'est probablement sans importance. Art a peut-être encore pris une bonne cuite.

— Bon, dit ma femme, d'une voix très basse.

— Ne t'inquiète pas, répétai-je.

— D'accord.

— A bientôt.

Je raccrochai, dénouai mon tablier et le suspendis à la patère près de la porte. Puis je suivis le corridor jusqu'au bureau de Sanderson. Sanderson est le chef du service de pathologie. C'est l'image même de la dignité. A quarante-huit ans, ses cheveux commencent à peine à grisonner sur les tempes. Il a le visage mafflu, réfléchi. Et il avait autant à craindre que moi.

— Art est en prison, dis-je.

Jusqu'alors absorbé dans la vérification d'un rapport d'autopsie, Sanderson referma son dossier.

— Pourquoi ?

— Je n'en sais rien. Je vais aller le voir.

— Tu veux que je t'accompagne ?

— Non, il vaut mieux que j'y aille seul.

— Appelle-moi quand tu sauras quelque chose, dit Sanderson en me regardant par-dessus ses demi-verres.

— Entendu.

Il me salua d'un signe de tête. J'avais à peine fermé la porte qu'il avait rouvert son dossier et s'était replongé dans son rapport. S'il était bouleversé par la nouvelle, il le cachait bien. Mais Sanderson ne laissait jamais rien voir de ses sentiments.

Dans le hall de l'hôpital, je fouillai mes poches à la recherche de mes clefs de voiture et, ce faisant, je me rendis compte que j'ignorais où Art était détenu : j'allai donc au bureau de renseignements donner un coup de téléphone à Judith. La fille de service aux renseignements était Sally Planck, une brave blonde dont le patronyme inspirait aux résidents d'interminables plaisanteries. Je demandai à Judith où se trouvait Art ; elle l'ignorait. Il ne lui était pas venu à l'idée de poser la question. Alors, j'appelai la femme d'Art, Betty, une créature à la fois belle et intelligente, titulaire d'un doctorat en biochimie conquis à Stanford[1]. Jusqu'à ces dernières années, Betty faisait de la recherche à Harvard, mais elle avait cessé le travail à la naissance de son troisième enfant. D'ordinaire, elle est d'un sang-froid à toute épreuve. Je ne l'ai vue perdre son calme qu'une seule fois : le jour où George Kovacs, qui avait un peu forcé sur le whisky, urina aux quatre coins de son patio.

Quand Betty répondit au téléphone, elle me parut pétrifiée par le choc. Elle me dit qu'Arthur était détenu dans un commissariat, à Charles Street. On l'avait arrêté chez lui dans la matinée, juste au moment où il partait pour son

---

1. Célèbre faculté de médecine située près de San Francisco.

cabinet de consultation. Les enfants étaient bouleversés et Betty les avait gardés à la maison pour la journée, mais qu'allait-elle faire ? Qu'était-elle censée faire, pour l'amour du ciel ?

Je lui conseillai de dire que toute cette affaire n'était qu'une erreur et je raccrochai.

Je fis sortir ma Chevrolet du parking des médecins, en longeant toutes les Cadillacs resplendissantes. Ces carrosses appartenaient tous à des médecins pourvus d'une clientèle privée ; les pathologistes sont payés par l'hôpital et ne peuvent s'offrir tant de chromes et de chevaux-vapeur.

Il était huit heures quarante-cinq, c'est-à-dire l'heure de pointe ; la circulation, à Boston, prend alors l'allure d'une lutte à mort. Boston a le taux d'accidents le plus élevé des États-Unis, plus élevé même que celui de Los Angeles, comme vous le dira n'importe quel interne ayant jamais mis les pieds dans une salle d'urgence. Ou comme vous le dira n'importe quel pathologiste : au cours d'une autopsie, c'est incroyable ce qu'on rencontre de traumatismes causés par l'automobile. Les gens conduisent comme des fous ; quand on assiste à l'arrivée des corps au service de garde, on a l'impression de se trouver dans une antenne chirurgicale de première ligne au plus fort d'une bataille. Judith dit que les gens se conduisent ainsi au volant parce qu'ils souffrent de refoulement. Art, lui, prétend depuis toujours que cette situation est due au fait que les Bostoniens sont catholiques et croient que Dieu veille sur eux quand ils franchissent la ligne blanche. Un jour, au cours d'une réception, un chirurgien nous expliquait que beaucoup de blessures aux yeux sont provoquées par les figurines de plastique dont les automobilistes aiment orner leur tableau de bord. On entre en collision avec une autre voiture, on est projeté vers l'avant et on se fait crever l'œil par une petite madone de six pouces. Art s'exclama qu'il n'avait jamais rien entendu de si drôle.

Et il rit jusqu'aux larmes.

— Aveuglé par la religion ! répétait-il sans cesse, courbé en deux par le rire. Aveuglé par la religion !

Celui qui avait raconté l'anecdote s'occupait de chirurgie esthétique et ne voyait pas l'humour de la situation. Sans doute avait-il réparé trop d'orbites en capilotade. Mais Art n'en pouvait plus de rire.

La plupart des invités s'étonnèrent de cette hilarité qu'ils jugeaient excessive et d'un goût assez douteux. je suppose que de toute l'assistance, j'étais le seul à comprendre ce que cette plaisanterie signifiait pour Art. J'étais aussi le seul à savoir quelle pénible tension il doit surmonter dans son travail.

Art est mon ami et cette amitié remonte à l'époque où nous fréquentions ensemble l'école de médecine. Art est un type intelligent, un bon médecin, et il croit à ce qu'il fait. Comme la plupart de ceux qui ont une clientèle privée, il a tendance à se montrer un peu trop autoritaire, un peu trop autocratique. Il croit toujours savoir ce qu'il faut faire ; or, personne ne peut en être sûr dans tous les cas. Peut-être passera-t-il par-dessus bord, mais je ne peux vraiment pas lui jeter la pierre. Il remplit une fonction très importante. Après tout, il faut bien que quelqu'un se charge des avortements.

J'ignore quand il a commencé au juste. Je suppose que c'est tout de suite après avoir fini son internat en gynécologie. Cette opération-là n'est pas particulièrement difficile. Une bonne infirmière la réussit sans peine. Mais il y a un hic. C'est une opération interdite par la loi.

Je me souviens très bien du jour où j'ai découvert la chose. Certains internes de patho commencèrent à citer le nom de Lee, de temps en temps ; ils recevaient beaucoup d'échantillons provenant de curetages biopsiques qui se révélaient positifs. Les curetages biopsiques avaient été prescrits pour des troubles très divers — dysménorrhée, douleurs, pertes de sang à mi-période — mais bon nombre des prélèvements montraient des symptômes évidents de grossesses. Je finis par m'inquiéter, les internes étaient jeunes, donc peu discrets. Je leur dis en plein labo que cette histoire n'avait rien de drôle et que ce genre de plaisanterie pouvait porter un grave préjudice à la réputation d'un médecin. Ils mirent très vite une sourdine à leurs commentaires. C'est alors que je décidai d'aller voir Arthur. Je le trouvai à la cafétéria de l'hôpital.

— Art, dis-je, il y a quelque chose qui me tracasse.

Attablé devant un beignet et une tasse de café, Arthur semblait de la meilleure humeur du monde.

— J'espère que ce n'est pas un problème gynécologique, John !

Et il éclata de rire.

— Pas précisément. Mais j'ai entendu certains internes dire qu'au cours du mois passé, tu as eu environ une demi-douzaine de prélèvements positifs. En as-tu été informé ?

Aussitôt, toute sa jovialité disparut.

— Oui, dit-il. Oui, j'en ai été informé.

— Je voulais simplement te mettre au courant. Ça peut faire du vilain au conseil médical quand ils apprendront la chose, et...

Il hocha la tête.

— Non. Aucun ennui de ce côté-là.

— Ma foi, tu sais quelle impression cela donne.

— Oui. Cela donne l'impression que je fais des avortements.

Il parlait à voix basse, avec un calme presque absolu. Il me fixait droit dans les yeux. Ce regard me faisait un drôle d'effet.

— Nous ferions bien d'en parler un peu, dit-il. Tu prends un verre avec moi ce soir, vers six heures ?

— D'accord.

— Alors, rendez-vous au parking. Et si tu as un peu de temps libre cet après-midi, aurais-tu la bonne idée de jeter un coup d'œil à l'un de mes cas ?

— D'accord, dis-je, en fronçant les sourcils.

— Le nom de la malade est Suzanne Black. Le numéro AO-deux-deux-un-trois-six-cinq.

Je griffonnai le numéro sur une serviette en papier en me demandant pourquoi diable Arthur s'en souvenait si bien. Les médecins se souviennent d'un tas de choses à propos de leurs malades, mais rarement de leur numéro d'hôpital.

— Examine bien ce cas, dit Art, et n'en souffle mot à personne avant de m'avoir parlé.

Perplexe, je retournai au labo. J'avais une autopsie ce

jour-là, de sorte que je ne pus me libérer avant quatre heures de l'après-midi.

Ensuite, je me rendis à la salle des archives et dénichai le dossier de Suzanne Black. Je le lus sur place — il n'était pas très long. Suzanne Black était une malade du docteur Lee, admise pour la première fois à l'âge de vingt ans. Elle était en troisième année dans une université de Boston. Son symptôme principal était l'irrégularité menstruelle. A l'interrogatoire, il se révéla qu'elle avait souffert récemment d'un accès de rubéole, s'était sentie très fatiguée par la suite, et que le médecin de l'université l'avait examinée pour rechercher une éventuelle mononucléose. Elle signalait des pertes sanglantes, tous les sept à dix jours, approximativement, mais pas de règles normales. Cette situation durait depuis deux mois. La jeune fille se sentait toujours fatiguée et léthargique.

Les résultats de l'examen physique étaient essentiellement normaux, à l'exception d'une légère fièvre. Normal aussi le résultat des tests sanguins bien que l'hématocrite fût un peu bas.

Le docteur Lee avait prescrit un curetage biopsique pour corriger l'irrégularité menstruelle. Ceci se passait en 1956, avant l'avènement de la thérapeutique aux œstrogènes. Le curetage biopsique se révéla normal : aucune trace évidente de tumeur ou de grossesse. La jeune fille réagissait bien à ce traitement. Elle resta en observation pendant les trois mois suivants et eut des règles normales.

Le cas semblait ne poser aucun problème. La maladie ou les tensions émotionnelles peuvent détraquer le chronomètre biologique et perturber le cycle menstruel ; le curetage remet l'horloge à l'heure exacte. Je ne pouvais comprendre pourquoi Art voulait me faire lire ce dossier. Je vérifiai le protocole anatomo-pathologique sur l'état des tissus. Le rapport émanait du docteur Sanderson. Le texte en était bref et simple : impression générale normale, examen microscopique normal.

Je rendis le dossier et retournai au labo. En y arrivant, je ne voyais toujours pas à quoi ce cas pouvait bien rimer. Je terminai quelques petits travaux, puis m'attelai à mon rapport d'autopsie.

J'ignore ce qui me fit penser à la coupe.

Comme la plupart des hôpitaux, le Lincoln garde dans ses archives les coupes pathologiques. On les conserve toutes ; il est possible de remonter vingt ou trente années en arrière et de retrouver les coupes de tel ou tel patient. Elles sont rangées dans de longues boîtes qui ressemblent aux tiroirs à fiches employés dans les bibliothèques.

Au Lincoln, ces boîtes remplissent toute une pièce.

J'allai droit à la boîte voulue et y découvris la coupe n° 1365. L'étiquette portait le numéro du cas et les initiales du docteur Sanderson. Et aussi, en grandes lettres, le sigle C.B.

J'emportai la coupe à la salle de microscopie où nous avons dix instruments rangés l'un à côté de l'autre en une longue file. Un des microscopes était libre ; je glissai la lame en position et jetai un coup d'œil.

Je compris tout de suite.

C'était bien un prélèvement utérin. Un endomètre en phase proliférative qui m'apparut plus ou moins normal, mais le colorant employé attira aussitôt mon attention. La coupe avait été traitée à la formuline de Zenker, qui colore tout en bleu ou en vert brillant. C'est un colorant assez peu usuel, réservé surtout aux diagnostics spéciaux.

Pour le travail de routine, on emploie plutôt l'hématoxyline-éosine, qui donne des couleurs roses et pourpres. Presque chaque coupe tissulaire est colorée à l'hématoxyline-éosine, et quand ce n'est pas le cas, les raisons du changement sont consignées dans le protocole de la biopsie.

Mais le docteur Sanderson n'avait pas mentionné l'emploi de la formaline de Zenker pour cette coupe. La conclusion sautait aux yeux : il y avait eu substitution de coupes. J'examinai l'écriture sur l'étiquette. C'était bien celle de Sanderson, aucun doute possible. Que s'était-il passé ?

Presque aussitôt, d'autres possibilités me vinrent à l'esprit. Sanderson avait oublié de noter dans son rapport l'emploi d'un colorant inhabituel. Ou l'on avait fait deux coupes, l'une colorée à l'hématoxyline-éosine, l'autre à la formaline de Zenker, et seule la coupe au Zenker avait été conservée. Ou il s'était produit quelque confusion tout à fait admissible.

Mais aucune de ces hypothèses rassurantes ne parvenait à me convaincre. Je ne cessai d'y réfléchir et j'attendis avec impatience six heures du soir : à ce moment, je rencontrai Art au parking et montai dans sa voiture. Il voulait que notre conversation eût lieu loin de l'hôpital. Tout en conduisant, il me demanda :

— Tu as lu le dossier ?

— Oui, dis-je. Très intéressant.

— Tu as vérifié la coupe ?

— Oui. C'est la coupe originale ?

— Tu veux dire, est-ce le prélèvement fait sur Suzanne Black ? Non.

— Tu as manqué de prudence. Le colorant n'est pas celui qu'on emploie d'ordinaire. Ce genre de négligence peut te causer des ennuis. D'où venait la coupe ?

Art eut un mince sourire.

— D'un marchand de coupes tissulaires. Prélèvement endométrique normal.

— Et qui a fait la substitution ?

— Sanderson. Nous manquions d'expérience à l'époque. C'est Sanderson qui a eu l'idée de rentrer une autre coupe, ce qui lui a permis d'établir un rapport disant que tout était normal. Maintenant, bien sûr, nos méthodes sont beaucoup plus raffinées. Chaque fois que Sanderson reçoit un prélèvement normal, il fait quelques coupes supplémentaires et les garde en réserve.

— Je ne comprends pas. Tu veux dire que Sanderson est avec toi dans cette affaire ?

— Oui. Depuis plusieurs années.

Sanderson était un homme très sage, très gentil et très convenable.

— Vois-tu, dit Art, tout le dossier n'est qu'un mensonge. La jeune fille avait bien vingt ans. Et elle avait bien la rubéole. Et elle souffrait bien d'irrégularité menstruelle, mais pour la simple raison qu'elle était enceinte. Elle s'était fait engrosser le soir d'un match de football universitaire par un garçon qu'elle aimait et voulait épouser, mais elle souhaitait d'abord terminer ses études, ce qui était presque impossible avec un bébé. Et, ce qui n'arrangeait rien, elle avait attrapé la rubéole au cours du premier trimestre. Cette fille n'avait rien d'une lumière, mais elle était quand même suffisamment intelligente pour savoir ce qui arrive quand une future mère attrape la rubéole. Elle était très inquiète quand elle est venue me consulter. Elle a tourné autour du pot pendant quelques minutes puis elle m'a tout avoué et m'a demandé de la tirer d'affaire.

« Pour ma part, j'étais horrifié. Je venais à peine de finir mon internat et je n'avais pas encore perdu tout mon idéalisme nébuleux. La fille se trouvait dans le pétrin jusqu'au cou. Elle faisait peine à voir, agissant comme si le monde était en train de s'écrouler autour d'elle. Et dans un sens, c'est exactement ce qui arrivait. L'abandon de ses études, son futur statut de fille mère, un enfant peut-être anormal, elle ne pouvait penser à rien d'autre, elle en devenait folle. C'était une brave fille et j'avais pitié d'elle, mais je lui dis non. Je compatissais du fond du cœur, je me sentais très moche, mais je lui ai expliqué que j'avais les mains liées.

« Alors, elle m'a demandé si l'avortement était une opération dangereuse. D'abord, j'ai cru qu'elle avait l'intention de le faire elle-même, j'ai donc répondu par l'affirmative.

« Alors, elle m'a dit qu'elle connaissait quelqu'un dans le North End qui le ferait pour deux cents dollars. Il avait été infirmier dans les Marines, je crois. Et elle m'a dit que si je maintenais mon refus, elle irait voir cet homme. Sur ce, elle est sortie de mon cabinet.

Art poussa un soupir et hocha tristement la tête.

— Ce soir-là, je suis rentré à la maison complètement bouleversé. Je haïssais cette fille : je lui en voulais à mort de s'immiscer dans ma clientèle toute neuve, de s'immiscer dans ma vie si soigneusement organisée. Je la haïssais pour le dilemme où elle m'enfermait. Je ne pus dormir, je réfléchis toute la nuit. Je voyais cette fille entrer dans un taudis quelconque, franchir la porte d'une petite pièce malodorante pour y rencontrer un petit type paillard qui allait la charcuter et peut-être même la tuer. J'ai pensé à ma femme, à notre bébé, à tout le bonheur que nous pouvions connaître tous les trois. J'ai pensé aux avortements d'amateur que j'avais vus pendant mon internat quand on amène les filles à trois heures du matin, saignant et moussant. Et, voyant les choses en face, j'ai pensé aux quelques belles frousses que j'ai eues pendant mes études. Betty et moi, il nous est arrivé de nous taper la tête au mur pendant six semaines en attendant ses règles. Je savais très bien que personne n'est à l'abri d'une grossesse accidentelle. Ce n'est pas une catastrophe et cela ne devrait pas être considéré comme un crime.

Je fumais une cigarette sans rien dire.

— Alors, je me suis levé au milieu de la nuit et j'ai pris le problème à bras-le-corps ; j'ai bu six tasses de café sans quitter des yeux le mur de la cuisine. A l'aube, j'en étais arrivé à la conclusion que la loi est injuste. J'avais décidé que pour un médecin, il y a pas mal de façons merdeuses de se prendre pour Dieu le Père, mais que cette façon-ci les battait toutes. Une malade était venue me voir parce qu'elle avait des ennuis et j'avais refusé de l'aider alors que j'avais la possibilité de le faire. C'était cela qui me torturait le plus : je lui avais refusé mes soins. C'était aussi grave que de refuser de la pénicilline à quelqu'un qui en a besoin, tout aussi cruel et tout aussi stupide. Dans la matinée, je suis allé voir Sanderson. Je lui connaissais des idées libérales sur pas mal de choses. Je lui ai expliqué toute la situation et lui ai dit que je voulais faire un curetage.

« Sanderson m'a promis de s'arranger pour examiner lui-même la biopsie et il a tenu sa promesse. C'est comme cela que tout a commencé.

— Et tu fais des avortements depuis lors ?

— Oui, dit Art, quand je les juge justifiés.

Nous sommes allés ensuite dans un bar du North End, un endroit sans aucune prétention, plein à craquer d'ouvriers italiens et allemands. Art était en veine de conversation et presque de confidences.

— Je me demande souvent, dit-il, à quoi ressemblerait la médecine si la religion principale de notre pays était celle des scientistes chrétiens ? Aucune importance jusqu'à ces derniers temps, bien entendu : tout au long de l'histoire, la médecine est restée relativement primitive et inefficace. Mais imagine un scientisme chrétien puissant à l'époque de la pénicilline et des antibiotiques ! Imagine des groupes de pression militant contre l'emploi de ces remèdes. Imagine des gens malades au sein d'une société qui sait parfaitement que leur maladie n'est pas forcément mortelle, qu'il existe un moyen très simple de les guérir. Le marché noir des antibiotiques ne prospérerait-il pas au-delà de toute expression ? N'y aurait-il pas des gens qui mourraient d'un excès d'antibiotiques ou d'avoir pris des antibiotiques falsifiés parce que introduits en contrebande ? Est-ce que tout ne tomberait pas dans un infernal chaos ?

— Je vois l'analogie, dis-je, mais je ne suis pas convaincu.

— Écoute, John. La moralité doit s'aligner sur la technologie parce que si tu donnes à quelqu'un la possibilité d'un choix entre mourir moralement en règle et vivre en état d'immoralité, il choisira la vie à chaque coup. Aujourd'hui, tout le monde sait que l'avortement est une opération facile et sûre. On sait que c'est vite fait et pas dangereux pour un sou. On sait que rien n'est plus simple et qu'il suffit de cela pour préserver son bonheur personnel. Alors, les gens l'exigent. Et ils l'obtiennent, d'une façon ou d'une autre. S'ils sont riches, ils vont au Japon ou à Porto Rico ; s'ils sont pauvres, ils vont trouver l'ancien infirmier des Marines. Mais, d'une façon ou d'une autre, on parvient à se faire avorter.

— Art, dis-je, c'est illégal.

Il sourit.

— Je n'aurais jamais cru que tu avais tant de respect pour la loi.

C'était une allusion à mes antécédents. Après le lycée, j'étais entré à l'école de droit et j'y avais pris mon mal en patience pendant un an et demi. A ce moment, je m'étais aperçu que le droit me faisait horreur et j'avais essayé la médecine. Dans l'intervalle, j'avais passé quelque temps à l'armée.

— Mais c'est tout différent, dis-je. S'ils t'attrapent, ils te mettront au trou et t'enlèveront ta licence. Tu le sais très bien.

— Je fais ce que j'ai à faire.

— Ne dis pas de sottises.

— Je crois, dit-il, que je fais ce qui est bien.

En regardant son visage, je vis qu'il le pensait vraiment. Et par la suite, je me suis trouvé, moi aussi, devant plusieurs cas où l'avortement était la solution évidente, l'issue la plus humaine. Art s'est occupé de ces cas-là. Je me suis joint à Sanderson pour l'opération de camouflage au labo de patho. A nous deux, on s'est débrouillés pour que le conseil médical ne s'aperçoive de rien. C'était nécessaire parce que le conseil médical du Lincoln réunit tous les chefs de service et un groupe de six médecins choisis par roulement. L'âge moyen des membres est de soixante et un ans et, à n'importe quel moment, un tiers au moins sont des catholiques.

Évidemment, notre secret n'était pas très bien gardé. Parmi les plus jeunes médecins, beaucoup connaissaient les activités d'Art et la plupart l'approuvaient, car il pesait scrupuleusement le pour et le contre de chaque intervention. La plupart des jeunes confrères auraient aussi pratiqué des avortements, s'ils l'avaient osé.

Quelques-uns n'étaient pas d'accord avec Art et l'auraient dénoncé s'ils en avaient eu le cran. Des constipés comme Whipplie et Gluck, des gens chez qui les convictions religieuses étouffent la compassion pour le prochain et le simple bon sens.

Longtemps, je m'étais fait du souci à propos des Whipple et des Gluck. Puis, je leur avais répondu par l'indifférence, j'avais traité par le mépris leurs regards venimeux, leurs visages pincés de réprobation muette. Peut-être était-ce une erreur de ma part.

Parce que maintenant, Art s'était fait prendre et si sa tête tombait, celle de Sanderson ne tiendrait pas très longtemps. La mienne non plus, d'ailleurs.

Il n'y avait pas de place pour ranger ma voiture près du commissariat de police. Je finis par trouver un parking quatre rues plus loin et je parcourus cette distance presque au pas de course tant j'étais impatient de savoir pourquoi Art se trouvait en prison.

Il y a quelques années, lorsque j'étais sous les drapeaux j'ai servi dans la Military Police de Tokyo, et j'y ai appris beaucoup de choses. A cette époque, pendant les dernières phases de l'occupation, les M.P. étaient les gens les plus impopulaires de la ville. Aux Japonais, nos uniformes et nos casques blancs rappelaient encore une autorité militaire dont ils commençaient à se lasser. Aux yeux des Américains en virée à Ginza, ivres de saké ou de whisky s'ils avaient les moyens de s'en offrir, nous représentions toutes les frustrations et toutes les contraintes de la vie militaire. Nous étions donc un défi pour tous ceux qui jetaient les yeux sur nous et plusieurs de mes amis connurent de mauvais moments. L'un d'eux fut éborgné d'un coup de couteau. Un autre se fit tuer.

Évidemment, nous étions armés. Je me souviens que, le jour où nous avons « touché » nos revolvers, notre capitaine, un vieux briscard, nous a dit : « Bon. Maintenant que vous avez vos armes, suivez mon conseil et ne vous en servez jamais. Vous descendez un ivrogne qui veut vous faire votre affaire et vous découvrez quelques jours plus tard que son oncle est député ou général. Que votre revolver soit bien en vue, mais qu'on n'en voie que la crosse ; il ne doit pas quitter sa gaine. Point final. »

En fait, nous avions ordre de résoudre tous les problèmes par un simple bluff. Nous avons appris cette méthode. Tous les flics l'apprennent.

Ces souvenirs me revinrent à l'esprit devant le visage renfrogné d'un sergent de police au commissariat de Charles Street. Il leva les yeux sur moi comme s'il eût pris grand plaisir à me briser le crâne en petits morceaux.

— Ouais ! Qu'est-ce qu'il y a ?

— Je viens voir le docteur Lee, dis-je.

Il sourit.

— Le petit Chinetoque s'est fait coffrer, hein ? Pas de veine.

— Je viens le voir.

— Impossible.

Il baissa les yeux sur son bureau et se mit à fouiller dans ses paperasses comme un homme qui a du travail par-dessus la tête. C'était mon congé et tout dans l'attitude du sergent disait que si je ne prenais pas la porte, sa colère serait terrible.

— Ça vous ennuierait de me dire pourquoi ?

— Oui, ça m'ennuierait de vous dire pourquoi.

Je sortis mon stylo et mon calepin.

— Veuillez me donner votre numéro, je vous prie.

— On veut faire le petit malin ? Dehors ! Vous ne pouvez pas le voir.

— La loi vous oblige à donner votre numéro sur simple demande.

— Bravo. Maintenant, dehors !

Je regardai longuement son insigne et feignis d'inscrire le numéro. Puis je me dirigeai vers la porte.

Le sergent me dit, comme si la question n'avait pas grande importance :

— Où allez-vous comme ça ?

— Il y a une cabine téléphonique juste devant la porte.

— Et alors ?

— Alors, c'est bien dommage. Je parie que votre femme a mis des heures à coudre ces galons sur vos épaules. Vos supérieurs mettront dix secondes à vous les arracher. Ils emploient une lame de rasoir ; c'est très propre, même pas un accroc à l'uniforme.

Il se leva lourdement, derrière son bureau.

— Qu'est-ce que vous venez faire ici ?

— Je viens voir le docteur Lee.

Son regard restait égal. Il ne savait pas si je pouvais vraiment le faire saquer, mais il savait que c'était une possibilité.

— Vous êtes son avocat ?

— Tout juste.

— Pour l'amour du ciel, pourquoi ne pas l'avoir dit plus tôt ?

Le sergent prit un trousseau de clefs dans le tiroir de son bureau.

— Venez.

Il me souriait, mais ses yeux étaient toujours hostiles.

Je le suivis, d'un bout à l'autre du commissariat. Il ne dit rien, mais fit entendre une sorte de grognement, à deux ou trois reprises. Enfin, il me lança, sans se retourner :

— On ne peut pas me reprocher ma prudence. Un meurtre, c'est un meurtre, vous savez.

— Oui, répondis-je.

Art était enfermé dans une jolie cellule. Elle était propre et l'odeur y était supportable. En fait, on trouve à Boston quelques-unes des plus jolies cellules d'Amérique. Il le faut bien : des tas de gens célèbres ont passé quelques heures dans ces cellules. Des maires de la ville, des fonctionnaires, des gens comme ça. On ne peut demander à quelqu'un de préparer sa campagne de réélection dans une cellule mal fichue, n'est-ce pas ? Ça n'aurait pas l'air correct, tout simplement.

Art était assis sur son lit et regardait la cigarette qui se consumait entre ses doigts. Le sol de pierre était jonché de mégots et de cendres. Art leva la tête à notre arrivée dans le couloir.

— John !

— Il est à vous pour dix minutes, dit le sergent.

J'entrai dans la cellule. Le sergent verrouilla la porte derrière moi et resta debout là, appuyé contre les barreaux.

— Merci, lui dis-je. Vous pouvez nous laisser, maintenant.

Il me jeta un regard mauvais et partit en roulant des épaules, les clefs sonnant dans sa main.

Quand nous fûmes seuls, je dis à Art :

— Ça va ?

— Je pense, oui.

Art est un petit homme méticuleux, toujours tiré à quatre épingles. Il est né à San Francisco dans une grande famille de médecins et de juristes. Je suppose que sa mère était américaine, car il n'a pas l'air d'un Chinois. Sa peau est olivâtre plutôt que jaune, ses yeux ne sont pas bridés, il a les cheveux brun clair. Il est très nerveux, ses mains bougent sans arrêt, comme les ailes d'un papillon. L'effet total évoque la latinité plutôt que l'Orient ou l'Amérique.

Maintenant, il était pâle et tendu. Quand il se leva pour arpenter la cellule, tous ses gestes furent rapides, abrupts.

— C'est gentil d'être venu, John.

— Si quelqu'un te pose la moindre question, je suis le représentant de ton avocat. C'est à ce titre que je suis entré dans la place. Je sortis mon carnet. As-tu appelé ton avocat ?

— Non, pas encore.

— Pourquoi perdre du temps ?

— Je ne sais pas. Il se frotta le front et se massa les yeux. Je ne parviens plus à ordonner mes pensées. Tout paraît tellement insensé...

— Le nom de ton avocat ?

Il me donna le renseignement et je le notai dans mon agenda. Art avait un bon avocat. A mon avis, il s'était dit qu'il en aurait besoin un jour ou l'autre.

— O. K., dis-je. Je l'appelle dès que je sors d'ici. Maintenant, raconte-moi ce qui se passe ?

— On m'a arrêté, dit Art. Pour meurtre.

— C'est ce que j'ai cru comprendre. Pourquoi m'as-tu fait venir ?

— Parce que tu es au courant de ce genre de choses.

— Au courant des affaires criminelles ? Je n'y connais rien.

— Tu as étudié le droit.

— Pendant exactement un an, dis-je. Et dix autres années ont passé depuis. Je me suis presque fait mettre à la porte et je ne me rappelle plus une ligne de ce que j'étais censé apprendre.

— John, nous nous trouvons devant un problème médical et devant un problème juridique. L'un ne va pas sans l'autre. J'ai besoin de ton aide.

— Tu ferais mieux de commencer par le commencement.

— John, ce n'est pas moi. Je te jure que ce n'est pas moi. Je n'ai jamais touché à cette fille.

Il marchait de plus en plus vite autour de la cellule. Je lui saisis le bras pour l'arrêter.

— Assieds-toi, dis-je, et commence par le commencement. Tout à ton aise, le plus lentement possible.

Art hocha la tête, éteignit sa cigarette, en alluma aussitôt une autre et dit :

— Ils m'ont ramassé à la maison ce matin, vers sept heures. Ils m'ont amené ici et se sont mis à me poser des questions. Tout d'abord, ils m'ont dit qu'il ne s'agissait que d'une formalité, quoi qu'ils entendent par là. Ensuite, ils sont devenus mauvais.

— Combien étaient-ils ?

— Deux. Trois à certains moments.

— Ils t'ont brutalisé ? Des gifles ? Le projecteur dans les yeux ?

— Non. Rien de semblable.

— T'ont-ils dit que tu pouvais appeler ton avocat ?

— Oui. Mais seulement plus tard. Quand ils m'ont informé de mes droits constitutionnels. Art me fit ce sourire plein de tristesse et de cynisme qui lui est si particulier. Vois-tu, tout d'abord, ce n'était prétendument qu'un interrogatoire de pure forme, alors il ne m'est pas venu à l'idée d'appeler un avocat. Je n'avais rien fait de mal. Ils m'ont parlé pendant une heure avant même de prononcer le nom de la fille.

— Quelle fille ?

— Karen Randall.

— Tu ne parles pas de la Karen qui…

Art répondit d'un signe de tête affirmatif :

— La fille de J.D. Randall.

— Bon Dieu !

— Pour commencer, ils m'ont demandé ce que je savais d'elle, si je l'avais déjà eue comme patiente. Des questions comme ça… J'ai dit oui, elle est venue à ma consultation la semaine dernière. Elle se plaignait d'aménorrhée.

— Aménorrhée depuis combien de temps ?

— Quatre mois.

— Tu leur as parlé de ces quatre mois ?

— Non, ils ne me l'ont pas demandé.

— Bien.

— Ils voulaient d'autres détails sur cette consultation. Ils voulaient savoir si c'était son seul problème, ils voulaient savoir comment elle s'était comportée devant moi. Je ne leur ai rien appris. Je leur ai dit simplement que la malade m'avait parlé en confiance. Alors, ils ont changé de tactique. Ils m'ont demandé où je me trouvais hier dans la soirée. Je leur ai dit que j'avais fait mon tour du soir au Lincoln, puis une promenade dans le parc. Ils m'ont demandé si j'étais rentré à mon cabinet. J'ai répondu que non. Ils m'ont demandé si quelqu'un m'avait vu dans le parc ce soir-là. J'ai dit que je ne me souvenais de personne, certainement de personne de ma connaissance.

Art tira une profonde bouffée de sa cigarette. Ses mains tremblaient.

— Alors, ils ont commencé à taper sur le clou. Est-ce que j'étais sûr de n'être pas rentré à mon cabinet ? Qu'avais-je fait après mon tour ? Est-ce que j'étais bien sûr de ne pas avoir vu Karen depuis la semaine dernière ? Je ne voyais pas à quoi toutes ces questions pouvaient bien rimer.

— Et à quoi rimaient-elles ?

— Ce matin-là, à quatre heures, Karen Randall fut amenée à la salle d'urgence du Mem par sa mère. Elle saignait abondamment. En fait, elle se vidait de son sang — et se trouvait en état de choc hémorragique lors de son admission. J'ignore le traitement qu'ils lui ont appliqué mais, quoi qu'il en soit, elle est morte. La police pense que je l'ai fait avorter hier soir.

Cette dernière affirmation me fit froncer les sourcils. Ça ne collait pas, tout simplement.

— Mais comment peuvent-ils prétendre une chose pareille ?

— Ils ne m'ont pas donné leurs raisons. Et ce n'est pas faute d'avoir demandé. Peut-être la gosse délirait-elle et a-t-elle mentionné mon nom en arrivant au Mem. Je ne sais pas.

Je hochai la tête.

— Art, s'il y a une chose que les flics craignent comme la peste, c'est bien l'arrestation arbitraire. S'ils t'arrêtent sans pouvoir justifier leur initiative, des tas de gens vont se retrouver sans emploi. Tu es un membre respecté du corps médical, pas un vagabond ivrogne, sans le sou et sans ami. Tu peux recourir à d'excellents avocats et la police sait que leur aide t'est acquise. Elle n'oserait jamais te faire mettre en accusation sans être absolument sûre de ses arrières.

Art balaya mon argument d'un geste irrité de la main.

— Peut-être la police est-elle tout simplement stupide ?

— Bien sûr, mais pas stupide à ce point-là.

— Eh bien, dit-il, je ne vois pas du tout par où elle pourrait me tenir.

— Tu dois le savoir.

— Je n'en sais fichtre rien, répondit-il en reprenant sa promenade autour de la cellule. Je n'en ai même pas le commencement d'une idée.

Je le suivis des yeux un long moment et je me demandai quand poser la question, car je savais très bien que je devrais la poser tôt ou tard. Art remarqua tout de suite ce qu'il y avait derrière mon regard.

— Non, dit-il.

— Non, quoi ?

— Non, ce n'est pas moi. Et cesse de me regarder ainsi.

Il se rassit brusquement et se mit à tambouriner des doigts sur le bord de sa couchette. Mon Dieu, si seulement je pouvais boire un verre.

— Tu ferais mieux de ne plus en avoir envie, Art.

— Oh, pour l'amour du ciel !

— Tu ne bois qu'en société, dis-je. Et avec modération.

— Es-tu ici pour juger de ma conduite et de mes habitudes personnelles ou pour...

— Je ne juge rien du tout ; quant à toi, passer en jugement n'arrangerait pas tes affaires.

Il parut renaître sous ce coup d'éperon.

— Parle-moi de la consultation de Karen, dis-je.

— Je n'ai pas grand-chose à en dire. Elle est venue me demander un avortement, mais j'ai refusé parce qu'elle était enceinte de quatre mois. Je lui ai expliqué pourquoi je ne pouvais pas le faire, je lui ai dit qu'il était trop tard à présent et qu'un avortement exigeait maintenant une laparotomie.

— Elle s'est rangée à tes arguments ?

— J'en ai eu l'impression.

— Qu'as-tu mis dans tes archives ?

— Rien. Je n'ai pas dressé de fiche au nom de Karen Randall.

Je poussai un soupir.

— Voilà qui pourrait être mauvais. Pourquoi ne l'as-tu pas fait ?

— Comme elle ne me demandait aucun traitement, je n'avais pas à la compter parmi mes malades. Je savais que je ne la reverrais plus et c'est pourquoi je n'ai pas établi de fiche.

— Comment vas-tu expliquer cela à la police ?

— Écoute, John, si j'avais su qu'elle allait me faire arrêter, je me serais conduit différemment sur bien des points.

J'allumai une cigarette et m'appuyai contre le mur ; je sentais la pierre froide sur ma nuque. Déjà, tous les dangers de la situation m'apparaissaient clairement. Et les petits détails, inoffensifs dans tout autre contexte, pouvaient maintenant prendre énormément de poids.

— Qui t'a envoyé Karen en consultation ?

— Peter. Du moins, c'est ce que j'ai supposé sur le moment.

— Peter Randall ?

— Oui. C'était son médecin traitant.

— Tu n'as pas demandé à Karen qui l'envoyait ? (D'ordinaire, Art était très attentif à ce genre de détail.)

— Non, elle est arrivée dans la journée, j'étais fatigué. De plus, elle m'a posé la question à brûle-pourpoint ; une jeune personne qui ne tourne pas autour du pot. Elle m'a tout raconté et j'ai présumé que Peter me l'avait envoyée pour que je lui explique la situation puisque, de toute évidence, il était trop tard pour un avortement.

— Les raisons de cette présomption ?

Art haussa les épaules.

— Pas de raisons spéciales. C'est comme ça.

Cette histoire n'avait aucun sens. J'étais sûr qu'Art ne me disait pas tout.

— D'autres membres de la famille Randall ont déjà été envoyés à ta consultation ?

— Que veux-tu dire ?

— Rien d'autre que ce que j'ai dit.

— Ta remarque me semble à côté du sujet.

— Peut-être.

— Je t'assure que tu te trompes, John.

Je me permis un soupir et allumai une autre cigarette.

Je savais Art fort capable d'entêtement lorsqu'il en avait décidé ainsi.

— O.K., dis-je. Alors, donne-moi d'autres détails sur la fille.

— Que veux-tu savoir ?

— Tu l'avais déjà vue auparavant ?

— Non.

— Jamais rencontrée dans le monde ?

— Non.

— Jamais aidé aucune de ses amies ?

— Non.

— Comment peux-tu en être sûr ?

— Oh, va-t'en au diable ! Je ne peux pas l'affirmer, mais cela m'étonnerait fort. Elle n'avait que dix-huit ans.

— O.K., dis-je.

Art avait probablement raison. Je savais que d'ordinaire, il ne pratiquait l'avortement que sur des femmes mariées, aux environs de la trentaine. Il m'avait souvent dit qu'il ne voulait rien avoir à faire avec de plus jeunes, sauf dans les cas exceptionnels. Les femmes plus âgées ou mariées présentaient beaucoup moins de risques car elles étaient plus discrètes et plus réalistes. Mais je savais aussi que, ces derniers temps, Art s'était occupé plus souvent de jeunes filles qu'il appelait des fleurs de partouzes dans le pétrin parce que, disait-il, ne traiter que les femmes mariées, c'est une forme de discrimination. Et il ne plaisantait qu'à moitié en disant cela.

— Comment était-elle quand elle est venue à ton cabinet ? Comment la décrirais-tu ?

— Elle m'a donné l'impression d'être une fille bien, dit Art. Elle était jolie, intelligente, équilibrée. Très directe, comme je te l'ai déjà dit. Elle est entrée dans mon cabinet, s'est assise, a croisé les mains sur les genoux et m'a débité toute son histoire sans reprendre haleine. En employant des termes médicaux, comme « aménorrhée ». Je suppose que c'est normal quand on vit dans une famille de médecins.

— Était-elle nerveuse ?

— Oui, mais elles le sont toutes dans cette situation. C'est pourquoi le diagnostic différentiel est si difficile à établir.

Le diagnostic différentiel de l'aménorrhée, surtout chez les jeunes filles, doit considérer la nervosité comme une étiologie fort possible. Le retard ou l'absence des règles provient souvent de facteurs psychologiques.

— Mais quatre mois, tu te rends compte ?

— Oui, il y a peu de chances. En outre, elle m'a dit avoir pris du poids.

— Combien ?

— Quinze livres.

— Sans valeur pour le diagnostic.

— Non, dit-il. Mais c'est assez significatif.

— Tu l'as examinée ?

— Non. J'ai proposé de le faire, mais elle a refusé. Elle était venue pour que je la fasse avorter et quand j'ai dit non, elle est partie.

— T'a-t-elle parlé de ses intentions ?

— Oui. Elle a haussé les épaules et dit : « Bon. Alors, je n'ai plus qu'à tout leur dire et avoir le gosse. »

— Donc, tu penses qu'elle ne comptait pas se faire avorter par un autre médecin ?

— Exactement. Cette fille semblait très intelligente, très sensible, et semblait comprendre mon point de vue sur la situation. C'est ce que j'essaie de faire dans ces cas-là : expliquer à la femme pourquoi l'avortement présente trop de risques et pourquoi elle doit se faire à l'idée d'avoir l'enfant.

— Elle a changé d'avis, ça ne fait pas l'ombre d'un doute.

— Pas l'ombre d'un doute.

— Je me demande pourquoi.

Art rit de cette remarque.

— As-tu déjà rencontré ses parents ?

— Non, répondis-je, puis, voyant l'occasion qu'il me donnait : Et toi ?

Mais Art réagissait vite. Il me grimaça un long sourire approbateur, une sorte d'hommage subtil, et dit :

— Non. Jamais. Mais j'ai entendu parler d'eux.

— En quels termes ?

A ce moment, le sergent revint et se mit à faire cliqueter la clef dans la serrure.

— C'est l'heure, dit-il.

— Encore cinq minutes, sergent !

— Non, c'est l'heure.

Art eut le temps de me demander :

— As-tu parlé à Betty ?

— Oui. Elle va bien. Je l'appelle dès que je sors d'ici et je lui dis qu'il en est de même pour toi.

— Elle va s'inquiéter.

— Judith restera avec elle. Tout se passera bien.

Art me sourit avec tristesse.

— Désolé de causer tout ce dérangement.

— Il n'y a aucun dérangement. Je jetai un regard au sergent de police qui attendait debout près de la porte ouverte. La police ne peut pas te retenir. Tu seras libre dans l'après-midi.

Le sergent cracha par terre.

Je serrai la main de mon ami.

— A propos, Art, où est le corps maintenant ?

— Peut-être au Mem. Mais sans doute, à l'heure qu'il est, est-il déjà parti à la morgue du Municipal.

— Je vérifierai. Ne te fais pas de souci, il n'y a aucune raison.

Je sortis de la cellule et le sergent verrouilla la porte derrière moi. Il n'ouvrit pas la bouche tout au long des couloirs mais, une fois dans le hall, il me lança :

— Le capitaine veut vous voir.

— Très bien.

— Le capitaine a fort envie d'avoir une petite conversation avec vous.

— Mais j'en serai ravi, sergent. Montrez-moi le chemin.

III

Sur la peinture verte et tout écaillée de la porte se trouvait un écriteau où l'on pouvait lire : *Brigade criminelle* ; au-dessous, une carte où était inscrit, à la main : *Capitaine*

Peterson. Lequel se révéla corpulent, raide comme un piquet, cheveux gris coupés en brosse, manières nettes. Il fit le tour de son bureau pour venir me serrer la main et je remarquai qu'il boitait de la jambe droite. Il ne faisait aucun effort pour dissimuler sa claudication. Au contraire, pour autant qu'il s'en souciât, il l'exagérait plutôt et laissait son orteil racler bruyamment le sol. Les flics, tout comme les soldats, sont parfois fiers de leurs infirmités. On comprenait tout de suite que Peterson ne devait pas sa blessure à un accident de roulage. J'essayai d'en déterminer l'origine et j'arrivais à la conclusion qu'il s'agissait probablement d'une blessure par balle — on reçoit rarement un coup de couteau dans le mollet — lorsqu'il me tendit brusquement la main et dit :

— Je suis le capitaine Peterson.

— John Berry.

Sa poignée de main était franche mais ses yeux restaient froids, inquisiteurs. D'un geste, il me désigna un fauteuil.

— Le sergent m'a dit ne vous avoir jamais vu et j'ai cru souhaitable de vous rencontrer. Nous connaissons la plupart des avocats criminels de Boston.

— Vous voulez dire les avocats plaidant au criminel, sans doute ?

— Bien sûr ! dit-il. Excusez-moi. Les avocats plaidants… Et il me regardait dans l'attente de ce que j'allais dire.

Je n'avais aucune raison de lui faire ce plaisir. Je ne dis pas un mot. Après un bref silence, Peterson reprit la parole.

— Quel bureau juridique représentez-vous ?

— Bureau juridique ?

— Oui.

— Je ne suis pas avocat et je ne vois pas ce qui vous fait croire que j'en suis un.

Peterson feignit la surprise.

— Ce n'est pas l'impression que vous avez donnée au sergent.

— Non ?

— Non. Vous lui avez dit que vous étiez avocat.

— Vraiment ?

39

— Oui, dit Peterson en posant les mains à plat sur son bureau.

— Qui prétend cela ?

— Mon sergent prétend cela.

— Dans ce cas, il se trompe.

Se laissant aller contre le dossier de son fauteuil, Peterson me sourit, d'un sourire très avenant, ce genre de sourire qui dit à l'interlocuteur : « Voyons, voyons, il ne sert à rien de s'énerver. »

— Si nous avions su que vous n'étiez pas avocat, vous n'auriez jamais obtenu l'autorisation de voir Lee.

— C'est possible. Par contre, personne ne m'a demandé mon nom ou ma profession. Et personne ne m'a demandé de signer le registre des visites.

— Le sergent a sans doute été un peu dépassé par les événements.

— Voilà qui ne m'étonne pas du tout de sa part.

Peterson eut un sourire vide de toute expression. J'avais déjà vu ce genre d'homme : un flic qui connaissait son métier, un gars qui avait appris à encaisser en silence et à sortir, au bon moment, tout ce qu'il avait sur le cœur. Un flic plein de diplomatie et de politesse, jusqu'au moment où il se sentait le maître de la situation.

— Alors ? dit-il enfin.

— Je suis un confrère du docteur Lee.

S'il était surpris, il n'en montrait rien.

— Un médecin ?

— C'est ça.

— On peut dire que vous vous serrez les coudes, vous autres médecins, dit-il sans cesser de sourire. (Il avait probablement souri davantage pendant les deux premières minutes de notre entretien qu'au cours des deux dernières années.)

— Pas vraiment, dis-je.

Peu à peu, son visage se refermait ; ankylose des muscles faciaux nécessaires au sourire, sans doute.

— Si vous êtes médecin, dit Peterson, je vous conseille d'éviter Lee comme la peste. Sinon, la publicité vous ferait perdre jusqu'à votre dernier client.

— Quelle publicité ?

— La publicité du procès.

— Il y aura procès ?

— Oui, dit Peterson. Et cette publicité vous ferait perdre jusqu'à votre dernier client.

— Je n'ai pas de clientèle.

— Vous faites de la recherche ?

— Non. Je suis pathologiste.

Cette fois, j'étais parvenu à provoquer une réaction. Peterson parut vouloir se redresser, puis retrouva la maîtrise de ses nerfs et reprit son attitude détendue, le dos confortablement appuyé au dossier de son siège.

— Pathologiste, répéta-t-il.

— C'est ça. Je travaille dans les hôpitaux, j'y fais des autopsies et divers autres travaux.

Peterson resta quelque temps silencieux. Il fronça les sourcils, se gratta le dos de la main, laissa son regard errer sur son bureau. Enfin, il se décida à parler.

— J'ignore ce que vous essayez de prouver, docteur. Mais nous n'avons pas besoin de votre aide et Lee est trop mal parti pour...

— Cela reste à voir.

Peterson hocha la tête.

— Ne me dites pas que vous n'en êtes pas convaincu.

— Je ne suis pas sûr de l'être.

— Combien de dommages et intérêts croyez-vous qu'un médecin puisse se permettre de réclamer dans un procès pour arrestation arbitraire ?

— Un million de dollars.

— Disons cinq cent mille. La différence n'a pas beaucoup d'importance. Cela ne change rien au fond de l'affaire.

— Donc, votre position vous paraît inattaquable ?

— Absolument inattaquable. Oh, le docteur Lee peut vous citer comme témoin. Nous le savons depuis longtemps. Et pour votre part, vous pouvez faire beaucoup de bruit au tribunal, sortir tous vos grands mots, tenter de berner le jury en l'écrasant sous de prétendues preuves scientifiques. Mais vous êtes incapable de faire oublier le fait primordial. Tout simplement incapable.

— Et de quel fait s'agit-il ?

41

— Ce matin, une jeune fille a perdu tout son sang et est morte au Memorial Hospital de Boston, suite à un avortement illégal. Voilà le fait dont il s'agit, c'est aussi simple que cela.

— Et vous prétendez que le docteur Lee est coupable de cet avortement ?

— Je ne fais pas que prétendre, j'ai des preuves, dit Peterson, la voix très douce.

— Alors, veillez à ce qu'elles soient convaincantes, parce que le docteur Lee est un membre connu et respecté du...

— Écoutez. Pour la première fois, Peterson montrait un peu de nervosité. Pour qui prenez-vous cette jeune fille, pour une tapineuse à dix dollars ? C'était une fille bien, une fille fichtrement bien, d'une excellente famille. Elle était jeune, et jolie, et gentille, et quelqu'un l'a tuée, comme un boucher tue une bête. Et ce quelqu'un, ce n'était ni une sage-femme de Roxbury, ni un charlatan du North End. Elle avait trop de bon sens et trop d'argent pour tomber entre les mains de ces gens-là.

— Qu'est-ce qui vous fait croire à la culpabilité du docteur Lee ?

— Ça ne vous regarde pas.

Je haussai les épaules.

— L'avocat du docteur Lee posera la même question et le tribunal jugera que cela le regarde. Si vous ne savez que répondre...

— Je sais que répondre.

Je préférai attendre la suite. Dans un sens, j'étais curieux de voir jusqu'où allaient le talent, la diplomatie de Peterson. S'il était vraiment très fort, il ne me dirait plus rien, plus un mot. La situation ne l'y obligeait pas du tout. Parler encore serait une faute.

Et Peterson dit :

— Nous avons un témoin qui a entendu la jeune fille mettre le docteur Lee en cause.

— La jeune fille est arrivée à l'hôpital en état de choc, délirant et presque dans le coma. Ce qu'elle a pu dire dans ces conditions ne constitue qu'une preuve bien mince.

— Au moment où elle l'a dit, elle n'était pas en état de choc. Elle l'a dit beaucoup plus tôt.

— A qui ?

— A sa mère, répondit Peterson avec une grimace de satisfaction. Elle a dit à sa mère que Lee avait pratiqué l'avortement. Elle l'a dit au moment où toutes deux se sont mises en route pour l'hôpital. Et sa mère est prête à le jurer.

IV

J'essayai d'employer la même tactique que Peterson : garder un visage absolument inexpressif. Par bonheur, la médecine nous exerce à ce jeu, elle nous apprend à ne montrer aucune surprise quand un malade nous dit faire l'amour dix fois par nuit, rêver qu'il poignarde ses enfants, boire cinq litres de vodka chaque jour. L'imperturbabilité du médecin fait d'ailleurs partie de la mystique de la profession.

— Je vois, dis-je.

Peterson m'approuva d'un signe de tête.

— Un témoin digne de confiance, dit-il. Une femme pleine de maturité, stable de caractère, prudente dans ses jugements. Et très séduisante. Elle fera excellente impression sur le jury.

— Peut-être.

— Maintenant que je vous ai témoigné tant de franchise, peut-être m'expliquerez-vous pourquoi vous portez tant d'intérêt au docteur Lee.

— L'intérêt qu'on porte à un ami, c'est tout.

— Il vous a appelé avant même d'appeler son avocat.

— La loi lui accorde deux coups de téléphone.

— Oui, mais la plupart des personnes en état d'arrestation téléphonent à leur avocat et à leur femme.

— Il voulait me parler.

— Oui. Mais toute la question est de savoir pourquoi.

— En plus de la médecine, j'ai fait quelques études juridiques.

— Vous avez un diplôme de droit ?

— Non.

Peterson fit courir ses doigts sur le bord de son bureau.

— J'ai bien peur de ne pas comprendre, dit-il.

— A mon avis, il n'est peut-être pas indispensable que vous compreniez.

— Se pourrait-il que, d'une façon ou d'une autre, vous soyez impliqué dans cette affaire ?

— Tout à fait possible.

— Cela signifie-t-il « oui » ?

— Cela signifie que tout est possible.

Un long moment, il me tint sous son regard.

— Vous vous engagez dans une voie bien difficile, docteur Berry.

— Vous êtes trop sûr de vous pour un sceptique de mon genre.

— Si vous êtes si sceptique, pourquoi êtes-vous convaincu que le docteur Lee n'est pas coupable ?

— Je ne suis pas avocat de la défense.

— Vous savez, dit Peterson, tout le monde peut commettre une erreur. Même un médecin.

Une fois dehors, dans le crachin d'octobre, je décidai que c'était un foutu moment pour cesser de fumer. Peterson m'avait mis à bout de nerfs ; je fumai deux cigarettes sur le chemin du drugstore où je voulais acheter un autre paquet de cigarettes. Je m'étais attendu à trouver un policier stupide et inutilement brutal. Peterson n'était ni l'un ni l'autre. S'il avait dit la vérité, sa position était vraiment forte. Peut-être pas inattaquable, mais suffisamment forte pour qu'il ne risque pas de perdre son poste.

Peterson se trouvait dans une situation peu enviable. D'une part, il était dangereux d'arrêter le docteur Lee ; d'autre part, il était dangereux de ne pas arrêter le docteur Lee si trop d'arguments plaidaient en faveur de sa culpabilité. Acculé à prendre une décision, Peterson l'avait prise. Maintenant, il allait s'y tenir aussi longtemps que possible.

Et il disposait toujours d'une voie de retraite : en cas de complications, il pouvait rejeter toute la responsabilité sur Mrs. Randall. Peterson pouvait appliquer une politique si répandue parmi les chirurgiens et les internistes qu'ils la désignent des trois initiales : FSM : Faire Son Métier. Devant des faits suffisamment significatifs, l'adepte de cette politique agit, sans se préoccuper une minute de savoir s'il a raison ou tort ; les faits justifient l'action. A ce point de vue, la position de Peterson était très forte. Il se refusait à jouer l'affaire sur un coup de dés. Si Art était condamné, Peterson ne recevrait aucune accolade officielle. Mais si Art était acquitté, Peterson était couvert. Parce qu'il faisait son métier.

J'entrai dans le drugstore, achetai deux paquets de cigarettes et donnai quelques coups de fil. D'abord, j'appelai mon laboratoire et prévins que je serais absent pour le reste de la journée. Ensuite, j'appelai Judith, lui demandai d'aller chez les Lee et de rester auprès de Betty. Elle voulut savoir si j'avais vu Art et je répondis par l'affirmative. Elle me demanda comment il allait et je répondis que tout était pour le mieux, qu'il serait libre dans quelques heures au plus.

D'ordinaire, je ne cache rien à ma femme. A peine une ou deux petites choses, comme la conduite de Cameron Jackson à l'Association américaine de chirurgie, il y a quelques années. Je savais alors que Judith aurait de la peine pour la femme de Cameron si je racontais l'histoire ; ce fut d'ailleurs le cas lorsque les Jackson ont divorcé au printemps dernier. Ce divorce entrait dans la catégorie que nous appelons un DM, divorce médical, et n'avait aucun rapport avec les situations traditionnelles. Orthopédiste, Cameron a du travail plein les bras et se dévoue entièrement à sa tâche ; un beau jour, il s'est mis à ne plus prendre ses repas chez lui, à passer pratiquement toute sa vie à l'hôpital. Après quelque temps, sa femme n'en pouvait plus. Elle a commencé par haïr l'orthopédie et a fini par haïr Cameron. Elle a obtenu la garde des deux gosses et trois cents dollars par semaine, mais elle n'est pas heureuse. Ce qu'elle veut vraiment, c'est Cameron — sans la médecine.

Cameron n'est pas heureux non plus. Je l'ai vu la semaine dernière et il m'a vaguement parlé de ses projets de mariage avec une infirmière. Il savait que cette mésalliance allait faire jaser, mais on pouvait presque le voir penser : « Au moins, celle-ci comprendra. »

Je pense souvent à Cameron Jackson et à la douzaine de personnes qui, dans le cercle de mes connaissances, sont exactement dans le même cas. D'ordinaire, j'y pense quand le travail me retient au labo tard dans la soirée ou quand j'ai eu tant à faire que je n'ai pu téléphoner à la maison pour dire que je serais en retard.

Nous en avons parlé, Art Lee et moi. Art a eu le dernier mot, avec le cynisme qui lui est particulier : « Je commence à comprendre, a-t-il dit, pourquoi les prêtres ne se marient pas. »

En ce qui concerne son propre mariage, Art mène une vie conjugale d'une stabilité presque accablante aux yeux d'un tiers. Je suppose que son origine chinoise y est pour quelque chose, mais il doit y avoir d'autres raisons. Art et sa femme sont tous deux très cultivés, ils ne semblent subir aucune des contraintes qu'impose la tradition, mais je crois que tous deux ont eu quelque peine à se libérer de ses liens. Art fait un énorme sentiment de culpabilité parce qu'il ne peut consacrer que très peu de temps à sa famille, il couvre ses trois enfants de cadeaux et les gâte de façon ridicule. Art adore ses enfants et il est souvent difficile de l'arrêter quand il se met à vous parler d'eux. Son attitude vis-à-vis de sa femme est plus complexe, plus ambiguë. A certains moments, il paraît s'attendre à ce qu'elle vive à ses pieds comme un chien fidèle et, à certains moments, elle-même semble le souhaiter tout autant. En d'autres occasions, elle se montre plus indépendante.

Betty Lee est l'une des plus belles femmes que j'aie jamais vues. La voix douce, le corps d'une gracieuse sveltesse ; à côté d'elle, Judith a presque l'air d'une virago.

Judith et moi sommes mariés depuis huit ans. Quand nous nous sommes rencontrés, je n'avais pas terminé ma médecine et elle était en dernière année à Smith College. Judith a grandi dans une ferme du Vermont et possède l'entêtement des jolies filles. Je lui dis :

— Reste avec Betty, occupe-toi d'elle.

— Oui.

— Fais en sorte qu'elle garde son calme.

— D'accord.

— Et tiens les journalistes à l'écart.

— Il y aura des journalistes ?

— Je ne sais pas. Mais s'il y en a, tiens-les à l'écart.

Elle promit de suivre mes instructions et raccrocha.

Ensuite, j'appelai George Bradford, l'avocat d'Arthur. Bradford était un avocat sérieux, un homme ayant les relations qu'il faut ; il était premier associé du bureau juridique Bradford, Stone et Whitlaw. Comme il était absent, je laissai un message.

Enfin, j'appelai Lew Carr, professeur de clinique médicale au Memorial Hospital de Boston. La standardiste mit quelque temps à le trouver mais, une fois repéré, il entama la conversation avec son dynamisme habituel.

— Carr. J'écoute.

— Lew, John Berry à l'appareil.

— Salut, John. Qu'est-ce qui vous tracasse ?

C'était bien le style de Carr. Quand un confrère les appelle au téléphone, la plupart des médecins suivent une sorte de rituel ; ils vous demandent d'abord comment vous allez, puis comment va votre travail et enfin comment va votre famille. Mais Carr avait brisé avec cette mode comme il avait brisé avec bien d'autres choses.

— Je vous appelle à propos de Karen Randall.

— Que voulez-vous que je vous dise ?

Sa voix devenait prudente. De toute évidence, c'était un sujet brûlant au Mem ce jour-là.

— Tout ce que vous pouvez me dire. Tout ce que vous avez pu entendre.

— Écoutez, John, son père est un grand personnage à l'hôpital. J'ai tout entendu et je n'ai rien entendu. Qui cherche des renseignements ?

— Moi.

— A titre personnel ?

— Tout ce qu'il y a de plus personnel.

— Pourquoi ?

— Je suis un ami d'Art Lee.

— Ils lui mettent l'affaire sur le dos ? Je l'ai entendu

dire, mais je ne l'ai pas cru. J'ai toujours cru Lee trop malin pour...

— Lew, qu'est-ce qui s'est passé la nuit dernière ?

Carr poussa un soupir.

— Misère, un beau gâchis ! Un vrai gâchis du tonnerre de Dieu ! Ces messieurs du service des patients externes ont fait la toute grosse gaffe.

— Que voulez-vous dire ?

— Je ne peux pas vous expliquer maintenant, dit Carr. Vous feriez mieux de passer me voir.

— Très bien. Où est le corps, pour le moment ? Vous l'avez dans votre service ?

— Non, il est parti à la morgue.

— On a déjà pratiqué l'autopsie ?

— Je n'en ai pas la moindre idée.

— O.K. Je serai là dans une heure ou deux. Est-ce que j'ai une chance d'obtenir le dossier de Karen Randall ?

— J'en doute fort, dit Carr. Le Vieux a mis la main dessus.

— Pas moyen de le lui retirer des griffes ?

— J'en doute.

— O.K., dis-je. A bientôt.

Je raccrochai, sortis une autre pièce de dix *cents* et appelai la morgue. La secrétaire me confirma l'arrivée du corps. Cette secrétaire, Alice, devait souffrir d'insuffisance thyroïdienne ; chaque fois que j'entendais sa voix, je me demandais si Alice ne venait pas d'avaler une contrebasse.

— L'autopsie a déjà eu lieu ? demandai-je.

— Ils vont commencer à l'instant.

— Demandez-leur d'attendre un peu. Je voudrais y assister.

— Je ne crois pas que ce soit possible, dit Alice de sa voix de rogomme. Le Mem nous a envoyé un bonhomme tout feu tout flamme pour cette autopsie.

Mais elle me conseilla de me dépêcher. J'en avais bien l'intention.

V

Beaucoup de gens de Boston croient que leur ville offre les meilleurs soins médicaux du monde. Rares sont ceux qui mettent cette vérité en question.

Mais tous se lancent dans des débats passionnés dès qu'il s'agit de dire quel hôpital bostonien est le meilleur. Trois concurrents principaux sont en ligne : l'Hôpital Général, l'hôpital Brigham et le Mem. Les partisans du Mem vous diront que le Général est trop grand et le Brigham trop petit ; que le Général est trop froidement clinique et le Brigham trop froidement scientifique ; que le Général néglige la chirurgie pour la médecine alors que le Brigham néglige la médecine pour la chirurgie. Enfin, on vous dira solennellement qu'en fait de personnel, le Général et le Brigham n'arrivent pas à la cheville du Mem sous le double rapport de la formation et de l'intelligence.

Mais dans tous ces classements d'hôpitaux par ordre de qualité, l'hôpital municipal navigue aux environs de la dernière place. Et c'est vers le Municipal que je roulais maintenant, passant devant le Prudential Center, le plus fier monument de ce que les hommes politiques appellent le nouveau Boston. C'est un vaste complexe de gratte-ciel, d'hôtels, de boutiques et de cours intérieures, avec des tas de fontaines et d'espaces perdus qui lui donnent l'air moderne. A quelques minutes de marche se trouve le quartier mal famé, lequel n'est ni moderne ni neuf, mais tout comme le Prudential Center, fonctionnel à sa manière.

Ce quartier s'étend à la lisière des taudis noirs de Roxbury, tout comme l'hôpital municipal de Boston. Je rebondissais de nid-de-poule en ni-de-poule en pensant que j'étais bien loin du territoire des Randall.

Pour les Randall, pratiquer la médecine au Mem allait de soi. Ils comptaient parmi les vieilles familles, ce qui, à Boston, signifie qu'ils pouvaient revendiquer comme ancêtre au moins un pèlerin débarquant du *Mayflower* malade comme un chien et jetant les fondations génétiques de la lignée. Laquelle s'adonnait à la médecine depuis des centaines d'années : en 1778, Wilson Randall était mort à Bunker Hill.

Dans les chapitres plus récents de son histoire, la famille avait produit maintes sommités médicales. Au début du siècle, Joshua Randall s'était fait un grand nom dans la chirurgie du cerveau, avait contribué autant que quiconque, fût-ce Cushing lui-même, aux progrès de la neurochirurgie en Amérique. C'était un homme sévère, dogmatique au possible ; à son sujet, une anecdote célèbre, bien qu'apocryphe, était entrée dans la tradition médicale.

Comme beaucoup de chirurgiens de son époque, Joshua Randall se faisait une règle d'interdire le mariage aux résidents placés sous ses ordres. Un jeune résident était parvenu à convoler discrètement ; quelques mois plus tard, Randall découvrait le pot aux roses et convoquait une assemblée de tous les résidents. Il les fit aligner sur un rang et dit :

— Docteur Jones, veuillez avancer d'un pas.

Le coupable maîtrisa un léger tremblement et obéit. Randall dit :

— J'ai cru comprendre que vous êtes marié.

On aurait pu croire qu'il parlait de quelque maladie.

— Oui, monsieur.

— Avant que je vous renvoie de l'hôpital, avez-vous quelque chose à dire pour votre défense ?

Après quelques secondes de silence pesant, le jeune médecin se jeta à l'eau.

— Oui, monsieur. Je promets que je ne le ferai plus.

S'il faut en croire la légende, Randall s'amusa tant de la réponse que, tout compte fait, il garda le docteur Jones dans son service.

Après Joshua, vint Winthrop Randall, le spécialiste en chirurgie thoracique. J.D. Randall, le père de Karen, faisait de la chirurgie cardiaque et se spécialisait en prothèses valvulaires. Je ne lui avais jamais été présenté, mais je l'avais rencontré deux ou trois fois — un impérieux patriarche à l'épaisse chevelure blanche, la terreur des résidents de chirurgie qui accouraient en foule pour recevoir son enseignement, mais le haïssaient de tout leur cœur.

Le cabinet de son frère, Peter, interniste, se trouvait juste à côté des Commons. Peter Randall était un médecin à la mode, très snob et, disait-on, pas mauvais du tout, mais il m'était impossible de savoir si cette réputation était fondée.

J.D. avait un fils, le frère de Karen, qui étudiait la médecine à Harvard. L'année précédente, le bruit avait couru que le gamin était fort occupé à bousiller ses études, mais plus personne n'en parlait maintenant.

Dans une autre ville, à une autre époque, il pourrait sembler étrange qu'un garçon nourri dans une tradition médicale aussi élevée choisisse de travailler durement et parvienne à y survivre. Mais pas à Boston : à Boston, les vieilles familles riches étaient depuis longtemps persuadées que deux professions seulement pouvaient retenir l'attention d'un homme bien né. L'une était la médecine, l'autre le droit ; on faisait une petite exception pour la carrière académique, jugée honorable pour autant que l'on occupât une chaire à Harvard.

Mais la famille Randall n'était pas une famille de professeurs ou de juristes. C'était une famille de médecins et tout Randall sain d'esprit s'arrangeait pour se sortir de l'école de médecine et décrocher un poste de *house officer* au Mem. Depuis toujours, l'école de médecine aussi bien que le Mem ferment plus ou moins les yeux sur de mauvaises notes dès qu'il s'agit d'un étudiant appelé Randall, mais depuis toujours aussi, la famille les a payés de leur confiance, avec intérêts. En médecine, parier sur un Randall, c'était presque jouer à coup sûr.

Je ne connaissais pour ainsi dire rien d'autre sur la famille, sauf que les Randall étaient très riches, fermement épiscopaliens, résolument dévoués aux bonnes œuvres, universellement respectés et très puissants.

J'allais devoir en découvrir plus si je voulais mener mon entreprise à bien.

A trois pâtés de maisons de l'hôpital, je traversai la Zone de Combat, à l'angle de Massachusetts Avenue et de Columbus Avenue. La nuit, cet endroit fourmille de prostituées, de souteneurs, de consommateurs et de trafiquants de drogue. Le quartier doit son surnom aux médecins du

Municipal : ils en reçoivent tant de blessés par arme blanche et par arme à feu qu'ils le considèrent comme le théâtre d'une guerre limitée.

L'hôpital municipal de Boston est un immense complexe de bâtiments qui s'étendent sur trois pâtés de maisons. Il comprend plus de 1 350 lits occupés en ordre principal par des alcooliques et des vagabonds. Le Municipal doit à sa clientèle un peu particulière de subir maints quolibets dans les milieux médicaux de Boston. Mais on lui reconnaît la qualité de bon hôpital d'enseignement, car résidents et internes peuvent y voir en grand nombre des cas introuvables dans un hôpital mieux fréquenté. Le scorbut en est un bon exemple. Peu de gens sont atteints de scorbut dans l'Amérique d'aujourd'hui. Pour apparaître, cette maladie exige un état de sous-alimentation générale et le manque complet de fruits pendant cinq mois. C'est si rare que la plupart des hôpitaux voient un cas de scorbut tous les trois ans : mais le Municipal de Boston admet une demi-douzaine de scorbutiques chaque année, d'ordinaire au printemps, « la saison du scorbut ».

Il y a d'autres exemples : la tuberculose grave, la syphilis tertiaire, les plaies par revolver ou poignard, les accidents en tous genres. Quelle que soit la catégorie d'affections, le Municipal en voit plus, et dans un état plus avancé, que n'importe quel autre hôpital de Boston.

L'intérieur du Municipal est un labyrinthe construit par un fou. Des couloirs interminables, souterrains ou non, relient les douze bâtiments de l'hôpital. A chaque coin, de grands panneaux verts indiquent la direction à suivre, mais ils ne servent pas à grand-chose : trouver son chemin reste une entreprise presque désespérée.

En suivant les couloirs, en traversant les bâtiments, je me souvenais de mon tour de service au Municipal pendant ma résidence. De petits détails me revenaient en mémoire. Le savon : ce savon bon marché qu'on employait partout et dont l'odeur était si bizarre. Les deux sacs de papier suspendus près de chaque évier, un pour les serviettes et un pour les doigtiers (par mesure d'économie, l'hôpital gardait les doigtiers ayant déjà servi et les nettoyait pour les remployer). Les petites plaques d'identification en plastique où le nom du propriétaire était écrit en lettres noires, bleues ou rouges selon le service auquel il appartenait. J'avais passé un an dans cet hôpital et, durant ces douze mois, j'avais fait plusieurs autopsies pour le médecin légiste.

Il existe quatre situations médicales où l'intervention du coroner est requise et où la loi exige une autopsie. Tout résident en pathologie en connaît la liste par cœur.

Lorsque le patient meurt de mort violente ou dans des circonstances inhabituelles.

Lorsque le patient est DA, c'est-à-dire décédé au moment de son admission à l'hôpital.

Lorsqu'il meurt moins de vingt-quatre heures après son admission.

Lorsqu'un patient meurt à l'extérieur de l'hôpital, en dehors de toute surveillance d'un médecin.

Dans chacun de ces cas, une autopsie est effectuée à l'hôpital municipal. Comme beaucoup d'autres villes, Boston n'a pas de morgue autonome. Le deuxième étage du Mallory Building, domicile du service d'anatomie pathologique, est réservé aux bureaux du médecin légiste. Dans les cas de routine, la plupart des autopsies sont faites par des résidents de première année, venus de l'hôpital où le patient est décédé. Pour ces résidents, nouveaux dans le métier et encore sujets au trac, une autopsie faite sur ordre du coroner donne parfois bien du fil à retordre.

Par exemple, ils ne savent pas du tout à quoi peuvent bien ressembler un empoisonnement ou une électrocution et ils se font un sang d'encre à l'idée de manquer un détail important. La bonne méthode, que les résidents se transmettent de bouche à oreille et d'année en année, c'est de faire une autopsie extrêmement méticuleuse, de prendre des tas de photos et de notes tout au long de l'opération et de « tout mettre de côté », ce qui veut dire garder des échantillons de tissu de tous les organes importants en prévision d'une action en justice où quelqu'un demanderait le réexamen des constatations d'autopsie. « Tout mettre de côté », c'est évidemment une façon coûteuse de faire les choses. Il faut pour cela plus de bocaux, plus de fixateurs et plus d'espace dans les frigos. Mais on y recourt sans hésiter dans tous les cas impliquant l'intervention de la police.

Et pourtant, malgré toutes ces précautions, l'opérateur se fait des cheveux. Tout au long de l'autopsie, il a peur, il est obsédé par l'affreuse idée que la défense ou l'accusation va exiger quelque renseignement, quelque indice crucial, positif ou négatif, qu'il ne pourra pas donner parce qu'il n'a pas envisagé toutes les possibilités, toutes les variables, tous les diagnostics différentiels.

Pour quelque raison oubliée depuis longtemps, deux petits sphinx de pierre montent la garde derrière la porte du Mallory. Chaque fois que je les vois, ils me mettent mal à l'aise : un sphinx dans un bâtiment consacré à la pathologie médicale me fait penser aux Chambres d'embaumement de l'Égypte ancienne.

Je montai au deuxième étage dire un mot à Alice. Elle n'était pas de très bonne humeur : l'autopsie n'était pas encore commencée, encore un retard inadmissible ; tout allait au diable de nos jours ; savais-je qu'on s'attendait à une épidémie de grippe pour cet hiver ?

Je dis que je le savais, puis lui demandai :

— Qui fait l'autopsie de Karen Randall ?

Alice fronça les sourcils d'un air réprobateur.

— On a envoyé quelqu'un du Mem. Il s'appelle Hendricks, si je ne me trompe.

Voilà qui était surprenant. Je m'attendais plutôt à voir une grosse légume chargée de ce cas.

— Il est déjà là ? demandai-je avec un signe de tête vers l'extrémité du hall.

Alice répondit par un grognement indistinct.

Je me mis en route, passai devant la chambre frigorifique où l'on conservait les corps et devant la pancarte disant en lettres calligraphiées que seul le personnel autorisé pouvait aller plus loin. J'arrivai ainsi devant les deux portes battantes, en bois, sans fenêtres, marquées *ENTRÉE* et *SORTIE*. Je poussai la porte *ENTRÉE* et me retrouvai dans la salle d'autopsie. Deux hommes bavardaient dans le coin le plus éloigné.

C'était une grande pièce peinte de ce vert morne qui caractérise les bâtiments officiels. Le plafond était bas, le sol en béton nu, rien ne dissimulait les tuyaux de la plomberie : dans ce genre d'endroit, on fait peu de frais pour la décoration intérieure. Au milieu de la salle s'alignaient cinq tables d'acier inoxydable, chacune longue de six pieds, légèrement inclinées et pourvues d'un rebord. De l'eau coulait sans arrêt le long de la table, en une mince pellicule, et se déversait dans un évier à l'extrémité inférieure. On ne coupait l'eau qu'à la fin de l'autopsie ; ainsi, le sang et les débris de matière organique étaient régulièrement évacués. Un énorme ventilateur encastré dans la fenêtre de verre opaque fonctionnait sans relâche, diffusant en même temps une odeur chimique qui rappelait vaguement la senteur d'une forêt de sapins.

D'un côté de la salle se trouvait un vestiaire où les pathologistes quittaient leurs vêtements de ville pour la blouse verte et le tablier du chirurgien. Puis, une rangée de quatre grands éviers, le plus éloigné portant une pancarte qui disait : *RÉSERVÉ AU LAVAGE DES MAINS*. Les autres servaient au nettoyage des instruments et des échantillons. Tout au long d'un mur, s'alignaient des armoires simples contenant des gants de caoutchouc, des flacons destinés aux échantillons, des fixateurs, des réactifs et un appareil photographique. Souvent, les spécimens sortant de l'ordinaire étaient photographiés sur place, avant l'ablation.

A mon entrée dans la pièce, les deux hommes levèrent les yeux sur moi car j'interrompais leur conversation. Ils discutaient un cas, penchés sur le cadavre gisant sur la table la plus éloignée de la porte. Je reconnus l'un des deux hommes, un résident nommé Gaffen, que j'avais déjà rencontré. C'était un homme très habile et de caractère plutôt sadique. L'autre, je ne le connaissais ni d'Ève ni d'Adam ; il devait s'agir d'Hendricks.

— Hello, John ! dit Gaffen. Quel bon vent vous amène ?

— L'autopsie de Karen Randall.

— On commence dans une minute. Vous voulez vous changer ?

— Non, merci. Je ne suis ici qu'en spectateur.

En fait, j'aurais aimé me changer, mais l'idée me semblait peu judicieuse. La seule façon de proclamer mon rôle d'observateur était de rester en costume de ville. Je ne voulais pour rien au monde être considéré comme participant actif à l'autopsie et donc susceptible d'en influencer les résultats.

— Je ne crois pas que nous nous soyons déjà rencontrés, dis-je à Hendricks. Je m'appelle John Berry.

— Jack Hendricks.

Il sourit, mais sans me tendre la main. Il portait des gants et avait déjà touché le corps à autopsier.

— Je viens de montrer à Hendricks quelques constatations physiques, dit Gaffen en désignant le cadavre d'un signe de tête.

Il fit un pas en arrière pour me permettre de voir. C'était une jeune Noire. Elle avait dû être jolie avant qu'un inconnu ne lui fît trois petits trous bien ronds dans la poitrine et l'estomac.

— Hendricks n'a jamais mis les pieds hors du Mem, dit Gaffen. Il n'a guère l'occasion de voir des spectacles comme celui-ci. Par exemple, nous discutions à l'instant pour découvrir ce que peuvent bien signifier ces petites marques.

Du doigt. Gaffen montra plusieurs petites plaies sur les bras et les mollets du cadavre.

— J'avais cru, dit Hendricks, qu'il s'agissait peut-être d'éraflures provoquées par du fil de fer barbelé.

Gaffen eut un sourire navré.

— Du fil de fer barbelé, répéta-t-il.

Pour ma part, je préférais me taire. Je savais ce qu'étaient les plaies, mais je savais aussi qu'un médecin manquant d'expérience spécifique ne devinerait jamais leur signification.

— Quand l'a-t-on amenée ? demandai-je.

Gaffen jeta un regard à Hendricks avant de répondre.

— A cinq heures du matin. Mais l'heure de la mort semble se situer aux environs de minuit. Ça vous donne peut-être une idée, Hendricks ?

Hendricks hocha la tête et se mordit les lèvres. Gaffen

lui jouait le grand jeu. J'aurais bien pris la défense du jeunot, mais tous les anciens faisaient subir ce genre d'interrogatoire à tous les bleus. En médecine, il n'est pas rare que la brimade passe pour une excellente méthode d'enseignement. Hendricks le savait. Je le savais. Gaffen le savait.

— Où, demanda Gaffen, supposez-vous que cette jeune fille se soit trouvée pendant les cinq heures qui ont suivi sa mort ?

— Je ne sais pas, répondit Hendricks, penaud.

— Devinez.

— Dans son lit ?

— Impossible. Regardez la lividité. Elle ne pouvait être couchée sur le dos. Le corps était mi-assis, mi-basculé sur le flanc.

Hendricks jeta un nouveau regard au cadavre et, derechef, hocha la tête.

— On l'a trouvée dans le ruisseau, dit Gaffen. Charleston Street, à trois rues de la Zone de Combat. Dans le ruisseau.

— Oh !

— Donc, poursuivit Gaffen, qu'est-ce que ces marques vous disent, maintenant ?

Hendricks ne voyait toujours pas. Ça pouvait continuer pendant des heures ; Gaffen s'amusait suffisamment pour faire durer le plaisir. Alors, je m'éclaircis la gorge et dis :

— En fait, Hendricks, ce sont des morsures de rat. Très caractéristiques : une perforation initiale, puis une déchirure en forme de coin.

— Des morsures de rat, répéta-t-il à voix basse.

— On apprend tous les jours, dit Gaffen. Il consulta sa montre. Je dois filer maintenant. J'ai une séance anatomo-clinique. Heureux de vous avoir revu, John.

Il ôta ses gants, se lava les mains puis revint aux côtés de Hendricks.

Hendricks regardait toujours les impacts de balle et les morsures.

— Elle est restée cinq heures dans le ruisseau ?

— Oui.

— La police ne l'a pas trouvée ?

— Si. Ils ont fini par la découvrir.

— Qui a bien pu faire ça ?

Gaffen eut un sursaut devant la naïveté de la question.

— Vous m'en demandez trop. Ses antécédents médicaux indiquent un chancre syphilitique buccal, traité dans cet hôpital, et cinq échauffements tubaires, traités dans cet hôpital.

— Échauffements tubaires ?

— Salpingite avec pelvipéritonite.

— Quand on l'a trouvée, dit Gaffen, elle avait quarante dollars en espèces cachés dans son soutien-gorge.

Il jeta un regard à Hendricks, hocha la tête et quitta la salle. Quand nous fûmes seuls, Hendricks me dit :

— Je ne comprends toujours pas. Cela signifie-t-il que c'était une prostituée ?

— Oui. On l'a tuée et elle est restée cinq heures dans le ruisseau à se faire grignoter par des rats d'égout.

— Oh !

— Ce sont des choses qui arrivent, dis-je. Qui arrivent souvent.

Les portes pivotantes s'ouvrirent et un infirmier poussa dans la salle une table roulante où gisait un corps couvert d'un linceul blanc. L'homme leva les yeux vers nous et demanda :

— Randall ?

— Oui, répondit Hendricks.

— Quelle table voulez-vous ?

— Celle du milieu.

— Très bien.

Il approcha le plus près possible et fit basculer le cadavre sur la table d'acier inoxydable, en déplaçant d'abord la tête puis les pieds. Le corps était déjà tout raide. D'un geste vif, l'infirmier ôta le linceul, le plia et le posa sur la table roulante.

— Faut votre signature, dit-il à Hendricks, en lui tendant un formulaire.

— Je ne suis pas très versé dans ce genre de choses, me dit Hendricks. Cette histoire de tribunal... Je n'ai encore fait qu'une seule autopsie et c'était un accident de travail. Un homme tué par un choc sur la tête. Mais rien de comparable à...

— Pourquoi vous a-t-on choisi pour l'autopsie de Karen Randall ?

— Un simple coup de chance, je suppose. J'avais cru que Weston allait la faire, mais il semble que non.

— Leland Weston ?

— Oui.

Weston était le chef du service d'anatomie pathologique au Municipal, un grand monsieur, le meilleur de Boston dans la branche.

— Eh bien, dit Hendricks, autant s'y mettre maintenant.

Il s'en fut à l'évier et entreprit de se laver méticuleusement les mains. Les médecins qui se lavent les mains pour une autopsie m'irritent toujours un peu. Cette attitude les fait par trop ressembler à des caricatures de chirurgiens : l'envers idiot de la médaille, un homme vêtu de l'uniforme chirurgical — pantalon bouffant et blouse à manches courtes — se lavant les mains avant d'opérer un patient qui n'en est plus à se soucier d'asepsie.

Mais dans le cas d'Hendricks, je savais qu'il cherchait simplement à retarder le moment de se mettre au travail. Les autopsies ne sont jamais très agréables à regarder. Elles sont particulièrement déprimantes lorsque la défunte est jeune et jolie comme Karen Randall. Elle était étendue sur le dos, ses cheveux blonds répandus sur l'eau. Ses yeux bleus fixaient le plafond. Tandis que Hendricks achevait de se frotter les mains, j'observai le corps et touchai la peau. Elle était froide, lisse et d'un blanc grisâtre. L'état normal d'une jeune fille morte d'avoir perdu tout son sang.

Hendricks s'assura qu'il y avait de la pellicule dans l'appareil photographique, puis me fit signe de m'écarter tandis qu'il prenait trois photos, sous des angles différents.

— Vous avez son dossier ? demandai-je.

— Non. C'est le Vieux qui l'a. Je dois me contenter d'un résumé du rapport établi par le service des consultations.

— Et ce rapport disait ?...

— Diagnostic clinique : décès provoqué par hémorragie vaginale compliquée de choc anaphylactique.

— Choc anaphylactique ? Pourquoi ?

— Vous m'en demandez trop, dit Hendricks. Il s'est

59

passé quelque chose à la consultation, mais j'ignore quoi au juste.

— Voilà qui est intéressant, dis-je.

Hendricks termina sa série de photos et se dirigea vers le tableau. La plupart des labos ont un tableau où l'opérateur peut inscrire ses constatations en cours d'autopsie, marques superficielles sur le corps, poids et apparence des organes et divers autres détails. Hendricks inscrivit dans le coin supérieur gauche : *Karen Randall*, et le numéro d'ordre.

A ce moment, un autre personnage fit son entrée dans la salle. Je reconnus le crâne chauve et la silhouette voûtée de Leland Weston. Dans la soixantaine, au bord de la retraite, Weston gardait pas mal d'énergie. Il serra vigoureusement ma main, puis celle de Hendricks qui semblait très soulagé de le voir.

Weston prit lui-même la direction de l'autopsie. D'abord, il fit ce que je lui avais toujours vu faire en pareil cas, marcha tout autour de la table, l'œil rivé au cadavre, en se marmonnant des phrases indistinctes. Il finit par s'arrêter et son regard se fixa sur moi.

— Vous l'avez observée, John ?

— Oui.

— Qu'en concluez-vous ?

— Gain de poids récent, dis-je. On remarque des vergetures sur les hanches et les seins.

— Bien, dit Weston. Rien d'autre ?

— Si. La répartition du système pileux est intéressante. Les cheveux sont blonds, mais il y a une ligne de duvet noir sur la lèvre supérieure et un peu plus sur les avant-bras. Ce duvet me paraît fin et clairsemé, donc récent.

— Bien, dit Weston en hochant la tête. Il me fit un petit sourire ironique, le sourire qu'il nous réservait à l'époque où nous étions ses élèves. Weston avait formé la plupart des pathologistes de Boston. Mais, reprit-il, vous avez manqué la constatation la plus importante. Du doigt, il montrait le pubis, qui était rasé de près. Ça, ajouta-t-il.

— Mais elle a subi un avortement, dit Hendricks. Nous le savons tous.

Et Weston, la voix sévère :

— Personne ne sait rien avant la fin de l'autopsie. Nous ne pouvons nous permettre aucun diagnostic prématuré. Il sourit. Ce genre de distraction est réservé aux cliniciens. Passant une paire de gants, il poursuivit : — Ce rapport d'autopsie devra être le meilleur et le plus exact que nous puissions établir. Parce que J.D. Randall va le passer au peigne fin. Maintenant, au travail. Il examina soigneusement le pubis. Trouver la raison exacte d'une épilation à cet endroit présente toujours des difficultés. Il peut s'agir d'une opération, mais de nombreuses patientes se rasent elles-mêmes pour des raisons strictement personnelles. Dans le cas présent, on remarque le soin apporté à la chose, l'absence de toute éraflure ou petite coupure. Cela est significatif en soi : aucune infirmière au monde ne rasera une région charnue comme celle-ci sans que sa lame ne fasse au moins un petit écart. Les infirmières sont pressées et les petites coupures n'ont pas d'importance. Donc…

— Elle s'est rasée elle-même, dit Hendricks.

— Probablement. Bien sûr, ce détail n'exclut pas la possibilité d'une opération. Mais nous devons nous en souvenir.

Weston poursuivit l'autopsie ; il travaillait vite et sans le moindre à-coup. Il prit les mesures de la jeune fille, cinq pieds quatre pouces, la pesa, cent quarante livres. Avec ce qu'elle avait perdu comme liquide, ce poids restait respectable. Weston inscrivit le chiffre au tableau avant de donner son premier coup de scalpel.

Une autopsie commence traditionnellement par une incision en Y : deux branches partent des épaules, se rejoignent au centre du corps sous la dernière côte et continuent en une incision unique jusqu'au pubis. Ensuite, la peau et les muscles sont écartés en trois volets : on scie les côtes pour exposer les poumons et le cœur ; l'abdomen est largement incisé. Puis on ligature et on sectionne les carotides, le côlon, on sectionne la trachée et le pharynx — et tous les viscères, cœur, poumons, estomac, foie, rate, reins et intestins sont enlevés d'un seul mouvement.

Par la suite, on recoud le cadavre éviscéré. On peut alors examiner tout à loisir les organes isolés et prélever les sections nécessaires à l'examen microscopique. Tandis que le pathologiste effectue ce travail, le garçon de salle ouvre le cuir chevelu, scie la calotte crânienne et enlève le cerveau si l'autorisation en a été donnée.

A ce moment, je me rendis compte qu'il n'y avait aucun aidant dans la salle. J'en fis la remarque à Weston.

— C'est exact, dit-il. Nous faisons cette autopsie seuls.

Je regardai Weston finir son incision. Ses mains tremblaient légèrement, mais sa technique restait remarquablement rapide et efficace. Quand il ouvrit l'abdomen, le sang jaillit.

— Vite, s'écria-t-il. Aspiration !

Hendricks apporta un flacon relié à un tuyau d'aspiration. Le liquide abdominal — rouge noirâtre, du sang pour la plus grande partie — fut recueilli dans le flacon et la quantité mesurée. Au total, on en tira près de trois litres.

— Dommage que nous n'ayons pas le dossier, dit Weston. J'aimerais savoir combien on lui a donné de sang à la salle d'urgence.

J'approuvai. Le volume sanguin normal chez l'individu moyen se situe aux environs de cinq litres. La présence d'une telle quantité de sang dans l'abdomen impliquait une perforation quelque part.

Quand tout le liquide fut recueilli, Weston poursuivit la dissection, enlevant les organes pour les placer dans un récipient en acier inoxydable. Il les emporta sur l'évier, les lava puis les examina l'un après l'autre, en commençant par la thyroïde.

Il garda la thyroïde en main pendant quelques secondes.

— Bizarre, dit-il. Je dirais qu'elle pèse une quinzaine de grammes.

Une thyroïde normale pèse de vingt à trente grammes.

— Mais c'est sans doute une variation normale, ajouta Weston.

Il ouvrit la thyroïde et examina la surface de la section. Nous ne remarquions rien d'inhabituel.

Ensuite, il incisa la trachée, l'ouvrant jusqu'à l'endroit où elle bifurque dans les poumons, lesquels étaient dilatés et d'un blanc laiteux, alors que le poumon sain est d'un rose pourpre.

— Choc anaphylactique, dit Weston. Généralisé. Vous savez à quoi elle était allergique ?

— Non, dis-je.

Hendricks prenait des notes. Weston suivit habilement les bronches jusque dans les poumons puis ouvrit les artères et les veines pulmonaires.

Il passa au cœur qu'il ouvrit par deux incisions en boucle, l'une dans la paroi droite, l'autre dans la paroi gauche, qui révélèrent les quatre cavités.

— Parfaitement normal.

Ensuite, il ouvrit les artères coronaires. Elles étaient normales aussi, bien ouvertes, sans guère d'artériosclérose.

Tout le reste fut normal jusqu'au moment où nous en arrivâmes à l'utérus. L'épanchement sanguin lui donnait une couleur presque pourpre. Il n'était pas très grand ; il avait à peu près les dimensions et la forme d'une ampoule électrique, avec les ovaires et les trompes de Fallope qui y étaient appendus. Tandis que Weston le faisait tourner entre ses doigts, nous aperçûmes la perforation à travers l'endomètre et le muscle. Cela expliquait l'hémorragie dans la cavité péritonale.

Mais les dimensions me tracassaient. Je ne pouvais admettre qu'il s'agît là d'un utérus de femme enceinte, d'autant moins que la grossesse en question aurait dû dater de quatre mois. A quatre mois, le fœtus a six pouces de long, son cœur bat, ses yeux et son visage se développent, ses os se forment. L'utérus eût été considérablement agrandi.

Weston pensait la même chose.

— Évidemment, dit-il, on lui a sans doute donné de l'ocytocine à la salle d'urgence mais, n'empêche, c'est fichtrement bizarre.

Il coupa la paroi utérine et l'ouvrit. L'intérieur avait été cureté, soigneusement, du travail bien fait ; de toute évidence, la perforation ne s'était produite que plus tard. Maintenant, l'intérieur de l'utérus était rempli de sang et de nombreux caillots jaunâtres et translucides.

— Des caillots de graisse de poulet, dit Weston.

Dans le jargon pathologique, cette comparaison signifie que les caillots se sont formés après la mort.

— Cet avortement n'est pas tout à fait œuvre d'amateur, reprit Weston. Mais de quelqu'un connaissant au moins les principes fondamentaux du curetage.

— Sauf en ce qui concerne la perforation.

— Oui, dit-il, sauf en ce qui concerne la perforation. Eh bien, poursuivit-il, nous savons au moins qu'elle ne l'a pas fait elle-même.

C'était un point important. Un pourcentage élevé des hémorragies vaginales aiguës est imputable aux victimes qui ont voulu pratiquer elles-mêmes l'avortement, au moyen de drogues, de solutions salines de savon, d'aiguilles à tricoter, que sais-je encore. Mais Karen n'aurait pu effectuer sur elle-même ce genre de curetage qui exige l'anesthésie générale de la patiente.

— D'après vous, ça ressemble à un utérus de femme enceinte ? demandais-je à Weston.

— Douteux, dit Weston. Très douteux. Voyons comment se présentent les ovaires.

Il incisa les ovaires, à la recherche du corps jaune qui subsiste après le départ de l'ovule. Il ne trouva rien. En soi, cette situation ne constituait pas une preuve ; le corps jaune commence à dégénérer après trois mois et cette fille était censée se trouver à son quatrième mois.

Le garçon de salle entra alors et dit à Weston :

— Je referme, maintenant ?

— Oui, répondit Weston, autant fermer.

L'homme commença son travail, qui consistait à suturer l'incision et à envelopper le cadavre dans un linceul propre. Je me tournais vers Weston :

— Vous n'allez pas examiner le cerveau ?

— Je n'en ai pas l'autorisation, dit Weston.

D'ordinaire, bien qu'ayant lui-même ordonné l'autopsie, le médecin légiste n'exigeait pas l'examen du cerveau, à moins que la situation n'indiquât une possibilité d'affection cérébrale.

— Mais j'aurais cru qu'une famille comme les Randall, pour qui la médecine a tant d'importance…

— Oh, J.D. ne fait aucune difficulté. C'est Mrs Randall. Elle refuse qu'on enlève le cerveau et rien ne peut la faire revenir sur sa décision. Vous la connaissez ?

Je hochais la tête.

— Une maîtresse femme, dit-il, la voix sèche.

Et il se remit à l'examen des organes, en suivant le tube gastro-intestinal de l'œsophage à l'anus. Situation entièrement normale. Je partis avant que Weston eût entièrement terminé. J'avais vu ce que je voulais voir, je savais que le rapport final ne pourrait rien établir avec certitude. L'état macroscopique des viscères, pour ne citer qu'eux, ne permettait pas d'affirmer si Karen Randall était ou non enceinte.

C'était étrange.

VI

J'ai beaucoup de peine à trouver quelqu'un qui m'assure sur la vie. La plupart des pathologistes se trouvent dans le même cas : les compagnies nous jettent un seul regard et sont prises de frissons. L'exposition constante à la tuberculose, aux tumeurs malignes et aux infections mortelles font de nous les plus dangereux des clients. Parmi toutes les personnes de ma connaissance, seul un biochimiste du nom de Jack Murphy est encore moins populaire auprès des assureurs. Dans sa jeunesse, Murphy jouait demi-arrière pour Yale et il entra ensuite dans une équipe qui réunissait les meilleurs éléments de l'Est des États-Unis. En soi, cette situation est déjà une performance, mais elle n'en devient que plus sensationnelle quand on connaît Murphy et qu'on a vu ses yeux. Murphy est pratiquement aveugle. Il porte des verres d'un pouce d'épaisseur et marche la tête penchée comme si le poids de ses lunettes l'entraînait vers le sol. Sa vision est à peine suffisante dans la vie quotidienne ; quand il s'énerve ou quand il a bu un coup de trop, il se cogne aux meubles et aux murs.

A première vue, il ne semble pas que Murphy ait l'étoffe d'un demi-arrière, même à Yale. Pour connaître son secret, il faut voir Murphy en action. Il est rapide. En outre, je ne connais personne qui puisse le battre sous le rapport de l'équilibre. Quand il jouait au football, ses coéquipiers avaient mis au point toute une série de passes spécialement conçues pour pointer Murphy dans la bonne direction et l'envoyer droit au but. La tactique donnait souvent de très bons résultats bien qu'à plusieurs reprises, Murphy ait lancé une brillante percée vers ses propres perches et, à deux occasions, passé la ligne pour faire bonne mesure.

Sa préférence s'est toujours portée sur les sports peu communs. A l'âge de trente ans, il décida de s'adonner à l'alpinisme. Il trouva cela très agréable, mais ne parvint pas à trouver une compagnie d'assurances prête à le couvrir. Alors, il passa aux voitures de course et se tira très bien d'affaire jusqu'au jour où il jeta une Lotus hors de la piste, lui fit faire quatre tonneaux successifs et se cassa les deux clavicules en plusieurs endroits. Par la suite, il jugea qu'il valait mieux être assuré qu'être sportif et il renonça aux exercices violents.

Murphy est si rapide que, si j'ose dire, il parle en sténographie, il emploie une sorte de « sténophonie », sans perdre son temps à mettre tous les articles et tous les pronoms dans ses phrases. Il rend folles ses secrétaires et ses laborantines, non seulement par son langage, mais aussi par ses menues manies. A propos des fenêtres, par exemple, Murphy les ouvre toutes grandes, même en hiver, car il s'oppose avec acharnement à ce qu'il appelle « le mauvais air ».

Quand j'ouvris la porte de son laboratoire, dans une aile du BLI[1] je trouvai la salle remplie de pommes. Il y avait des pommes dans les réfrigérateurs, sur les étagères à réactifs, sur les bureaux, où elles servaient de presse-papiers. Ses deux laborantines, vêtues de gros pull-overs sous leurs blouses de laboratoire, étaient l'une et l'autre occupées à mordre dans une pomme.

— Ma femme, dit Murphy en me serrant la main. Spécialité de la maison. En voulez-vous ? J'ai des Delicious et des Cortland, aujourd'hui.

— Non, merci, dis-je.

1. *Boston Lying in Hospital* : Maternité.

Il mordit un bon coup, après avoir vivement nettoyé la pomme sur sa manche.

— Bonne. Vraiment bonne.

— Je n'ai pas le temps, dis-je.

— Toujours pressé, dit Murphy. Doux Jésus, toujours pressé ! Des mois que je ne vous ai vu, vous et Judith ! Qu'est-ce que vous avez fait comme mauvais coup ? Terry joue dans l'équipe première de Belmont.

Il prit une photo sur son bureau et me la mit sous le nez. C'était son fils, Terry, en tenue de football ; le garçon fixait l'objectif d'un air farouche et semblait être tout le portrait de son père : un petit dur à cuire.

— Il faudra nous voir bientôt, dis-je. Et parler de nos familles.

— Mmmmmm. Murphy dévorait à une vitesse remarquable. D'accord. Et votre bridge, toujours aussi lamentable ? Ma femme et moi, la toute grande forme le week-end dernier, non, le week-end précédent. Irrésistibles. On jouait avec...

— Murphy, dis-je, j'ai un problème.

— Probablement un ulcère, dit Murphy en choisissant une autre pomme parmi la dizaine qui s'alignait sur son bureau. Jamais vu un type aussi nerveux. Toujours pressé, toujours à courir.

— Non, dis-je. En fait, mon problème est tout à fait dans vos cordes.

Pris d'un intérêt soudain, il me fit une grimace ravie.

— Les stéroïdes ? Je parie que c'est la première fois dans l'histoire qu'un pathologiste s'intéresse aux stéroïdes. Il alla s'asseoir et posa les pieds sur la tablette de son bureau. Je suis prêt à tout. Ouvrez le feu.

Murphy dirigeait des recherches sur la sécrétion des stéroïdes chez les femmes enceintes et les fœtus. On avait installé son service à la maternité pour une raison pratique bien qu'un peu macabre. Murphy avait besoin d'un approvisionnement régulier en « sujets » et au BLI, il se trouvait à la source. En l'occurrence, la source, c'étaient les mères fréquentant la consultation prénatale et les enfants mort-nés.

— Pouvez-vous faire un test hormonal de grossesse sur un corps en autopsie ? demandai-je.

Murphy se gratta le crâne d'un petit geste raide et nerveux.

— Bon Dieu, je suppose que oui. Mais qui peut bien avoir besoin de ça ?

— Moi, j'en ai besoin.

— Je veux dire, vous n'êtes pas fichu de voir à l'autopsie si la femme est enceinte ou non ?

— En fait, non, pas dans ce cas. Tout est très embrouillé.

— Bon. Le test n'est pas reconnu, mais je suppose que ça peut se faire. Combien de mois ?

— Quatre mois, s'il y a grossesse.

— Quatre mois ? Et l'examen de l'utérus, à quoi ça sert ?

— Murph...

— Ouais, bon, ce test peut se faire à quatre mois. Vaudra rien devant un tribunal ou des experts... mais c'est faisable.

— Vous pouvez vous en charger ?

— On ne fait que ça, dans ce labo. Titrages biologiques. Qu'est-ce que vous avez ?

Je ne compris pas et hochai la tête d'un air interrogateur.

— Qu'est-ce que vous avez ? Du sang ou de l'urine ?

— Oh ! du sang.

Je plongeai la main dans ma poche et en sortis l'éprouvette que j'avais remplie de sang à l'autopsie. J'avais demandé l'accord de Weston, lequel m'avait répondu qu'il s'en fichait éperdument.

Murph prit l'éprouvette et l'examina par transparence. Et, en tapotant le verre du bout de l'ongle, il me dit :

— Besoin de 2 cm^3. Plus qu'assez. Pas de problème.

— Quand me donnerez-vous le résultat ?

— Deux jours. Le titrage prend quarante-huit heures. C'est du sang d'autopsie ?

— Oui. J'avais peur que les hormones ne se dénaturent, qu'il y ait un pépin...

Murph poussa un soupir.

— Comme on oublie vite ! Seules les protéines peuvent se dénaturer et les stéroïdes ne sont pas des protéines, juste ? Non, ce sera facile. Voyez-vous, en temps normal, le test de la lapine dose la gonadotropine chorionique dans l'urine. Mais dans ce labo, nous sommes équipés pour mesurer également la quantité de progestérone ou la plupart des centres 11 bêta hydroxystéroïdes. En cas de grossesse, le taux de progestérone augmente dix fois. Le taux d'œstriol se multiplie par mille. On peut mesurer un bond pareil, pas de quoi suer. Il jeta un coup d'œil à ses laborantines. Même dans ce labo, on en est capable.

Une des laborantines releva le défi.

— Je travaillais avec précision au temps jadis, avant d'avoir les doigts engourdis par les engelures.

— Mes excuses, mes excuses, dit Murphy avec une grimace de plaisir. Puis il se retourna vers moi et reprit l'éprouvette pleine de sang. Ce sera facile. On va vous flanquer ça dans notre bonne vieille colonne à fractionnement et voir ce qui arrive. Peut-être ferons-nous deux mesures indépendantes, si jamais quelqu'un bousillait la première. De qui est le sang ?

— Quoi ?

D'un geste plein d'impatience, Murphy m'agita l'éprouvette sous le nez.

— De qui est ce sang ?

— Oh, rien de plus qu'un cas, dis-je en haussant les épaules.

— Une grossesse de quatre mois et vous êtes incapable de vous prononcer ? Alors, Johnny, on fait des cachotteries à son vieux copain, à son vieil adversaire au bridge ?

— Peut-être vaut-il mieux que je vous explique plus tard.

— D'accord, d'accord. Loin de moi l'idée d'aller mettre le nez partout. A votre guise, mais vous me raconterez tout, c'est promis ?

— Promis.

— La promesse d'un pathologiste, dit-il en se levant, a des accents d'éternité.

VII

La dernière fois que quelqu'un s'est donné la peine de les compter, il existait 25 000 maladies cataloguées dont 5 000 guérissables. Et pourtant, découvrir une nouvelle maladie reste le rêve de tout jeune médecin. C'est le moyen le plus sûr et le plus rapide de se faire une place éminente au sein du corps médical. En pratique, il vaut beaucoup mieux découvrir une nouvelle maladie que de trouver le traitement qui permettra de guérir un mal déjà connu ; dans ce dernier cas, votre traitement fait l'objet d'expériences et de discussions byzantines pendant des années et des années, tandis que les chers confrères s'empressent d'applaudir dès l'annonce de la nouvelle maladie.

Lewis Carr était encore interne lorsqu'il toucha le gros lot ; il mit la main sur une nouvelle maladie. Une affection fort rare — une dysgammaglobulinémie héréditaire de la fraction bêta dans une famille de quatre personnes — mais là n'était pas la question. L'important, pour Lewis, c'était de découvrir la chose, de la décrire et de publier le résultat de ses recherches dans le *New England Journal of Medicine*.

Six ans plus tard, il était nommé professeur de chimie médicale au Mem. Personne n'avait jamais eu le moindre doute quant à cette promotion. Il s'agissait simplement d'attendre qu'un homme en place prît sa retraite et libérât un poste.

Ce bureau mettait Carr en bonne position dans la hiérarchie du Mem : l'endroit parfait pour un jeune interniste ambitieux. Tout d'abord, le local était si encombré qu'on se cognait aux meubles et, ce qui n'arrangeait rien, périodiques et documents de recherches s'amoncelaient un peu partout. Ensuite, le bureau était vieillot et sale, relégué dans un coin obscur du Calder Building, près du service de recherches sur les maladies du rein. Enfin, en guise de touche finale, on trouvait, trônant au milieu de cette saleté et de ce désordre, une secrétaire splendide, un monstre de sex-appeal, d'efficience et d'intransigeante vertu : une beauté non fonctionnelle qui contrastait fort joliment avec la laideur fonctionnelle du bureau.

— Le docteur Carr fait son tour, me dit la déesse sans l'ombre d'un sourire. Il vous demande de l'attendre dans son bureau.

J'entrai et pris un siège après en avoir enlevé une pile de vieux numéros de l'*American Journal of Experimental Biology*. Carr arriva quelques instants plus tard. Un stéthoscope lui pendait autour du cou et il portait une blouse blanche de laboratoire ouverte sur son costume (pour rien au monde, un professeur de clinique médicale ne boutonnerait sa blouse). Le col de sa chemise était chiffonné (un professeur de clinique médicale ne gagne pas beaucoup d'argent), mais ses souliers noirs resplendissaient (un professeur de clinique médicale est très méticuleux pour ce qui compte vraiment). Comme à l'ordinaire, Carr respirait le calme, le sang-froid, l'astuce.

D'après les mauvaises langues, Carr poussait même l'astuce jusqu'à montrer vis-à-vis de ses supérieurs hiérarchiques la plus infecte flagornerie. Mais beaucoup de monde lui tenait rancune de sa promotion rapide et de son éclatante confiance en lui. Carr avait le visage rond et enfantin, les joues lisses et rebondies. Son sourire juvénile faisait merveille auprès des malades de sexe féminin. C'est ce fameux sourire qu'il me décocha dès l'entrée.

— Salut, John !

Carr ferma la porte de l'antichambre et vint s'asseoir derrière son bureau, disparaissant presque derrière les piles de périodiques. Il ôta son stéthoscope et le glissa dans sa poche. Puis, il me regarda attentivement.

Je suppose qu'on ne peut y échapper. Tout praticien qui vous fait face, assis derrière son bureau, adopte une certaine attitude, prend un air à la fois pensif et inquisiteur qui vous met mal à l'aise si vous n'êtes pas malade. Lewis Carr avait cet air-là maintenant.

— Vous souhaitez avoir quelques renseignements sur Karen Randall, dit-il comme s'il annonçait une découverte de première importance.

— Exact.

— Pour des raisons personnelles ?

— Exact.

— Et tout ce que je vous dirai restera entre nous ?

— Exact.

— O. K. Je vais donc vous le dire. Je n'étais pas présent, mais j'ai suivi les choses de très près.

Cette déclaration ne me surprit pas du tout. Tout ce qui se passait au Mem, Lewis Carr le suivait de très près. Il recueillait plus de commérages que la plus curieuse des infirmières. Cette attitude lui était devenue une sorte de seconde nature : il recueillait ses informations sans même s'en apercevoir, un peu comme on respire.

— La jeune fille fut amenée à la salle des consultations externes à quatre heures du matin. Elle était moribonde à l'arrivée ; elle délirait lorsque les brancardiers sont arrivés à l'ambulance. Hémorragie vaginale prononcée. Elle avait une température de 40^0, une peau sèche et de turgescence diminuée. La respiration courte, le pouls accéléré, la tension artérielle très basse. Elle avait soif. Carr prit une profonde inspiration. L'interne a fait son examen et a prescrit une compatibilisation, de manière à pouvoir commencer une transfusion. Il a tiré le contenu d'une seringue pour numération et hématocrite et s'est empressé d'injecter un litre de glucose isotonique. Il a aussi tenté de localiser la source de l'hémorragie, mais sans succès ; alors, il a administré de l'ocytocine pour contracter l'utérus et ralentir la perte de sang, il a fait un tamponnement vaginal en guise de mesure temporaire. C'est alors que la mère lui a révélé l'identité de la jeune fille et il a fait dans ses culottes. La panique. Il a appelé le résident. Il a commencé la transfusion. Et il a donné à la fille une bonne dose de pénicilline à titre prophylactique. Malheureusement, il a pris cette décision sans consulter le dossier de la malade et sans interroger la mère à propos d'une éventuelle allergie.

— La jeune fille était hypersensible à la pénicilline ?

— De façon aiguë. Dix minutes après l'administration de la pénicilline par voie intramusculaire, la patiente s'étouffait dans les spasmes et ne pouvait plus respirer bien que la trachée fût libre. A ce moment, le dossier étant descendu de la salle des archives, l'interne comprit ce qu'il avait fait. Il a donc injecté par voie intramusculaire un milligramme d'épinéphrine. Comme il n'y avait aucune réaction, il est passé à une perfusion lente, avec benadryl, cortisone et aménophyline. On a mis la jeune fille sous oxygène à pression positive. Mais elle se cyanosa, fut prise de convulsions et mourut en moins de vingt minutes.

J'allumai une cigarette et me dis in *petto* que, pour le moment, je n'aimerais pas me trouver dans la peau de cet interne.

— Il est probable, dit Carr, que la jeune fille serait morte de toute façon. Nous ne pouvons l'affirmer avec certitude mais nous avons toutes les raisons de penser qu'à l'admission, elle avait déjà perdu près de la moitié de son sang. Cinquante pour cent représentent la limite, comme vous savez ; dans la plupart des cas, le choc est alors irréversible. Donc, nous n'aurions sans doute pas pu la garder. Ce qui, bien entendu, ne change rien à la situation.

— Mais pourquoi l'interne a-t-il commencé par une injection de pénicilline ?

— C'est une particularité de nos habitudes hospitalières, ici, au Mem. Une sorte de routine pour certains genres de patients. Normalement, lorsque nous recevons une fille pour qui l'on peut diagnostiquer sans aucun risque d'erreur une hémorragie vaginale et une forte fièvre, — donc possibilité d'infection — on fait un curetage à la malade, on la met au lit et on lui donne une dose d'antibiotique. D'ordinaire, on la renvoie chez elle dès le lendemain. Et dans les dossiers, le cas est consigné comme fausse couche.

— Est-ce le diagnostic final dans le dossier de Karen Randall ? Fausse couche ?

Carr confirma d'un signe de tête.

— Avortement spontané. C'est toujours ce que nous inscrivons ; ainsi, nous n'avons pas à perdre notre temps avec la police. Ici, nous voyons pas mal de complications suite à des avortements illégaux ou des avortements provoqués par la victime elle-même. Parfois, les filles nous arrivent avec tant de savon dans le vagin qu'elles écument comme une lessiveuse qui déborde. Parfois aussi, ce sont des hémorragies. Dans chaque cas, la fille se conduit de façon absolument hystérique, elle est prête aux mensonges les plus délirants. Nous nous contentons de la guérir sans faire d'histoires et de la renvoyer à ses occupations.

— Et vous ne faites jamais de rapport à la police ?

— Nous sommes médecins et non gardiens de l'ordre. Chaque année, nous recevons à peu près une centaine de filles dans cette situation. Si nous faisions un rapport pour chacune, nous passerions tout notre temps à témoigner au tribunal et il ne nous en resterait plus pour pratiquer la médecine.

— Mais la loi n'ordonne-t-elle pas de…

— Bien sûr, dit Carr, très vite. La loi ordonne que nous fassions un rapport. La loi ordonne également que nous fassions un rapport sur chaque cas de coups et blessures. Mais si nous rédigions un rapport pour chaque ivrogne qui se fait casser la figure dans un bar, nous n'en verrions jamais la fin. Aucune salle d'urgence ne signale tout ce qu'elle devrait normalement signaler. Il est tout simplement impossible de travailler ainsi.

— Mais s'il y a un avortement…

— Voyez les choses avec un peu plus de logique, dit Carr. Un nombre appréciable de ces cas sont réellement des fausses couches spontanées. On ne peut en dire autant pour un nombre appréciable d'autres cas, mais il serait stupide de notre part d'y voir autre chose. Une petite supposition : vous savez de source sûre qu'un vrai boucher a fait avorter une fille ; alors, vous appelez la police. Les agents s'amènent le lendemain et la fille leur dit qu'il s'agit d'un avortement spontané. Ou elle leur dit qu'elle a essayé de se faire avorter elle-même. D'une manière ou d'une autre, elle refuse de parler, alors les policiers ne sont pas contents. Et dans la plupart des cas, c'est à vous qu'ils en veulent parce que c'est vous qui les avez appelés.

— Ça se produit souvent ?

— Oui, dit Carr, j'ai moi-même vu ce genre de choses se produire à deux reprises. Et les deux fois, la fille était arrivée ici folle de peur, convaincue qu'elle allait mourir. Elle voulait faire pincer l'avorteur, elle exigeait donc une entrevue avec la police. Mais le lendemain matin, elle se sentait en pleine forme, des médecins qualifiés lui avaient fait un bon curetage et elle comprenait que tous ses problèmes étaient résolus. A ce moment, elle n'avait plus aucune envie de discuter le coup avec la police ; elle ne voulait pas être impliquée dans l'affaire. Et à l'arrivée des flics, elle prétendait que tout cela n'était qu'un gros malentendu.

— Et vous vous contentez de recoller les morceaux, sans inquiéter les avorteurs le moins du monde ?

— Nous essayons de guérir les gens. Un point, c'est tout. Le médecin n'a pas à porter de jugements de valeur. Nous recollons aussi les morceaux pour beaucoup de détestables chauffards et d'ignobles ivrognes. Mais ce n'est pas notre travail d'administrer une tape sur la main de quelqu'un et de lui faire un sermon sur la prudence au volant ou les méfaits de l'alcool. Nous essayons simplement de le remettre sur pied.

Je n'avais pas l'intention de discuter avec lui ; je savais que cela ne servirait à rien. Je changeai donc de sujet.

— Et à propos des accusations portées contre Lee ? Qu'est-ce qui s'est passé ?

— Quand la fille est morte, dit Carr, Mrs. Randall a paru frappée d'hystérie. Comme elle s'est mise à hurler, on a dû lui donner un tranquillisant et un sédatif. Par la suite, elle s'est un peu calmée, mais a continué à prétendre que sa fille avait nommément désigné Lee comme l'avorteur. C'est pourquoi elle a appelé la police.

— C'est Mrs. Randall qui a appelé la police ?

— Oui.

— Et le diagnostic de l'hôpital ?

— Inchangé. Toujours avortement. C'est une interprétation médicale légitime. En ce qui nous concerne, quand on commence à parler d'avortement criminel, c'est en se fondant sur des facteurs non cliniques. L'autopsie déterminera si un avortement a été pratiqué.

— L'autopsie l'a déjà déterminé, dis-je. Avortement, et pas mal fait du tout à part une unique perforation de l'endomètre. L'opérateur ne manque pas d'adresse — mais il lui reste encore un peu à apprendre.

— Avez-vous parlé à Lee ?

— Ce matin même. Lee prétend que ce n'est pas lui. Et sur la foi de cette autopsie, je le crois.

— Une erreur…

— Je ne pense pas. Art est trop bon chirurgien, trop compétent.

Carr ôta le stéthoscope de sa poche et se mit à le manipuler nerveusement.

— Une histoire embrouillée, dit-il. Bien embrouillée.

— Il faut donc l'éclaircir. Nous ne pouvons nous cacher la tête dans le sable et abandonner Lee à son sort.

— Non, dit Carr, bien sûr que non. Mais J.D. était dans tous ses états.

— Oui. je m'en doute un peu.

— Il a presque tué ce pauvre interne quand il a vu quel traitement avait été appliqué. J'étais là, j'ai cru qu'il allait étrangler le garçon de ses mains.

— Qui est cet interne ?

— Un garçon appelé Roger Whiting. Pas mal, bien qu'il ne sorte pas d'Harvard.

— Où est-il maintenant ?

— Chez lui, sans doute. Il a quitté l'hôpital à huit heures ce matin. Carr fronça les sourcils et se remit à jouer avec son stéthoscope. John, dit-il, êtes-vous sûr de vouloir vous laisser entraîner dans cette histoire ?

— Je ne veux rien avoir à y faire, dis-je. Si j'avais le choix, je serais dans mon labo à l'heure qu'il est. Mais je n'ai pas le choix.

— L'ennui, dit Carr lentement, c'est que cette histoire nous dépasse. J.D. est dans tous ses états.

— Vous l'avez déjà dit.

— J'essaie simplement de vous aider à comprendre la situation.

Carr était fort occupé à remettre un peu d'ordre parmi les objets qui garnissaient son bureau ; il évitait soigneusement de me regarder. Enfin, il dit :

— L'affaire est en bonnes mains. Et, d'après ce que j'ai cru comprendre, l'avocat de Lee est très bon.

— Il y a pas mal de questions en suspens. Je veux m'assurer qu'on trouvera toutes les réponses.

— C'est en bonnes mains, répéta Carr.

— Quelles mains ? Celles de Randall ? Celles des idiots que j'ai vus au commissariat de police ?

— Nous avons une excellente police à Boston, dit Carr.

— Fichaises !

Il poussa un soupir de patience résignée et reprit :

— Qu'espérez-vous prouver ?

— Que Lee n'est pas coupable.

Carr hocha la tête.

— Là n'est pas la question.

— A mes yeux, la question ne peut se trouver ailleurs.

— Non, dit Carr, la question, c'est que la fille de J.D. Randall a été tuée par un avorteur et que quelqu'un doit payer les pots cassés. Lee est un avorteur — ce ne sera vraiment pas difficile à prouver devant la justice. Dans un tribunal de Boston, il y a beaucoup de chances pour que des catholiques soient en majorité dans le jury. Et ils condamneront Lee sur des principes généraux.

— Des principes généraux ?

— Vous savez très bien ce que je veux dire. (Carr remua un peu sur son siège en prononçant ces paroles.)

— Vous voulez dire que Lee est le bouc émissaire ?

— C'est bien cela. Lee est le bouc émissaire.

— Est-ce la consigne officielle ?

— Plus ou moins, dit Carr.

— Et qu'est-ce que vous pensez, vous ?

— Un homme qui pratique l'avortement se met en danger. Il enfreint la loi. Et quand il fait avorter la fille d'un célèbre médecin de Boston…

— Lee dit qu'il ne l'a pas fait.

Carr sourit tristement.

— Quelle importance ?

VIII

Si vous voulez devenir spécialiste en chirurgie cardiaque, il vous faudra encore treize ans d'études après vos quatre premières années d'université. Quatre ans d'école de médecine, un an d'internat, trois de chirurgie générale, deux de chirurgie thoracique, deux de chirurgie cardiaque. A certain moment de cette séquence, vous passerez deux ans à travailler pour l'Oncle Sam.

Il faut un certain type d'homme pour assumer un tel fardeau, poursuivre sans défaillance un objectif aussi lointain. Au moment où il est enfin prêt à voler de ses propres ailes, il est presque devenu un autre individu, un homme presque entièrement nouveau que son expérience et son dévouement professionnels éloignent de son prochain. Dans un sens, cela fait partie des études : les chirurgiens sont des solitaires.

Voilà à quoi je pensais dans la galerie d'observation qui surplombe la salle d'opération n° 9. Tout en vitres, la galerie est aménagée dans le plafond et donne une excellente vue de la salle, de ceux qui y travaillent et du travail qui s'y fait. Souvent, des étudiants et des résidents viennent s'y asseoir et regardent. Il y a un microphone dans la salle d'opération de sorte que, de là-haut, on peut tout entendre : le cliquetis des instruments, le sifflement rythmé de l'appareil respiratoire, les voix calmes des opérateurs à qui l'on peut parler en pressant un bouton. Sinon, ils ne pourraient vous entendre.

J'étais venu dans la galerie après ma visite au bureau de J.D. Randall, dans l'espoir de consulter le dossier de Karen, mais la secrétaire de Randall m'avait dit ne rien pouvoir faire pour moi. C'était J.D. qui avait le dossier et J.D. se trouvait au service de chirurgie. Cette nouvelle m'avait surpris. J'avais cru que, dans de telles circonstances, J.D. aurait pris un jour de congé. Mais apparemment, cette idée ne lui était pas venue à l'esprit.

La secrétaire m'avait dit que l'opération serait probablement terminée mais, au premier regard par la vitre, je vis que ce n'était pas le cas. Le patient avait toujours la poitrine ouverte, le cœur incisé ; on n'avait même pas encore commencé la suture. Ce n'était pas le moment de les interrompre ; j'allais devoir revenir plus tard pour essayer d'avoir le dossier.

Mais je m'attardai quelques instants pour regarder. Il y a quelque chose de fascinant dans la chirurgie à cœur ouvert, quelque chose de fantastique et de fabuleux, on croirait voir se réaliser à la fois un rêve et un cauchemar. Seize personnes se trouvaient dans la salle à mes pieds, y compris quatre chirurgiens. Tous se déplaçaient et travaillaient, en mouvements souples et coordonnés, comme dans une sorte de ballet, de ballet surréaliste. Le patient, drapé dans le tissu vert, paraissait minuscule auprès du cœur poumon artificiel placé à côté de lui, un complexe mécanique géant, aussi grand qu'une automobile, de l'acier brillant, des cylindres et des roues fonctionnant sans heurts.

A la tête du patient l'anesthésiste, entouré de ses appareils. Se trouvaient également sur place plusieurs infirmières, deux techniciens qui surveillaient les cadrans de la machine, des infirmiers et les chirurgiens. J'essayai d'identifier Randall mais je n'y parvins pas ; leurs blouses et leurs masques les rendaient identiques, impersonnels, interchangeables. Impression fausse, bien sûr. Un de ces quatre hommes avait la responsabilité de tout, du travail des seize personnes présentes dans la salle. Et aussi la responsabilité de la dix-septième personne, l'homme dont le cœur ne battait plus.

Dans un coin, l'électrocardiogramme apparaissait sur un écran de télévision. L'électrocardiogramme (ECG) normal est un tracé tourmenté, renouvelant ses pointes à chaque battement du cœur lors de chaque onde d'énergie électrique qui excède le muscle cardiaque. Celui-ci était plat ; des pattes de mouche sans signification. Ce qui signifiait qu'en vertu d'un critère majeur de la médecine, le patient était mort. Je regardais les poumons dans la poitrine ouverte ; ils ne bougeaient pas. Le patient ne respirait plus.

La machine respirait pour lui. Elle pompait son sang, l'oxygénait, éliminait l'anhydride carbonique. Dans sa forme présente, cette machine était employée depuis environ dix ans.

Les gens que j'observais du haut de la galerie ne paraissaient pas se laisser impressionner par la machine ou par l'opération elle-même. Ils faisaient leur travail, comme n'importe quels travailleurs. Je suppose que c'était une des raisons pour lesquelles tout cela semblait si fantastique.

Je regardai pendant cinq minutes, sans me rendre compte que le temps passait. Enfin, je me décidai à partir. Dehors, dans le couloir, deux résidents s'appuyaient aux montants d'une porte, ils portaient toujours leur calotte verte et leur masque leur pendait autour du cou. Ils mangeaient des beignets, buvaient du café et s'esclaffaient à propos de leur dernier rendez-vous galant.

IX

Le docteur Roger Whiting habitait non loin de l'hôpital, au troisième étage d'un immeuble sans ascenseur, sur le mauvais versant de Beacon Hill, là où l'on charge les ordures venues de Louisburg Square. Mrs. Whiting vint m'ouvrir la porte. C'était une jeune femme sans beauté, enceinte d'environ sept mois. Elle paraissait inquiète.

— Que désirez-vous ?

— Je voudrais parler à votre mari. Mon nom est John Berry. Je suis pathologiste au Lincoln.

Un regard dur, plein de soupçons.

— Mon mari essaie de dormir un peu. Il a été de service pendant deux jours et une nuit et il est très fatigué. Il essaie de dormir.

— Ce que j'ai à lui dire est très important.

Un jeune homme maigre, vêtu d'une blouse blanche, apparut dans le corridor. Il paraissait plus que fatigué ; il semblait au bord de l'épuisement et, en outre, terrifié.

— Qu'est-ce que c'est ? dit-il.

— Je voudrais vous parler de Karen Randall.

— J'ai déjà raconté toute l'histoire une bonne douzaine de fois. Voyez plutôt le docteur Carr à ce sujet.

— Je l'ai déjà vu.

Whiting se passa la main dans les cheveux puis dit à sa femme :

— Ça va, chérie. Apporte nous un peu de café, veux-tu ? Et, se tournant vers moi : — Vous aimeriez une tasse de café ?

— Oui, merci beaucoup.

Nous prîmes place dans le living-room. L'appartement

était petit, les meubles bon marché et branlants. Mais je me sentais chez moi. Cinq ans plus tôt, j'étais encore interne, moi aussi. J'étais on ne peut mieux renseigné sur les problèmes d'argent, les tensions professionnelles, l'horaire de travail qui transforme votre vie en un véritable enfer, le sale boulot à faire pour les autres. Je savais combien il est agréable d'être réveillé au milieu de la nuit par une infirmière qui vous demande l'autorisation de donner une autre aspirine au malade Jones. Moi aussi, j'avais dû m'extraire de mon lit aux petites heures pour courir voir un malade et, dans ces cas-là, j'avais, moi aussi, commis des erreurs. Pendant mon internat, j'avais presque tué un vieillard souffrant d'insuffisance cardiaque. Un homme qui a dormi trois heures sur soixante-douze peut faire n'importe quelle bêtise et s'en foutre éperdument.

— Je sais que vous êtes fatigué, dis-je. Je ne vous ennuierai pas longtemps.

— Non, non, protesta-t-il, et il était sincère, c'était visible. Je ferai tout ce qui est en mon pouvoir pour vous aider. Je veux dire, pour le moment…

Sa femme vint nous apporter deux tasses de café. Elle me jetait des regards furieux. Le café n'était pas très fort.

— Je voudrais, dis-je, vous poser quelques questions sur la fille au moment de son arrivée. Vous étiez dans la salle d'urgence ?

— Non, j'essayais de dormir. On m'a appelé.

— Quelle heure était-il ?

— Quatre heures précises, ou presque.

— Dites-moi ce qui s'est passé.

— Je dormais tout habillé dans la petite pièce contiguë à la salle d'admission. Je n'avais pas beaucoup dormi quand on m'a appelé. Je venais de repiquer une perfusion à une dame qui s'amuse à retirer les aiguilles au fur et à mesure. Elle prétend que non, mais elle le fait. Whiting poussa un soupir. De toute façon, quand on est venu me chercher, j'étais complètement vaseux. Je me suis levé, je me suis plongé la tête dans l'eau froide. Quand je suis arrivé à la salle d'urgence, on amenait la fille sur une civière.

— Elle était consciente ?

— Oui, mais désorientée. Elle avait perdu beaucoup de sang, elle était livide, fiévreuse et délirante. Nous avons eu toutes les peines du monde à prendre sa température, elle n'arrêtait pas de mordre le thermomètre. Nous avons donc supposé qu'elle devait faire à peu près 40° et nous nous sommes occupés de faire la compatibilisation.

— Qu'a-t-on fait d'autre ?

— Les infirmières ont apporté une couverture à la fille et lui ont surélevé les jambes au moyen de blocs au pied du lit. Ensuite, j'ai examiné la lésion. Il s'agissait manifestement d'une hémorragie vaginale et nous avons diagnostiqué une fausse couche.

— Cette hémorragie s'accompagnait-elle d'une perte quelconque ?

Whiting hocha la tête.

— Non. Rien que du sang.

— Pas de tissus ? Aucun signe de placenta ?

— Non. Mais elle saignait depuis longtemps. Ses vêtements... Son regard se fit lointain, il revoyait toute la scène. Ses vêtements étaient trempés. Les infirmières ont eu beaucoup de peine à les enlever.

— Pendant ce temps, la fille a-t-elle prononcé quelque phrase cohérente ?

— Pas vraiment. Elle marmonnait quelque chose à intervalles plus ou moins réguliers. Quelque chose à propos d'un vieil homme, je crois. Son père ou un vieillard quelconque. Ce n'était pas clair du tout et personne n'y faisait vraiment attention.

— A-t-elle dit autre chose ?

Il secoua la tête.

— Seulement quand on a découpé ses vêtements pour les lui ôter. Elle essayait de les remettre et elle a dit : « Vous ne pouvez pas me faire ça. » Puis, un peu plus tard : « Où suis-je ? » Mais ce n'était que du délire. Ses paroles n'avaient rien de vraiment cohérent.

— Qu'avez-vous fait à propos de cette hémorragie ?

— J'ai essayé de la localiser. C'était difficile, car nous luttions contre la montre. Et nous ne pouvions orienter convenablement les projecteurs. Enfin, j'ai résolu d'étan-

82

cher avec des tampons de gaze et d'essayer avant tout de rétablir le volume sanguin.

— Où se trouvait Mrs. Randall pendant tout ce temps ?

— Elle attendait près de la porte. Elle a paru très bien tenir le coup jusqu'au moment où nous avons dû lui dire ce qui était arrivé. Alors, elle s'est laissé aller. L'écroulement total.

— Et le dossier de Karen ? Avait-elle déjà été admise à l'hôpital auparavant ?

— Je n'ai vu son dossier que plus tard. Il a presque fallu prendre les papiers de force aux archives. Mais elle était déjà venue à l'hôpital, ça oui. Un papanicolaou chaque année depuis ses quinze ans. Les tests sanguins habituels au cours de ses examens bisannuels. On s'occupait admirablement d'elle au point de vue médical, ce qui n'a d'ailleurs rien de surprenant.

— Y avait-il quelque chose d'inhabituel dans ses antécédents ? L'allergie mise à part, je veux dire ?

Whiting eut un sourire triste.

— Ça ne suffit pas ?

Un moment, je me sentis plein de colère contre ce gamin. Qu'il eût peur, rien de plus normal, mais il s'apitoyait sur lui-même que c'en était écœurant. J'avais envie de lui dire qu'il ferait bien de s'habituer à l'idée de voir mourir devant lui des tas de gens. Et à l'idée qu'il allait encore commettre bien des erreurs parce que ces choses arrivent ; certaines erreurs étaient plus flagrantes que d'autres, mais tout cela n'était qu'une question de degré. Je voulais lui dire que s'il avait interrogé Mrs. Randall sur l'allergie de Karen et si Mrs. Randall lui avait dit que tout était pour le mieux, lui, Roger Whiting, n'aurait pas le moindre souci à se faire. Son erreur n'était pas d'avoir tué Karen Randall, mais d'avoir omis d'en demander la permission.

Un moment, j'envisageai de dire tout cela, mais je me retins à temps.

— Le dossier indique-t-il quelque problème psychiatrique ? demandai-je.

— Non.

— Absolument rien d'inhabituel ?

— Non. Tout à coup, Whiting fronça les sourcils. Attendez une minute. J'ai quand même remarqué quelque chose d'étrange. Il y a six mois environ, quelqu'un a ordonné une série complète de radiographies crâniennes.

— Vous avez vu les clichés ?

— Non. J'ai simplement lu le diagnostic du radiologue.

— Et quel était-il ?

— Normal. Aucune lésion pathologique.

— Où les radios ont-elles été prises ?

— Le document ne le disait pas.

— Karen avait-elle eu un accident quelconque ? Une chute, un accident de voiture ?

— Pas que je sache.

— Qui a prescrit les radios ?

— Probablement le docteur Randall. Peter Randall. C'était son médecin traitant.

— Et vous ignorez pour quelle raison les radios ont été prises ?

— Oui.

— Il doit pourtant y en avoir une.

— Oui, répondit Whiting, mais notre conversation ne semblait plus l'intéresser beaucoup maintenant. Le visage sombre, il regardait sa tasse de café. Il but quelques gorgées et dit enfin : — J'espère qu'on va mettre la main sur cet avorteur et le coller au mur. Quel que soit son châtiment, il en mérite un bien pire.

Je me levai. Ce garçon en voyait de dures et se trouvait pratiquement au bord des larmes. Maintenant, il n'y avait plus devant lui qu'une carrière hier encore prometteuse et peut-être brisée par une erreur dans le traitement d'une malade qui était la fille d'un médecin huppé. Dans sa colère, sa frustration et son apitoiement sur lui-même, lui aussi cherchait un bouc émissaire. Et il en avait besoin plus que n'importe qui.

— Vous comptez vous installer à Boston, docteur Whiting ?

— J'y comptais, répondit-il en grimaçant un sourire.

Après avoir pris congé de l'interne, j'appelai Lewis Carr. Je voulais plus que jamais voir le dossier de Karen Randall. Il fallait que je découvre la vérité sur ces radios.

— Lew, dis-je, j'ai encore besoin de votre aide.

— Ah oui ?

Cette perspective semblait l'enchanter.

— Oui. Il faut que je voie son dossier. C'est absolument indispensable.

— Je croyais que nous avions déjà discuté ce point.

— Oui, mais il y a un fait nouveau. Cette histoire devient plus folle de minute en minute. Pourquoi a-t-on prescrit des radiographies ?

— Je suis au regret, dit Carr. Il m'est impossible de vous aider.

— Lew, même si Randall est en possession du dossier il ne peut le garder…

— Je suis désolé, John. Je vais être retenu ici pour le reste de la journée et sans doute presque toute la journée de demain. Avec la meilleure volonté du monde, je n'aurai pas le temps.

Il me parlait de sa façon « officielle », j'avais au bout du fil un homme qui pesait ses mots, se répétait ses phrases avant de les prononcer.

— Qu'est-ce qui s'est passé ? Randall s'est donné la peine de vous fermer la bouche ?

— Je pense, dit Carr, que cette affaire devrait être laissée aux mains de ceux qui ont les meilleurs moyens de la résoudre. Je ne suis pas dans ce cas et, à mon avis, d'autres médecins non plus.

Je comprenais très bien ces paroles et la raison qui les lui faisait dire. Art Lee riait souvent des précautions oratoires que prennent les médecins quand ils veulent éviter les ennuis, de ces sous-entendus qui laissent un relent de fourberie. Art appelait cela l'opération Ponce-Pilate.

— O. K., dis-je, puisque c'est votre avis.

Et je raccrochai.

Dans un sens, j'aurais dû m'y attendre, Lewis Carr jouait toujours le jeu, suivait toutes les règles, comme le bon petit garçon qu'il avait toujours été et qu'il serait toujours.

Pour aller de chez Whiting à l'école de médecine, je dus passer devant le Lincoln Hospital. Debout devant la station de taxis se trouvait Frank Conway, les épaules voûtées, les mains dans les poches, les yeux fixés sur le trottoir. Quelque chose dans son attitude exprimait une profonde tristesse et une fatigue proche de l'abrutissement. Je me rangeai le long du trottoir.

— Je peux vous déposer quelque part ?

— Je vais à l'hôpital des enfants, répondit-il.

Il semblait surpris de mon geste. Conway et moi, nous ne sommes pas sur un pied d'intimité. C'est un splendide médecin, mais en tant qu'homme, il n'est pas très agréable. Ses deux premières femmes ont demandé le divorce, la deuxième après six mois seulement de vie commune.

— C'est sur mon chemin, dis-je.

Ce n'était pas vrai, mais j'allais quand même y conduire Conway. Je voulais lui parler. Il entra, s'assit et je me glissai dans le flot des voitures.

— Qu'est-ce qui vous amène à l'hôpital des enfants ?

— Une conférence. Chaque semaine, il y a séance anatomo-clinique sur les malformations congénitales. Et vous ?

— Une simple visite, dis-je. Je dois déjeuner avec un ami.

Il hocha la tête et s'appuya au dossier. Conway était jeune, à peine trente-cinq ans. Il avait terminé toutes ses résidences au pas de charge et travaillé sous la direction des plus grands médecins du pays. Maintenant, il était meilleur que n'importe lequel d'entre eux, du moins, c'est ce que l'on disait. Avec Conway, on ne pouvait être sûr de rien ; c'était un de ces rares médecins qui deviennent célèbres si vite qu'ils en prennent certains aspects du politicien ou de la vedette de cinéma ; ils se font des partisans aveuglément dévoués et des ennemis aveuglément féroces. On les aime ou on les déteste. Au physique, Conway en imposait : trapu, robuste, cheveux mouchetés de gris, regard bleu et perçant.

— Je voudrais vous présenter mes excuses, dit Conway.

A propos de ce matin. Je n'avais pas l'intention de tempêter comme ça.

— Il n'y a pas de mal.

— Je dois également faire mes excuses à Herbie. J'ai dit certaines choses...

— Herbie comprendra.

— Je me sens moche, moche, dit Conway. Mais quand vous voyez un malade vous claquer entre les mains, s'effondrer d'un coup, comme ça... Vous ne savez pas ce que c'est !

— En effet.

Un moment, nous roulâmes en silence, puis je dis :

— Puis-je vous demander un service ?

— Bien sûr.

— Parlez-moi de J.D. Randall.

Après quelques secondes, il demanda :

— Pourquoi ?

— Simple curiosité.

— Ne me racontez pas d'histoires, Berry.

— Vous avez raison.

— Ils ont eu Lee, n'est-ce pas ?

— Oui.

— C'est lui qui l'a fait ?

— Non.

— Vous en êtes sûr ?

— Je crois ce qu'il me dit.

Conway poussa un soupir.

— John, vous n'êtes pas un imbécile. Supposez que quelqu'un vous mette cette histoire sur le dos ? Vous ne nieriez pas ?

— Là n'est pas la question.

— Elle ne pourrait être ailleurs. Tout le monde nierait. N'y a-t-il aucune possibilité qu'Art ne l'ait pas fait ?

— Non seulement une possibilité mais une probabilité.

— Alors ?

Conway hocha la tête.

— Vous oubliez la manière dont les choses se passent. J.D. est un grand personnage. J.D. a perdu sa fille. Et voici que tombe à pic un Chinois providentiel qui a la réputation

87

de commettre l'horrible forfait de temps en temps. Une situation parfaite pour J.D.

— J'ai déjà entendu cette théorie. Je n'y souscris pas.

— Alors, vous ne connaissez pas J.D. Randall.

— C'est vrai.

— J.D. Randall est le plus infâme poseur du monde. Il a l'argent, la puissance et le prestige. Il peut obtenir tout ce qu'il désire — même la tête d'un petit Chinois.

— Mais pourquoi le voudrait-il ?

Conway ne put que rire de ma question.

— Mais d'où sortez-vous, mon vieux ?

Je dus paraître surpris.

— Enfin, vous savez quand même que...

Quand il vit que je ne savais pas, il se tut. Puis, il se croisa résolument les bras sur la poitrine et n'ouvrit plus la bouche. Il regardait droit devant lui.

— Eh bien ? dis-je.

— Demandez à Art.

— C'est à vous que je le demande.

— Demandez à Lew Carr. Peut-être vous le dira-t-il. Moi, je ne dirai rien.

— Parfait. Alors, parlez-moi quand même de Randall.

— En tant que chirurgien ?

— D'accord, en tant que chirurgien.

Conway approuva d'un signe de tête.

— En tant que chirurgien, dit-il, Randall ne vaut pas une crotte. C'est un médiocre. Il perd des gens qu'il aurait dû sauver. Des gens jeunes. Des gens robustes.

J'opinai.

— De plus, il est mauvais comme la peste. Il engueule ses résidents, les soumet à toutes sortes de brimades et leur enlève toute joie au travail. Pas mal de jeunes talents travaillent pour lui et c'est ainsi qu'il garde la haute main sur eux. Je suis bien placé pour le savoir : j'ai tiré deux ans de thoracique sous les ordres de Randall avant de faire la chirurgie cardiaque à Houston. Le jour de notre première rencontre, j'avais vingt-neuf ans et lui quarante-neuf. Il vous en met plein la vue avec ses airs de grand patron, ses costumes de Bond Street et ses amis qui possèdent des châteaux en France. Rien de tout cela ne signifie qu'il soit un bon chirurgien, bien sûr, mais c'est le genre de choses qui impressionnent les non-initiés, qui auréolent J.D. de prestige.

Je ne répondis rien. Conway s'échauffait, élevait la voix maintenant, agitait ses mains puissantes. Je ne voulais pas l'arrêter.

— L'ennui, dit-il, c'est que J.D. n'est qu'une vieille baderne. Il s'est mis à la chirurgie au cours des années quarante, avec Gross, Chartriss, Shakleford et leurs élèves. La chirurgie n'était pas la même à cette époque : on portait aux nues l'habileté manuelle et la science ne comptait pas vraiment. Personne ne se souciait d'électrolytes ou de chimie et, depuis lors, Randall n'a jamais pu s'y habituer. Les plus jeunes, eux, en connaissent un bout sur ce terrain ; ils ont, si j'ose dire, été nourris aux enzymes et au sodium sérique. Mais tout cela, pour Randall, n'est qu'une ennuyeuse devinette.

— Il a pourtant bonne réputation, dis-je.

— Oui. Il en a été de même pour John Wilkes Booth aussi. Pendant un certain temps.

— Est-ce que je me trompe ? Je perçois comme une petite touche de jalousie professionnelle...

— Devant une table d'opération, je le bats à tous les coups en me servant uniquement de ma main gauche, dit Conway. Les yeux bandés.

Je répondis par un sourire.

— Et avec la gueule de bois, ajouta-t-il. Un dimanche matin.

— En tant qu'homme, à quoi ressemble-t-il ?

— Un poseur. Rien qu'un poseur. Les résidents disent qu'il se balade avec un marteau et une demi-douzaine de clous en poche pour le cas où il trouverait quelqu'un à crucifier.

— Il ne peut être déplaisant à ce point ?

— Non, admit Conway. C'est seulement quand il est en grande forme. Comme nous tous, il a ses mauvais jours.

— A vous entendre, il n'a guère de qualités.

— Oh, il n'est pas pire que la moyenne des salauds. Et puis, voyez-vous, les résidents affirment encore autre chose à son sujet...

— Ah ?

— Oui. Ils disent que si J.D. Randall aime tant charcuter le cœur des autres, c'est que lui-même n'en a jamais eu.

XI

Aucun Anglais sain d'esprit n'aurait eu l'idée d'aller à Boston, surtout en 1630. S'embarquer pour une longue traversée à destination d'un désert hostile demandait plus que du courage, plus que de la bravoure : il fallait pour s'y résoudre le désespoir et le fanatisme. Et surtout, il fallait une rupture brutale, irréconciliable, avec la société anglaise.

Heureusement, l'histoire juge les hommes à leurs actes plutôt qu'à leurs motivations. C'est pourquoi les Bostoniens peuvent, sans malaise, considérer leurs ancêtres comme les champions de la démocratie et de la liberté. Comme des héros révolutionnaires, des écrivains et des artistes. C'est la ville d'Adams et de Revere, une ville qui chérit toujours Old North Church et Bunker Hill.

Mais Boston a un autre visage, moins avenant celui-là, un visage qui se retrouve dans le pilori, le chevalet et les chasses aux sorcières. C'est à peine s'il existe aujourd'hui un citoyen capable de reconnaître ces instruments de torture pour ce qu'ils sont : des preuves d'obsession, de névrose et de cruauté perverse. Ils nous décrivent une société enfermée dans sa peur du péché, des feux de l'enfer, des épidémies et des Indiens à peu près dans cet ordre d'importance. Une société dominée par la terreur et la suspicion. En bref, une société réactionnaire de fanatiques religieux !

Le facteur géographique joue également un rôle, car Boston était jadis un marécage. Certains y voient la cause de son climat remarquablement détestable et uniformément humide ; pour d'autres, cet aspect de la question n'a aucune importance. Les Bostoniens ont tendance à fermer les yeux sur une bonne partie de leur passé. Comme un enfant des taudis qui a réussi dans la vie, la ville a renié ses origines et voulu les dissimuler. Cette ancienne colonie de va-nu-pieds s'est forgé une aristocratie non titrée, mais aussi rigide que les plus vieilles aristocraties d'Europe. Cette ville de religion a réuni dans ses murs une communauté scientifique sans rivale dans tout l'Est des États-unis. En outre, Boston montre un indéniable narcissisme — une caractéristique qu'elle partage avec une autre cité d'origine peu flatteuse : San Francisco.

Malheureusement pour ces deux villes, ni l'une ni l'autre ne parvient à tuer vraiment son passé. San Francisco ne peut se libérer entièrement de l'esprit qui régnait sur ses collines à l'époque de la ruée vers l'or, et ses habitants doivent trop à leurs rudes ancêtres pour parvenir à se donner le raffinement dont s'enorgueillissent les villes de l'Est. Quant à Boston, malgré tous ses efforts, elle est incapable d'échapper tout à fait au puritanisme pour redevenir anglaise.

Nous sommes tous liés au passé, individuellement et collectivement. Le passé transparaît dans la structure même de nos os, l'implantation de nos cheveux et la coloration de notre peau, de même que dans notre façon de marcher, de nous tenir debout, de manger, de nous habiller — et de penser.

Je me rappelais tout cela en allant rendre visite à William Harvey Shattuck Randall, étudiant en médecine.

Tout homme qui a reçu le nom de William Harvey[1] pour ne rien dire de William Shattuck, doit se faire l'effet d'un bel imbécile. De même, un enfant appelé Napoléon ou Cary Grant doit porter un trop lourd fardeau, faire face à un insupportable défi. Beaucoup de choses sont difficiles à supporter dans la vie, mais rien ne l'est plus qu'un nom.

George Gall[2] en est un parfait exemple. Après l'école de médecine où il a subi d'innombrables plaisanteries et calembours, il est devenu chirurgien, spécialisé dans les

---

1. Médecin de la cour d'Angleterre qui, en 1628, découvrit que la circulation sanguine se faisait en circuit fermé.
2. Gall : vésicule biliaire.

affections du foie et de la vessie. Avec un nom pareil, il n'aurait pu choisir plus mal, mais il est entré dans l'épreuve avec une étrange sérénité, avec l'assurance d'un homme qui se sent prédestiné. En un sens, peut-être l'était-il vraiment. Des années plus tard, quand les plaisanteries commencèrent à s'user, il souhaita pouvoir changer de nom, mais c'était impossible.

Je doutais fort que William Harvey Shattuck Randall voulût jamais changer de nom. Son patronyme lui était une charge, mais aussi un avantage, surtout s'il restait à Boston ; de plus, il semblait résister très bien à ce caprice de la destinée. Bien bâti, blond, le visage ouvert, bref, un jeune homme sympathique.

William Harvey Shattuck Randall habitait au premier étage de Sheraton Hall, la maison des étudiants de l'école de médecine. Une chambre individuelle comme presque toutes dans ce bâtiment, mais plutôt plus spacieuse que la moyenne. Certainement plus spacieuse que l'espèce de pigeonnier que j'occupais au quatrième étage pendant mes études. Les chambres étaient meilleur marché à l'étage supérieur.

On avait changé la peinture depuis mon départ. De mon temps, les murs étaient gris « œuf-de-dinosaure », ils étaient maintenant d'un vert pisseux. Mais c'était toujours la même vieille maison, les mêmes couloirs tristes, les mêmes escaliers sales, la même odeur rance de chaussettes mouillées, de manuels médicaux et d'hexachlorophène.

Randall avait joliment arrangé sa chambre. Elle était décorée à l'ancienne ; les meubles avaient l'air de venir tout droit de Versailles. Les velours rouge passé, les dorures écaillées donnaient à la pièce une certaine splendeur nostalgique et fanée.

Randall était debout, à quelques pas de la porte.

— Entrez, dit-il.

Sans me demander qui j'étais. Un seul regard et il avait deviné le médecin. On y arrive sans peine quand on fréquente ce milieu depuis assez longtemps.

J'entrai et m'assis.

— C'est à propos de Karen ?

Il semblait plus préoccupé que triste, comme s'il rentrait à l'instant d'une réunion importante ou comme s'il se trouvait sur le point de partir.

— Oui, dis-je. Je sais que le moment est mal choisi pour...

— Non, allez-y.

J'allumai une cigarette et jetai l'allumette dans un cendrier en verre de Venise doré. L'objet était laid, mais coûteux.

— Je voulais vous parler d'elle.

— Très bien.

J'attendais toujours qu'il me demande mon nom, mais il ne semblait pas s'en soucier. Il s'assit dans un fauteuil me faisant face, croisa les jambes et dit :

— Qu'est-ce que vous voulez savoir ?

— Quand l'avez-vous vue pour la dernière fois ?

— Samedi. Elle est arrivée de Northampton par le bus et je suis allé la prendre au terminus après le déjeuner. J'avais quelques heures de liberté. Je l'ai conduite à la maison.

— Comment était-elle ?

Il haussa les épaules.

— Très bien. Rien ne semblait la tracasser, elle semblait très heureuse. Elle m'a parlé tout le temps du Smith College et de sa compagne de chambre. Apparemment, elle avait une compagne de chambre tout à fait « affranchie », ce sont ses propres termes. Elle m'a parlé de robes, de choses sans importance.

— Était-elle déprimée ? Nerveuse ?

— Non. Pas du tout. Elle était exactement comme d'habitude. Peut-être un peu énervée à l'idée de rentrer à la maison. Je crois qu'elle se faisait quelques soucis à propos de ses études. Mes parents la traitaient comme le bébé de la famille et elle les croyait assez sceptiques quant à ses chances de réussite. Elle était un peu... réfractaire, je crois que c'est le mot qui convient.

— Quand l'aviez-vous vue avant samedi passé ?

— Je ne me souviens plus au juste. Pas depuis août dernier, je suppose.

— C'étaient donc des retrouvailles ?

— Oui. A chacun de ses retours, j'étais heureux de la revoir. Elle pétillait toujours de malice et c'était un mime de première force. Parfois, elle nous donnait une imitation parfaite d'un professeur ou d'un ami. D'ailleurs, c'est ainsi qu'elle a eu la voiture.

— La voiture ?

— Samedi. Nous étions tous réunis pour le dîner. Karen, moi, Ev et oncle Peter.

— Ev ?

— Ma belle-mère. Nous l'appelons tous Ev.

— Vous étiez donc cinq ?

— Non, quatre.

— Et votre père ?

— Père avait du travail à l'hôpital.

Il dit cela comme on énonce une vérité première et je laissai tomber le sujet.

— Bref, dit William, Karen voulait une voiture pour le week-end et Ev a refusé, en disant qu'elle ne voulait pas que ma sœur reste dehors toute la nuit. Alors, Karen s'est tournée vers l'oncle Peter qui est plus facile à convaincre et lui a demandé si elle pouvait emprunter sa voiture. Comme il se faisait tirer l'oreille, elle a menacé de l'imiter, là, tout de suite. Et il a immédiatement accepté de lui prêter la voiture.

— Comment est-il rentré chez lui ?

— Je l'ai déposé devant sa porte plus tard dans la soirée, en rentrant ici.

— Vous avez donc passé plusieurs heures avec Karen, samedi ?

— Oui. D'une heure environ à neuf ou dix heures.

— Puis vous êtes parti avec votre oncle ?

— Oui.

— Et Karen ?

— Elle est restée avec Ev.

— Est-elle sortie cette nuit-là ?

— Je le suppose. C'est pour cela qu'elle voulait la voiture.

— A-t-elle dit où elle allait ?

— A Harvard. Elle a quelques amis à l'université.

— L'avez-vous vue le dimanche ?

— Non. Plus après samedi.

— Dites-moi, quand vous vous trouviez avec elle, vous a-t-elle paru différente, d'une manière ou d'une autre ?

Il hocha la tête.

— Non. Exactement la même, Bien sûr, elle avait pris un peu de poids, mais je suppose que c'est pareil pour toutes les filles quand elles entrent à l'université. Karen avait fait beaucoup de tennis et de natation pendant l'été. Elle a complètement cessé à la rentrée et cette inactivité physique a dû lui faire gagner quelques livres. William sourit lentement. Nous nous sommes un peu payé sa tête à ce propos. Elle se plaignait de la nourriture à Smith et nous lui avons dit qu'à la voir, elle ne devait pourtant pas se priver beaucoup.

— A-t-elle toujours eu cette tendance à grossir ?

— Karen ? C'était une petite gosse maigrichonne, un vrai garçon manqué. Puis, elle s'est étoffée, d'un coup. Un peu comme une chenille et son cocon, vous voyez ?

— C'était donc la première fois qu'elle prenait un peu trop de poids ?

Il haussa les épaules.

— Je ne sais pas. Pour vous dire la vérité, je n'y ai jamais beaucoup pris garde.

— Avez-vous remarqué quelque chose d'autre ?

— Non. Rien.

Je parcourus la pièce des yeux. Sur le bureau, près du traité de Robins, *Pathology and Surgical Anatomy*, il y avait une photo de William et Karen. Tous deux paraissaient bronzés, éclatants de santé. Il vit la direction de mon regard et dit :

— C'était le printemps dernier, aux Bahamas. Pour une fois, toute la famille s'était arrangée pour prendre une semaine de vacances ensemble. Nous nous sommes amusés comme des fous.

J'allai regarder de plus près. La photo était flatteuse pour Karen. Le hâle profond de la peau faisait un joli contraste avec les yeux bleus et les cheveux blonds.

— Je sais que la question va vous paraître bizarre, dis-je, mais est-ce que votre sœur a toujours eu ce duvet sombre sur la lèvre supérieure et sur les bras ?

— C'est drôle, dit-il lentement. Maintenant que vous m'y faites penser, oui, elle avait un peu de ce duvet, samedi, et Peter lui a dit qu'elle devrait, soit le décolorer, soit cirer ses moustaches. Elle s'est mise en colère pour une minute ou deux puis elle a éclaté de rire.

— Elle n'avait donc pas ce duvet auparavant ?

— Je ne sais pas.

Lui aussi vint se planter devant la photo.

— Personne n'aurait jamais cru que c'était le genre de fille à se faire avorter, dit-il. Une fille splendide, spirituelle, heureuse et pleine d'énergie. Elle avait vraiment un cœur d'or. Je sais que ça paraît stupide à dire, mais c'est vrai. En sa qualité de cadette, elle était un peu la mascotte de la famille. Tout le monde l'adorait.

— Où a-t-elle passé l'été ?

Il hocha la tête.

— Je ne sais pas.

— Vous ne savez pas ?

— Eh bien, je ne puis le dire exactement. En théorie, Karen était au Cape, elle travaillait dans une galerie de tableaux à Princetown. William s'interrompit une seconde. Mais je ne crois pas qu'elle y soit restée longtemps. Je crois qu'elle a passé le plus clair de ses vacances à Beacon Hill. Elle y avait quelques amis, des gens un peu bizarres, si vous voyez ce que je veux dire ; elle collectionnait les amis excentriques.

— Des amis ? Masculins ou féminins ?

— Les deux. Il haussa les épaules. Mais je ne sais rien au juste. Elle ne m'a parlé de ces amis qu'une fois ou deux, et encore, de façon très fugitive. Dès que je voulais remettre la question sur le tapis, elle me riait au nez et détournait la conversation. Elle avait le génie d'éviter les sujets dont elle ne voulait pas parler.

— A-t-elle mentionné des noms ?

— Probablement, mais je ne m'en souviens pas. Sur ce point, il lui arrivait d'être très irritante ; elle vous jetait un nom avec désinvolture, comme si vous connaissiez la personne de longue date alors que vous n'aviez jamais entendu parler d'elle. Et elle s'en tenait toujours au prénom. Vous aviez beau lui dire que vous ne connaissiez ni Herbie, ni

Su-su, ni Allie, ça ne servait à rien. Il rit. Je me souviens qu'un jour, elle a invité une fille qui faisait des ballons avec son chewing-gum.

— Mais vous ne vous souvenez d'aucun nom ?

— Désolé.

Je me levai pour partir.

— Eh bien, dis-je, vous devez être très fatigué. Qu'est-ce que vous faites pour le moment ?

— Chirurgie. Nous venons de terminer obstétrique-gynécologie.

— Ça vous a plu ?

— C'était O. K., dit-il d'un air narquois.

Au moment de passer la porte, je dis encore :

— Où avez-vous fait l'obstétrique ?

— Au BLI. Il me lança un long regard et fronça les sourcils. Et pour répondre à votre question, j'ai plusieurs fois assisté des chirurgiens. Je sais comment on procède. Mais j'étais de service à l'hôpital dimanche. De service toute la nuit. Voilà.

— Merci, dis-je, de m'avoir reçu.

— Pas de quoi, répondit William Randall.

En quittant la maison d'étudiants, je vis venir dans ma direction un homme de haute taille, aux cheveux d'argent. Bien sûr, je le reconnus aussitôt, même de loin. Même si J.D. Randall n'avait aucune autre qualité, on pouvait dire qu'il ne passait pas inaperçu.

XII

Le jour se couchait et dans la grande cour de l'hôpital, la lumière tournait à l'or pâle. J'allumai une cigarette et marchai droit sur Randall. Quand il me vit arriver, ses yeux s'élargirent un rien, mais tout aussitôt la surprise fit place au sourire.

— Tiens, le docteur Berry !

Très amical. Il me tendit une main que je serrai. Une

main sèche, propre, dix minutes de lavage jusqu'à deux pouces au-dessus du coude. Une main de chirurgien.

— Comment allez-vous, docteur Randall ?

— Vous cherchiez à me voir ?

Je fronçai les sourcils.

— Ma secrétaire m'a dit que vous étiez passé à mon bureau. A propos du dossier.

— Oh, oui, dis-je. Le dossier, en effet.

J.D. Randall me souriait, plein de bienveillance. Il me dépassait d'une demi-tête.

— Je crois que nous ferions mieux d'éclaircir certaines choses.

— Très bien.

— Venez avec moi.

Il ne voulait pas me donner un ordre, mais le ton n'en était pas moins impérieux. A l'entendre parler ainsi, je me rappelai que les chirurgiens étaient les derniers autocrates de la société, la dernière classe sociale nantie d'un pouvoir absolu, du moins dans certaines situations. Les chirurgiens assumaient la responsabilité du sort de leurs malades, du rendement de leurs services, de tout.

Nous retournâmes au parking. J'avais l'impression que J.D. était venu tout exprès pour me voir. Comment avait-il su que j'étais là, je n'en avais pas la moindre idée, mais l'impression n'en était pas moins forte. Il marchait à mes côtés, les bras ballants. Je ne sais trop pourquoi j'observais son attitude et je me souvins de la « loi des bras ballants » telle qu'aiment à l'énoncer les neurologues facétieux[1]. Je voyais ses mains, qui étaient grandes, hors de proportion avec le reste de son corps, de grandes mains épaisses, rouges et poilues, dont les ongles ne dépassaient pas le millimètre, la longueur prescrite aux chirurgiens. Ses cheveux étaient coupés court, ses yeux étaient froids et gris, des yeux d'homme d'affaires.

— Plusieurs personnes m'ont parlé de vous, ces derniers temps, dit-il.

— Ah ?

---

1. Un homme atteint de paralysie balance moins un bras paralysé qu'un bras sain.

— Oui.

Nous entrâmes dans le parking. Sa voiture était une Porsche couleur argent ; il fit halte pour s'appuyer, d'un geste plein de désinvolture, sur l'aile d'acier poli. Quelque chose dans son attitude me dit que je n'étais pas invité à m'y appuyer aussi. Un moment, il me regarda sans un mot, ses yeux examinant chaque pouce de mon visage. Il dit enfin :

— Tous ces gens vous couvrent de louanges.

— J'en suis fort heureux.

— A les entendre, vous êtes un homme de bon sens, qui ne manque pas de jugement.

Je haussai les épaules. Il me sourit à nouveau et demanda :

— Dure journée ?

— Plus dure que certaines autres.

— Vous êtes au Lincoln, n'est-ce pas ?

— Oui.

— Vous y êtes très bien noté.

— Je fais de mon mieux.

— On m'a dit que votre travail était excellent.

— Merci.

Cette entrée en matière me désarçonnait, je ne voyais pas où il voulait en venir. Mais je n'allais pas devoir attendre longtemps pour comprendre.

— Avez-vous déjà pensé à changer d'hôpital ?

— Que voulez-vous dire ?

— Il peut y avoir d'autres... possibilités. Des places vacantes.

— Oh ! Je suis très heureux où je me trouve.

— Pour le moment, dit-il.

— Oui, pour le moment.

— Vous connaissez William Sewall ?

William Sewall, le chef du service d'anatomie pathologique au Mem. Soixante et un ans et très près de la retraite. J.D. Randall me décevait beaucoup. Je m'attendais à tout de sa part, sauf à l'emploi de grosses ficelles.

— Oui, je connais Sewall, dis-je. De façon très superficielle.

— Il va bientôt prendre sa retraite.

— Timothy Stone vient ensuite dans la hiérarchie et il est de première force

— Possible, dit Randall. Il leva les yeux au ciel. Possible. Mais beaucoup d'entre nous ne l'apprécient guère.

— C'est bien la première fois que j'entends dire cela.

Il eut un mince sourire.

— Cette opinion n'est pas dans le domaine public.

— Et beaucoup d'entre vous m'apprécieraient davantage ?

— Beaucoup d'entre nous, dit Randall en pesant ses mots, cherchent un homme nouveau. Peut-être quelqu'un de l'extérieur pour ouvrir à l'hôpital des perspectives nouvelles. Changer un peu les choses, secouer le cocotier.

— Ah ?

— C'est ainsi que nous voyons la situation, fit Randall.

— Timothy Stone est un ami intime, dis-je.

— Le rapport ne m'apparaît pas clairement.

— Le rapport, dis-je, c'est que je ne voudrais pour rien au monde lui tirer dans le dos.

— Il ne me viendrait pas à l'idée de vous suggérer une chose pareille.

— Vraiment ?

— Vraiment.

— Alors, je vous ai peut-être mal compris.

De nouveau, ce sourire plein de gentillesse.

— Peut-être.

— Pourquoi ne vous expliquez-vous pas ?

Pensif, il se gratta la nuque. Je le voyais sur le point de changer de tactique, d'aborder le problème sous un autre angle. Il fronça les sourcils.

— Je ne suis pas pathologiste, docteur Berry, mais certains de mes amis le sont.

— Pas Tim Stone, je parie.

— Il m'arrive de penser que les pathologistes travaillent plus que les chirurgiens, plus que n'importe qui. La pathologie me semble occuper son homme du matin au soir.

— Vous pourriez bien avoir raison.

— Alors, je suis surpris de vous voir tant de loisirs.

— Ma foi, vous savez ce que c'est, dis-je. Je sentais monter la colère, maintenant. D'abord la corruption, ensuite la menace. Achetons-le ou flanquons-lui une bonne frousse. Mais ma colère se doublait d'une bizarre curiosité ; Randall n'était pas un imbécile, et je savais qu'à moins d'avoir peur de quelque chose, il ne me parlerait pas ainsi. Je commençais à me demander s'il n'avait pas fait l'avortement lui-même lorsqu'il dit :

— Vous avez une famille ?

— Oui.

— Depuis longtemps à Boston ?

— Je peux toujours partir le jour où je trouverai les fragments d'organes trop déplaisants à manier.

Il encaissa très bien. Rien ne vint trahir le moindre malaise, il resta sans un geste, toujours appuyé sur l'aile de sa voiture. Il me jeta simplement un long regard de ses yeux gris et laissa tomber ces deux mots :

— Je vois.

— Vous feriez peut-être mieux d'oublier les précautions oratoires et de me dire ce qui vous tracasse.

— C'est très simple, répondit-il. Je me pose des questions sur les motifs qui vous font agir. Je comprends les liens de l'amitié et je vois même à quel point une affection personnelle peut nous aveugler parfois. J'admire votre loyauté à l'égard du docteur Lee, bien que je l'admirerais plus encore si vous aviez choisi un sujet moins répréhensible. Néanmoins, vos actes semblent aller plus loin que la loyauté ne l'exige. Quel peut bien être votre mobile, docteur Berry ?

— La curiosité, docteur Randall. La simple curiosité. Je veux savoir pourquoi tout le monde fait tant d'efforts pour avoir la peau d'un innocent. Je veux savoir pourquoi les membres d'une profession vouée à l'examen objectif des faits préfèrent le préjugé ou l'indifférence.

Il plongea la main dans une poche de son veston et en sortit un étui à cigares. Il l'ouvrit, choisit un seul cigare long et mince, en coupa le bout et l'alluma.

— Nous devons, dit-il, savoir exactement de quoi nous parlons. Mettons les choses au point. Le docteur Lee est un avorteur. Exact ?

— C'est vous qui parlez, dis-je. Moi, je me contente d'écouter.

101

— L'avortement est illégal. En outre, comme toute opération chirurgicale, il entraîne pour la patiente un risque indéniable, même s'il est pratiqué par un homme compétent, et non par un ivrogne.

— De descendance asiatique ? suggérai-je.

Randall sourit.

— Le docteur Lee, dit-il, est un avorteur, un homme qui opère en marge de la loi, et ses habitudes personnelles sont sujettes à caution. En tant que médecin, sa déontologie est douteuse. En tant que citoyen de cet État, ses actes sont punissables par une cour de justice. Voilà ce qui me tracasse, docteur Berry. Je veux savoir pourquoi vous fouinez partout, pourquoi vous molestez des membres de ma famille.

— Je ne crois pas que « molester » soit le terme qui convient.

— … et pourquoi vous vous rendez partout insupportable avec votre prétendue enquête, alors que vous avez mieux à faire et notamment le travail pour lequel le Lincoln Hospital vous paie. Comme tout médecin, vous avez des devoirs et des responsabilités. Ces devoirs, vous ne les remplissez pas. Vous préférez vous immiscer dans une affaire de famille, semer le trouble, chercher à établir un écran de fumée pour protéger un coupable, un homme qui enfreint tous les codes de la médecine, un homme qui a décidé de vivre en marge du droit, de braver les lois les plus fondamentales de la société.

— Docteur, dis-je, puisque vous parlez d'affaire de famille, considérons la question exclusivement sous cet angle : qu'auriez-vous fait si votre fille était venue vous apprendre qu'elle était enceinte ? Si elle vous avait consulté plutôt que d'aller tout droit chez un avorteur ? Qu'auriez-vous fait ?

— Des hypothèses aussi stupides ne servent à rien.

— Vous pouvez sûrement me répondre.

Son visage devenait pourpre. Les veines de son cou saillaient au-dessus de son col empesé. Il pinça les lèvres et dit :

— C'est donc cela, votre intention ? Calomnier ma

famille dans l'espoir insensé de tirer d'affaire votre prétendu ami ?

Je haussai les épaules.

— La question me parait justifiée, dis-je, et il existe plusieurs possibilités. Possibilités que je me mis à compter sur mes doigts. Tokyo, la Suisse, Los Angeles, San Juan. A moins que vous n'ayez un ami à New York ou Washington. Ce serait beaucoup plus commode. Et moins cher.

Randall pivota sur les talons et déverrouilla la portière de sa voiture.

— Pensez-y, dis-je. Pensez bien à ce que vous auriez fait pour sauvegarder la réputation de la famille.

Il mit le contact et me fusilla du regard.

— Pendant que vous y êtes, dis-je, demandez-vous pourquoi elle ne s'est pas adressée à vous quand elle avait besoin d'aide.

— Ma fille, dit-il, la voix tremblante de rage, ma fille était une merveilleuse enfant. C'était un ange de beauté et de douceur. Jamais elle n'a eu la moindre pensée méchante ou impure. Comment osez-vous la traîner dans votre...

— Si c'était un tel ange de douceur et de pureté, dis-je, comment a-t-elle fait pour être enceinte ?

Il claqua la portière, enclencha la première vitesse et disparut dans le grondement furieux des gaz d'échappement.

XIII

A mon retour chez moi, la maison était sombre et vide. Un mot laissé dans la cuisine m'apprit que Judith était toujours chez les Lee avec les gosses. Je jetai un coup d'œil dans le réfrigérateur, mon estomac criait famine mais je ne tenais pas en place, je n'avais aucune envie de m'asseoir et de me faire un sandwich. Finalement, je me décidai pour un verre de lait et un reste de salade, mais le silence de la maison me donnait le cafard. J'achevai mon bref repas et partis chez les Lee ; ils habitent tout près de chez nous, à une rue de distance.

Vue de l'extérieur, la maison des Lee est vieille, massive et de style Nouvelle-Angleterre, comme toutes les maisons de la rue. Elle ne possède absolument aucun signe distinctif. Depuis toujours, je m'interrogeais sur cette demeure qui semblait bien mal assortie à son propriétaire.

A l'intérieur, la situation n'avait rien de réjouissant. Dans la cuisine, Betty, un sourire figé sur le visage, donnait le biberon au bébé ; elle me parut hagarde de fatigue. En temps normal, elle était toujours impeccablement élégante, infatigable, un roc de sang-froid. Judith était avec elle et Debby, notre cadette, se pendait aux jupes de sa mère. Debby n'avait pris cette habitude que depuis quelques semaines.

Dans le salon, les garçons jouaient aux gendarmes et aux voleurs, dans le tintamarre de leurs pistolets à capsules. A chaque coup tiré, Betty frissonnait.

— Je voudrais qu'ils cessent, dit-elle, mais je n'ai pas le cœur de…

J'entrai dans la pièce. Tous les meubles étaient renversés. Mon fils Johnny, quatre ans, était caché derrière un fauteuil ; il m'aperçut, me salua de la main puis fit feu. Dans l'autre coin, les deux garçons des Lee se blottissaient derrière le divan. L'air était âcre de fumée, le parquet jonché de rouleaux de capsules. Johnny tira en criant :

— Je t'ai eu !

— C'est pas vrai, répliqua Andy Lee, six ans.

— Si. T'es mort.

— J'suis pas mort ! protesta Andy qui, tout aussitôt, braqua son pistolet. Mais il était à court de capsules et l'arme ne fit entendre qu'un inoffensif cliquetis. Andy se remit à couvert et hurla à Henry Lee :

— Couvre-moi pendant que je recharge.

— O. K., camarade !

Andy rechargea, mais il manquait de dextérité et s'impatientait. Quand il eut engagé la moitié du rouleau de capsules, il braqua son pistolet et cria :

— Pan ! Pan !

Puis il reprit les hostilités sans plus se préoccuper des munitions.

— C'est pas juste, dit Johnny, toujours derrière son fauteuil. T'es mort.

— Toi aussi, dit Henry, je viens de t'avoir.

— Ah, ouais ? fit Johnny en tirant trois autres capsules. Tu n'as fait que m'érafler.

La fusillade reprit de plus belle. Je rentrai dans la cuisine auprès des deux femmes. Betty me demanda :

— Comment cela se passe-t-il ?

Je souris.

— Ils se disputent pour savoir qui a descendu qui.

— Qu'as-tu découvert aujourd'hui ?

— Tout va s'arranger, dis-je. Ne t'inquiète pas.

Elle me fit un sourire en coin. Le sourire d'Art.

— Bien, docteur.

— Je parle sérieusement.

— J'espère que tu ne te trompes pas, dit-elle en fourrant une pleine cuillerée de compote de pommes dans la bouche du bébé.

Un peu de compote tomba sur le petit menton ; Betty la ramassa d'un revers de cuiller et fit une nouvelle tentative.

— Nous venons de recevoir de mauvaises nouvelles, dit Judith.

— Oui ?

— Bradford a téléphoné. Bradford, l'avocat d'Art. Il refuse d'assurer la défense.

— Qu'a-t-il dit ?

— Rien. Simplement qu'il ne pouvait se charger de l'affaire en ce moment.

J'allumai une cigarette en essayant de garder mon calme.

— Je ferais mieux de l'appeler, dis-je.

Judith jeta un coup d'œil à sa montre.

— Cinq heures trente. Il ne sera probablement pas…

— J'essaie quand même !

J'entrai dans le bureau d'Art. Judith y entra avec moi. Je fermai la porte, étouffant ainsi le bruit de la bataille rangée qui battait toujours son plein dans le salon.

— John, qu'est-ce qui va se passer au juste ?

Je hochai la tête.

— Trop tôt pour savoir.

Je m'assis derrière le bureau d'Art et formai le numéro de Bradford.

— Tu n'as pas trop faim ? Tu as pu manger quelque chose ?

— J'ai mangé un morceau à la maison avant de venir.

— Tu as l'air fatigué.

— Ça va, dis-je.

Judith se pencha sur le bureau et je lui mis un baiser sur la joue.

— A propos, dit-elle, Fritz Werner a téléphoné. Il veut te parler.

J'aurais dû m'y attendre. On peut compter sur Fritz pour être au courant des tous derniers potins. N'empêche, il avait peut-être mis la main sur quelque chose d'important ; le cas échéant, il pourrait rendre de grands services.

— Je le rappellerai.

— Avant que j'oublie, dit-elle, il y a cette réception demain.

— Je ne tiens pas à y aller.

— Il nous faut y aller. C'est George Morris…

J'avais oublié.

— Très bien, dis-je. A quelle heure ?

— Six heures. Nous pouvons partir tôt.

— D'accord.

Judith retournait à la cuisine au moment où la secrétaire répondait à mon appel en annonçant :

— Bradford, Wilson et Sturges.

— Mr. Bradford, je vous prie.

— Je suis désolée, dit la secrétaire. Mr. Bradford est absent pour la journée.

— Où puis-je le toucher ?

— Mr. Bradford sera au bureau demain matin à neuf heures.

— Il m'est impossible d'attendre aussi longtemps.

— Je suis désolée, monsieur.

— Ne vous désolez pas trop. Essayez simplement de me le trouver. Le docteur Berry à l'appareil.

Je ne savais pas si mon nom lui disait quelque chose mais, à mon avis, ce n'était pas impossible.

Le ton changea d'une seconde à l'autre.

— Ne quittez pas, docteur, s'il vous plaît.

Suivit un silence de plusieurs secondes durant lesquelles j'attendis, dans le bourdonnement de bruits mécaniques confus que fait régner le bouton de « ligne en attente » : se trouver sur une « ligne en attente » est l'équivalent technologique du purgatoire. C'était une des maximes favorites d'Art Lee. Art a horreur du téléphone et ne l'emploie que contraint et forcé.

La secrétaire revint en ligne.

— Mr. Bradford est sur le point de partir, mais il va vous parler.

— Merci.

Un cliquetis mécanique.

— George Bradford.

— Mr. Bradford, John Berry à l'appareil.

— Bonjour, docteur Berry. Que puis-je faire pour vous ?

— Je voudrais vous parler d'Art Lee et...

— Docteur Berry, j'étais déjà sur le pas de la porte.

— Votre secrétaire me l'a dit. Peut-être pourrions-nous nous rencontrer quelque part ?

Bradford hésita, poussa un soupir, de telle sorte que je pus l'entendre distinctement. A croire qu'un serpent sifflait d'impatience dans le combiné.

— Cela ne servirait à rien. J'ai bien peur que ma décision ne soit irrévocable. L'affaire n'est plus entre mes mains.

— Rien qu'un très bref entretien.

Nouvelle pause.

— Bon. Rendez-vous à mon club dans vingt minutes. Le Trafalgar. A tout de suite.

Je raccrochai. Quel salaud ! Son club était en plein centre de la ville. J'allais devoir rouler à tombeau ouvert pour arriver à temps. Je rectifiai mon nœud de cravate et courus à ma voiture.

Le Trafalgar Club se trouve dans une petite maison délabrée de Beacon Street, juste au pied de la colline. Au contraire des clubs professionnels des plus grandes villes, le

Trafalgar est un endroit si tranquille que peu de Bostoniens connaissent même son existence.

Je n'y étais jamais allé, mais j'aurais pu en décrire le décor sans risque d'erreur. Les pièces étaient lambrissées d'acajou ; les plafonds étaient hauts et poussiéreux, les fauteuils rembourrés et couverts de cuir fauve, patinés et confortables. Les tapis d'Orient étaient usés. L'atmosphère du club répondait admirablement à sa clientèle — des messieurs snobs et plus tout jeunes. En déposant mon manteau au vestiaire, j'aperçus une pancarte qui annonçait, sans vaines circonlocutions : *Les dames sont admises au titre d'invitées entre 4 h et 5 h 30, le jeudi seulement.* Bradford m'attendait dans le hall.

C'était un homme de petite taille, trapu, impeccablement habillé. Après toute une journée au bureau, son costume noir à fines rayures blanches n'avait pas un pli, ses chaussures resplendissaient, ses manchettes dépassaient les manches de son veston exactement de la longueur prescrite. Il portait une montre de gousset au bout d'une chaîne d'argent et son insigne d'ancien étudiant faisait un joli contraste sur le tissu sombre de son gilet. Je n'avais pas besoin de consulter sa notice biographique dans le *Who's Who* pour savoir qu'il habitait un endroit du genre de Beverly Farms, qu'il sortait de l'école de droit de Harvard, que sa femme était une ancienne du Collège de Vassar, portaient encore des jupes plissées, des sweaters de cachemire et des colliers de perles et que ses enfants étaient élèves de Groton ou de Concord. On lisait tout cela sur son visage calme et confiant.

— Je boirais bien un verre, dit-il, tandis que nous nous serrions la main. Qu'en dites-vous ?

— Bonne idée.

Le bar était au deuxième étage, une grande pièce à hautes fenêtres donnant sur Beacon Street et les Commons. C'était une pièce tout en demi-jour qui sentait un peu la fumée de cigare. On s'y rassemblait en petits groupes pour parler à voix basse. Le barman savait ce que tout le monde désirait boire et n'avait pas à poser la question. Tout le monde, sauf moi, bien entendu. Nous nous assîmes dans deux fauteuils confortables devant une fenêtre et je commandai une vodka-Gibson. Bradford se contenta de faire un signe de tête au barman.

Tandis que nous attendions nos consommations, il me dit :

— Je suis sûr que ma décision vous déçoit, mais franchement...

— Je ne suis pas déçu. Parce que moi, je n'ai pas à comparaître devant un tribunal.

Bradford plongea la main dans sa poche, en sortit sa montre, y jeta un coup d'œil et la remit en place.

— Personne, dit-il d'une voix sèche, personne ne se trouve devant un tribunal pour le moment.

— Pas d'accord. Je crois qu'un tas de gens sont au banc des accusés, en ce moment même.

Il frappa nerveusement la table du doigt et fronça les sourcils à l'intention du barman, qui se trouvait à l'autre bout de la salle. Les psychiatres appellent cela un transfert.

— Puis-je savoir ce que cette remarque est censée vouloir dire ?

— Tout le monde dans cette ville laisse tomber Art Lee comme s'il avait la peste bubonique.

— Et vous soupçonnez quelque noire conspiration ?

— Non, dis-je, je suis surpris, tout simplement.

— Un de mes amis prétend que chez tous les médecins, le trait fondamental du caractère est la naïveté. Vous ne me paraissez pas naïf.

— C'est un compliment ?

— C'est une constatation.

— Je fais de mon mieux, dis-je.

— Eh bien, croyez-moi, il n'y a aucun mystère, aucune conspiration. En ce qui me concerne, vous devez comprendre que j'ai de nombreux clients et que Mr. Lee n'est que l'un d'entre eux.

— Le docteur Lee.

— Vous avez raison, le docteur Lee. C'est un de mes clients, mais j'ai aussi des obligations vis-à-vis de tous les autres et je m'en acquitte au mieux de mes possibilités. Il se trouve que j'ai contacté les services du *district attorney* cet après-midi pour savoir quand l'affaire du docteur Lee passerait en audience. Il m'est apparu que la cause du docteur Lee passerait en même temps qu'une autre que j'ai préalablement accepté de défendre. Je ne peux plaider devant deux cours à la fois. J'ai expliqué la situation au docteur Lee.

Les consommations étaient là. Bradford leva son verre.

— A votre santé.

— A votre santé.

Il but et poursuivit, les yeux fixés sur son verre.

— Quand je lui ai expliqué ma position, le docteur Lee s'est rangé à mon point de vue. Je lui ai dit également que mes associés et moi, nous allions mettre tout en œuvre pour lui procurer la meilleure assistance juridique possible. Il y a quatre associés principaux chez nous et, selon toutes probabilités, l'un d'entre eux pourra...

— Mais ce ne sont que des probabilités.

Bradford haussa les épaules.

— Tout n'est que probabilités en ce bas monde.

Je bus à petites gorgées. Un fichu cocktail, beaucoup de vermouth et une larme de vodka.

— Vous êtes en excellents termes avec les Randall ? demandai-je.

— Je les connais.

— Ce fait a-t-il quelque rapport avec votre décision ?

— Absolument aucun. Bradford se redressa sur son siège et se figea, raide comme un piquet. Un avocat apprend très tôt à faire la distinction entre clients et amis. C'est souvent indispensable.

— Surtout dans une petite ville.

Il sourit.

— Objection, Votre Honneur. Et il revint à son verre. Entre vous et moi, docteur Berry, vous devez savoir que je sympathise totalement avec Lee, reprit-il. Tous deux, nous admettons que l'avortement fait partie de la vie moderne et ne peut plus être passé sous silence. Les dernières statistiques que j'ai vues estimaient à un million le nombre d'avortements effectués chaque année en Amérique ; du point de vue pratique, c'est nécessaire. Nos lois sur l'avortement sont floues, mal définies, d'une absurde sévérité. Mais permettez-moi de vous rappeler que les médecins sont beaucoup plus sévères que la loi elle-même. Dans les hôpitaux, les comités qui décident de l'avortement pèchent par excès de prudence. Ils refusent de pratiquer des avortements dans des circonstances où la loi n'y ferait jamais obstacle. A mon avis, avant de pouvoir faire modifier les lois sur l'avortement, il faut changer l'état d'esprit qui prévaut parmi les membres du corps médical.

Je ne répondis rien. L'ouverture du parapluie est une cérémonie séculaire que l'on se doit d'observer en silence. Bradford me jeta un regard et dit :

— Vous n'êtes pas d'accord ?

— Bien sûr, dis-je. On ne peut rêver argumentation plus efficace pour défendre un accusé.

— Je ne la proposais pas comme défense.

— Alors, il est possible que je vous aie mal compris.

— Je n'en serais pas autrement étonné, dit-il sèchement.

— Moi non plus, parce que votre histoire n'a pas beaucoup de sens. J'ai toujours cru que les avocats allaient droit au cœur d'un problème plutôt que de tourner autour du pot.

— J'essaie de clarifier ma position.

— Votre position est très claire, dis-je. Pour ma part, je me fais du souci à propos du docteur Lee.

— Très bien. Parlons du docteur Lee. Il est accusé aux termes d'une loi appliquée dans le Massachusetts depuis soixante-dix-huit ans, une loi qui fait de tout avortement un délit punissable d'amende et d'emprisonnement pouvant aller jusqu'à cinq ans. Si l'avortement cause la mort, la peine peut aller de sept à vingt ans.

— Est-ce un meurtre au second degré ou un homicide ?

— Techniquement, ni l'un ni l'autre. Mais aux termes de...

— Alors, le prévenu peut être libéré sous caution ?

— Oui, cela peut se concevoir. Mais pas dans cette affaire, car l'accusation va requérir pour meurtre, selon une disposition du droit civil par laquelle toute mort résultant d'un délit constitue un meurtre.

— Je vois.

— Au cours des débats, l'accusation apportera la preuve, irréfutable à mon avis, que le docteur Lee est un avorteur. Ils démontreront que la fille, Karen Randall, avait déjà consulté le docteur Lee et que celui-ci n'a gardé aucune trace de cette visite, ce qui est proprement inexplicable de sa part. Ils démontreront que le docteur Lee ne peut justifier son emploi du temps pendant la soirée du dimanche, les heures cruciales, précisément. Et ils avanceront le témoignage de Mrs. Randall selon lequel la victime lui a dit que Lee avait fait l'avortement. En fin de compte, tout se réduit à l'opposition de deux témoignages ; Lee, un avorteur reconnu, jurera qu'il n'est pour rien dans cet avortement-là. Mrs. Randall dira le contraire. Si vous étiez le jury, qui croiriez-vous ?

— Rien ne prouve que le docteur Lee a fait avorter cette fille. Tous les arguments de l'accusation ne sont que des preuves par présomption.

— Le procès aura lieu à Boston.

— Alors, faites juger l'affaire ailleurs.

— Pour quel motif ? Parce que le climat moral de cette ville est défavorable à l'accusé ?

— Vous vous réfugiez dans les détails techniques. Moi, je veux sauver un homme.

— Ce sont les détails techniques qui font la force de la loi.

— Et ses faiblesses.

Il me jeta un regard pensif.

— La seule façon de « sauver » le docteur Lee, comme vous dites, est de prouver qu'il n'a pas pratiqué l'opération. Donc, il faut trouver le véritable avorteur. Je crois que les chances d'y parvenir sont assez minces.

— Pourquoi ?

— Pour une raison bien simple. J'ai parlé à Lee aujourd'hui et je suis sorti de cet entretien convaincu qu'il mentait comme un arracheur de dents. Je crois qu'il l'a fait, Berry. Je crois qu'il l'a tuée.

XIV

Quand je rentrai à la maison, je constatai que Judith et les gosses se trouvaient toujours chez Betty. Je me préparai un autre cocktail — un fort, cette fois —, et m'assis dans le living, harassé, mais incapable de me détendre.

J'ai mauvais caractère ; je le sais et je tâche de me maîtriser, mais le fait est que je suis gauche et brusque avec les gens. Je suppose que je n'aime pas les gens ; c'est probablement avant tout pour cela que je me suis orienté vers la pathologie. Passant en revue les événements de la journée, je constatai que j'avais trop souvent perdu mon calme. C'était idiot, car cela ne m'avait rien rapporté ; aucun bénéfice, et peut-être d'importantes pertes en puissance.

Le téléphone sonna. C'était Sanderson, le chef de l'anapath au Lincoln. La première chose qu'il me dit fut :

— Je t'appelle d'une ligne de l'hôpital.

— O. K., répondis-je.

La centrale de l'hôpital avait au moins six lignes. Dans la soirée, n'importe qui pouvait se brancher sur la communication.

— Comment s'est passée votre journée ? demanda Sanderson.

— C'était intéressant, dis-je. Et comment a été la vôtre ?

— Elle a connu ses moments d'intérêt, fit Sanderson.

J'imaginais facilement les choses. Quiconque aurait voulu me chercher noise se serait attaqué à Sanderson. C'était la manière la plus logique d'agir, et cela pouvait être mené de façon vraiment subtile. Une plaisanterie quelconque : « Dites, j'ai entendu que vous étiez à court de main-d'œuvre ces jours-ci. » Ou bien, une question plus sérieuse : « Qu'est-ce que j'ai entendu dire ? Berry est malade ? Oh ? On m'a dit qu'il l'était. Mais ce n'est pas vrai, n'est-ce pas ? » Puis quelques mots bien choisis, envoyés par le chef de service : « Sacré nom, Sanderson, comment diable voulez-vous que je garde en main mon équipe quand vous permettez à vos gars du labo d'abandonner tout le temps leur poste ? » Et finalement, un membre de l'administration : « Nous gérons un hôpital de toute pre-

mière catégorie ici, chacun a son travail et chacun s'y tient :
pas de place pour les poids morts. »

L'effet immédiat serait une pression intense pour me
ramener au labo, ou pour engager à ma place un nouvel élément.

— Dites-leur que ma syphilis en est arrivée à la phase
tertiaire, dis-je, ça devrait leur faire prendre patience.

Sanderson se mit à rire.

— Il n'y a actuellement aucun problème, dit-il. J'ai
l'échine solide. Je suis capable de tenir bon un bout de
temps.

Il fit une pause et ajouta :

— De combien de temps croyez-vous encore avoir
besoin ?

— Je n'en sais rien, fis-je. C'est une affaire compliquée.

— Passez donc me voir demain, dit-il. Nous pourrons
en discuter.

— Bien, répondis-je. Peut-être en saurai-je plus alors.
Pour le moment, c'est aussi mauvais que le cas du Pérou.

— Je vois, dit Sanderson. Alors, à demain.

— A demain.

Je raccrochai, certain qu'il savait de quoi je voulais
parler. J'avais voulu dire que dans toute l'affaire de Karen
Randall, il y avait quelque chose qui n'allait pas, qui clochait. Un peu comme pour une observation dont nous
avions eu à nous occuper trois mois plus tôt, une maladie
rare appelée agranulocytose : absence complète de globules
blancs dans le sang. C'est une affection sérieuse, parce que
sans globules blancs, vous ne pouvez combattre les infections. La plupart des gens bien portants hébergent des
germes pathogènes en quelque endroit de leur personne :
streptos, staphylos, parfois pneumocoques ou bacilles
diphtériques.

Pour peu que vos réactions de défense faiblissent, vous
vous infectez.

Dans le cas en question, le patient était un Américain, un
médecin travaillant pour le département de la Santé Publique du Pérou : il prenait un médicament péruvien pour son
asthme et, un jour, il tomba malade. Il se sentit fatigué,
fit de la température, et des ulcérations apparurent dans sa

bouche. Il consulta un médecin à Lima, qui fit examiner son sang. La numération des globules blancs était à six cents. Le lendemain, elle était tombée à cent, et le troisième jour, à zéro. Il sauta dans l'avion de Boston et se fit admettre à notre hôpital.

On lui fit une ponction-biopsie de la moelle osseuse, en enfonçant un trocart dans son sternum et en prélevant un peu de moelle. Je jetai un œil au microscope et devins perplexe. La moelle présentait quantité de cendres miniatures de type granulocytaire. C'était anormal, mais non alarmant. Je pensai : « Diable, il y a ici quelque chose de pas catholique. » Aussi allai-je en parler avec le médecin de sa salle.

Ce dernier avait identifié le médicament péruvien que prenait le patient. Il se révéla qu'il contenait un composé retiré du marché en Amérique depuis 1942 à cause de son action toxique sur les globules blancs. Le médecin crut comprendre la cause des troubles de son patient : il avait détruit lui-même ses globules blancs, et maintenant, il s'infectait lui-même. Le traitement était simple. Soustrayez le patient à l'action du toxique, ne faites rien de plus et laissez la moelle se régénérer.

Je répondis au médecin que, d'après l'examen microscopique, la moelle ne paraissait pas tellement atteinte. Nous nous rendîmes alors au chevet du patient, et le trouvâmes toujours fort atteint. Sa bouche était pleine d'ulcérations, ses jambes couvertes de furoncles et d'impétigo. Sa température était élevée et il était tombé dans une sorte de léthargie, répondant à peine à nos questions.

Nous ne pouvions comprendre comment, alors que sa moelle osseuse paraissait fondamentalement dans un état normal, il pouvait être si malade. Finalement, vers quatre heures, je demandai au médecin si la peau était infectée à l'endroit de la ponction. Le médecin me dit qu'il n'avait pas vérifié. Nous retournâmes auprès du patient pour examiner le thorax.

Surprise : pas de trace de ponction ! L'échantillon de moelle ne provenait pas de ce patient. Un des résidents ou une infirmière avait commis une erreur d'étiquetage, portant le nom de notre patient sur un échantillon de moelle prélevé chez un homme suspecté de leucémie. Nous pratiquâmes immédiatement une ponction sternale chez notre patient, et trouvâmes une moelle très altérée.

Le patient guérit un peu plus tard, mais je ne devais jamais oublier notre perplexité devant les résultats du labo.

J'éprouvais actuellement le même sentiment... quelque chose n'allait pas, ne cadrait pas avec la situation. Je n'arrivais pas à mettre le doigt dessus, mais j'avais l'impression qu'il s'était produit un formidable malentendu, un peu comme si tout le monde parlait de choses différentes. Mon opinion personnelle était claire : Art était innocent jusqu'à ce que sa culpabilité fût prouvée et, à ce jour, elle ne l'était pas.

Personne ne semblait se soucier de savoir si Art était coupable ou non. La question cruciale à mes yeux n'avait aucune importance pour eux.

Mais pourquoi en était-il ainsi ?

MARDI

11 OCTOBRE

I

A mon réveil, j'eus l'impression d'entamer un jour comme les autres. J'étais épuisé, il pleuvinait au-dehors, la rue était froide, grise, rébarbative. J'enlevai mon pyjama et pris une douche brûlante. J'étais en train de me raser lorsque Judith entra, me mit un baiser sur la joue puis alla dans la cuisine préparer le petit déjeuner. Je me souris dans le miroir et me pris à me demander quel allait être l'horaire des opérations pour la journée.

Alors, je me souvins que je n'allais pas à l'hôpital. Toute l'histoire me revint à l'esprit.

Non, ce n'était pas un jour comme les autres.

J'allai à la fenêtre, fixai du regard les gouttes d'eau qui roulaient sur le verre. Et à ce moment, je me demandai pour la première fois si je ne ferais pas mieux de tout laisser tomber et de reprendre mon travail. Tout à coup, je trouvai attrayante, presque irrésistible, la perspective de monter dans ma voiture, de chercher une place au parking de l'hôpital, de pendre mon pardessus dans le vestiaire du labo, de mettre mon tablier et mes gants — tous les petits détails de la routine familière. C'était mon travail, je m'y sentais à l'aise, aucune tension, aucun obstacle insurmontable ne venaient m'y torturer, je faisais ce qu'on m'avait appris à faire. Je n'avais aucune raison de jouer les détectives amateurs. Dans la lumière froide du matin, cette idée même semblait ridicule.

Puis, les visages vus la veille me revinrent en mémoire. Le visage d'Art et le visage de J.D. Randall et celui de

119

Bradford, si satisfait de lui-même, si convaincu d'avoir raison. Et je sus que si je n'aidais pas Art, personne d'autre ne lèverait le petit doigt pour aller à son secours.

Dans un sens, c'était une constatation effrayante, presque terrifiante.

Judith prit le petit déjeuner avec moi. Les gosses dormaient encore ; nous étions seuls.

— Qu'as-tu l'intention de faire aujourd'hui ? dit-elle.

— Je ne sais pas au juste.

Je m'étais posé exactement la même question. Il me restait beaucoup de choses à découvrir, des tas de choses. Sur Karen et surtout sur Mrs. Randall. Je ne savais toujours presque rien de l'une ni de l'autre.

— Je vais commencer par la fille, dis-je.

— Pourquoi ?

— D'après ce qu'on m'a dit, c'était un ange de douceur, une petite lumière céleste. Tout le monde était éperdu d'adoration devant cette merveille.

— C'est peut-être vrai.

— Oui, mais il serait peut-être judicieux de recueillir d'autres opinions que celles de son frère et de son père.

— Comment ?

— Je vais commencer par Smith College, dis-je.

Smith College, Northampton, Massachusetts, deux mille deux cents jeunes filles recevant une éducation raffinée au milieu de nulle part. Deux heures sur l'autoroute jusqu'à la sortie de Holyoke, puis une demi-heure sur des chemins de campagne jusqu'à ce que je passe sous les voies du chemin de fer pour entrer dans la petite ville. Pour une ville universitaire, l'atmosphère y manque singulièrement de spontanéité ; on y sent flotter dans l'air comme un relent d'irritation et de frustration, l'immense frustration collective de deux mille deux cents jolies filles enfermées dans un désert pour quatre ans et l'irritation collective des indigènes forcés de s'accommoder de leur présence pendant ce temps.

Mais le campus est splendide, surtout en automne, lorsque les feuilles prennent leurs nouvelles couleurs. Même sous la pluie, c'est splendide. J'allai tout droit au bureau de renseignements de l'université et cherchai le nom de Karen Randall dans le volume broché qui donnait la liste des étudiantes et du corps professoral. On m'offrit une carte du campus et je me mis en route pour la maison des étudiantes où avait logé Karen, Henley Hall.

Henley Hall était une grande maison blanche, dans Wilbur Street. Quarante jeunes filles y vivaient en permanence. Au rez-de-chaussée se trouvait une salle commune tendue de tissu clair à petits motifs, un décor si féminin qu'il en devenait un brin ridicule. Des jeunes filles circulaient un peu partout, en blue-jeans et longue chevelure plate. Le bureau de réception se trouvait près de la porte.

— Je voudrais voir Karen Randall, dis-je à la jeune réceptionniste.

La fille me lança un regard effrayé comme si elle avait devant elle un satyre d'âge moyen et prêt à tout.

— Je suis son oncle, dis-je. Docteur Berry.

— J'ai été absente tout le week-end, dit la fille, et je n'ai pas vu Karen depuis mon retour. Elle était à Boston pour le week-end.

J'avais de la veine : de toute évidence, cette fille n'était pas au courant. Je me demandais s'il en serait de même pour les autres ; impossible de le savoir maintenant. La gérante de la maison des étudiantes avait certainement appris la mort de Karen ou l'apprendrait bientôt. Il me fallait éviter la gérante.

— Oh ! s'écria la fille du bureau. Voici justement Ginnie. Ginnie est la compagne de chambre de Karen.

Une fille aux cheveux noirs s'apprêtait à sortir. Elle portait un blue-jean très collant et un vieux pull-over qui ne l'était pas moins, mais l'effet général était étrangement soigné. Quelque chose dans son visage reniait le reste de son apparence.

La fille du bureau appela Ginnie d'un geste de la main et dit :

— Voici le docteur Berry. Il cherche Karen.

Ginnie me regarda. Manifestement, ma présence lui causait un choc. Elle savait. Je me dépêchai de lui saisir la main, l'entraînai dans le salon et l'assis de force dans un fauteuil.

— Mais Karen...

— Je sais, dis-je, mais je veux vous parler.

— Je pense que je ferais mieux de prendre l'avis de Miss Peters, dit Ginnie.

Elle se levait ; je la repoussai doucement sur son siège.

— Avant que vous ne partiez, j'ai une chose à vous dire. J'ai assisté à l'autopsie de Karen hier.

Ginnie se couvrit la bouche de la main.

— Désolé d'être si brutal, mais il y a certaines questions importantes auxquelles vous seule pouvez répondre. Vous et moi, nous savons déjà ce que dirait Miss Peters.

— Elle dirait que je n'ai pas à vous parler.

Il restait encore un peu de suspicion dans le regard de Ginnie mais, visiblement, j'avais éveillé sa curiosité.

— Allons quelque part où nous serons seuls, dis-je.

— Je ne sais pas si...

— Je ne vous retiendrai que quelques minutes.

Elle se leva et désigna le hall d'un signe de tête.

— En principe, nous n'avons pas le droit de recevoir des hommes dans nos chambres, dit-elle. Mais vous êtes un parent, n'est-ce pas ?

— Bien sûr.

Ginnie et Karen se partageaient une chambre au rez-de-chaussée, à l'arrière du bâtiment. La pièce était petite, encombrée de ces petits souvenirs indispensables aux jeunes filles : photos de garçons, lettres, cartes d'anniversaire amusantes, programmes de matches de football joués dans les universités les plus renommées, bouts de rubans, horaires de cours, flacons de parfum, animaux en peluche. Ginnie s'assit sur un des lits et, de la main, me désigna une chaise de bureau.

— Miss Peters m'a dit hier soir que Karen était... morte accidentellement. Elle m'a demandé de n'en parler à personne pendant quelques jours. C'est drôle. Personne n'est jamais mort parmi les gens que je connais — enfin, parmi les gens de mon âge, vous voyez ce que je veux dire — et c'est drôle. Je veux dire, c'est étrange, je n'ai rien ressenti.

Je ne suis pas parvenue à avoir beaucoup de chagrin. Je pense bien que je n'y crois pas encore pour de bon.

— Karen et vous, vous vous connaissiez avant de partager la même chambre ?

— Non. L'université nous a désignées d'office.

— Vous vous entendiez bien ?

Elle haussa les épaules. D'une façon ou d'une autre, elle avait appris à saccader chacun de ses gestes et donnait ainsi une impression de perpétuel dynamisme. Mais c'était irréel, comme un mouvement répété devant un miroir jusqu'à la perfection.

— Oui, je pense qu'on ne s'entendait pas mal. Karen ne ressemblait pas aux autres étudiantes de première année. Elle n'avait ni peur ni respect pour l'université, elle était toujours partie, pour un jour ou pour un week-end. Elle séchait pratiquement tous les cours et n'arrêtait pas de répéter combien Smith lui faisait horreur. Voyez-vous, c'est très à la mode de dire cela, mais Karen, elle, le pensait, elle le pensait vraiment. A mon avis, elle avait vraiment horreur d'être ici.

— Qu'est-ce qui vous le fait croire ?

— Sa façon de se comporter. Ne pas aller au cours, quitter le campus à la moindre occasion. Elle partait pour des week-ends entiers en disant qu'elle allait voir ses parents. Mais à moi, elle m'a dit qu'elle ne rentrait jamais à la maison. Elle détestait ses parents.

Ginnie se leva et ouvrit la porte d'une armoire. Épinglée à l'intérieur de la porte, je vis une grande photographie de J.D. Randall. La photo était couverte de trous minuscules.

— Vous savez ce qu'elle faisait, docteur Berry ? Elle jouait aux fléchettes en prenant cette photo pour cible. C'est son père, il est chirurgien, je crois ; elle lui jetait des fléchettes tous les soirs avant de se mettre au lit.

Ginnie ferma la porte de l'armoire.

— Et sa mère ?

— Oh, elle aimait sa mère. Sa vraie mère, celle qui est morte. Il y a une belle-mère maintenant. Karen ne l'a jamais beaucoup aimée.

— Quels étaient ses autres sujets de conversation favoris ?

— Les garçons, dit Ginnie en se rasseyant sur le lit. D'ailleurs, toutes, ici, nous ne parlons pratiquement de rien d'autre. Les garçons. Karen avait fréquenté une école privée quelque part dans les environs et elle connaissait des tas de types. Des étudiants de Yale venaient régulièrement lui rendre visite.

— Avait-elle des relations suivies avec l'un d'entre eux ?

— Je ne crois pas. Elle avait des tas de garçons. Ils lui couraient tous après.

— Elle avait du succès ?

— Si vous voulez, dit Ginnie en fronçant le nez. Écoutez, ce ne serait pas très joli de raconter des choses sur son compte maintenant, vous ne croyez pas ? Et puis, rien ne me prouve que c'est vrai. Ce n'est peut-être que pure invention.

— De quoi parlez-vous ?

— Eh bien, vous arrivez ici, en première année, personne ne vous connaît, personne n'a même jamais entendu parler de vous auparavant et vous pouvez raconter tout ce que vous voulez sans qu'on vous mette le nez dans vos mensonges. Moi-même, les premiers jours, je répétais partout que j'avais dirigé la « brigade des acclamations » aux matches de football, à l'école secondaire. En fait, je sors d'une école privée mais j'aurais souhaité être l'animatrice de la brigade des acclamations à l'école secondaire.

— Je vois.

— Ce sont des filles si bien… si saines.

— Quel genre d'histoires vous racontait Karen ?

— Je ne sais pas. Ce n'étaient pas vraiment des histoires. Plutôt des suites de sous-entendus. Elle aimait passer pour affranchie et tous ses amis étaient affranchis. D'ailleurs, c'était son mot favori : affranchi. Elle s'y entendait pour donner l'impression de la vérité. Elle ne vous disait jamais d'un coup ce qu'elle voulait vous faire comprendre. Elle préférait de petites allusions, de petits commentaires par-ci par-là. A propos de ses avortements, par exemple.

— Ses avortements ?

— Elle m'a dit qu'elle s'était fait avorter deux fois avant même d'entrer à l'université. Vous ne trouvez pas cela un peu fort, vous ? Deux avortements ? Elle n'avait que dix-sept ans, après tout. Je lui ai dit que je ne la croyais pas, alors elle s'est lancée dans une longue explication sur la manière de procéder, une explication complète. Après, je n'étais plus si sûre de ne pas la croire.

Une jeune fille élevée dans une famille de médecins pouvait facilement apprendre comment on s'y prend pour effectuer un curetage. Cela ne prouvait pas qu'elle eût elle-même subi un avortement.

— Elle ne vous a pas donné d'autres détails ? La raison de ces avortements ?

— Non. Elle m'a simplement dit qu'on lui en avait fait deux. Et elle n'arrêtait pas de raconter des histoires comme ça. Je savais qu'elle cherchait surtout à me scandaliser, mais elle n'hésitait pas à employer un langage très cru quand elle en avait envie. Je me souviens de notre premier... non, de notre deuxième week-end ici, elle est sortie le samedi soir et elle est rentrée très tard. Pour ma part, j'étais allée à une soirée d'accueil de l'université. Karen est rentrée, les vêtements en désordre, elle a éteint, s'est mise au lit dans l'obscurité et a dit : « Bon Dieu, comparés aux Noirs, les Blancs peuvent aller se rhabiller ! » Comme ça. Je n'ai su que répondre ; je veux dire, je ne la connaissais pas encore très bien, alors j'ai préféré me taire. J'ai simplement pensé qu'elle voulait me choquer.

— Que vous a-t-elle dit d'autre ?

Ginnie haussa les épaules.

— Je ne me souviens plus. C'étaient toujours de petites choses. Un jour, elle s'apprêtait à partir pour le week-end et elle sifflotait devant le miroir. Tout à coup, voilà qu'elle me dit : « Je vais vraiment m'en payer une tranche, ce week-end. » Ou quelque chose comme ça, je ne me rappelle plus les mots exacts.

— Et qu'avez-vous dit ?

— Je lui ai dit : « Amuse-toi bien. » Que dire quand on sort de la douche et que quelqu'un vous sort une phrase pareille ? Alors, elle m'a répondu : « Fais-moi confiance. » Elle n'arrêtait pas de me lancer ce genre de remarques.

— Vous l'avez crue ?

— Eh bien, après deux ou trois mois, j'ai commencé à la croire.

— Avez-vous jamais eu des raisons de penser qu'elle était enceinte ?

— Tandis qu'elle était ici, à l'université ? Non.

— Vous êtes sûre ?

— Elle n'en a jamais parlé. De plus, elle prenait la pilule.

— Vous êtes absolument affirmative sur ce point ?

— Ben… je pense bien ! Enfin, elle en faisait toute une cérémonie chaque soir. D'ailleurs, les pilules sont encore ici.

— Où ? Où cela ?

Ginnie fit un geste du doigt.

— Mais là, sur son bureau. Dans le petit flacon.

J'allai prendre le petit flacon de plastique. L'étiquette indiquait la pharmacie de Beacon Hill ; il n'y avait pas de mode d'emploi dactylographié. Je sortis mon calepin, notai le numéro de l'ordonnance et le nom du médecin. Puis, j'ouvris la bouteille et la secouai pour en faire tomber un comprimé. Il en restait quatre.

— Karen prenait un de ces comprimés chaque jour ?

— Chaque jour sans exception, dit Ginnie.

Je ne suis ni gynécologue ni pharmacologue, mais je vois tout de même certaines petites choses. D'abord, que la plupart des pilules contraceptives se vendent aujourd'hui dans une boîte-calendrier qui aide la femme à tenir la comptabilité des jours de traitement. Ensuite, que le dosage hormonal qui était au début de dix milligrammes par jour est maintenant tombé à deux milligrammes. Ce qui réduit d'autant le volume des pilules.

Les pilules de Karen étaient très grosses par comparaison. Elles ne portaient pas la moindre marque, étaient d'un blanc de craie et s'effritaient légèrement au toucher. J'en glissai une dans ma poche et replaçai les autres dans le flacon. Même sans vérification, j'avais une assez bonne idée de ce qu'étaient en réalité ces pilules.

— Vous avez déjà rencontré un des flirts de Karen ?

Ginnie secoua la tête.

— Est-ce que Karen parlait d'eux ? Elle vous parlait de ses rendez-vous ?

— Pas vraiment. Elle ne donnait aucun détail personnel, si vous voyez ce que je veux dire. Elle parlait de leur comportement au lit mais, la plupart du temps, c'était pour le plaisir de dire des grivoiseries. Elle essayait continuellement d'impressionner tout le monde à coup d'histoires salées. Les plus indécentes possibles, vous voyez ? Attendez une minute.

Elle se leva et se dirigea vers la commode de Karen. Un miroir était accroché au-dessus de la commode, avec plusieurs photos de garçons glissées entre le cadre et la glace. Ginnie en prit deux et me les tendit.

— Voici le type dont elle parlait le plus souvent, mais je ne crois pas qu'elle le voyait encore. Elle était sortie avec lui pendant tout l'été, je crois. Il est à Harvard.

La photo — une de celles qu'on distribue aux supporters de l'équipe — montrait un garçon en équipement de football. Il portait un maillot frappé du numéro 71, se courbait, une main à terre, dans la posture préalable à la mêlée et fixait l'objectif d'un regard mauvais.

— Comment s'appelle-t-il ?

— Je ne sais pas.

Je ramassai sur un meuble un programme du match de football Harvard-Columbia et cherchai la composition de l'équipe. Le numéro 71 était un arrière droit, Alan Zenner. J'inscrivis le nom dans mon carnet et rendis la photo à Ginnie.

— Celui-ci, dit-elle en me donnant l'autre photo, celui-ci est plus récent. Je crois qu'elle sortait encore avec lui. Parfois, quand elle rentrait le soir, elle embrassait sa photo avant de se coucher. Il s'appelle Ralph, je crois, Ralph ou Roger.

C'était un jeune Noir qui portait un costume très collant d'étoffe très brillante et tenait en main une guitare électrique. Il souriait d'un air un peu contraint.

— Vous croyez qu'elle le voyait encore ?

— Oui, je pense bien. Il fait partie d'un groupe qui joue à Boston.

— Et son nom est Ralph ?

— Quelque chose comme ça.

— Vous connaissez le nom du groupe ?

Ginnie fronça les sourcils.

— Elle me l'a dit. Probablement plus d'une fois, mais je ne me souviens plus. Karen aimait assez entourer ses conquêtes de mystère. Elle n'avait rien de la fille qui s'installe confortablement dans un fauteuil et vous débite jusqu'au plus petit détail concernant son ami. Karen ne se comportait jamais ainsi, tout venait par bribes et morceaux.

— Vous croyez qu'elle allait rejoindre ce garçon quand elle s'absentait pour le week-end ?

Ginnie hocha affirmativement la tête.

— Où passait-elle ses week-ends ? A Boston ?

— Je suppose. A Boston ou à New Haven.

Je retournai le cliché. Au verso, une inscription : *Photo Curzin, Washington Street.*

— Je peux emporter la photo ?

— Bien sûr, dit-elle. Ça ne me fait ni chaud ni froid.

Je glissai la photo dans ma poche et me rassis.

— Vous n'avez jamais rencontré aucun de ces gens ? Aucun des garçons ?

— Non, je n'ai jamais vu un seul de ses amis. Oh, attendez un peu ! Oui, j'ai déjà rencontré quelqu'un. Une de ses amies.

— Une jeune fille ?

— Oui. Un beau matin, Karen m'a annoncé qu'une de ses meilleures amies venait passer la journée ici. Elle m'a dit et répété combien cette fille était à la page, combien elle était affranchie. Des louanges à n'en plus finir, le grand coup d'encensoir. Je m'attendais vraiment à quelqu'un de sensationnel. Puis, quand je l'ai vue…

— Eh bien, comment était-elle ?

— Une fille étrange. Très grande, avec des jambes vraiment longues ; Karen répétait sans arrêt qu'elle donnerait tout pour avoir de longues jambes comme ça et la fille restait là dans son fauteuil, sans ouvrir la bouche. Jolie, oui, jolie, mais vraiment étrange. Elle se comportait comme une somnambule. Peut-être qu'elle avait pris quelque chose. Je ne sais pas. Enfin, elle s'est mise à parler après environ une heure de silence et elle a dit des choses bizarres.

— Par exemple ?

— Je ne sais plus. Des choses bizarres. Puis, elle a fait un poème sur des gens qui courent dans les champs de spaghetti. C'était joliment idiot. Je veux dire, ce n'était pas ce qu'on peut appeler de la bonne poésie.

— Et comment s'appelle cette fille ?

— Je ne me souviens plus très bien. Angie, je crois.

— Fait-elle des études ?

— Non. Elle est jeune, mais elle ne fait pas d'études. Elle travaille. Je crois que Karen m'a dit qu'elle était infirmière.

— Essayez de vous rappeler son nom, dis-je.

Ginnie fronça les sourcils, son regard se fixa sur le sol dans un effort de concentration mais, après quelques instants, elle hocha la tête.

— Je n'y parviens pas, dit-elle. Je n'ai pas fait suffisamment attention.

J'aurais aimé poursuivre la conversation, mais il se faisait tard.

— Pouvez-vous me donner d'autres renseignements sur Karen ? Était-elle nerveuse ?

— Non, elle était toujours très calme. A l'époque des examens, par exemple, tout le monde dans la maison perd la tête d'énervement, mais Karen n'avait même pas l'air d'y penser.

— Avait-elle beaucoup d'énergie ? Était-elle bavarde, pleine d'entrain ?

— Karen ? Vous voulez rire ! Écoutez, elle se disait toujours à moitié morte, sauf quand elle s'apprêtait pour un rendez-vous ; à ce moment, elle s'animait un peu mais, le reste du temps, elle était toujours fatiguée et se plaignait toujours de sa fatigue.

— Elle dormait beaucoup ?

— Oui. Presque toutes les heures de cours qu'elle séchait, elle les passait à dormir.

— Mangeait-elle beaucoup ?

— Pas particulièrement. Elle dormait aussi pendant la plupart des repas.

— Alors, elle devait avoir perdu du poids ?

— Non, c'est exactement le contraire, dit Ginnie. Elle

avait grossi. Pas beaucoup, mais assez. En six semaines, presque toutes ses robes étaient devenues trop étroites, elle ne parvenait plus à y entrer. Elle a dû en acheter d'autres.

— Avez-vous remarqué d'autres changements ?

— Eh bien, un seul, mais je ne suis pas sûre qu'il soit important. Je veux dire, c'était important pour Karen, mais personne d'autre ne s'en souciait.

— De quoi s'agissait-il ?

— Eh bien, elle s'était mis dans l'idée qu'elle attrapait un fort duvet sur les bras, les jambes et la lèvre supérieure. Elle se plaignait de devoir continuellement se raser les jambes.

Je jetai un coup d'œil à ma montre et m'aperçus qu'il était presque midi.

— Ma foi, je ne veux pas vous empêcher d'assister au cours.

— Aucune importance. C'est intéressant.

— Que voulez-vous dire ?

— Eh bien, de vous regarder travailler, quoi...

— Je ne suis certainement pas le premier médecin que vous ayez jamais rencontré.

Elle poussa un soupir.

— Vous me trouvez peut-être stupide, dit-elle, agressive, mais je ne suis pas née d'hier.

— Au contraire, je vous trouve très intelligente.

— Vous allez me demander de témoigner ?

— Témoigner ? Pourquoi ?

— Au procès, devant le tribunal.

En la regardant, j'eus l'impression qu'une fois de plus, elle était en train de répéter devant son miroir. Son visage exprimait toute la sagesse secrète d'une héroïne de cinéma.

— Je ne suis pas sûr de vous comprendre.

— A moi, vous pouvez bien l'avouer, dit-elle. Je sais que vous êtes avocat.

— Oh !

— Je l'ai compris dix minutes après votre arrivée. Vous voulez que je vous dise comment j'ai compris ?

— Comment ?

— Quand vous avez pris ces pilules pour les examiner. Vous avez fait cela très soigneusement, pas du tout comme un médecin. Franchement, je crois que vous auriez été un bien fichu médecin.

— Vous avez sans doute raison, dis-je.

— Bonne chance devant le juge, dit-elle au moment où je passais la porte.

— Merci.

Et Ginnie me fit un grand clin d'œil.

II

La salle de radio au second étage du Mem porte un nom assez fantaisiste : Diagnostic Radiologique. La dénomination n'avait au fond que fort peu d'importance car le local ressemblait à s'y méprendre à n'importe quelle autre salle de radio. Les murs consistaient en plaques de verre blanc dépoli et l'on y trouvait un peu partout les inévitables petites pinces destinées au maniement des clichés. La pièce était de fort bonnes dimensions, assez spacieuse pour permettre à une demi-douzaine de radiologistes d'y travailler en même temps.

Hughes m'en ouvrit les portes. Hughes est radiologiste au Mem et je le connais depuis longtemps : lui et sa femme jouent parfois au bridge avec Judith et moi. Ils jouent bien, ils jouent pour gagner, se battent jusqu'à la dernière goutte de sang, mais ça ne me dérange pas. De temps en temps, il m'arrive de me comporter de la même façon.

Je n'avais pas appelé Lewis Carr parce que je savais qu'il ne m'aiderait pas.

Hughes ne souffrait pas de l'altitude sur l'échelle des valeurs hiérarchiques et se moquait éperdument de savoir si je voulais examiner les radios de Karen Randall ou celles de l'Aga Khan qui s'était fait opérer des reins dans cet hôpital quelques années auparavant.

En chemin vers la salle, je lui dis :

— Et votre vie sexuelle, ça va ?

C'est la boutade traditionnelle que tout médecin se doit

de décocher à son confrère radiologiste. Il est bien connu que les radiologistes vivent moins vieux que n'importe quels autres spécialistes. Les raisons exactes de cet état de choses sont fort imprécises, mais on suppose que, tout naturellement, les rayons X finissent par les user jusqu'à la corde. Au temps jadis, les radiologistes se tenaient dans la même pièce que le malade pendant la prise des radios. Quelques années de ce régime, et ils étaient suffisamment imbibés de rayons gamma pour avoir un pied dans la tombe. Et puis, en ce beau temps jadis, les films étaient beaucoup moins sensibles et il fallait une foutue dose pour obtenir un cliché décemment contrasté.

Mais même de nos jours, avec nos connaissances plus approfondies et nos techniques améliorées, la tradition gauloise subsiste, et les radiologistes sont condamnés à souffrir toute leur vie à propos de leur cuirasse plombée, et de leurs gonades.

Les plaisanteries, comme les rayons X, font partie des risques du métier. Hugues la prit du bon côté.

— Ma vie sexuelle, répondit-il, se porte sacrément mieux que ma technique du bridge.

Nous entrâmes dans la salle où trois ou quatre radiologistes étaient à l'ouvrage. Chacun d'eux était assis en face d'une enveloppe pleine de films et d'un enregistreur. Ils prenaient les films un à un, déchiffraient le nom du patient et le numéro de la salle, voyaient à quel genre de films ils avaient affaire : AP, OCA, PIV, ou thorax, et ainsi de suite ; ils plaçaient ensuite le cliché sur le négatoscope et dictaient leur diagnostic.

Un mur de la pièce était consacré aux radios des patients hospitalisés dans l'unités de soins intensifs. Il s'agissait de patients dans un état très grave, et leurs clichés n'étaient pas rassemblés dans des enveloppes. Au contraire, ils étaient suspendus à des étagères tournantes. Vous pressez sur un bouton et vous attendez que l'étagère place devant vos yeux les clichés du patient qui vous intéresse. Grâce à ce dispositif, vous pouviez disposer rapidement des films de patients à l'état très grave.

Les archives étaient rassemblées dans une salle voisine. Hugues y entra et prit les radios de Karen Randall. Nous

nous installâmes en face d'un négatoscope et Hugues y suspendit le premier cliché.

— Crâne de profil, dit-il en l'examinant. Tu sais pourquoi il a été demandé ?

— Non, répondis-je.

J'examinai le film, moi aussi, mais je n'y comprenais pas grand-chose. Les radios du crâne sont difficiles à interpréter. Le crâne est une structure osseuse complexe, présentant sur une radio un entremêlement confus de taches claires et sombres. Hugues l'examina pendant un certain temps, suivant à l'occasion certaines lignes avec le bout de son crayon.

— Paraît normal, dit-il finalement. Ni fracture, ni calcification anormale. Ni hématome, ni air. Bien sûr, il aurait été intéressant d'avoir une EGG ou une artériographie.

— Passons aux autres clichés, dit-il. Il enleva la vue latérale, et la remplaça par un cliché frontal, pris en AP. Celui-ci aussi paraît normal, reprit-il. je me demande pourquoi on les a pris. Elle a eu un accident d'auto ?

— Pas que je sache.

Il fouilla dans le dossier.

— Apparemment non, dit-il. Ils n'ont pas fait de radios de la face. Uniquement de la boite crânienne.

Les radios de la face sont prises sous une série d'angles différents, habituellement dans le but de dépister d'éventuels traits de fracture au niveau des os de la face.

Hugues continua à examiner le cliché frontal, puis revint au cliché de profil. Il lui fut impossible de constater la moindre anomalie.

— Du diable si je puis y comprendre quelque chose, dit-il en tapotant la table. Rien. Pas la moindre anomalie à me mettre sous la dent.

— D'accord, répondis-je en me levant. Merci de m'avoir aidé.

En m'en allant, je me demandais si les radiographies avaient aidé à éclaircir les choses, ou si elles ne les avaient pas embrouillées un peu plus.

III

J'entrai dans une cabine téléphonique non loin de l'hôpital. Je sortis mon carnet, trouvai le numéro de la pharmacie et le numéro de l'ordonnance. Je trouvai aussi la pilule prise dans la chambre de Karen.

J'écaillai la pilule d'un coup d'ongle, en écrasai. la matière sur la paume de ma main. Je n'eus aucune peine à obtenir une poudre fine. J'étais sûr de savoir ce que c'était mais, pour ne rien négliger, je mis un peu de poudre sur le bout de ma langue.

Au goût, on ne pouvait s'y tromper. Un peu d'aspirine écrasée sur la langue, cela ne s'oublie pas de sitôt.

Je formai le numéro de la pharmacie.

— Pharmacie de Beacon Hill.

— Docteur Berry, du Lincoln. Pourriez-vous retrouver une prescription dont voici le numéro ?

— Un petit instant, je cherche un crayon.

Un court silence.

— Je vous écoute, docteur.

— Ordonnance au nom de Karen Randall. Le numéro est : un-quatre-sept-six-six-sept-trois. Ordonnance établie par le docteur Peter Randall.

— Je vais vous trouver cela tout de suite.

J'entendis poser l'appareil. Un léger sifflement, le bruit des pages qu'on tourne, puis :

— Voilà. Darvon, vingt capsules, soixante-quinze milligrammes. Posologie : une pilule toutes les quatre heures si la douleur le nécessite. L'ordonnance a été renouvelée deux fois. Vous voulez les dates ?

— Non, c'est parfait comme cela.

— Y a-t-il autre chose ?

— Non, merci. Vous m'avez rendu un grand service.

— A votre disposition, docteur.

Je reposai lentement le combiné. L'affaire devenait de plus en plus mystérieuse. Quel genre de fille faut-il être pour feindre de prendre des pilules contraceptives alors qu'on prend en réalité de l'aspirine que l'on conserve dans une bouteille ayant jadis contenu des tablettes contre les douleurs de règles ?

IV

La mort par avortement est un phénomène relativement rare. Tous les articles à sensation et toutes les statistiques ont tendance à faire oublier ce fait fondamental. Tout comme les articles à sensation, les statistiques sont subjectives et imprécises. Les estimations varient considérablement, mais la plupart des spécialistes s'accordent à dire qu'un million environ d'avortements illégaux s'effectuent chaque année[1] et qu'environ cinq mille femmes en meurent. Le taux de mortalité dû à l'intervention est donc de quelque cinq pour mille.

Ce chiffre est très élevé, surtout quand on le compare au taux de mortalité pour les avortements pratiqués dans les hôpitaux. Celui-ci oscille de 0 à 18/100 000, ce qui, au pire, rend l'opération à peu près aussi dangereuse que l'ablation des amygdales (17/100 000).

La seule leçon à tirer de ces chiffres, c'est que l'avortement illégal pourrait causer vingt-cinq fois moins de morts. La plupart des gens restent horrifiés devant cette situation. Mais Art, qui avait soigneusement examiné ce problème et était arrivé à des conclusions très claires, voyait en termes absolus ces cinq mille décès sur un million. Et il disait quelque chose de très intéressant : si l'avortement restait illégal, c'était, entre autres raisons, parce qu'il présentait si peu de danger.

— Pense au nombre d'opérations réalisées illégalement, John, à l'importance de ce trafic. Un million de femmes, c'est un nombre qui ne signifie rien. Il faut surtout songer que cela revient à un avortement illégal toutes les trente secondes, chaque jour de chaque année. Ce qui en fait une

1. Aux États-Unis.

135

opération très banale et, à tout prendre, une opération sans grand danger.

Toujours cynique, il se mettait alors à parler du seuil de la mort, pour reprendre ses propres termes. Il définissait le seuil de la mort comme le nombre de gens qui, chaque année, doivent mourir de mort accidentelle avant que l'opinion publique ne consente à s'émouvoir. Numériquement, le seuil de la mort était fixé à trente mille personnes par an, le nombre d'Américains victimes de la route.

— Regarde, disait Art, ces pauvres types qui meurent sur la voie publique à raison de quatre-vingts par jour. Tout le monde accepte cette hécatombe parce que la vie moderne la rend, dit-on, inévitable. Alors, qui donc va se préoccuper des quatorze femmes qui meurent chaque jour suite à un avortement illégal ?

Il prétendait que, pour sortir les médecins et les hommes de loi de leur inertie, le chiffre des morts par avortement devrait approcher les cinquante mille par an, peut-être plus. Au taux actuel de mortalité, cela représentait dix millions d'avortements illégaux par an.

— Vois-tu, me disait-il, dans un sens, je rends un mauvais service à la société. Parmi les femmes sur qui j'ai pratiqué l'avortement, aucune n'est morte ; en ce qui me concerne, j'empêche donc l'élévation de ce taux de mortalité. C'est une bonne chose pour mes patientes, bien sûr, mais pas pour la société prise dans son ensemble. La société n'agira que sous l'aiguillon de la peur et d'un sentiment d'énorme culpabilité. Nous ne réagissons plus qu'aux statistiques impressionnantes ; les petits nombres nous laissent indifférents. Qui aurait pipé mot, si Hitler n'avait tué que dix mille Juifs ?

« En pratiquant l'avortement sans perdre une seule patiente, poursuivit-il, je préserve le statu quo, j'épargne aux législateurs les pressions pouvant leur donner envie de changer les lois.

Puis, il développa sa pensée.

— L'ennuyeux dans ce pays, dit-il, c'est que les femmes n'y ont pas le moindre cran. Plutôt que de faire modifier les lois, elles mettent les pouces, acceptent une opération illégale et donc dangereuse. Les législateurs sont tous des hommes et les hommes ne mettent pas les enfants au monde : ils peuvent s'offrir le luxe d'être moralisateurs. Même chose pour les prêtres : si on avait des femmes prêtres, on verrait la religion évoluer à toute allure. Mais la politique et la religion sont dominées par les hommes, et les femmes hésitent à crier trop haut. Et elles ont tort, parce que l'avortement, c'est leur affaire : il s'agit de leurs enfants, de leur corps, de leur vie. Si, chaque année, un million de femmes écrivaient une lettre à leur député, il se passerait peut-être quelque chose. Ce n'est pas du tout sûr, mais ce n'est pas impossible. Seulement, les femmes ne veulent rien faire.

Je crois que cette idée le déprimait plus que tout le reste. Et elle me revint en mémoire alors que je prenais ma voiture pour aller voir une femme qui, de notoriété publique, avait du cran à revendre : Mrs. Randall.

Au nord de Cohasset, à une demi-heure environ du centre de Boston, se trouve un quartier résidentiel très chic, bâti sur une bande de littoral rocailleux. L'endroit rappellerait plutôt Newport : de vieilles maisons de bois aux pelouses élégantes donnant sur la mer.

La maison des Randall était une énorme bâtisse blanche à quatre étages, de style gothique, ornée de tourelles et de balcons tarabiscotés. La pelouse descendait en pente douce jusqu'au bord de l'eau ; au total, la propriété devait bien couvrir cinq acres de terrain. Je remontai en voiture la longue allée de gravier et parquai devant la maison, derrière deux Porsche, l'une noire et l'autre jaune canari. Toute la famille semblait partager la même passion pour les Porsche. Un garage construit en retrait, à gauche de la maison, abritait une limousine Mercedes de couleur grise. C'était sans doute la voiture réservée aux domestiques.

En quittant ma voiture, je me demandais comment diable j'allais bluffer le majordome, lorsqu'une femme sortit de la grande porte et descendit les marches du perron. Elle enfilait ses gants sans ralentir d'un pas, elle semblait très pressée. Mais elle s'arrêta en me voyant.

— Mrs. Randall ?

— C'est moi.

Je ne sais qui je m'attendais à voir, mais certainement personne de ce genre. Elle était grande et portait un tailleur beige venu tout droit de chez Chanel. Ses cheveux brillants étaient d'un noir de jais, elle avait de longues jambes, des yeux très grands et très sombres. Elle ne devait pas avoir plus de trente ans. On aurait cassé des cubes de glace sur ses pommettes tant elle avait le visage dur.

Un long moment, je la fixai en silence d'un regard ahuri ; je me faisais l'effet d'un crétin, mais j'étais incapable de la moindre réaction. Elle fronça le sourcil d'impatience.

— Qu'est-ce que vous voulez ? Je n'ai pas toute la journée a perdre.

Sa voix était rauque, ses lèvres, sensuelles. Elle avait aussi l'accent qu'il fallait : inflexion très soignée dans les voyelles et pointe d'intonation britannique.

— Allons, dites ce que vous avez à dire.

— Je voudrais vous parler, Mrs. Randall. Vous parler de votre fille.

— Ma belle-fille, s'empressa-t-elle de corriger.

— Oui, votre belle-fille.

— J'ai déjà tout dit à la police. Et il se trouve que j'ai un rendez-vous pour lequel je suis déjà en retard. Alors, si vous voulez bien m'excuser…

Elle déverrouilla la portière et l'ouvrit.

— Je m'appelle…

— Je sais comment vous vous appelez, coupa-t-elle. Joshua m'a parlé de vous hier. Il m'a dit que vous alliez peut-être essayer de me voir.

— Et alors ?

— Et il m'a recommandé, docteur Berry, de vous suggérer d'aller au diable.

Elle faisait de son mieux pour se mettre en colère mais, visiblement, elle n'y parvenait pas tout à fait. Un autre sentiment perçait sur son visage, quelque chose qui pouvait être de la curiosité et qui pouvait être de la peur. Je trouvai cela étrange.

Elle mit le moteur en marche.

— Bon vent, docteur !

Je me penchai vers la portière.

— On suit les ordres de son époux ?

— C'est ce que je fais d'ordinaire.

— Mais pas toujours, dis-je.

Elle était sur le point d'enclencher la première vitesse mais elle s'arrêta court, la main toujours sur le levier.

— Je vous demande pardon ?

— Je veux dire que votre mari ne comprend pas absolument tous les aspects de la question.

— Je suis persuadée du contraire.

— Vous savez très bien que non, Mrs. Randall.

Elle coupa le moteur et me regarda droit dans les yeux.

— Si, dans trente secondes, vous n'avez pas quitté cette propriété, j'appelle la police.

Mais sa voix tremblait, son visage perdait toute couleur.

— Appeler la police ? Je ne crois pas que ce serait très sage.

Elle faiblissait très vite ; toute sa confiance en elle-même la quittait d'un coup.

— Pourquoi êtes-vous venu ici ?

— Pour vous entendre me parler de la nuit où vous avez emmené Karen à l'hôpital. La nuit de dimanche.

— Si vous voulez des renseignements sur cette nuit de dimanche, allez jeter un coup d'œil à la voiture.

Du doigt, elle désignait la Porsche jaune.

Je suivis le conseil.

L'intérieur de la voiture ressemblait à un mauvais rêve. Les coussins de cuir étaient naguère de couleur fauve, mais maintenant, ils étaient rouges. Tout était rouge.

Le siège du chauffeur était rouge, le siège du passager était d'un rouge sombre. Les boutons du tableau de bord étaient rouges. Le volant était rouge par endroits. Le tapis de sol était tout encroûté de rouge.

Quelqu'un avait perdu des litres de sang dans cette voiture.

— Ouvrez la porte, dit Mrs. Randall. Mettez la main sur le siège.

Je m'exécutai. Le cuir était moite.

— Trois jours ont passé, dit-elle, et le siège n'est pas encore sec. Vous voyez combien de sang Karen a perdu. Vous voyez ce qu'il lui a fait.

Je refermai la portière.

— C'est la voiture de Karen ?

— Non. Karen n'avait pas de voiture. Joshua ne voulait pas qu'elle ait une voiture avant ses vingt et un ans.

— Alors, à qui appartenait cette Porsche ?

— A moi, dit Mrs. Randall.

D'un signe de tête, je montrai la voiture noire où elle se trouvait toujours.

— Et celle-ci ?

— Elle est neuve. Nous l'avons achetée hier.

— Nous ?

— Je l'ai achetée. Joshua était d'accord.

— Et la voiture jaune ?

— La police nous conseille de la garder au cas où elle devrait servir de pièce à conviction. Mais dès que ce sera possible...

— Qu'est-il arrivé exactement la nuit de dimanche ?

— Rien ne m'oblige à vous dire quoi que ce soit. (Elle parlait en serrant les lèvres.)

— Bien sûr !

Je souris poliment. J'étais sûr de la tenir maintenant ; la peur n'avait pas quitté ses yeux.

Elle se détourna, resta le regard fixé sur le pare-brise.

— J'étais seule à la maison. Joshua se trouvait à l'hôpital pour une urgence, William était à l'école de médecine. Karen avait un rendez-vous, il pouvait être trois heures et demie du matin. J'ai entendu le klaxon de la voiture. Il ne s'arrêtait pas. J'ai sauté du lit, j'ai enfilé une robe de chambre et je suis descendue. Ma voiture était là, moteur toujours en marche, phares allumés. Le bruit de klaxon continuait. Je suis sortie... et je l'ai vue. Elle avait perdu connaissance et était tombée en avant, sur la commande du klaxon. Il y avait du sang partout.

Mrs. Randall prit une profonde inspiration et fouilla dans son sac. Elle en sortit un paquet de cigarettes françaises. Je lui en allumai une.

— Et ensuite ?

— Il n'y a rien d'autre à dire. Je suis parvenue à la mettre sur l'autre siège et je l'ai conduite à l'hôpital. Elle fumait sa cigarette à petites bouffées rapides et nerveuses.

« En chemin, j'ai essayé de découvrir ce qui s'était passé. Je savais d'où provenait l'hémorragie, sa jupe était toute mouillée, alors que ses autres vêtements ne l'étaient pas. Et elle m'a dit : « C'est Lee qui l'a fait. » Elle me l'a dit trois fois. Je ne l'oublierai jamais. Cette petite voix toute faible, pathétique.

— Elle était consciente ? Capable de vous parler ?

— Oui, dit Mrs. Randall. Elle a reperdu connaissance au moment même où nous arrivions à l'hôpital.

— Comment saviez-vous qu'il s'agissait d'un avortement ? Comment pouvez-vous être sûre que ce n'était pas une fausse couche ?

— Je vais vous le dire. Quand j'ai regardé dans le sac de Karen, j'y ai trouvé son carnet de chèques. Son dernier chèque était au porteur. Et pour un montant de trois cents dollars. A la date de dimanche. Voilà pourquoi je *sais* qu'il s'agissait d'un avortement.

— Le chèque a-t-il été encaissé ? Avez-vous pris des renseignements sur ce point ?

— Il n'a jamais été encaissé, bien sûr. Le destinataire de ce chèque se trouve en prison maintenant.

— Je vois, dis-je, pensif.

— Très bien, dit-elle. Et maintenant, je vous prie de m'excuser.

Elle sortit de la voiture et courut vers le perron.

— Je croyais que vous étiez en retard à votre rendez-vous ?

Elle s'arrêta devant la porte, tourna la tête pour me regarder.

— Allez au diable ! s'écria-t-elle. Et elle rentra en claquant la porte.

Je retournai à ma voiture, en m'interrogeant sur cette femme et sur ses talents de comédienne. C'était très convaincant. Je ne voyais que deux défauts à la cuirasse. D'abord, la quantité de sang dans la voiture jaune. Pourquoi diable y avait-il plus de sang sur le siège du passager ?

Ensuite, Mrs. Randall semblait ignorer que le prix d'Art Lee pour un avortement était de vingt-cinq dollars — juste de quoi couvrir les frais de laboratoire. Art ne demandait

jamais plus. A ses yeux, c'était un moyen de se garder honnête.

V

L'enseigne était toute bosselée : *PHOTO CURZIN*. Sous
la raison sociale, en petits caractères jaunissants : *Photos
en tous genres. Passeports. Publicité. Souvenirs amicaux.
Photos prêtes en une heure.*

La boutique se trouvait à un coin de rue, à l'extrémité
nord de Washington Street, loin du néon généreusement
dispensé par les cinémas et les grands magasins. J'entrai à
l'intérieur, y trouvai un petit vieux et une petite vieille
debout côte à côte.

— Vous désirez ? dit l'homme.

Il parlait d'une voix douce, presque timide.

— J'ai un problème assez particulier, dis-je.

— C'est pour un passeport ? Aucun problème. Nous
pouvons vous remettre les photos en une heure. En moins
d'une heure si vous êtes pressé. Nous l'avons fait des milliers de fois.

— C'est vrai, dit la femme, en approuvant énergique-
ment. Des milliers de fois et plus encore.

— Mon problème est différent, dis-je. Voyez-vous, nous
offrons une réception à notre fille pour son seizième anniversaire et...

— Nous ne faisons pas les fiançailles, dit l'homme.
Désolé.

— Non, en effet, dit la femme.

— Ce ne sont pas des fiançailles, c'est une réception de
seizième anniversaire.

— Nous ne faisons pas ce genre de travail, dit l'homme.
Hors de question.

— Nous le faisions jadis, expliqua la femme. Au bon
vieux temps. Mais c'était effrayant comme travail.

Je pris une profonde inspiration.

142

— Ce dont j'ai besoin, dis-je, c'est de quelques renseignements. Ma fille raffole d'un groupe de rock'n roll dont vous avez pris la photo. Je veux lui faire une surprise, alors j'ai pensé que...

— Votre fille a seize ans ? (Il semblait soupçonneux.)

— Oui. La semaine prochaine.

— Et nous avons pris une photo du groupe ?

— Oui, dis-je, en lui tendant le cliché.

Il le regarda longtemps.

— C'est un seul homme, ce n'est pas un groupe, dit-il enfin.

— Je sais, mais cet homme fait partie d'un groupe.

— Ce n'est qu'un seul homme.

— Vous avez pris la photo, alors j'ai pensé que peut-être...

Maintenant, l'homme tournait la photo dans sa main.

— C'est bien nous qui avons pris cette photo, m'annonça-t-il. Regardez, voici notre cachet au dos. Photo Curzin, c'est nous, ça. Installés ici depuis 1931. Mon père m'a laissé la boutique en héritage. Dieu ait son âme !

— Oui, approuva la femme.

— Vous dites que c'est un groupe ? demanda l'homme en agitant la photo presque sous mon nez.

— Un membre du groupe.

— Possible. Il tendit la photo à sa femme. Nous avons fait des groupes comme ça ?

— Possible, dit-elle. Je ne parviens jamais à les distinguer l'un de l'autre.

Je décidai d'apporter ma contribution au débat.

— A mon avis, c'est une photo de publicité.

— Quel est le nom du groupe ?

— Je ne sais pas. C'est pourquoi je suis venu vous voir. La photo porte votre cachet.

— Je l'ai bien vu, je ne suis pas aveugle, aboya l'homme. Il se courba pour regarder sous le comptoir. Je dois vérifier mes archives, dit-il. Nous gardons tout dans nos archives.

Et il se mit à exhiber des liasses entières de photos. Je fus surpris ; il avait photographié des douzaines d'orchestres. Le bonhomme parcourut ses liasses à toute vitesse.

— Ma femme ne parvient jamais à se souvenir de leurs noms. Mais moi oui. Voici Jimmy et les Do-dah. Encore quelques coups de pouce au coin de quelques photos. Voici les Warblers. Les Coffins. Les Cliques. Les Skunks. C'est amusant comme on retient ce genre de noms. Les Poux. Les Switchblades. Willy et les Willies. Les Jaguars.

J'essayais de regarder les visages au vol, mais il allait trop vite.

— Attendez une minute, dis-je en désignant une photo. Je crois que c'est lui.

L'homme fronça les sourcils.

— Les Zéphyrs, dit-il d'un ton désapprobateur. On les appelle les Zéphyrs.

J'examinai les cinq musiciens, tous noirs. Ils portaient tous les cinq le même costume brillant que j'avais vu sur la photo individuelle. Et ils souriaient du même sourire contraint, comme s'ils n'aimaient pas se faire photographier.

— Vous connaissez leurs noms ? demandai-je.

Le vieil homme retourna la photo. Les noms étaient gribouillés au verso.

— Zeke, Zack, Roman, George et Happy. C'est bien cela.

— O.K., dis-je. Je sortis mon calepin et inscrivis les noms. Savez-vous comment je peux les atteindre ?

— Écoutez, vous tenez vraiment à les engager pour la soirée de votre fille ?

— Pourquoi pas ?

L'homme haussa les épaules.

— Ils ne sont pas très commodes.

— Bah, pour un soir, il ne se passera rien.

— Je n'oserais pas en mettre ma main au feu. Ils ne sont pas commodes du tout.

— Vous savez où je peux les trouver ?

— Bien sûr, dit l'homme. D'un geste du pouce, il indiqua le bout de la rue. Ils travaillent le soir à l'*Electric Grape*. Tous les nègres se donnent rendez-vous là-bas.

— O.K., dis-je en me dirigeant vers la porte.

— Soyez prudent, dit la femme.

— Je le serai. Ne vous en faites pas.

144

— Amusez-vous bien, dit l'homme.

Je remerciai et refermai la porte derrière moi.

Alan Zenner évoquait irrésistiblement l'idée d'une montagne. Il n'avait pas tout à fait la taille requise pour être sélectionné dans l'équipe des plus costauds d'Amérique, mais il n'en restait pas moins impressionnant. A vue de nez, je lui donnai environ six pieds un pouce et deux cent vingt livres.

Je le trouvai au moment où il quittait Dillon Field House à la fin de l'entraînement. L'après-midi touchait à sa fin ; le soleil descendait sur l'horizon, inondant d'une lueur dorée le stade de Soldier's Field et les bâtiments tout proches : Field House, la piste de hockey sur glace, les tennis couverts. Sur un terrain secondaire, l'équipe de première année s'entraînait encore, soulevant un nuage de poussière jaune brunâtre dans la lumière déclinante.

Zenner venait à l'instant de prendre une douche ; sa courte chevelure noire était encore humide et il l'essuyait de la main comme s'il se souvenait des conseils de l'entraîneur qui recommandait toujours de ne pas sortir les cheveux mouillés. Il me dit être pressé de dîner pour pouvoir se mettre à l'étude le plus vite possible ; nous traversâmes donc le pont Lars Anderson pour nous diriger ensuite vers le centre de Harvard. Tout d'abord, je le fis un peu parler de lui. Il était en dernière année et avait choisi l'histoire comme branche principale. Son sujet de thèse ne lui plaisait guère. Son éventuelle entrée à l'école de droit lui causait du souci ; l'école de droit ne faisait rien pour donner leur chance aux sportifs. On ne s'occupait que des résultats académiques, dans cette boîte. Peut-être irait-il plutôt apprendre le droit à Yale. En principe, ce devait être plus amusant.

En passant par Winthrope House, nous prîmes le chemin du Varsity Club. Alan me dit y prendre deux repas par jour, le déjeuner et le dîner, pendant la saison. La nourriture était bonne, plutôt meilleure que la tambouille ordinaire, quoi.

Enfin, j'amenai la conversation sur Karen.

— Quoi, vous aussi ?

— Je ne vois pas ce que vous voulez dire.

— Vous êtes le deuxième aujourd'hui. Le Nébuleux est déjà venu plus tôt dans la journée.

— Le Nébuleux ?

— Son père. C'est comme ça qu'elle l'appelait.

— Pourquoi ?

— Je ne sais pas. C'est un des surnoms qu'elle lui donnait, voilà tout. Elle lui en donnait beaucoup d'autres aussi.

— Vous lui avez parlé ?

Zenner répondit avec prudence :

— Il est venu me voir.

— Et alors ?

Zenner haussa les épaules.

— Et alors, je lui ai dit de s'en aller.

— Pourquoi cela ?

Nous étions arrivés à Massachusetts Avenue. La circulation était très dense.

— Parce que je ne veux pas être impliqué dans cette histoire.

— Mais vous y êtes déjà impliqué.

— Eh oui, jusqu'au cou, Bon Dieu !

Il partit vers l'autre trottoir en louvoyant avec souplesse pour éviter les voitures.

Un peu plus tard, je lui demandai :

— Vous savez ce qui est arrivé à Karen ?

— Écoutez, j'en sais plus sur ce sujet que n'importe qui. Même que ses parents. Plus que n'importe qui.

— Mais vous ne voulez pas être impliqué ?

— Tout juste !

— C'est une affaire très grave. Un homme est accusé d'avoir tué Karen. Vous devez me dire ce que vous savez.

— Écoutez, dit-il. C'était une brave fille, mais elle avait des problèmes. Nous avions des problèmes tous les deux, et ensemble. Ça a marché un petit temps, puis les problèmes ont pris trop d'importance pour que ça puisse continuer. C'est tout. Maintenant, cessez de me scier les côtes.

Je haussai les épaules.

— Au cours du procès, la défense vous citera comme témoin et vous obligera à parler, sous serment.

— Pas question que je témoigne.

146

— Vous n'aurez pas le choix. A moins, peut-être, qu'il n'y ait pas de procès.

— Ce qui veut dire ?

— Ce qui veut dire que nous ferions mieux d'avoir une petite conversation.

A deux pâtés de maisons vers Central Square se trouvait une petite taverne crasseuse. Une télévision en couleur déréglée y surmontait le bar. Nous commandâmes deux bières et regardâmes le bulletin du temps en attendant d'être servis. Le présentateur était un petit homme rondelet et jovial qui souriait d'une oreille à l'autre en prédisant de la pluie pour demain et après-demain. Zenner me dit :

— Quel intérêt avez-vous dans tout ça ?

— Je crois Lee innocent.

Il éclata de rire.

— Vous êtes bien le seul !

On posa deux bières devant nous. Je payai. Zenner but quelques petites gorgées et lécha la mousse sur ses lèvres.

— O.K., dit-il en se carrant sur la banquette. Je vais vous dire comment c'était. Je l'ai rencontrée à une soirée au printemps dernier, vers le mois d'avril. Ça a marché tout de suite, elle et moi. Cela paraissait tout simplement splendide. Je ne connaissais rien d'elle quand je l'ai rencontrée, c'était simplement une jolie fille comme les autres. Je savais qu'elle était très jeune. Mais je n'ai appris son âge exact que le lendemain et j'en suis presque tombé à la renverse. Bon Dieu, seize ans seulement... Mais je l'aimais bien. Elle n'avait rien d'une fille facile. Il but la moitié de son verre d'une seule lampée. C'est ainsi que nous avons commencé à nous voir. Et petit à petit, j'ai compris son caractère. Elle avait une façon très personnelle de tout expliquer par bribes et morceaux. Ça vous tenait en haleine, comme les vieux films à épisodes. La suite à samedi prochain, vous voyez ? Elle était très forte à ce jeu-là.

— Quand avez-vous cessé de la voir ?

— En juin, au début de juin. Elle recevait son diplôme à Concord et je lui ai dit que je serais là pour la cérémonie. Mais elle ne voulait pas. J'ai demandé pourquoi. Alors, elle m'a sorti toute l'histoire à propos de ses parents et m'a dit combien je serais gêné par la différence de milieu. Il me faut vous avouer qu'avant de prendre le nom de Zenner, je me suis appelé Zemnich et que j'ai grandi à Brooklyn. Et voilà ! J'ai compris tout de suite et je lui ai donné un baiser d'adieu. A ce moment, je râlais sec, vous pouvez me croire. Maintenant, ça ne me fait plus ni chaud ni froid.

— Vous ne l'avez plus jamais revue ?

— Une seule fois. Ce devait être fin juillet. J'avais un job dans un chantier de construction à Cape Cod, un petit boulot bien pépère, et beaucoup de copains se trouvaient là aussi. J'ai entendu raconter des tas de choses sur Karen, des choses qu'on ne m'avait jamais dites alors que je sortais avec elle. Ses copains bizarres, ses aventures. Ses problèmes avec ses parents et sa haine pour son père. J'ai commencé à comprendre ce que je n'avais pas compris jusqu'alors. Et j'ai appris qu'elle s'était fait avorter et qu'elle racontait partout que j'étais le père.

Il finit sa bière et appela le barman d'un signe de la main. Je pris un autre verre avec lui.

— Un beau jour, voilà que je la rencontre par le plus grand des hasards. Elle était dans une station d'essence pour faire le plein et c'est précisément là que je m'étais arrêté dans le même but. Alors, nous avons eu une petite conversation. Je lui demande si c'est bien vrai à propos de l'avortement. Oui, me dit-elle je lui demande si le gosse était de moi et elle me répond sans s'émouvoir le moins du monde qu'elle n'a aucune idée de l'identité du père. Alors, je lui dis d'aller au diable et je m'en vais. Mais elle me rattrape, elle me dit qu'elle est désolée, est-ce qu'on ne peut pas redevenir amis et sortir ensemble comme avant ? Je lui dis que non, ce n'est pas possible. Alors, elle éclate en sanglots. Eh bien, Bon Dieu, c'est terrible de se trouver dans une station d'essence avec une fille qui pleure toutes les larmes de son corps. Alors, j'ai dit que je la sortirais ce soir-là

— Et vous l'avez fait ?

— Ouais. Une soirée atroce ! « Alan, fais ceci ; Alan, fais cela. Plus vite, Alan, plus lentement maintenant. Alan, c'est fou ce que tu peux transpirer. » Elle ne s'est pas tue une seconde.

— Elle séjournait à Cape Cod l'été dernier ?

— C'est ce qu'elle prétendait tout au moins. Soi-disant employée dans une galerie d'art, enfin, un truc comme ça. Mais j'ai entendu dire qu'elle passait le plus clair de son temps à Beacon Hill. Elle avait quelques amis là-bas, de vrais dingues.

— Quels amis ?

— Je l'ignore. Des amis.

— En avez-vous déjà rencontré ?

— Oui, une fille. Pendant une soirée, au Cape. Quelqu'un m'a présenté à une certaine Angela qui, paraît-il, est une amie de Karen. Angela Harley ou Hardy, quelque chose comme ça. Fichtrement jolie, mais bizarre.

— Que voulez-vous dire ?

— Bizarre, tout simplement. Perdue dans un monde à elle. Lors de notre rencontre, elle était sans doute sous l'effet d'une drogue quelconque. Elle n'arrêtait pas de dire des choses étranges comme « Le nez de Dieu tourne parfois à l'aigre ». Impossible de lui parler ; elle ne semblait même pas entendre ce qu'on lui disait. Dommage, parce qu'elle était fichtrement bien balancée.

— Avez-vous jamais rencontré les parents de Karen ?

— Ouais, une fois. Un beau couple, on peut le dire ; le père noble et l'affriolante belle-mère. Pas étonnant que Karen les détestait.

— Comment savez-vous qu'elle les détestait ?

— De quoi parlait-elle, à votre avis ? De ses parents. Des heures entières. Elle haïssait le Nébuleux. Parfois, elle l'appelait Dieu le Père. Elle donnait des surnoms à sa belle-mère aussi, et si je vous les disais, vous ne me croiriez pas. Mais le plus drôle, c'est qu'elle restait très attachée à sa mère. Sa vraie mère. Elle est morte quand Karen avait quatorze ou quinze ans. Je crois que c'est à ce moment que tout a commencé.

— Qu'est-ce qui a commencé ?

— La vie de bâton de chaise. La drogue, les coucheries. Elle voulait que les gens la croient affranchie, alors, elle ne manquait pas une occasion de les scandaliser. Comme s'il était nécessaire de prouver ce qui saute aux yeux ! Elle faisait une terrible consommation de drogue et en prenait toujours en public. Certains prétendaient qu'elle s'était mise aux amphétamines, mais je ne sais pas ce qu'il y avait de vrai là-dedans. Karen avait dit leurs quatre vérités à un tas de gens au Cape ; alors, ils la traînaient dans la boue. On disait que Karen Randall se jetait sur la drogue comme elle se jetait sur les hommes.

En prononçant cette dernière phrase, il eut une très légère grimace d'amertume.

— Vous l'aimiez bien, dis-je.

— Ouais. Aussi longtemps que j'ai pu.

— Après cette rencontre au Cape, vous ne l'avez plus jamais revue ?

— Non.

On nous servit deux autres bières. Zenner resta quelques secondes à regarder son verre et à le faire tourner entre ses paumes.

— Je viens de vous mentir, dit-il.

— Vous l'avez revue ?

— Oui, dit-il après avoir hésité un peu.

— Quand ?

— Dimanche, dit-il. Dimanche dernier.

VI

— C'était presque à l'heure du déjeuner, dit Zenner. J'avais mal aux cheveux parce que nous avions fameusement fêté le match de la veille. Vraiment mal aux cheveux. Trop. Ça m'ennuyait parce que je voulais faire bonne figure à l'entraînement le lundi. J'avais manqué quelques phases pendant le match. Toujours la même manœuvre : une attaque générale vers le but. Je n'avais pas démarré assez vite et j'avais loupé à chaque coup. Alors, ça m'ennuyait un peu.

« Bref, j'étais dans ma chambre et j'essayais de m'habiller pour aller déjeuner. Je nouais ma cravate. J'avais déjà dû m'y reprendre à trois fois parce que le nœud était toujours de travers. J'étais vraiment vaseux. Et j'avais une sacrée migraine. Alors, voilà Karen qui entre droit dans la chambre, comme si j'attendais sa visite.

— Vous l'attendiez ?

— De toute mon existence, je n'avais eu moins envie de voir quelqu'un. J'étais enfin parvenu à l'oublier, je m'étais arraché le souvenir de toute cette histoire. Juste à ce moment-là, elle rentre en scène, plus jolie que jamais. Un peu trop de poids, mais rien de grave. Mes compagnons de chambre étaient sortis, il n'y avait personne d'autre qu'elle et moi. Elle m'a demandé si je voulais l'emmener déjeuner.

— Et qu'avez-vous répondu ?

— J'ai répondu que non.

— Pourquoi ?

— Parce que je ne tenais pas à la voir. Cette fille était comme la peste : quand elle vous touchait, on ne savait plus s'en défaire. Je ne désirais pas sa présence. Alors, je lui ai demandé de bien vouloir partir, s'il vous plaît, mais elle est restée. Elle s'est assise, elle a allumé une cigarette, elle m'a dit qu'elle savait très bien que tout était fini entre nous, mais qu'elle avait besoin de quelqu'un à qui se confier. Ma foi, j'avais déjà entendu cela auparavant et je ne marchais plus. Mais elle ne faisait pas mine de s'en aller. Elle s'incrustait, restait sur ce divan comme si elle comptait y passer toute la journée. Elle m'a dit que j'étais la seule personne à qui elle pouvait parler.

« Alors, j'ai fini par céder. Je me suis assis et j'ai dit : "O.K. Parle." Et je n'arrêtais pas de me répéter que j'étais un idiot et que j'allais le regretter, tout comme je l'avais regretté la dernière fois. Il y a des gens qu'il faut éviter à tout prix.

— De quoi avez-vous parlé ?

— D'elle, bien sûr. C'était son unique sujet de conversation. Elle, ses parents, son frère…

— Elle était très proche de son frère ?

— Dans un sens, oui. Mais il serait plutôt du genre monstre de vertu, comme le Nébuleux. Il comprend sa chère médecine, mais rien d'autre. Alors, Karen ne lui a jamais confié beaucoup de secrets. Pas un mot sur la drogue et le reste. Elle ne lui dit rien, voilà tout.

— Continuez.

— Bon. Donc, dimanche dernier, je me suis installé confortablement et j'ai écouté ce qu'elle avait à dire. Elle a un peu parlé de ses études, puis d'une sorte de secte mystique dont elle s'était entichée et qui prescrit deux demi-heures de méditation par jour. Ce régime était censé vous laver l'esprit, vous voyez ça... Karen venait à peine de commencer, mais elle était vraiment emballée.

— Comment se comportait-elle à ce moment ?

— Nerveuse, très nerveuse, dit Zenner. Elle a fumé tout un paquet de cigarettes et elle se tordait les mains sans arrêt. Elle portait la bague de son ancienne école, de Concord. Elle la retirait pour la remettre aussitôt, elle la faisait tourner entre ses doigts. Tout le temps de notre conversation.

— Vous a-t-elle dit pourquoi elle avait quitté Smith College pour le week-end ?

— Je le lui ai demandé et elle me l'a dit.

— Elle vous a dit quoi ?

— Qu'elle allait se faire avorter.

Je me laissai aller contre le dossier de mon siège et j'allumai une cigarette.

— Quelle a été votre réaction ?

Il hocha la tête.

— Je ne l'ai pas crue. Il me jeta un regard rapide, puis but une gorgée de bière. J'en étais au point où je ne pouvais plus rien croire de ce qu'elle me racontait. C'est là que le bât blessait, d'ailleurs. Je n'étais tout simplement pas sur la même longueur d'onde, je ne l'écoutais que d'une oreille. Je ne devais pas me laisser aller parce qu'elle... me faisait encore un certain effet.

— Et elle s'en était aperçue ?

— Elle s'apercevait toujours de tout. Rien ne lui échappait. Elle était comme un chat ; elle obéissait à son instinct et son instinct avait toujours raison. Il lui suffisait d'entrer dans une pièce, de jeter un regard à la ronde et aussitôt, elle savait tout de chacun. Elle avait une sorte de sixième sens pour deviner les émotions qu'on voulait lui cacher.

— Lui avez-vous parlé de l'avortement qu'elle envisageait ?

— Non. Parce que je ne la croyais pas. J'ai simplement

laissé tomber le sujet. Mais elle y est revenue, environ une heure plus tard. Elle a dit qu'elle avait peur, qu'elle voulait rester avec moi. Elle répétait tout le temps qu'elle avait peur.

— Et ça, vous l'avez cru ?

— Je ne savais que croire. Non. Non, je ne l'ai pas crue. Il finit sa bière d'une seule lampée et reposa le verre. Mais écoutez un peu, reprit-il. Qu'est-ce que j'étais censé faire, bon sang ? Elle n'était pas normale, cette fille. Tout le monde le savait et c'était vrai. Ses histoires avec ses parents et avec tous les autres lui avaient fait franchir le pas. Elle était folle.

— Combien de temps avez-vous parlé ?

— Environ une heure et demie. Puis je lui ai dit que je devais aller déjeuner pour étudier ensuite et qu'elle ferait mieux de partir. Alors, elle est partie.

— Vous ne savez pas où elle allait ?

— Non. Je lui ai posé la question, mais elle s'est contentée de rire. Elle m'a répondu qu'elle ne savait jamais où elle allait.

VII

La journée était déjà avancée lorsque je quittai Zenner, mais j'appelai quand même le cabinet de Peter Randall. Il n'était pas là. J'insistai si bien sur l'urgence du rendez-vous que son infirmière me suggéra de tenter ma chance à son labo. Peter y travaillait souvent tard dans la soirée le mardi et le jeudi.

Plutôt que de donner un coup de téléphone, j'allai directement à ce labo.

Peter était le seul membre de la famille Randall que je connaissais de vue. Je l'avais rencontré par hasard, une ou deux fois, à des réceptions dans les milieux médicaux de Boston. Peter Randall ne pouvait passer inaperçu — d'abord, parce qu'il avait une présence physique extraordinaire et ensuite parce qu'il aimait les soirées et assistait à toutes celles dont il entendait parler.

C'était un gros homme à la carrure de titan, joufflu et jovial, au rire exubérant, au visage sanguin. Il fumait sans arrêt, buvait comme un trou, se montrait brillant causeur et passait aux yeux de chaque hôtesse pour un véritable trésor. Peter pouvait, à lui seul, faire le succès d'une réception. Qu'une *party* se mît à languir, il lui suffisait de paraître pour relancer l'ambiance en un clin d'œil. Betty Gayle, dont le mari était chef du service de médecine au Lincoln, avait dit un jour : « Peter n'est-il pas un merveilleux animal mondain ? » Betty lançait continuellement ce genre de remarque mais, pour une fois, elle avait raison. Peter Randall était un animal mondain : grégaire, extraverti, détendu, toujours de bonne humeur. La qualité de son esprit et l'aisance de ses manières lui donnaient une liberté tout à fait remarquable.

Par exemple, Peter pouvait vous raconter une histoire révoltante de salacité et parvenir quand même à vous faire rire. Vous aviez beau penser : « Voilà une histoire joliment dégoûtante », vous riiez malgré vous et le groupe des épouses partageaient votre hilarité. De même, Peter pouvait flirter avec votre femme, renverser son verre, insulter l'hôtesse, se plaindre du dîner ou Dieu sait quoi encore, sans provoquer chez vous la moindre irritation, sans même vous faire froncer le sourcil.

Je me demandais ce qu'il allait bien me raconter à propos de Karen.

Son labo se trouvait au cinquième étage de l'aile de biochimie à l'école de médecine. Je suivis le corridor où régnait l'odeur commune à tous les laboratoires : parfums combinés de l'acétone. des becs Bunsen. du savon antiseptique, des réactifs. Une odeur propre, nette. Le bureau de Peter était peu spacieux. Une jeune fille vêtue d'une blouse blanche tapait une lettre à un bureau. Elle était séduisante à vous couper le souffle, mais je suppose que j'aurais dû m'y attendre.

— Monsieur ? En quoi puis-je vous être utile ? (Elle avait un léger accent.)

— Je cherche le docteur Randall.

— Vous avez rendez-vous ?

— Je crois, mais je n'en suis pas sûr. J'ai appelé son cabinet, mais je ne sais s'il a reçu mon message.

Elle me jaugea du regard et conclut que j'étais clinicien. Elle avait dans l'œil cette lueur hautaine que tous les chercheurs réservent aux cliniciens. Les cliniciens n'ont rien de cérébral, voyez-vous. Ils se salissent les mains à des travaux non scientifiques, les soins aux malades, par exemple. Le chercheur, par contre, vit dans un monde voué à toutes les joies de l'intellectualisme le plus pur.

— Venez avec moi, dit-elle.

Elle se leva, traversa le hall. Elle portait des chaussures scandinaves, aux semelles de bois, sans talons, ce qui expliquait son accent. L'œil fixé sur son petit derrière, je regrettais la présence de la blouse de laboratoire.

— Il est sur le point de commencer une nouvelle série de mises en incubation, me dit-elle en me parlant par-dessus son épaule. Il doit être très occupé.

— J'ai tout le temps, j'attendrai.

Nous entrâmes dans le labo. C'était une pièce peu meublée, au coin du bâtiment ; les fenêtres donnaient sur le parking. Si tard dans la journée, la plupart des voitures étaient parties.

Randall était penché sur un rat blanc. A l'entrée de la jeune fille, il s'écria :

— Ah ! Voilà Brigit ! Tu es juste à temps. Puis, il m'aperçut. Eh bien, que nous vaut l'honneur ?

— Mon nom est Berry, dis-je. Je…

— Bien sûr, bien sûr, je me souviens de vous.

Il lâcha le rat pour venir me serrer la main. L'animal détala, ne s'arrêta qu'au bord de la table, les yeux fixés sur le plancher, reniflant.

— John, n'est-ce pas ? reprit Randall. Oui, nous nous sommes rencontrés à plusieurs reprises. Il rattrapa le rat et se mit à glousser de rire. En fait, mon frère vient de me téléphoner pour me parler de vous. On peut dire que vous lui hérissez le poil ! Si je me rappelle bien, il vous a appelé « petit morveux qui fourre son nez partout ».

Peter semblait trouver cela très amusant. Il rit à nouveau et me lança :

— Cela vous apprendra à importuner sa bien-aimée. Il paraît que votre conversation a bouleversé Mrs. Randall.

— J'en suis désolé.

— Ne vous faites pas trop de bile ! dit Peter joyeusement. Puis, se tournant vers Brigit, il dit : — Appelle les autres, veux-tu ? Nous devons commencer tout de suite.

Brigit plissa le nez et Peter lui fit un clin d'œil. Quand elle eut quitté la pièce, il me dit :

— Une adorable créature, cette Brigit. Elle me garde en forme.

— En forme ?

— Mais oui, dit-il en se tapotant l'estomac. L'un des grands dangers de la vie moderne est l'affaiblissement des muscles oculaires. La grande responsable, c'est la télévision ; nous restons assis sans bouger, le regard rivé à l'écran. Résultat : nous avons les yeux avachis et c'est une terrible tragédie. Mais Brigit me préserve de ce péril. Médecine préventive de la meilleure qualité. Peter poussa un soupir heureux. Mais que puis-je faire pour vous ? Je ne comprends pas pour quelle raison vous désiriez me voir. Brigit oui, mais pas moi.

— Vous étiez le médecin de Karen ?

— En effet, en effet.

Il attrapa le rat et le mit dans une petite cage. Puis il examina une rangée de cages plus grandes, à la recherche d'un autre animal.

— La peste soit de ces filles ! Je n'arrête pas de leur répéter que le colorant coûte deux fois rien et elles n'en mettent jamais assez. Là ! Sa main fila à l'intérieur d'une cage et en ramena un second rat. Nous employons tous ceux qui ont du colorant sur la queue, expliqua-t-il. Et il leva le rat pour me montrer la tache de couleur pourpre. On leur a injecté des hormones parathyroïdiennes hier matin. Maintenant, j'ai le regret de dire qu'ils vont bientôt rencontrer leur Créateur. Vous savez quelque chose sur la manière dont on tue les rats ?

— Quelques petites choses.

— Vous ne voudriez pas les exécuter à ma place, dites ? J'ai horreur de ces sacrifices.

— Non, merci.

156

Peter poussa un soupir.

— Je m'en doutais. Donc, pour en revenir à Karen ; oui, j'étais son médecin traitant. De quels renseignements avez-vous besoin ?

Selon toutes les apparences, Peter Randall me traitait amicalement et avec une totale franchise.

— L'avez-vous déjà soignée après un accident, vers la mi-été ?

— Un accident ? Non.

Les laborantines firent leur entrée. Elles étaient trois, en comptant Brigit. Toutes étaient jolies et, hasard ou non, l'une était blonde, l'autre brune et la troisième rousse. Elles s'arrêtèrent l'une à côté de l'autre, au milieu de la pièce, et Peter sourit à chacune, comme s'il était sur le point de leur faire un cadeau.

— Nous en avons six pour ce soir, dit-il. Après cela, tout le monde peut rentrer à la maison. La trousse de dissection est prête ?

— Oui, dit Brigit.

Du doigt, elle désigna une longue table devant laquelle s'alignaient trois chaises. Devant chaque chaise se trouvaient une plaque de liège, quelques épingles, une paire de pinces, un scalpel et un récipient rempli de glace fondante.

— Et l'agitateur ? Tout est prêt ?

— Oui, répondit une autre laborantine.

— Bien, dit Peter. Alors, au boulot !

Les jeunes filles prirent leurs places à la table. Randall me jeta un regard et dit :

— Alors, il faudra bien que je m'en charge moi-même. Ce massacre me fait réellement horreur. Un de ces jours, à force de m'inquiéter pour ces pauvres bestioles, je me couperai les doigts en leur coupant la tête.

— Qu'est-ce que vous employez ?

— Ma foi, c'est une longue histoire ! Il me grimaça un sourire. Le bourreau des rats que vous avez devant vous est à la fois le plus expert et le moins endurci. J'ai tout essayé : le chloroforme, la rupture des cervicales, la strangulation. Même une petite guillotine dont les chercheurs britanniques raffolent. Un ami de Londres m'en a envoyé une — il ne jure que par cet objet — mais le poil bloque continuellement la lame. Alors, conclut-il en prenant un rat et en l'examinant d'un air pensif, alors je suis revenu aux procédés élémentaires. J'emploie un couperet de boucher.

— Ce n'est pas vrai !

— Oh, je sais que cela soulève le cœur rien que d'en entendre parler. A plus forte raison quand on assiste à la chose, mais c'est vraiment la meilleure méthode. Voyez-vous, nous devons faire la dissection aussi vite que possible : la vitesse d'exécution est le nœud de l'expérience.

Il porta le rat au-dessus de l'évier. Au bord du bassin se trouvait un billot de boucher, en bois massif. Randall posa le rat sur le billot et arrangea un sac en toile cirée dans l'évier. Puis, il alla prendre dans une armoire un couperet de boucher, un outil robuste, au manche formé d'une seule pièce de bois.

— On vend ces machins chez les fournisseurs d'échantillons biologiques, dit Peter. Mais ils sont trop délicats et la lame s'émousse vite. J'ai acheté celui-ci d'occasion chez un boucher. Il est parfait.

Il affûta la lame quelques secondes au moyen d'une pierre à aiguiser puis essaya le couperet sur une feuille de papier. La feuille fut coupée aussi nettement que par une lame de rasoir.

A ce moment, le téléphone sonna et Brigit se précipita pour répondre. Manifestement heureuses de ce sursis, les autres jeunes filles se détendirent un peu. Peter, lui aussi, semblait soulagé.

Brigit parla un instant, puis dit à Peter :

— C'est l'agence de location. Ils vont envoyer la voiture.

— Bien. Dites-leur de la ranger au parking et de laisser les clefs sur le pare-soleil.

Tandis que Brigit transmettait les instructions, Peter me dit :

— Foutue guigne. On m'a volé ma voiture.

— Volé ?

— Oui. C'est-bien ennuyeux. Ça s'est passé hier soir.

— Quel genre de voiture était-ce ?

— Une petite conduite intérieure Mercedes. Vieille, mais je l'aimais bien. S'il ne tenait qu'à moi, les coupables seraient arrêtés pour kidnapping et non pour vol de voiture. J'aimais beaucoup cette bagnole.

— Avez-vous signalé le vol à la police ?

— Oui. Il haussa les épaules. Ça donnera ce que ça donnera.

Brigit raccrocha et alla se rasseoir. Peter poussa un soupir, prit le couperet de boucher et dit :

— Eh bien, allons-y, finissons-en.

Il tenait le rat par la queue. Le rat essayait de se libérer, se tordait sur le billot. Peter souleva le couperet au-dessus de sa tête et l'abattit d'un coup sec. La lame toucha le billot avec un bruit sourd. Les filles détournèrent les yeux. Cessant de les observer je me tournai vers Peter et le vis qui tenait au-dessus de l'évier le cadavre décapité et tout agité de sursauts. Peter laissa le sang s'écouler quelques secondes. Puis il alla poser le rat sur la plaque de liège devant Brigit.

— Numéro un ! dit-il.

Il retourna au billot, passa la tête dans le sac en toile cirée et choisit un deuxième rat. Je regardais Brigit travailler. En quelques mouvements rapides et précis, elle retourna le cadavre du rat sur le dos et le fixa au liège par quatre épingles. Alors, elle incisa les pattes, dégageant les os des muscles et de la graisse. Ensuite, elle sectionna les os, les enleva du corps et les jeta dans la glace fondante.

— Un triomphe mineur, dit Peter en préparant un autre rat pour l'exécution. Nous avons réalisé les premières cultures osseuses *in vitro*. Nous maintenons en vie le tissu osseux isolé, pendant une période qui peut aller jusqu'à trois jours. Le vrai problème, c'est d'effectuer le transfert de l'os, de l'animal au bain, avant la mort des cellules. A l'heure actuelle, nous réalisons cette manœuvre avec une précision d'artiste.

— Quel est exactement votre domaine de recherches ?

— Le métabolisme du calcium, surtout dans ses rapports avec les hormones parathyroïdiennes et la thyrcocalcitonine. Je veux savoir comment les hormones agissent pour libérer le calcium de l'os.

L'hormone parathyroïdienne est une substance mal connue sécrétée par quatre petites glandes fixées à la thy-

159

roïde. Personne n'en sait grand-chose, sauf que les parathyroïdes semblent régir le taux de calcium dans le sang et que ce taux est strictement réglé, bien mieux que, par exemple, celui du glucose ou de l'acide gras libre. Le calcium du sang est nécessaire à la transmission de l'influx nerveux et à la contraction des muscles ; c'est pourquoi l'on avance une théorie selon laquelle le calcium quitte l'os ou y retourne selon les besoins de l'organisme. Si vous avez trop de calcium dans le sang, vous le placez en réserve dans les os. Si vous en avez trop peu, vous puisez dans cette réserve. Mais personne ne connaît vraiment le mécanisme de cet échange.

— Le facteur temps est crucial, poursuivit Peter. Un jour, j'ai fait une expérience intéressante. J'ai placé une dérivation sur la circulation artérielle d'un chien. J'ai donc pu prendre un certain volume de sang, le débarrasser de son calcium par voie chimique, puis le réinjecter au chien. J'ai appliqué ce système pendant plusieurs heures, ce qui m'a permis d'obtenir une quantité phénoménale de calcium. Et pourtant, le taux de calcium dans le sang est resté normal ; la compensation se faisait à l'instant même. En un clin d'œil, le chien prélevait sur ses os et s'envoyait dans le sang une dose massive de calcium.

A nouveau, le couperet de boucher tomba, bruyamment. Le rat gigota quelques secondes. Le cadavre fut confié à la deuxième laborantine.

— Alors, je me suis intéressé à la question, dit Peter. A tout ce qui fait le problème de la mise en réserve et de la libération du calcium. C'est fort joli de dire que l'organisme stocke du calcium dans les os et en prélève au fur et à mesure de ses besoins ; mais l'os est comme un cristal, une matière dure et de structure rigide. Or, selon toutes les apparences, cette structure se modifie en quelques fractions de seconde. J'ai voulu savoir comment ça se passe.

Il plongea la main à l'intérieur d'une cage et en sortit un nouveau rat à la queue tachée de pourpre.

— Alors, j'ai décidé d'établir un système *in vitro* pour mes recherches histologiques. Personne ne croyait à mon succès. Le métabolisme de l'os est trop lent, disaient les chers confrères. Impossible à mesurer. Mais j'ai réussi, grâce à plusieurs centaines de rats. Il poussa un soupir. Si jamais les rats prennent le pouvoir, je serai jugé pour mes crimes de guerre.

Peter mit le rat en bonne position sur le billot.

— Voyez-vous, j'ai toujours cherché une laborantine capable de faire ce travail à ma place, une Allemande au sang glacé ou quelque sadique. Je n'en ai jamais trouvé. Ces demoiselles — d'un signe de tête, il désigna le trio qui travaillait à la table — n'acceptent de collaborer avec moi qu'à la condition de ne jamais devoir tuer un animal.

— Depuis combien de temps faites-vous ces recherches ?

— Bientôt sept ans. Au début, j'y travaillais très peu, une demi-journée par semaine. Puis ce fut tous les mardis. Bientôt tous les mardis et tous les jeudis. Puis tout le week-end en plus. J'ai réduit ma clientèle au minimum vital. Ce genre de recherches, c'est une véritable drogue.

— Vous aimez ce travail ?

— J'en raffole. C'est un jeu, un grand jeu plein de merveilleuses surprises. Une énigme dont personne ne connaît la réponse. Mais si vous n'y prenez garde, vous pouvez facilement tomber dans l'obsession. Certains chercheurs du service de biochimie travaillent plus que n'importe quel praticien. Ils se surmènent. Mais c'est un piège où je ne tomberai pas.

— Qu'en savez-vous ?

— Dès que je sens venir les symptômes — le besoin impérieux de travailler au maximum, de continuer jusqu'à minuit ou de venir au labo à cinq heures du matin — je me dis que ce n'est qu'un jeu. Je me répète cette phrase quelques centaines de fois. Et ça marche : je parviens à me calmer un peu.

Le couperet expédia le troisième rat.

— Ah ! dit Peter. Nous avons fait la moitié de la route. Et il se gratta l'estomac, l'air pensif. Mais assez parlé de moi. Qu'est-ce qui vous tracasse, John ?

— Je m'intéresse à Karen, c'est tout.

— Hmmm. Et vous vouliez savoir si elle avait eu un accident ? Non, pas que je me rappelle.

— Pourquoi lui a-t-on fait des radiographies crâniennes l'été dernier ?

— Oh ! Ça ! Il caressa la quatrième victime d'une main apaisante, posa le rat sur le billot. Ça, c'était du Karen tout craché.

— Que voulez-vous dire ?

— Un beau jour, elle est entrée dans mon cabinet et m'a déclaré tout net : « Je deviens aveugle. » Elle s'inquiétait beaucoup. Vous savez comment sont parfois les jeunes filles de dix-sept ans : Karen perdait un peu de son acuité visuelle et son style au tennis en souffrait. Elle exigeait que je guérisse ses yeux. Alors, je lui ai fait une prise de sang et j'ai prescrit quelques tests. La prise de sang impressionne toujours ce genre de malade. J'ai aussi vérifié sa tension artérielle, je l'ai auscultée, bref, mon comportement général faisait croire à un examen très complet.

— Et vous avez prescrit des radiographies crâniennes ?

— Oui. Cela faisait partie du traitement.

— Je ne vous suis pas très bien.

— Les troubles de Karen étaient purement psychosomatiques. Comme chez quatre-vingt-six pour cent des femmes qui viennent me consulter. Une petite chose qui ne va pas — on joue un peu moins bien au tennis par exemple — et vlan ! On a des problèmes de santé. Est-on satisfaite ? Grands dieux, non : on va chez un autre docteur, puis chez un autre encore jusqu'à ce qu'on trouve celui qui tapote la main de sa cliente en lui disant : « Mais oui, vous êtes très malade. » (Ici, Peter éclata de rire.)

— Alors, vous avez prescrit tous ces tests en guise de diversion ?

— Pour la plus grande part, dit-il. Mais pas tout à fait. Je crois en la prudence et quand quelqu'un se plaint d'un symptôme aussi grave que la perte de vision, je veux en avoir le cœur net. Je lui ai donc examiné le fond de l'œil. J'ai fait un test de champs visuels. Résultats normaux, mais Karen prétendait que cette perte de vision n'était pas permanente. J'ai donc pris un échantillon de sang et prescrit l'examen de la fonction thyroïdienne et des taux d'hormones. Normal. Ensuite, les radios crâniennes. Elles étaient. normales aussi. Mais peut-être les avez-vous déjà vues ?

— En effet, dis-je. J'allumai une cigarette au moment où le rat suivant nous quittait pour toujours. Mais je me demande pourquoi…

— Ma foi, ajoutez deux à deux et vous aurez quatre. Malgré le jeune âge de Karen, c'était toujours possible — perte de vision, maux de tête, léger gain de poids, léthargie. Il pouvait s'agir de panhypopituitarisme avec compression du nerf optique.

— Vous voulez dire une tumeur de l'hypophyse ?

— C'était possible ; peu probable, mais possible. Je me suis dit que les différents tests allaient montrer si elle était ou non atteinte d'insuffisance hypophysaire. Les radios crâniennes allaient peut-être indiquer la gravité exacte de la situation. Mais tous les examens ont été négatifs. Karen se faisait simplement des idées.

— Vous en êtes sûr ?

— Oui.

— Les laboratoires auraient pu commettre une erreur.

— C'est vrai. Je comptais faire effectuer de nouveaux examens, rien que pour m'en assurer.

— Pourquoi ne l'avez-vous pas fait ?

— Parce que Karen n'est plus jamais revenue me consulter. Voilà la clef du mystère. Un beau jour, elle arrive chez moi, au bord de la crise de nerfs, parce qu'elle croit devenir aveugle. Je lui dis de revenir dans une semaine et mon infirmière note le rendez-vous. Une semaine plus tard, pas de Karen ! Elle est partie jouer au tennis, la vie est belle ! Tous ces symptômes n'existaient que dans son esprit.

— Avait-elle des troubles menstruels quand elle est venue vous voir ?

— Elle m'a dit que ses règles étaient normales. Évidemment, si elle était enceinte de quatre mois au moment de sa mort, elle venait tout juste de concevoir à l'époque où je l'ai vue.

— Mais elle n'est jamais revenue à votre cabinet ?

— Non. En fait, c'était plutôt une tête de linotte.

Peter tua le dernier rat. Toutes les jeunes filles s'activaient à la dissection maintenant. Peter ramassa les carcasses, les mit dans le sac en papier et jeta le tout au panier.

— Ah ! dit-il. Enfin, c'est fini !

Il se lava vigoureusement les mains.

— Eh bien, fis-je, merci de votre gentillesse.

— Mais je vous en prie ! Il s'essuya les mains avec une serviette en papier. Je suppose que je me dois de faire une sorte de déclaration officielle, dit-il, comme je suis l'oncle *et cætera*.

J'attendis.

— J.D. ne m'adresserait plus jamais la parole s'il apprenait notre conversation. Essayez de vous en souvenir si vous parlez à d'autres personnes, à n'importe quelle autre personne.

— O.K.

— Je ne sais pas ce que vous êtes en train de faire, dit Peter, et je ne veux pas le savoir. Vous m'avez toujours donné l'impression d'être un homme intelligent et fort équilibré. Je suppose donc que vous ne perdez pas votre temps.

Je ne savais que répondre. Je ne voyais pas où il voulait en venir, mais je savais qu'il voulait en venir quelque part.

— Pour le moment, mon frère n'est ni équilibré ni intelligent. Il souffre de paranoïa ; on ne peut rien en tirer. Mais j'ai cru comprendre que vous aviez assisté à l'autopsie.

— En effet.

— Quel est le diagnostic là-bas ?

— Incertain à l'examen macroscopique dis-je. Absolument rien de clair.

— Et les coupes ?

— Je ne les ai pas encore vues.

— Votre impression à l'autopsie ?

J'hésitai une seconde avant de prendre ma décision. Il s'était montré honnête envers moi, j'allais être honnête envers lui.

— Pas de grossesse, dis-je.

— Hmmm, fit-il. Hmmm !

Il se gratta un peu l'estomac, puis me tendit la main.

— C'est très intéressant, dit-il.

Nous nous serrâmes la main.

VIII

Quand j'arrivai dans ma rue, je vis une grosse voiture de police qui faisait clignoter son phare au bord du trottoir. Le capitaine Peterson, cheveux en brosse et visage toujours aussi peu avenant, s'appuyait au garde-boue et me regardait entrer dans mon allée.

En sortant de ma voiture, je jetai un regard aux maisons voisines. Les gens avaient remarqué le phare et regardaient par les fenêtres.

— J'espère, dis-je, que je ne vous ai pas trop fait attendre.

— Non, répondit Peterson avec un petit sourire. Voilà que j'arrive. J'ai frappé à la porte, votre femme m'a dit que vous n'étiez pas encore rentré. Alors, j'ai décidé d'attendre ici.

Dans les éclats de lumière, je voyais son expression narquoise et satisfaite. S'il n'avait pas éteint le phare, c'était uniquement pour me mettre en colère.

— Quelque chose qui vous tracasse ?

Toujours appuyé au garde-boue, il remua un peu.

— Eh bien, ma foi, oui. Pour ne rien vous cacher, docteur Berry, on a déposé plainte contre vous.

— Comment ?

— Oui.

— Et qui cela ?

— Le docteur Randall.

Je dis alors, de l'air le plus innocent du monde :

— Quel genre de plainte ?

— Il paraîtrait que vous avez importuné des membres de sa famille. Son fils, sa femme et même les compagnes d'études de sa fille.

— Importuné ?

— C'est, dit Peterson en pesant ses mots, le terme qu'a employé le docteur Randall.

— Et qu'avez-vous répondu ?

— J'ai dit que je verrais ce qu'on pouvait faire.

— Alors, vous voilà.

Il acquiesça et sourit lentement.

Le phare commençait à me porter sur les nerfs. Un peu plus loin dans la rue, deux gosses nous regardaient en silence.

— Quelle loi ai-je enfreinte ?

— Ce point n'est pas encore réglé.

— Si j'ai enfreint une loi, dis-je, le docteur Randall peut m'assigner en justice. Ou il peut aller devant un tribunal, s'il croit pouvoir exciper de dommages matériels consécutifs à mes actes supposés. Il sait tout cela très bien et vous le savez aussi. Je lui fis un grand sourire pour lui rendre la monnaie de sa pièce. Et avec moi, nous sommes trois à le savoir.

— Nous devrions peut-être aller en parler au commissariat ?

Je refusai d'un signe de tête.

— Pas le temps.

— Je peux vous y emmener pour interrogatoire, vous savez.

— Oui, mais ce ne serait pas très prudent.

— Au contraire, ce serait peut-être très prudent de ma part.

— J'en doute fort. Je suis un citoyen et j'agis dans les limites de mes droits de citoyen. Je n'ai imposé ma présence à personne, je n'ai menacé personne. Si quelqu'un ne souhaitait pas me parler, rien ne le forçait à le faire.

— Vous vous êtes introduit dans une propriété privée. Celle des Randall.

— C'était tout à fait par inadvertance. Je m'étais perdu et je voulais demander mon chemin. Je suis passé devant un grand bâtiment, si grand qu'il ne m'est même pas venu à l'idée qu'il pouvait s'agir d'une habitation particulière. J'ai cru me trouver devant quelque institution.

— Une institution ?

— Oui. Quelque chose comme un orphelinat, vous voyez. Ou une maison de retraite. Alors, je suis entré pour me renseigner. Imaginez ma surprise lorsque j'ai découvert par le plus grand des hasards que…

— Par hasard ?

— Vous pouvez prouver le contraire ?

166

Peterson émit une série de sons qui pouvaient à la rigueur passer pour un rire amusé.

— Quel habile homme vous faites.

— Pas vraiment, dis-je. Écoutez, pourquoi ne pas éteindre ce phare qui met toute la rue en émoi ? Parce que je pourrais bien porter plainte, moi aussi, en disant que j'ai été importuné par la police. Et cette plainte, je l'adresserai au chef de la police, aux services du *District Attorney* et au bureau du maire.

D'un geste indolent, Peterson passa la main par la portière et actionna un interrupteur. La lumière s'éteignit.

— Un jour ou l'autre, dit-il, vous pourriez bien sentir le retour de manivelle.

— Oui. Moi ou un autre.

Il se gratta le dos de la main comme lors de notre première rencontre, à son bureau.

— A certains moments, dit-il, je crois que vous êtes soit un honnête homme, soit le dernier des imbéciles.

— Peut-être les deux ensemble.

Peterson approuva d'un lent signe de tête.

— Oui, peut-être les deux ensemble.

Il ouvrit la portière et se laissa tomber sur le siège du chauffeur.

J'entrai chez moi. En refermant la porte, j'entendis démarrer la voiture.

IX

Je n'avais guère envie d'assister à un cocktail, mais Judith, elle, y tenait beaucoup. En route vers Cambridge, elle me dit :

— Qu'est-ce que c'était que toute cette histoire ?

— Quelle histoire ?

— La visite de la police.

— C'était une tentative d'intimidation.

— Sous quel prétexte ?

— Randall a porté plainte.

— Une plainte justifiée ?

— Je crois, oui.

Je lui fis un résumé rapide des événements de la journée. Quand j'eus terminé, elle me dit :

— Ça paraît bien compliqué.

— Et pourtant, je n'ai fait qu'effleurer le problème, j'en suis sûr.

— Crois-tu que Mrs. Randall mentait à propos du chèque de trois cents dollars ?

— C'est possible.

Sa question me surprit. Je me rendis compte que tout s'était passé si vite que je n'avais pas eu le temps matériel de peser chaque renseignement reçu, de l'examiner séparément avant de le replacer dans l'ensemble. Je savais très bien qu'il y avait dans mes informations certains détails manquant de consistance, certains points douteux — pas mal à vrai dire — mais je n'avais pas abordé les problèmes de façon logique.

— Comment va Betty ?

— Mal. Il y avait un article dans le journal d'aujourd'hui.

— Ah oui ? Je ne l'ai pas vu.

— Rien qu'un petit article. Un médecin arrêté pour avortement. Pas beaucoup de détails, mais le nom. Betty a reçu plusieurs coups de téléphone de cinglés.

— Mauvais ?

— Très mauvais. Maintenant, j'essaie de répondre moi-même au téléphone.

— Tu es une brave fille…

— Elle essaie de se montrer très courageuse, de vivre comme si tout était normal. Je me demande si cela ne rend pas les choses plus difficiles encore. Parce qu'elle n'y parvient pas. La situation n'est pas normale et personne n'y peut rien changer.

— Tu y retournes demain ?

— Oui.

Je rangeai la voiture dans une rue résidentielle très tranquille, non loin de l'hôpital municipal de Cambridge. C'est un quartier très agréable, vieilles maisons de bois, allées d'érables, trottoirs pavés de briques. Tous les charmes de Cambridge, Massachusetts. Au moment où je me garais, Hammond fit son apparition sur sa moto.

Norton Francis Hammond III représente l'espoir de la profession médicale. Mais il n'en sait rien et c'est une bien bonne chose ; s'il le savait, il serait insupportable. Hammond vient de San Francisco et de ce qu'il appelle « une longue lignée d'armateurs ». A le voir, on dirait une publicité vivante pour la vie à la californienne : il est grand, hâlé, blond et séduisant. C'est un excellent médecin, résident de deuxième année au Mem où sa compétence fait oublier certains détails comme sa chevelure qui lui tombe presque sur les épaules, et sa moustache qui est interminable, recourbée et flamboyante.

L'important chez Hammond, comme chez les rares jeunes médecins de son espèce, c'est qu'il quitte les vieilles ornières sans se révolter contre *l'Establishment*. La chevelure de Hammond, ses habitudes et sa motocyclette ne veulent choquer personne ; il se trouve tout simplement que leur propriétaire n'a qu'indifférence pour l'opinion des autres médecins à son égard. Devant cette attitude, les autres médecins ne peuvent élever d'objections ; après tout, Hammond connaît sa médecine sur le bout des doigts. Ils jugent son apparence un peu irritante, mais n'ont aucune raison de lui faire des reproches.

Et Hammond va son chemin, sans être molesté par personne. Et sa fonction de résident lui permet d'enseigner. Il influence les plus jeunes. Là réside l'espoir de la médecine future.

Depuis la Seconde Guerre mondiale, la médecine a subi des bouleversements profonds, en deux vagues successives. La première fut l'éclosion de connaissances, de techniques et de méthodes commencées dans l'immédiate après-guerre. Cette évolution a pris le départ avec l'apparition des antibiotiques, s'est poursuivie avec l'amélioration de nos connaissances sur l'équilibre électrolytique, sur la structure des protéines et la fonction des gènes. Pour la plupart, ces progrès étaient d'ordre scientifique et technique, mais ils ont changé radicalement le visage de la pratique médicale, de telle sorte qu'en 1965, trois des quatre catégories de remèdes les plus couramment prescrits — les antibiotiques, les hormones (surtout la pilule) et les tranquillisants — étaient toutes des innovations de l'après-guerre.

La seconde vague est plus récente et implique des bouleversements sociaux plutôt que techniques. La médecine sociale et la médecine socialisée sont devenues de véritables problèmes, à résoudre au plus vite, tout comme les questions du cancer et des affections cardiaques. D'ailleurs, pour certains médecins de la vieille génération, la médecine socialisée constituait en soi une sorte de cancer, et certains médecins plus jeunes abondaient dans leur sens. Mais aujourd'hui, il est indéniable que, bon gré mal gré, les docteurs devront fournir de meilleurs soins médicaux à une clientèle plus étendue que jamais.

Rien de plus naturel que de s'attendre à voir les jeunes rénover leur profession, mais dans le domaine médical, la chose ne va pas sans peine, car ce sont les vieux docteurs qui forment leurs cadets et les étudiants n'ont que trop tendance à devenir de véritables copies au carbone de leurs professeurs. Ensuite, il faut compter avec une certaine lutte des générations en médecine, surtout maintenant. Les jeunes sont mieux préparés que la vieille garde ; ils ont plus de connaissances scientifiques, posent des questions plus pénétrantes, exigent des réponses plus vastes. En outre, comme les jeunes de toutes les professions dans tous les pays du monde, rien ne leur plaît plus que de pousser un peu les aînés pour prendre leur place.

C'est pourquoi Norton Hammond était si remarquable. Il était en train de réussir une révolution sans rébellion.

Il gara sa moto, la verrouilla, lui donna quelques petites tapes amicales. Alors, et alors seulement, il s'aperçut que nous étions là.

— Salut, les gosses !

Pour autant que je sache, « gosse » est la dénomination que Hammond donne à tous les membres de l'espèce humaine.

— Comment vas-tu, Norton ?

— Je tiens bon. Il sourit. Contre tous les obstacles. Il me donna un petit coup de poing amical sur l'épaule. Hé, j'ai entendu dire que tu étais parti en guerre, John ?

— Pas exactement.

— Pas encore de blessures ?

— Quelques ecchymoses.

— C'est une chance de pouvoir faire danser un peu le Constipé.

— Le Constipé ? interrogea Judith.

— Oui, c'est ainsi que les gars du troisième étage l'appellent.

— Randall ?

— Qui d'autre ? Hammond sourit à Judith et me montra du doigt. Eh bien, on peut dire que ce gosse-là, votre mari, a trouvé une noix bien dure à croquer.

— Je sais. '

— On dit que le Constipé rôde au troisième comme un vautour blessé. Parvient pas à croire qu'un tel crime de lèse-majesté soit possible.

— Je le vois d'ici, dis-je.

— Il est absolument sens dessus dessous, tu sais. Il a même engueulé Sam Carlson. Tu connais Sam ? C'est un résident de là-haut, il travaille sous les ordres du Constipé, il fouine un peu partout dans les basses sphères de la politique chirurgicale. Sam, c'est le chouchou du Constipé. Le Constipé l'adore et personne n'a jamais pu découvrir pourquoi. Certains prétendent qu'il faut en chercher la raison dans l'aveuglante stupidité de Sam. Une stupidité écrasante, terrifiante.

— Il est vraiment si stupide que ça ? demandai-je.

— Au-delà de toute description. Mais Sam s'est bien fait engueuler, hier. Il était à la cafétéria et mangeait un sandwich à la salade de poulet — sans doute après avoir demandé aux dames du service ce que c'était au juste qu'un poulet — lorsque Randall entre dans la salle et lui demande : « Qu'est-ce que vous faites ici ? » Sam répond : « Je mange un sandwich à la salade de poulet. » Le Constipé dit : « Et pourquoi, Bon Dieu de Bon Dieu ? »

— Et qu'est-ce que Sam a répondu ?

Hammond eut un sourire épanoui.

— Je sais de source autorisée que Sam a répondu : « Je ne sais pas, monsieur », qu'il a déposé son sandwich et qu'il est sorti de la cafétéria.

— Sur sa faim, dis-je.

Hammond éclata de rire.

— Sans doute. Et il hocha la tête d'un air désolé. Mais on ne peut vraiment pas en tenir rigueur au Constipé. Voici environ cent ans qu'il vit au Mem et il n'a jamais eu le moindre problème. Maintenant, avec la chasse aux têtes et puis la mort de sa fille…

— Chasse aux têtes ? demanda Judith.

— Diable ! Le téléphone arabe est en dérangement ! D'ordinaire, mesdames les épouses sont les premières à savoir. Il y a un raffut de tous les diables au Mem à propos de la pharmacie qui dessert les consultations.

— Ils ont égaré quelque chose ? demandai-je.

— Plutôt, oui.

— Quoi ?

— Douze douzaines d'ampoules de morphine. Du chlorhydrate d'hydromorphine. Sur la base du poids, c'est de trois à cinq fois plus puissant que le sulfate de morphine.

— Quand cela s'est-il passé ?

— La semaine dernière. Le pharmacien s'est presque fait virer, il courait les jupons au moment des faits. C'est-à-dire à l'heure du déjeuner.

— Ils n'ont pas retrouvé la drogue ?

— Non. Ils ont passé l'hôpital au peigne fin mais macache !

— Cela s'est déjà produit auparavant ?

— Oui, il y a quelques années. Mais à cette époque, seules quelques ampoules avaient disparu. Cette fois-ci, c'est le gros coup.

— Le personnel paramédical ?

Hammond haussa les épaules.

— Ce peut être n'importe qui. Personnellement, je pense qu'on veut écouler la marchandise dans le public. On en a trop pris. Et le risque était trop grand. Tu t'imagines entrant d'un pas léger dans le service des consultations externes du Mem et sortant d'un pas léger, une pleine boîte d'ampoules de morphine sous le bras ?

— C'est assez difficile à imaginer, en effet.

— Un culot monstre, non ?

— Mais c'est sûrement trop pour une seule personne, dis-je.

— Bien sûr. C'est pourquoi je pense que la morphine sera vendue au-dehors. Je pense que c'est un vol soigneusement préparé.

— Par quelqu'un du dehors ?

— Ah ! s'exclama-t-il. Maintenant, tu arrives au cœur de la question.

— Eh bien ?

— L'opinion la plus répandue veut que le vol ait été commis par quelqu'un de l'hôpital.

— Des preuves ?

— Non. Rien.

Nous montâmes les marches du perron qui menait à la grande maison de bois.

— Tout cela est bien intéressant, Norton.

— Et comment !

— Tu connais quelqu'un qui se drogue ?

— Parmi le personnel ? Non. Le bruit a couru qu'une des filles du service cardiologique s'injectait des amphétamines, mais elle a cessé il y a un an. De toute manière, on l'a passée à la grande visite. On l'a fait se déshabiller complètement pour lui chercher des piqûres d'aiguille sur tout le corps. Rien.

— Et les…

— Les médecins ?

J'acquiesçai. C'était un sujet tabou. Un certain nombre de médecins s'adonnent à la drogue ; ce n'est pas un secret, pas plus que le fort pourcentage de suicides parmi le corps médical[1] ; mais on connaît moins le syndrome psychiatrique classique où le fils du médecin prend de la drogue et où son père l'approvisionne, à leur satisfaction mutuelle. Personne ne parle de cela.

— Pour autant que je sache, dit Hammond, les médecins sont blancs comme neige.

— Quelqu'un a-t-il quitté son emploi ? Une infirmière, une secrétaire, n'importe qui ?

1. Les psychiatres ont le taux de suicide le plus élevé, plus de dix fois celui des omnipraticiens.

Il sourit.

— Tu te jettes là-dessus comme la misère sur le monde, n'est-ce pas ?

Je haussai les épaules.

— Pourquoi ? Tu penses qu'il y a un rapport avec la jeune fille ?

— Je ne sais pas.

— Rien ne permet de lier les deux choses, dit Hammond. Mais ce serait intéressant.

— Oui.

— Ce que j'en dis est pure spéculation.

— Bien sûr.

— Je te donne un coup de fil dès que j'ai un tuyau.

— Ça me ferait plaisir.

Nous étions devant la porte. Nous pouvions entendre les bruits de la fête à l'intérieur, le tintement des verres, les bavardages, les rires.

— Bonne chance dans ta guerre, dit Hammond. J'ai diablement envie de te voir en sortir vainqueur.

— Moi aussi.

— C'est ce qui arrivera. Veille seulement à ne pas faire de prisonniers.

Je souris.

— C'est contre la Convention de Genève.

— D'accord, dit Hammond. Mais ta guerre à toi est tout à fait locale.

Le cocktail était offert par George Morris, chef-résident de médecine au Lincoln. Morris se trouvait sur le point de terminer sa résidence et de se lancer dans la clientèle privée ; il donnait donc une réception pour fêter une sorte d'entrée dans le monde, la sienne.

La fête était parfaitement réussie, tout y donnait une très subtile impression d'aisance matérielle qui avait dû coûter à George plus qu'il ne pouvait se le permettre. Cela me fit penser aux soirées somptueuses des grands industriels pour lancer un nouveau produit. En un sens, c'était exactement la même chose.

George Morris, vingt-huit ans, marié, père de deux enfants, était dans les dettes jusqu'au cou ; d'ailleurs, n'importe quel médecin dans sa situation l'eût été tout autant. Maintenant, il allait commencer à faire des pieds et des mains pour se sortir la tête de l'eau et pour y réussir, il avait besoin de malades, de recommandations, de consultations. Bref, il avait besoin de la bienveillance et de l'aide de tous les médecins bien établis dans la région ; il en avait donc invité deux cents chez lui pour les gaver jusqu'aux yeux de la meilleure gnole qu'il avait pu trouver et des meilleurs zakouski que les traiteurs pussent fournir.

En tant que pathologiste, j'étais flatté d'avoir reçu un carton. Je ne pouvais rendre aucun service à Morris ; les pathologistes ne s'occupent que de cadavres et un médecin envoie rarement un cadavre à un confrère. Morris nous avait invités, Judith et moi, parce que nous étions des amis.

Je crois que nous étions en fait ses seuls amis à la réception de ce soir-là.

Je jetai un regard circulaire sur l'assemblée ; il y avait là les chefs de service de la plupart des grands hôpitaux. Et aussi les résidents et leurs épouses. Les épouses s'étaient rassemblées dans un coin et parlaient bébés. Les médecins, eux, s'étaient réunis en petits groupes, par hôpital et par spécialité. Cette répartition professionnelle était frappante à voir. Dans un coin, Emery affirmait que diminuer les doses d'I^{131} dans les cas d'hyperthyroïdie n'apportait aucun avantage thérapeutique ; ailleurs, Johnson parlait de la pression intra-hépatique dans les anastomoses portocaves ; ailleurs encore, on pouvait entendre Lewiston marmonner sa sempiternelle plaidoirie sur l'inhumanité de l'électrochoc dans le traitement des déprimés. Du groupe des épouses fusait parfois un mot, comme stérilet ou varicelle.

Judith se tenait à mes côtés, jolie et paraissant plus jeune que son âge dans une robe bleue de ligne princesse. Elle buvait son scotch à longs traits — Judith avale tout à la vitesse grand V — et se préparait manifestement à plonger dans le groupe des épouses.

— Parfois, dit-elle, j'ai envie d'entendre parler de politique, de n'importe quoi, sauf de médecine.

Cette remarque me fit sourire, car elle me rappelait un des discours favoris d'Art sur le caractère lamentablement apolitique du milieu médical. Et, dans sa bouche, l'adjectif « apolitique » sonnait un peu comme « analphabète ». Art disait toujours que non seulement les médecins n'avaient aucune véritable opinion politique, mais qu'ils étaient tout à fait incapables de s'en forger une. « C'est un peu comme chez les militaires. Eux aussi jugent qu'avoir une opinion politique, c'est pécher contre l'éthique professionnelle. » Art exagérait, comme d'habitude, mais ses paroles n'en comportaient pas moins une part de vérité.

Je crois qu'Art adore pousser ses arguments jusqu'à l'extrême pour mystifier, choquer, irriter. C'est un de ses traits les plus typiques. Mais, d'autre part, il me paraît fasciné par la marge extrêmement étroite qui sépare la vérité de l'erreur, le fait établi de l'affabulation. Alors, Art sème à tous vents ses commentaires ironiques pour voir qui va les ramasser et comment on va réagir. Il affectionne particulièrement ce genre d'expérience lorsqu'il est ivre.

Art est le seul médecin de ma connaissance qui aille jusqu'à l'ivresse. Les autres semblent capables de « descendre » d'incroyables quantités d'alcool sans véritable ébriété : ils deviennent un peu bavards pendant une heure ou deux puis le sommeil les gagne. Art, lui, se saoule ; quand il est saoul, il se met en colère contre le monde entier et le couvre d'outrages.

C'est une chose que je n'ai jamais comprise chez lui. Quelque temps, j'ai pensé qu'il s'agissait d'une sensibilité pathologique à l'alcool mais par la suite, j'ai opté plutôt pour une prise de position délibérée, un petit plaisir qu'Art s'offrait de temps en temps, un désir conscient de se laisser aller au moment même où les autres essayent de se maîtriser au maximum. Peut-être Art a-t-il besoin de ce plaisir, peut-être ne peut-il s'empêcher d'agir ainsi, peut-être le recherche-t-il activement parce qu'il y trouve un prétexte à se défouler.

Qu'Art éprouve de l'amertume vis-à-vis de sa profession, voilà qui ne fait aucun doute. De nombreux médecins sont dans le même cas : Jones parce qu'il est prisonnier de la recherche et ne peut gagner autant d'argent qu'il le voudrait ; Andrews parce que l'urologie, en lui prenant tout son temps, lui a pris sa femme et son bonheur familial ; Telser parce que la dermatologie lui impose des patients qui, à ses yeux, ne sont pas malades, mais absolument névrosés. Si vous parlez à n'importe lequel de ces hommes, le ressentiment apparaît tôt ou tard. Mais ces hommes ne sont pas comme Art. Art en veut à la profession médicale elle-même.

Je suppose que, dans n'importe quelle profession, on rencontre des gens qui se méprisent et qui méprisent leurs collègues. Mais Art est un exemple extrême. Il donne presque l'impression d'être devenu médecin par pur masochisme, pour se rendre à la fois malheureux, méchant et triste.

Dans mes moments les plus sombres, j'en arrive à croire qu'il fait des avortements pour le simple plaisir de mettre ses confrères mal à l'aise, de les irriter. C'est injuste, à mon avis, mais comment savoir si j'interprète correctement la situation ? Quand il est à jeun, Art tient des discours d'une grande rigueur intellectuelle, il tire des arguments à pleines salves pour prôner la légalisation de l'avortement. Quand il est ivre, son argumentation devient complètement subjective, il fait flèche de tout bois.

Je crois qu'il ressent de l'hostilité à l'égard de la médecine et se saoule parce que l'ivresse lui donne un prétexte commode pour exprimer cette hostilité. On ne peut nier qu'une fois ivre, il lui arrive de chercher de très vilaines querelles à d'autres médecins : un beau jour, il a dit à Janis qu'il avait fait avorter sa femme et Janis, qui n'était pas au courant, a eu l'air d'un monsieur à qui l'on vient de donner un coup de pied dans le bas-ventre. Janis est catholique, mais sa femme ne l'est pas. Art est parvenu à tuer d'une seule phrase l'ambiance d'un dîner jusque-là très joyeux.

J'étais à ce dîner et j'avoue que j'en voulais à mon ami après cet éclat. Il m'a fait des excuses quelques jours plus tard et je lui ai dit de s'excuser plutôt auprès de Janis, ce qu'il a fait. Pour quelque étrange raison, Janis et Art sont devenus amis intimes et Janis s'est converti à l'avortement. J'ignore ce qu'Art a bien pu lui dire mais, quoi qu'il en soit, il est parvenu à le convaincre.

Comme je connais Art mieux que la plupart des gens, j'attache beaucoup d'importance à ses origines chinoises. Je crois que sa race et son apparence physique ont eu beaucoup d'influence sur lui. Ce ne sont ni les Chinois ni les Japonais qui manquent dans le corps médical, ni les plaisanteries à leur sujet, plaisanteries qui parlent de leur dynamisme, de leur adresse, de leur soif de succès, et auxquelles on rit avec une certaine nervosité. Exactement le genre de plaisanteries qu'on entend faire sur les Juifs. Je pense qu'Art, en tant que Sino-Américain, a combattu cette tradition et il a aussi combattu son éducation, essentiellement conservatrice. Il en a pris le contre-pied, est devenu radical et gauchiste. J'en vois pour preuve son enthousiasme vis-à-vis de tout ce qui est nouveauté. Son cabinet comporte l'équipement le plus moderne de tous les cabinets d'obstétrique de Boston. Il achète chaque nouveau produit dès sa sortie sur le marché. On le plaisante aussi à ce sujet : les Orientaux fous de gadgets… mais, chez Art, la motivation est différente. Il combat la tradition, la routine, les méthodes reçues.

Quand on s'entretient avec lui, on le trouve débordant d'idées. Il a trouvé une nouvelle méthode pour effectuer le test de Papanicolaou. Il veut abandonner le toucher vaginal, qui lui paraît une simple perte de temps. Il pense que la température est un indicateur d'ovulation plus efficace qu'on ne l'a cru jusqu'à présent. Il pense aussi que l'emploi des forceps est à proscrire dans tous les accouchements, si compliqués soient-ils. Il est d'avis que l'anesthésie générale pendant l'accouchement devrait faire place à de fortes doses de tranquillisants.

Quand on est confronté avec ces idées et ces théories pour la première fois, on est forcément impressionné. Il faut attendre un peu pour comprendre qu'Art ne peut s'empêcher d'attaquer la tradition, d'y trouver à redire partout et chaque fois que c'est possible.

Je suppose que, pour lui, il n'était que naturel d'entreprendre des avortements. Et je suppose que moi, je devrais mettre ses mobiles en question. Mais, d'ordinaire, je m'en abstiens, parce qu'à mon avis les raisons qu'a un homme de faire quelque chose sont moins importantes que la valeur finale de ce qu'il fait. Un homme fait parfois le mal alors que ses raisons sont les meilleures du monde, c'est une vérité historique. Cet homme est perdant. Un autre fera peut-être le bien alors que ses mobiles sont loin d'être irréprochables. Celui-là devient un héros.

De tous les invités à la réception, un seul était peut-être capable de m'aider. C'était Fritz Werner, mais je ne le voyais nulle part ; je continuai pourtant à le chercher.

Au lieu de Fritz Werner, je trouvai Blake. Blake est un pathologiste qui occupe au Général un poste de rang élevé, mais il est surtout connu pour la forme de sa tête qui est énorme, ronde et lisse. Par contre, il a un visage d'enfant, la mâchoire délicate et les yeux très écartés. Avec un tel physique, Blake passe aux yeux de tous pour le prototype parfait de l'homme futur. Il fait preuve d'un intellectualisme glacial, parfois exaspérant, et il adore les jeux de réflexion. Nous en jouons un depuis des années, par intermittence.

Il leva son verre de Martini en un salut ironique et me dit :

— Prêt ?

— Bien sûr.

— De toise à cabre, dit-il.

Facile, à première vue. Je sortis mon calepin et mon crayon et me mis au travail. En haut de la page, j'écrivis TOISE et au bas CABRE. Puis, j'essayai d'établir la liaison.

TOISE
TOILE
TUILE
TULLE
BULLE
BILLE
BIBLE
CIBLE
CABLE
CABRE

Cela ne me prit que quelques secondes.

— Combien ? demanda Blake.

— Dix.

Il sourit.

— D'après ce qu'on m'a dit, on peut y arriver en six. J'en ai sept.

Il prit son calepin et écrivit :

TOISE

179

```
           TORSE
           TARSE
           TARTE
           CARTE
           CARRE
           CABRE
```

Je mis la main à la poche et donnai à Blake une pièce de vingt-cinq *cents*. C'était la troisième fois consécutive qu'il me prenait un *quarter* et, au score total, il me battait régulièrement depuis des années. Mais Blake battait tout le monde à ce jeu.

Blake adore les discussions philosophiques sur la médecine. Il n'est jamais aussi heureux qu'au moment où il démontre à un chirurgien qu'il n'a pas le droit moral d'opérer, ou à un spécialiste de médecine interne qu'il est déontologiquement tenu de tuer le plus grand nombre de malades possible. Blake aime les mots et lance les idées comme un enfant qui joue à la balle dans la rue. Cela ne lui coûte aucun effort, c'est pour lui un délassement. Art et lui s'entendent à merveille. L'année dernière, ils ont discuté pendant quatre heures tous les deux pour savoir si l'obstétricien était moralement responsable de tous les enfants qu'il a mis au monde, cette responsabilité s'exerçant du jour de leur naissance au jour de leur mort.

Tout bien considéré, la virtuosité verbale de Blake ne semble ni plus utile, ni plus importante que le plaisir qu'on prend à regarder un athlète faire des exercices dans un gymnase ; mais sur le moment, elle peut être fascinante. Blake a un sens très vif de l'arbitraire, ce qui lui vient à point lorsqu'il doit travailler avec des membres de la profession la plus arbitraire du monde.

En passant d'un groupe à l'autre, j'attrapai des bribes de plaisanteries et de conversations ; c'était, pensai-je, le type même d'une réception de médecins.

— Vous connaissez l'histoire du biochimiste français qui avait des jumeaux ? Il en a baptisé un et gardé l'autre comme contrôle...

— De toute façon, ils sont tous atteints de bactériémie, tôt ou tard...

— Et il se promenait — il se promenait, vous vous rendez compte ! avec un pH sanguin de sept, virgule six, et un potassium à…

— Bon Dieu, à quoi peut-on s'attendre de la part d'un type qui sort de Hopkins ?

— Alors, il m'a dit : « J'ai renoncé au tabac, mais je vous fiche mon billet que je ne renoncerai pas à l'alcool. »

— Bien sûr que vous pouvez corriger l'équilibre acide-base, mais c'est très mauvais pour la vascularisation.

— Leur fille s'est toujours conduite de façon irréprochable. Et elle s'habille toujours à ravir. Ils ont dû dépenser une fortune pour ses vêtements.

— … bien sûr qu'il râle. Qui ne râlerait pas ?

— … oligurique, mon œil ! Il est resté anurique pendant cinq jours et il a survécu.

— … chez un homme de soixante-quatorze ans, nous nous sommes contentés d'exciser localement et de renvoyer le patient chez lui. La croissance est lente, de toute façon…

— … son foie lui tombait pour ainsi dire sur les genoux. Mais pas d'insuffisance hépatique…

— … elle a dit qu'elle quitterait l'hôpital si nous n'opérions pas. Alors, naturellement, nous…

— … mais les étudiants n'arrêtent pas de saboter l'ouvrage. C'est une réaction non spécifique…

— Vraiment ? Harry, avec cette petite infirmière du Sept ? La blonde ?

— … je n'arrive pas à le croire. Il publie plus d'articles spécialisés que la plupart des gens ne peuvent en lire dans toute une vie…

— … des métastases au cœur !…

— Bon, de toute manière, je vous la raconte. Ça se passe dans une prison au milieu du désert ; il y a là un vieux prisonnier, résigné à la détention, et un jeune qui vient d'arriver. Le jeune parle tout le temps d'évasion et, après quelques mois, il tente sa chance. Une semaine plus tard, les gardes le rattrapent. Il est à moitié mort, fou de faim et de soif. Un peu plus tard, il explique au vieux prisonnier combien c'était terrible : les sables infinis, pas d'oasis, aucun signe de vie nulle part. Le vieux prisonnier écoute en silence, puis il dit : « Ouais. J'connais ça. J'ai aussi essayé de m'évader, il y a vingt ans. » Le jeune prisonnier dit : « C'est vrai ? Et tu ne m'as pas prévenu, alors que j'ai mis des mois à préparer mon évasion ! Pourquoi ne m'as-tu pas dit que c'était impossible ? » Alors, le vieux prisonnier hausse les épaules et dit : « Qui donc publie des résultats négatifs ? »

A huit heures, je commençais à me sentir un peu fatigué. Je vis Fritz Werner entrer, saluer tout le monde de la main et se mettre à bavarder gaiement. Je partis le rejoindre, mais Charlie Frank m'intercepta en chemin.

Charlie était devant moi, les épaules voûtées, une grimace de douleur sur le visage comme quelqu'un à qui l'on vient de donner un coup de couteau dans l'estomac. Il ouvrait tout grands ses yeux tristes. Le tout mis ensemble faisait un effet assez dramatique, mais Charlie avait toujours eu cet air-là. Toutes les tragédies du monde semblaient lui peser sur le corps et l'écraser petit à petit. Dans un demi-chuchotement plein d'anxiété, il me demanda :

— Comment va-t-il ?

— Qui ça ?

— Art Lee.

— Il va très bien.

Je ne voulais pas parler de Lee avec Charlie Frank.

— C'est vrai qu'on l'a arrêté ?

— Oui.

— Oh, mon Dieu ! (Et Charlie eut un petit hoquet de surprise horrifiée.)

— Je crois que tout va finir par s'arranger.

— Vous croyez, vraiment ?

— Oui, dis-je. Je le crois, vraiment.

— Oh, mon Dieu ! Il se mordit la lèvre. Puis-je faire quelque chose ?

— Je ne pense pas.

Il me tenait toujours le bras. Je jetai un regard vers Fritz, de l'autre côté de la pièce, dans l'espoir que Charlie remarquerait ma mimique et me lâcherait enfin. Vain espoir.

— Dites-moi, John...

— Oui...

182

— Il paraîtrait que vous, euh… que vous prenez cette affaire à cœur ?

— Disons que je m'y intéresse.

— Je dois vous apprendre, dit Charlie, en se penchant pour se trouver le plus près possible de mon oreille, je dois vous apprendre qu'on jase dans les hôpitaux. On dit que vous vous occupez de cette affaire parce que vous y êtes vous-même impliqué.

— On dit toujours tant de choses !

— John, vous pourriez vous faire beaucoup d'ennemis.

Et moi, je pensais aux amis de Charlie Frank. Sa clientèle de pédiatre marchait admirablement : il se faisait plus de soucis pour ses jeunes patients que leurs propres mères et celles-ci lui en étaient reconnaissantes.

— Pourquoi dites-vous cela ?

— Pour rien, ce n'est qu'une sorte de pressentiment, répondit-il, le regard plein de tristesse.

— Que me suggérez-vous de faire ?

— Ne vous mêlez pas de ça, John. C'est une sale histoire, une très sale histoire.

— Je m'en souviendrai.

— Beaucoup de gens ont des positions très tranchées dans cette affaire.

— Moi aussi.

— … et beaucoup pensent que seuls les tribunaux sont compétents.

— Merci du conseil.

La pression sur mon bras devint plus forte.

— C'est en ami que je vous parle, John.

— O. K., Charlie. Je m'en souviendrai.

— C'est vraiment une sale histoire, John.

— Je m'en souviendrai.

— Ces gens ne se laisseront arrêter par rien.

— Quelles gens ?

Du coup, il lâcha mon bras, eut un petit haussement d'épaules embarrassé.

— Eh bien, de toute manière, vous devez prendre le parti que vous jugez le meilleur.

Sur ce, il me tourna le dos et disparut dans la foule.

Comme d'habitude, Fritz Werner était au bar. C'était un homme de haute taille et d'une maigreur effrayante, presque décharné. Ses cheveux toujours coupés court accentuaient encore ses grands yeux sombres et tristes. Il avait des manières d'oiseau, la démarche dégingandée et l'habitude de tendre son long cou en avant lorsqu'on lui adressait la parole, comme s'il entendait mal. On remarquait dans son caractère une pointe d'exaltation qui provenait peut-être de ses origines autrichiennes et peut-être de son tempérament d'artiste. Fritz avait la peinture pour violon d'Ingres et son cabinet était toujours en désordre, comme un vrai studio. Mais, pour gagner son pain, il exerçait la profession de psychiatre et passait sa vie à écouter patiemment les matrones d'âge mûr qui s'étaient enfin aperçues que quelque chose ne leur tournait plus rond dans la tête.

Fritz était tout sourire quand nous nous serrâmes la main.

— Tiens, tiens, voici notre empoisonneur de bonnes consciences !

— C'est bien ainsi que je commence à me voir.

Fritz jeta un regard circulaire sur la pièce.

— Combien de sermons jusqu'à présent ?

— Un seul. Charlie Frank.

— Oui. On peut toujours compter sur Charlie dès qu'il s'agit de donner un mauvais conseil.

— Et pas sur vous ?

— Votre femme est en beauté, ce soir, dit Fritz. Le bleu lui va à ravir.

— Je lui transmettrai le compliment.

— Charmante, vraiment. Comment vont les enfants ?

— Très bien, merci. Fritz, je...

— Et votre travail ?

— Écoutez, Fritz. J'ai besoin d'aide.

Il rit doucement.

— Ce n'est pas d'aide que vous avez besoin. C'est d'un véritable sauvetage.

— Fritz...

— Vous avez vu des tas de gens. Je suppose que vous avez rencontré tout le monde maintenant. Que pensez-vous de Bulle ?

— Bulle ?

— Oui.

Je fronçai les sourcils. Je n'avais jamais entendu parler de quelqu'un du nom de Bulle.

— Vous voulez dire Bulle, la strip-teaseuse ?

— Non. Je veux dire Bulle, la compagne de chambre.

— *Sa* compagne de chambre ?

— Oui.

— Celle de Smith College ?

— Grands Dieux, non ! Celle de l'été dernier, à Beacon Hill. Trois colocataires dans un appartement. Karen, Bulle et une troisième fille qui a certaines attaches avec la profession — infirmière, laborantine, je ne sais trop. Ces demoiselles formaient un fameux trio.

— Quel est le vrai nom de cette fille surnommée Bulle ? Que fait-elle ?

Quelqu'un vint au bar chercher un autre verre. Fritz se tourna vers la salle et prit un ton professionnel pour me dire :

— Tout cela me paraît assez sérieux. Vous feriez bien de me l'envoyer. Il se trouve que j'ai un peu de temps libre demain à deux heures et demie.

— Je vais arranger le rendez-vous.

— Très bien, dit Fritz. Ça m'a fait plaisir de vous revoir, John.

Nous nous serrâmes la main avant de nous quitter.

Judith bavardait avec Norton Hammond, lequel s'appuyait contre un mur dans une pose nonchalante. En me dirigeant vers eux, je me dis que Fritz avait raison : ma femme était en beauté ce soir. Puis, je m'aperçus que Hammond fumait une cigarette. Rien à redire, bien entendu, à ce détail près que Hammond ne fume pas.

Il n'avait pas de verre en main et fumait sans se presser, aspirant profondément chaque bouffée.

— Mon vieux, vous feriez bien d'y aller doucement avec ce genre de truc, lui dis-je.

Il éclata de rire.

— C'est ma protestation sociale de ce soir !

Judith intervint à son tour.

— J'ai essayé de lui faire comprendre que quelqu'un allait sentir l'odeur.

— Personne ici ne pourrait sentir quoi que ce soit, dit Hammond.

Il avait sans doute raison : la pièce n'était qu'une énorme tabagie, on ne s'y voyait presque plus.

— N'empêche. Faites attention.

— Réfléchissez une minute, dit-il en prenant une profonde bouffée. Plus de carcinome bronchogénique, plus de carcinome de la cellule en grain d'avoine, plus de bronchite ni d'emphysème chronique, plus de troubles cardiaques artériosclérotiques, plus de cirrhose, plus de Wernicke Korsakoff. C'est merveilleux.

— C'est illégal.

Hammond sourit et se lissa les moustaches.

— Vous prônez l'avortement mais pas la marijuana, c'est bien cela ?

— Je ne peux mener qu'une seule croisade à la fois.

Une idée me vint en regardant Hammond téter le bout de sa cigarette, s'emplir la bouche de fumée et exhaler de l'air.

— Norton, vous habitez Beacon Hill, n'est-ce pas ? Connaissez-vous une jeune fille nommée Bulle ?

Il éclata de rire.

— Tout le monde connaît Bulle. Bulle et le Génie. Ils sont toujours ensemble.

— Le Génie ?

— Oui. C'est son béguin du moment. Un compositeur de musique électronique. Il aime tout ce qui fait le même bruit que dix chiens aboyant de concert. Bulle et lui vivent ensemble.

— N'a-t-elle pas habité avec Karen Randall ?

— Je ne sais pas. Peut-être. Pourquoi ?

— Quel est le vrai nom de Bulle ?

Il haussa les épaules.

— Je ne l'ai jamais entendu appeler autrement. Mais le nom du gars est Samuel Archer.

— Où habite-t-il ?

— Quelque part derrière State House. Dans une cave que tous deux ont décorée pour lui donner l'aspect d'un vagin.

— D'un *vagin* ?

— Oui, faut le voir pour le croire, dit Norton, et il poussa un soupir d'aise en tirant sur sa cigarette.

X

Sur le chemin du retour, Judith semblait préoccupée, tendue. Elle se recroquevillait sur elle-même, s'entourant les genoux de ses bras. A force de se serrer les doigts, elle avait les jointures toutes blanches.

— Quelque chose qui ne va pas ?

— Non, dit-elle. Un peu de fatigue, tout simplement.

— Ce sont mesdames les épouses qui te tracassent ?

L'ébauche d'un sourire passa sur son visage.

— Tu deviens une célébrité. D'après ce que j'ai pu comprendre, tes initiatives ont tellement bouleversé Mrs. Wheatstone qu'elle en a raté une enchère au bridge de cet après-midi.

— Qu'as-tu encore entendu dire ?

— Toutes m'ont demandé pourquoi tu aidais Art. Elles trouvent que c'est un merveilleux exemple de solidarité envers un ami. Elles trouvent que tu fais preuve d'une humanité splendide qui réchauffe le cœur.

— Hum...

— Cela dit, elles m'ont redemandé pourquoi tu agissais ainsi.

— J'espère que tu as évoqué mes admirables qualités de cœur.

Elle sourit dans l'obscurité.

— J'aurais dû y penser.

N'empêche, elle avait la voix triste et son visage m'apparut tiré dans la faible lumière du tableau de bord. Je savais que, pour être aux côtés de Betty, elle avait à résoudre pas mal de problèmes. Mais il fallait que quelqu'un fît cette partie du travail.

Tout à coup, je ne sais pourquoi, je me souvins de mes

187

années à l'école de médecine et de Nell la Rouge. Nell la Rouge était une ancienne pocharde de soixante-dix-huit ans qui, avant de devenir notre « sujet », avait déjà passé un an à l'état de cadavre. Nous l'appelions Nell la Rouge et de beaucoup d'autres noms aussi, pour nous aider à voir la fin de notre travail. Je me rappelai à quel point j'avais envie de tout envoyer au diable, d'arrêter pour l'amour du ciel de trancher dans cette chair froide, humide et puante, d'arrêter enfin de décortiquer les couches cutanées. Je rêvais du jour où j'en aurais fini avec Nell, du jour où je pourrais l'oublier et oublier les odeurs et la sensation que donnait à mes doigts cette chair graisseuse de vieux cadavre. Tout le monde disait que ça devenait plus facile avec le temps ; moi, je voulais arrêter, tirer un trait là-dessus une fois pour toutes. Mais je n'ai pas arrêté, jusqu'à ce que toutes les dissections soient faites, le trajet de chaque nerf et de chaque artère suivi et appris par cœur.

Après avoir souffert ainsi devant la bidoche, je fus surpris de constater à quel point je m'intéressais à l'anatomie pathologique. J'aime ce travail et maintenant, mes yeux et mon nez supportent allégrement chaque nouveau cadavre, chaque nouvelle autopsie. D'ailleurs, pour une raison que j'ignore, les autopsies m'apportent chaque fois une étrange sensation d'espoir. Au cours d'une autopsie, vous avez entre les mains un homme, mort depuis peu, et dont vous connaissez l'histoire. Ce n'est pas un cadavre anonyme, mais un homme ou une femme qui, deux ou trois jours plus tôt, se lançait dans un duel, le seul véritable duel de la vie, un duel qu'il ou elle a perdu. Mon travail, c'est de découvrir comment et pourquoi mon sujet a perdu ; quand je trouve, j'aide d'autres êtres qui vont bientôt commencer le combat — et je m'aide moi-même. Mon travail est bien loin de la salle de dissection, où les cadavres existent dans une mort répugnante parce que exclusivement vouée à la technique, comme si le seul but de leur survie embaumée était de nous offrir une mort complète, palpable.

Nous arrivâmes à la maison, Judith entra pour voir s'il n'était rien arrivé de fâcheux aux gosses et pour donner un coup de fil à Betty. Moi, j'attendis la baby-sitter sur le seuil pour la reconduire. Elle s'appelait Sally, était de petite taille et de caractère effronté et exerçait les fonctions d'animatrice de la brigade des acclamations à l'école secondaire de Brookline. En temps normal, quand je la ramenais ainsi chez elle en voiture, nous parlions de choses neutres, sans danger : comment marchaient ses études, quelle université elle allait choisir, une petite conversation de tout repos. Mais ce soir, je me sentais vieux et hors du coup, comme quelqu'un qui revient d'un long séjour à l'étranger ; j'avais besoin de poser des questions. Tout était différent, même les jeunes. Ils n'étaient plus ce que nous étions à leur âge. Ils devaient répondre à d'autres défis, résoudre d'autres problèmes. Ou plutôt, ils avaient des drogues différentes. Les problèmes étaient peut-être restés les mêmes. Du moins, c'est ce que l'on aurait voulu croire.

Je finis par me persuader que j'avais trop bu à la réception et que je ferais mieux de tenir ma langue. Je laissai donc Sally parler de son permis de conduire et ne l'interrogeai sur rien d'autre. L'écouter me remplit d'un soulagement un peu lâche. Puis je me dis que c'était idiot, que je n'avais aucune raison de manifester la moindre curiosité à l'égard de la jeune fille qui venait à l'occasion garder mes enfants, aucune raison de vouloir la connaître mieux et que si j'essayais, cette initiative serait peut-être mal interprétée. Parler du permis de conduire était plus sûr : nous nous trouvions là sur un terrain solide, respectable, raisonnable.

Puis, sans raison, je pensai soudain à Alan Zenner. Et à quelque chose qu'Art dit dans le temps. « Si vous voulez en savoir plus sur notre monde, choisissez un programme d'interview à la télévision et coupez le son. » J'avais suivi son conseil quelques jours plus tard. C'était étrange : les visages qui s'animaient, les lèvres qui remuaient, les expressions, les mains. Mais aucun son. Rien du tout. On n'avait aucune idée de ce qu'ils pouvaient bien dire.

Je trouvai l'adresse dans l'annuaire des téléphones : Samuel F. Archer, 1334 Langdon Street. Je formai le numéro. Un enregistrement me répondit :

189

— Je suis désolé, le numéro que vous demandez n'est pas en service pour le moment. Veuillez ne pas raccrocher, la standardiste va vous donner d'autres renseignements.

J'attendis donc. Il y eut une série de cliquetis rythmés, comme si j'auscultais le cœur du téléphone, puis la voix de la standardiste :

— Renseignements. Quel numéro demandez-vous ?

— Sept-quatre-deux-un-quatre-quatre-sept.

— Cette ligne est coupée.

— Puis-je toucher l'ancien titulaire à un autre numéro ?

— Non, monsieur.

Samuel Archer avait peut-être déménagé, mais rien n'était moins sûr.

J'allai directement à l'adresse donnée par l'annuaire. L'appartement se situait dans une rue en pente raide sur le versant est de Beacon Hill, dans un immeuble de location tout décrépit. Le hall sentait le chou et le biberon. Par une volée d'escaliers en bois qui craquaient de façon sinistre, je descendis au sous-sol où une lumière verte scintillait au-dessus d'une porte peinte en noir.

Un écriteau disait : *Dieu se laisse pousser la barbe.*

Je frappai.

De l'intérieur me parvenaient des cris rauques, des piaulements, des gazouillis et quelque chose qui ressemblait à des gémissements. La porte s'ouvrit et je me trouvai face à un jeune homme d'une vingtaine d'années, à la barbe bien fournie et aux longs cheveux noirs humides. Il était vêtu de jeans, de sandales et d'une chemise pourpre à pois blancs. Il me regardait avec affabilité, sans montrer ni surprise ni intérêt.

— Vous désirez ?

— Je suis le docteur Berry. Êtes-vous Samuel Archer ?

— Non.

— Mr. Archer est-il chez lui ?

— Il est occupé pour le moment.

— Vous êtes un de ses amis ?

Il me couvrait d'un regard visiblement soupçonneux. J'entendis d'autres bruits encore — un grattement, un roulement et un sifflement prolongé jusqu'à l'extrême.

— J'ai besoin de son aide, dis-je.

Le jeune homme parut se détendre un petit peu.

— Le moment est mal choisi.

— C'est urgent.

— Vous êtes médecin ?

— Oui.

— Vous avez une voiture ?

— Oui.

— Quelle marque ?

— Chevrolet. 1965.

— Quel est le numéro ?

— Deux-un-un-cinq-un-six.

Il approuva d'un signe de tête.

— O. K. Désolé de vous poser toutes ces questions, mais vous savez comment les choses se passent aujourd'hui. On ne peut plus faire confiance à personne[1]. Entrez. Il fit un pas en arrière pour me laisser le passage. Mais ne dites rien, d'accord ? Je lui parlerai d'abord. Il compose et on ne l'en sort pas facilement. C'est la septième heure et tout devrait se passer très bien. Mais il y a parfois des accidents. Même aussi tard.

Nous traversâmes ce qui semblait être un living-room. Il y avait des divans de studio et quelques lampes bon marché. Les murs étaient blancs et peints d'étranges motifs en couleurs fluorescentes. Une lampe à ultraviolets accentuait encore l'impression produite.

— Un style très affranchi, dis-je, en espérant que c'était la chose à dire.

— Ouais, mon gars.

Nous entrâmes dans la pièce contiguë. Sous des lumières tamisées, un garçon de petite taille, au teint pâle, à l'énorme chevelure blonde et bouclée, était accroupi par terre, au milieu d'un assortiment d'appareils électroniques. Deux haut-parleurs s'appuyaient contre le mur, à l'autre bout de la pièce. Un enregistreur était en marche. Le garçon pâle s'affairait à ses machines, malmenait les interrupteurs et produisait les sons bizarres que j'avais entendus tout à

---

1. Le bruit court à Boston que les agents fédéraux des services de lutte contre les stupéfiants affectionnent les Chevrolet aux numéros minéralogiques commençant par 412 ou 414.

l'heure. Il semblait se concentrer le plus possible, mais ses mouvements manquaient de vivacité.

— Restez ici, dit le barbu. Je vais l'avertir.

Je demeurai planté devant la porte. Le barbu s'approcha de son copain et dit doucement :

— Sam. Sam !

Sam leva les yeux.

— Salut, dit-il.

— Sam, tu as une visite.

Cette nouvelle parut plonger Sam dans la perplexité.

— C'est vrai ? (Il ne m'avait pas encore vu.)

— Oui. Un homme très bien. Très, très bien. Tu me comprends ? Ton visiteur est très gentil.

— Bon, dit Sam.

La syllabe eut du mal à sortir.

— Il a besoin de ton aide. Est-ce que tu vas l'aider ?

— Sûr, dit Sam.

Le garçon barbu me fit signe. Je m'approchai de lui et lui demandai :

— Qu'est-ce qu'il prend ?

— L.S.D. Septième heure. Il devrait « redescendre » maintenant. Mais allez-y doucement, d'accord ?

— O.K., dis-je.

Je m'accroupis, moi aussi, pour me trouver au même niveau que Sam ; Sam me regardait d'un œil vide. Enfin, il dit :

— Je ne vous connais pas.

— Je suis John Berry.

Sam ne bougea pas d'un millimètre.

— Vous êtes vieux, mec, dit-il. Vraiment *vieux* !

— Ouais, en un sens oui. Beuh ! Eh, Marvin, poursuivit-il en levant les yeux sur son ami, t'as vu ce type ? Il est vraiment *vieux*.

— Oui, dit Marvin.

— Eh ben… beuh… l'est vieux.

— Sam, dis-je, je suis ton ami.

Et je lui tendis la main, doucement, pour ne pas l'effrayer. Au lieu de la serrer, il me prit les doigts, éleva ma main à la lumière. Il la retourna lentement, regarda la paume d'abord, ensuite le dos. Puis il fit bouger mes doigts.

— Eh, mec, dit-il tu es médecin.

— Oui.

— Tu as des mains de médecin, je le sens.

— Oui.

— Eh, mec, mince alors ! Des mains splendides.

Il se tut un instant pour examiner mes mains, les presser, les caresser, tâter les poils du dos, les ongles, le bout des doigts.

— Elles brillent, dit-il. Je voudrais avoir des mains comme ça.

— Peut-être as-tu les mêmes ?

Il laissa tomber mes mains et regarda les siennes. Enfin il dit :

— Non, ce n'est pas la même chose.

— Faut-il absolument que ce soit la même chose ?

Il me jeta un regard perplexe.

— Pourquoi es-tu venu ici ?

— J'ai besoin de ton aide.

— Ouais… oh !… O. K…

— J'ai besoin de quelques renseignements.

Je ne compris mon erreur qu'en voyant Marvin s'avancer d'un pas. Sam s'agitait ; je repoussai Marvin.

— Ne crains rien, Sam. Ne crains rien.

— T'es un flic, dit Sam.

— Non. Pas un flic. Je ne suis pas un flic, Sam.

— Si, tu mens !

— Il a souvent des crises de paranoïa, dit Marvin. C'est ça l'ennui avec Sam. Tout lui fait peur quand il « redescend ».

— T'es un flic, un sale flic.

— Non, Sam, je ne suis pas un flic. Si tu ne veux pas m'aider, ne t'en fais pas, je m'en vais.

— T'es un flic, une fiche, une chiffe, une miche.

— Non, Sam. Non, non. Alors, il se calma un peu, son corps se détendit, ses muscles se relâchèrent. Je respirai un grand coup.

— Sam, tu as une amie. Bulle.

— Oui.

— Sam, Bulle a une amie qu'on appelle Karen. Il regardait dans le vide et mit longtemps à répondre.

— Oui. Karen.

— Bulle vivait avec Karen l'été dernier.

— Oui.

— As-tu fait la connaissance de Karen ?

Il se mit à respirer très vite, sa poitrine se soulevait, ses yeux s'exorbitaient. Je lui mis la main sur l'épaule, une main aussi apaisante que possible.

— Doucement, Sam. Doucement. Il y a quelque chose qui ne va pas ?

— Karen, dit-il, le regard fixé sur le mur d'en face. Elle était… terrible.

— Sam…

— C'était la pire, mec. La pire…

— Sam, où est Bulle, maintenant ?

— Partie. Elle est en visite chez Angela. Angela…

— Angela Harding, dit Marvin. Elle, Karen et Bulle ont toutes les trois partagé une chambre pendant l'été.

— Où se trouve Angela maintenant ? demandai-je à Marvin.

A ce moment, Sam sauta debout et se mit à crier :

— Flic ! Flic !

Il voulut me lancer un crochet, ne me rata pas de beaucoup, essaya un coup de pied. Je lui attrapai le pied au vol et il tomba sur ses appareils électroniques. Trois tonalités aiguës, toujours répétées, firent vibrer les murs.

Marvin dit :

— Je vais chercher la thorazine.

— Au diable la thorazine ! fis-je. Donnez-moi un coup de main !

J'attrapai Sam par les épaules et le maintins à terre. Ses cris couvraient les glapissements de l'appareil.

— Flic ! Flic ! Flic !

Il lançait des coups de pied dans le vide, ses bras battaient l'air comme deux fléaux. Marvin essayait de m'aider, mais sans résultat. Sam se tapait la tête contre le plancher.

— Posez le pied sous sa tête.

Marvin ne réagit pas tout de suite.

— Allez, Bon Dieu !

Il mit le pied où je lui disais, pour empêcher Sam de se blesser la tête. Sam continuait à se débattre, à se tordre sous mon étreinte. Tout à coup, je desserrai ma prise. Il s'immobilisa aussitôt, regarda ses mains puis me regarda, moi.

— Eh, mec ! Qu'est-ce qui se passe ici ?

— Ça va, Sam. Ne t'en fais pas.

— Eh, mec, laisse-moi me relever.

Je fis un signe de tête à Marvin qui débrancha les appareils électroniques. Les hurlements cessèrent. La pièce parut étrangement silencieuse.

Sam s'assit sans me lâcher du regard.

— Eh, tu m'as lâché. Tu m'as vraiment libéré. Il me regardait droit dans les yeux. Mec, dit-il en me touchant la joue, tu es beau.

Et alors, il m'embrassa.

Quand je rentrai à la maison, Judith était au lit, les yeux grands ouverts, à m'attendre.

— Qu'est-ce qui s'est passé ?

— Je me suis fait embrasser, dis-je en ôtant ma chemise.

— Par Sally ? (Un certain amusement perçait sous la question.)

— Non. Par Sam Archer.

— Le compositeur ? Pourquoi ?

— C'est toute une histoire, dis-je.

— Je n'ai pas sommeil, riposta-t-elle.

Je racontai tout, puis me glissai dans le lit et embrassai ma femme.

— Amusant, dis-je, c'est la première fois qu'un homme m'embrasse.

Elle me caressait le cou.

— Ça t'a plu ?

— Pas tellement.

— C'est étrange, moi, ça me plaît, dit-elle, en m'attirant vers elle.

— Je parie que tu te fais toujours embrasser par des hommes.

— Certains valent mieux que d'autres.

— Qui vaut mieux que d'autres ?

— Tu vaux mieux que tous les autres.

— C'est une promesse ?

Du bout de la langue, elle m'embrassa le bout du nez.

— Non, dit-elle, c'est une invitation.

mon chemin. Tout à coup, je descends une prec... Il s'immobi-
lise aussitôt et ... à ses hanches puis me reg... moi.

— Blessée ? Ça t'est-ce qu... e pense tu ?
— Ça va. Sauf... No ? et fais que.
— Eh bien, laisse-moi me relever.

Je lis un sourire tôt à Marvin qui déta... les appareils de monition ... tournements ... le ciel. La cage d'un
étourdi ment disp...

Sans s'agit sans me fa... du regard...

— Bon, donc tu te lèches. Tu m'as ve... ment libéré. Il me
regardait avec dans des yeux. Mais dit-il on me touchant le
joue, tu es bien ...

Enfin, il m'embrasse.

Quand je tends et il le trait qui indifférait qu'il lit les yeux
grands ouverts à un instant.

— Qu'est-ce que s'est passé ?
— Je me suis fait embrasser ... je ... et que ma émerveillée
— Par Sally ? (Un certain amusement perçait sous la
question.)
— Non. Par Saul, ...
— Le compositeur ? Pourquoi ?
— C'est toute une histoire disais.
— Je n'ai rien sommeil, riposta-t-elle.
Je grimpai, puis me glissai dans le lit et efforçai ...
une femme...

— Amusant, dit-elle. C'est la première fois qu'un
homme m'embrasse...

Elle me caressait le cou.

— Ça t'a plu ?
— Pas tellement...
— C'est étrange, tout ça m'a plu, de elle, c'est ... situait
pres elle...
— Je parie que tu ne t'es toujours embrasser par des
hommes...
— Certains valent mieux que d'autres.
— Qui vaut mieux que d'autres ?
— Tu vaux mieux que tous les autres.
— C'est une promesse ?
— Tu bois de la langue, dit-il en embrassant le bout de nez.
— Non, dit-elle, c'est une invitation.

MERCREDI

12 OCTOBRE

I

Une fois par mois, le Seigneur s'apitoie un peu sur le
sort du Berceau de la Liberté et laisse le soleil briller sur
Boston. C'était le matin de ce jour béni : un jour frais,
clair, lumineux, avec ce petit froid vif qui fait le charme de
l'automne. A mon réveil, je me sentais bien, avec l'espoir
très net qu'il allait m'arriver des choses agréables.

Je pris un copieux petit déjeuner, y compris deux œufs
dont je savourai le cholestérol avec un plaisir coupable.
Puis, j'allai dans mon bureau préparer ma journée. Je
commençai par dresser la liste de toutes les personnes que
j'avais rencontrées ; j'essayai ensuite de déterminer qui
était suspect et qui ne l'était pas. Personne ne l'était vraiment.

Tant d'avortements sont provoqués par la femme elle-
même qu'elle devient automatiquement le premier suspect
dans toute affaire de ce genre. L'autopsie prouvait que
Karen avait dû se trouver sous anesthésique ; donc, ce
n'était pas elle qui avait opéré.

Son frère connaissait la façon de procéder, mais il était
de service au moment des faits. Cela, je pouvais le vérifier
et je le ferais peut-être par la suite mais, pour le moment,
je n'avais aucune raison de ne pas le croire.

Peter Randall et J.D. n'étaient à exclure ni l'un ni l'autre,
techniquement parlant. Mais je ne pouvais m'imaginer l'un
ou l'autre sous les traits de l'avorteur.

Ce qui me laissait Art, ou l'un des amis de Karen à Beacon Hill, ou quelqu'un que je n'avais pas encore rencontré et dont je ne soupçonnais peut-être même pas l'existence.

Je restai quelques minutes à examiner ma liste, puis j'appelai le Mallory Building au Municipal. Alice n'était pas là ; j'eus une autre secrétaire au bout du fil.

— Avez-vous le diagnostic anatomo-pathologique pour Karen Randall ?

— Quel est le numéro du dossier ?

— Je ne connais pas le numéro du dossier.

— Cela m'aiderait beaucoup si vous le connaissiez.

Irritable, la jeune personne !

— Soyez gentille et cherchez-moi quand même le diagnostic.

Je savais parfaitement que la secrétaire avait en plein sous les yeux un fichier lui donnant, rangés par ordre alphabétique et par numéro, les résultats de toutes les autopsies effectuées au cours du mois. Elle n'aurait donc aucune peine à trouver. Après un long silence, elle dit enfin :

— Voilà. Hémorragie vaginale subséquente à perforation et lacération utérines provoquées par un essai de curetage pour une grossesse de quatre mois. Le diagnostic secondaire est choc anaphylactique.

— Je vois, dis-je en fronçant les sourcils. Vous êtes absolument sûre ?

— Je lis ce qui est écrit.

— Merci beaucoup.

Et je raccrochai, perplexe, très mal à l'aise. Judith vint m'apporter une tasse de café et me demanda :

— Qu'est-ce qui se passe ?

— Le rapport d'autopsie dit que Karen Randall était enceinte.

— Quoi ?

— Oui.

— Et elle ne l'était pas ?

— J'ai toujours cru le contraire.

Je savais, bien sûr, que je pouvais me tromper. La grossesse avait pu être découverte bien que macroscopiquement inapparente à l'examen microscopique. Mais, d'une manière ou d'une autre, cette hypothèse ne me paraissait pas très plausible.

J'appelai le labo de Murphy pour voir s'il avait terminé son titrage des hormones sanguines ; il n'aurait les résultats que dans l'après-midi. Je dis que je rappellerais.

Puis, j'ouvris l'annuaire téléphonique pour y chercher l'adresse d'Angela Harding. Elle habitait Chestnut Street, un quartier « bien ».

Je me mis en route pour aller la voir.

Chestnut Street donne dans Charles Street, presque au pied de Beacon Hill. C'est un quartier très calme de maisons d'habitation, de magasins d'antiquités, de restaurants pittoresques et de petites épiceries ; la plupart des habitants sont de jeunes membres des professions libérales — médecins, avocats et banquiers — qui souhaitent avoir un domicile confortable et bien situé ; mais ne peuvent pas encore s'offrir Newton ou Wellesley. Les autres appartiennent aux mêmes professions mais sont plus âgés, dans la cinquantaine ou la soixantaine ; leurs enfants ont grandi, se sont mariés, ce qui a permis aux parents de revenir en ville. Et pour qui veut vivre à Boston, Beacon Hill est le seul quartier possible.

Bien entendu, quelques étudiants habitent aussi Chestnut Street mais, d'ordinaire, ils s'entassent à trois ou quatre dans de petits appartements : c'est la seule façon de réunir le montant du loyer. Les plus vieux habitants du quartier semblent aimer les étudiants qui mettent un peu de couleur et de jeunesse dans le voisinage. Entendons-nous bien, ils aiment les étudiants aussi longtemps que ces derniers consentent à se laver et à se tenir correctement.

Angela Harding vivait au deuxième étage d'un immeuble sans ascenseur : je frappai à la porte. Une jeune fille vint m'ouvrir ; elle était svelte, elle avait les cheveux noirs, portait une minijupe et un pull-over. Elle avait une fleur peinte sur la joue et de grandes lunettes aux verres teintés de bleu.

— Angela Harding ?

— Non, dit la fille. Vous arrivez trop tard. Elle est déjà partie. Mais elle va peut-être rentrer dans un moment.

— Je suis le docteur Berry, spécialiste en pathologie.

— Oh !

La fille se mordit la lèvre et me lança un regard incertain.

— Vous êtes Bulle, sans doute ?

201

— Oui. Comment le savez-vous ? Mais aussitôt, elle claqua des doigts en trouvant elle-même la réponse. J'y suis ! C'est vous qui êtes allé chez le Génie hier soir.

— Oui.

— On m'a prévenue de votre visite.

— Parfait.

Elle recula pour me laisser le passage.

— Entrez donc.

Il n'y avait presque pas de meubles dans l'appartement. Dans le living, rien qu'un divan et quelques coussins sur le plancher ; par l'entrebâillement d'une porte, j'aperçus un lit défait.

— Bulle, j'essaie de découvrir la vérité sur Karen Randall.

— C'est ce qu'on m'a dit.

— Est-ce ici que vous avez vécu toutes les trois l'été dernier ?

— Ouais.

— Quand avez-vous vu Karen pour la dernière fois ?

— Je ne l'ai plus vue depuis des mois. Angela non plus.

— Angela vous a dit cela elle-même ?

— Oui. Bien sûr.

— Quand vous a-t-elle dit cela ?

— Hier soir. Nous parlions de Karen hier soir. Voyez-vous, nous venions seulement d'apprendre son... euh... accident.

— Qui vous a prévenues ?

Elle haussa les épaules.

— Le bruit en a couru.

— Quel bruit ?

— Que Karen s'était fait avorter et y était restée.

— Connaissez-vous le responsable ?

— Ils ont coffré un médecin quelconque. Mais vous savez ça aussi bien que moi.

— En effet.

— C'est probablement lui qui l'a fait, dit-elle en haussant les épaules. D'un revers de la main, elle écarta ses longs cheveux noirs de son visage. Elle avait la peau très pâle. Mais je ne sais pas au juste.

— Que voulez-vous dire ?

— Eh bien, Karen était tout le contraire d'une imbécile. Elle connaissait la musique. Et puis, elle était déjà passée par là, notamment l'été dernier.

— Un avortement ?

— Ouais. C'est ça. Et après, je vous jure qu'elle n'avait pas le cœur à rire. Elle a eu deux ou trois mauvais « voyages », de véritables catastrophes, et ça l'a toute retournée. Elle devenait facilement enceinte et elle savait que c'était une sale histoire parce que, alors, elle ne supportait pas bien la drogue. Pendant quelques semaines après l'avortement, nous avons voulu l'empêcher de prendre quoi que ce soit, mais elle n'a rien voulu entendre et ça a mal tourné. Vraiment mal tourné.

— Que voulez-vous dire ?

— Un jour, elle a cru qu'elle était devenue le scalpel. Elle grattait tout dans la pièce et elle hurlait qu'il y avait du sang partout, que les murs étaient couverts de sang. Et elle croyait que les fenêtres étaient des bébés et qu'ils devenaient tout noirs avant de mourir. C'était vraiment terrible, ce jour-là.

— Qu'avez-vous fait ?

— On s'est occupé d'elle, dit Bulle en haussant les épaules. Que pouvions-nous faire d'autre ?

Elle tendit le bras vers une table et y prit un petit pot de verre et un petit anneau en fil de fer. D'un geste vif, elle leva l'anneau en l'air, un flot de bulles s'en échappa et se mit à planer doucement vers le sol. La jeune fille les regardait. L'une après l'autre, les bulles éclataient en touchant terre.

— Vraiment terrible !

— L'été dernier, dis-je, qui a fait l'avortement ?

Bulle éclata de rire.

— Je ne sais pas.

— Qu'est-ce qui s'est passé ?

— Eh bien, elle s'est fait faire un gosse. Alors, elle nous annonce qu'elle va s'en débarrasser, elle disparaît pour la journée et quand elle revient, elle est tout sourire, l'image même du bonheur.

— Pas de complications ?

— Aucune. Elle lança un autre flot de bulles et les

regarda descendre. Pas la moindre. Excusez-moi une minute.

Elle passa dans la cuisine, se versa un verre d'eau et avala une pilule.

— L'effet commençait à se dissiper, dit-elle. Vous connaissez cela, non ?

— Qu'est-ce que c'est ?

— Des bombes.

— Des bombes ?

— Naturellement. Et vous connaissez très bien cela, dit-elle avec un geste impatient de la main.

— Des amphétamines ?

— De la méthédrine.

— Vous en prenez continuellement ?

— Voilà bien les médecins ! A nouveau, elle rejeta ses cheveux en arrière. Toujours à poser des questions.

— Comment vous approvisionnez-vous ?

J'avais vu la capsule. Elle faisait au moins cinq milligrammes. La plupart du temps, la marchandise du marché noir ne dépassait pas le milligramme.

— N'y pensez plus, dit-elle. D'accord ? Oubliez cela, tout simplement.

— Si vous voulez que j'oublie, pourquoi m'avez-vous laissé voir que vous en preniez ?

— Et malin avec ça !

— Simple curiosité.

— Je voulais vous épater un peu, dit-elle.

— Peut-être avez-vous réussi.

— Peut-être, fit-elle en éclatant de rire.

— Karen prenait aussi des amphétamines ?

— Karen prenait de tout, soupira Bulle.

Je dus paraître stupide, car la jeune fille se donna quelques petits coups du doigt sur le coude, pour imiter une injection intraveineuse.

— Personne d'autre ne s'injecte les bombes. Mais Karen voulait toujours aller jusqu'au bout.

— Ses voyages...

— L.S.D. Une fois du D.M.T.

— Comment se sentait-elle après ?

— Malade à en crever. Complètement fichue. Vidée.

Voulait plus entendre parler de drogue. C'étaient de mauvais voyages comme je vous ai dit. Vraiment mauvais.

— Cette répugnance pour la drogue a-t-elle persisté ?

— Ouais. Le reste de l'été. N'a même plus couché une seule fois avec un type pour le reste de l'été. Comme si elle avait peur.

— Vous en êtes sûre ?

— Ouais, dit-elle. Absolument sûre.

Je jetai un regard circulaire sur l'appartement.

— Où est Angela ?

— Sortie.

— Où est-elle allée ? J'aimerais lui parler.

— Elle a bien besoin de vous parler en ce moment !

— Elle a des ennuis ?

— Non.

— J'aimerais lui parler.

Bulle haussa les épaules.

— Allez-y, si vous parvenez à la trouver.

— Où est-elle ?

— Je vous l'ai dit. Sortie.

— J'ai cru comprendre qu'elle était infirmière.

— C'est juste, dit Bulle. Vous avez...

A ce moment, la porte s'ouvrit, une grande jeune fille fit irruption dans la pièce en disant :

— Ce salaud n'est nulle part, il se cache, ce dégoûtant...

Elle s'arrêta net en m'apercevant.

— Salut, Ang, dit Bulle. Elle me désigna d'un signe de tête. Tu as une visite. Il n'est plus tout jeune, mais il n'est pas désagréable.

Angela Harding alla se vautrer sur le divan et alluma une cigarette. Elle portait une robe noire très courte, des bas résille et des bottes de cuir verni noir. Elle avait de longs cheveux sombres et un visage dur, d'une beauté classique, où les os semblaient sculptés au ciseau ; un visage de modèle. J'avais peine à me l'imaginer dans ses fonctions d'infirmière.

— C'est vous qui cherchez des renseignements sur Karen ?

J'acquiesçai.

— Asseyez-vous, dit-elle. Mettez-vous à l'aise.

— Ang, je ne lui ai pas dit...

— Va me chercher un Coca, veux-tu, Bulle. Bulle passa dans la cuisine sans un mot de protestation. Vous voulez aussi un Coca ?

— Non, merci.

Angela haussa les épaules.

— A votre guise.

Elle téta une dernière bouffée de sa cigarette, écrasa le mégot dans un cendrier. Ses mouvements étaient vifs, mais elle ne perdait pas son sang-froid, son visage gardait une certaine expression de calme. Elle baissa la voix pour me dire :

— Je ne voulais pas parler de Karen devant Bulle. Cette histoire la bouleverse.

— La mort de Karen ?

— Oui. Elle était très intime avec Karen.

— Et vous ?

— Moins.

— Pourquoi ?

— Karen nous a fait beaucoup d'effet au début. Brave fille, un peu trop affranchie, mais amusante. Gros effet au début. Alors, nous avons décidé de partager une chambre à nous trois. Par la suite, Bulle est allée vivre avec le Génie et je suis restée seule avec Karen. Ce n'était pas si facile.

— Pourquoi pas ?

— Cette gosse était folle. Complètement cinglée.

Bulle revint avec le Coca.

— Ce n'est pas vrai.

— Pas avec toi. Elle te jouait la comédie, à toi.

— Tu es tout simplement en rogne parce que...

— Ouais. Tu as raison. Bien sûr. Angela perdait son beau calme, s'agitait sur son divan. Se tournant vers moi, elle expliqua : — Bulle parle de Jimmy. Un résident que je connaissais, au service d'obstétrique.

— C'était le service où vous travailliez ?

— Oui. Il y avait quelque chose entre Jimmy et moi et j'ai cru que cette fois, c'était pour de bon. Et c'était, j'en suis sûre. Puis, Karen s'en est mêlée.

Angela alluma une autre cigarette et évita mon regard. Je n'aurais pu dire si elle me parlait ou si elle parlait à

Bulle. De toute évidence, les deux filles n'étaient pas d'accord à propos de ce Jimmy.

— Je n'aurais jamais cru qu'elle allait faire une chose pareille, dit Angela. Pas à sa propre compagne de chambre. Je veux dire, il y a des règles, quand même...

— Elle l'aimait bien, dit Bulle.

— Elle l'aimait *bien*. Ouais, je suppose que c'est juste. Elle l'aimait bien. Pour soixante-douze heures, pas une de plus.

Angela se leva d'un bond et se mit à arpenter la pièce. Sa jupe lui arrivait à peine à mi-cuisses. C'était une fille d'une beauté frappante, beaucoup plus belle que Karen.

— Tu n'es pas juste, dit Bulle.

— Je n'ai pas envie d'être juste.

— Tu sais que tu es en train de mentir. Tu sais que Jimmy...

— Je ne sais rien du tout, dit Angela. Ou plutôt si, je sais que Jimmy est en train de finir sa résidence à Chicago et que je ne suis pas avec lui. Peut-être que si j'étais avec lui...

Elle s'arrêta court.

— Peut-être, dit Bulle.

— Peut-être quoi ? demandai-je.

— Parlons d'autre chose, dit Angela.

— Quand avez-vous vu Karen pour la dernière fois ?

— Je ne sais pas au juste. Un jour ou l'autre du mois d'août, sans doute. Avant qu'elle recommence ses études.

— Vous ne l'avez pas vue dimanche passé ?

— Non, dit-elle, sans s'arrêter de marcher comme un lion en cage, sans même changer de pas. Non.

— C'est drôle. Alan Zenner l'a vue dimanche passé.

— Qui ?

— Alan Zenner. Un de ses amis.

— Tiens, tiens...

— Il l'a vue et elle lui a dit qu'elle allait venir ici tout de suite après.

Angela et Bulle échangèrent un regard. Bulle dit :

— Le sale petit...

— Ce n'est pas vrai ? demandai-je.

207

— Non, dit Angela, les lèvres pincées. Nous ne l'avons pas vue.

— Mais il l'affirme de façon catégorique.

— Elle doit avoir changé d'avis. Ça lui arrivait neuf fois sur dix, voyez-vous. Karen changeait d'avis si souvent qu'on se demandait si elle avait un avis, en fin de compte.

— Ang, écoute…

— Va me chercher un autre Coca, veux-tu, Bulle ?

On ne pouvait se tromper au ton de commandement. Docile, Bulle se leva pour aller chercher un autre Coca.

— Bulle est bien gentille, dit Angela, mais un peu naïve. Elle aime les histoires qui finissent bien. C'est pourquoi elle prend tellement à cœur ce qui est arrivé à Karen.

— Je vois.

Elle arrêta sa ronde et vint se planter en face de moi. Son corps prit une rigidité qui se fondit lentement en un calme glacial.

— Aviez-vous une question particulière à me poser ?

— Simplement si vous aviez vu Karen ?

— Non. La réponse est non.

Je me levai.

— Eh bien, dans ce cas, excusez-moi de vous avoir fait perdre votre temps.

Angela me répondit d'un signe de tête. Je marchai vers la porte. Au moment où je sortais, j'entendis Bulle demander :

— Il s'en va ?

Et Angela de répondre :

— La ferme !

II

Un peu avant midi, j'appelai le bureau de Bradford et appris qu'un avocat de la maison allait se charger de l'affaire Lee. Un certain George Wilson. On me mit en communication avec lui. Au téléphone, il donnait une impression d'aisance, de grande confiance en soi ; il accepta de prendre un verre avec moi, mais pas au Trafalgar Club. Plutôt chez Thompson l'Écraseur, un bar du centre.

Ensuite, je déjeunai dans un *drive-in* et lus les journaux du matin. L'arrestation d'Art était maintenant connue et faisait grand bruit à toutes les premières pages, bien que la presse ne fît encore aucune corrélation entre mon ami et la mort de Karen Randall. Une photo d'Art accompagnait l'article. Il avait sous les yeux les cernes noirs du sadique. Ses cheveux étaient en désordre, les coins de sa bouche tombaient de façon sinistre. Cette photo aurait pu représenter n'importe quel brigand de bas étage.

Les articles ne disaient pas grand-chose, donnant simplement un compte rendu sommaire de son arrestation. Mais les textes n'avaient pas à dire grand-chose, la photo parlait pour eux. Dans un sens, c'était très habile. Une photo peu flatteuse ne suffisait pas à la défense pour exciper d'une publicité préjudiciable avant le procès.

Après mon déjeuner, je fumai une cigarette et tentai de rassembler les pièces du puzzle. Sans grand succès. Les descriptions qu'on m'avait données de Karen étaient trop contradictoires, trop peu sûres. Je ne pouvais me représenter clairement ce qu'elle avait été ou ce qu'elle avait pu faire. Et surtout ce qu'elle avait pu faire en arrivant à Boston, enceinte et en quête d'un avorteur.

A une heure, je rappelai le labo de Murphy. Murphy me répondit en personne.

— Hormones à gogo…

— Hello, Murph. Quoi de neuf ?

— A propos de Karen Randall ?

— Tiens, tiens ! Vous avez fait votre petite enquête personnelle, Murph ?

— Pas exactement, dit-il, mais le Municipal vient de m'appeler. Weston à l'appareil. Voulait savoir si vous m'aviez apporté un échantillon sanguin.

— Et qu'avez-vous répondu ?

— Oui.

— Et alors ?

— Voulait connaître les résultats. Je les lui ai donnés.

— Quels sont les résultats ?

— Tous les taux d'hormones et de métabolites dérivés

209

sont au plus bas. Elle n'était pas enceinte. Absolument impossible.

— O. K. Merci.

Murph venait de rendre un peu de vigueur à ma théorie. Pas beaucoup, mais tout de même…

— Vous allez m'expliquer toute cette histoire, John ?

— Pas maintenant, dis-je.

— Vous me l'aviez promis.

— Je sais. Mais attendez encore un peu.

— J'étais sûr que vous me traiteriez ainsi, dit Murph. Sarah va m'en vouloir à mort.

Sarah, c'était sa femme, et elle ne vivait que pour le commérage.

— Je suis désolé, Murph, mais je ne peux pas pour le moment.

— C'est dégoûtant d'agir de la sorte avec un vieil ami !

— Désolé, Murph.

— Si Sarah demande le divorce, je vous cite comme coaccusé !

III

J'arrivai au labo de pathologie du Mallory à trois heures. La première personne que je rencontrai fut Weston, qui avait l'air fatigué. Il me salua d'un sourire en coin.

— Qu'avez-vous trouvé ? dis-je.

— En ce qui concerne la grossesse, l'examen est négatif, dit-il.

— Ah ?

— Oui. Il s'empara du dossier contenant le protocole d'autopsie et le feuilleta. Pas le moindre doute.

— J'ai appelé votre service un peu plus tôt, et on m'a répondu que le résultat était : grossesse de quatre mois.

Weston questionna posément :

— A qui avez-vous parlé ?

— A une secrétaire.

— Il doit y avoir eu une erreur.

— Je suppose, dis-je.

Il me tendit le dossier.

— Désireux d'examiner les coupes à votre tour ?

— J'aimerais beaucoup en effet.

Nous nous rendîmes à la salle de microscopie, une longue salle divisée en compartiments individuels, où les pathologistes gardent leurs microscopes et leurs coupes, et rédigent leur protocole d'autopsie.

Nous entrâmes dans l'une des cabines.

— Nous y sommes, fit Weston, montrant du doigt une boîte de coupes. Je suis curieux de connaître votre opinion à leur sujet quand vous les aurez examinées.

Il me laissa et je m'assis en face du microscope, allumait la lumière et me mis au travail. Il y avait trente coupes dans la boîte, prélevées dans les principaux organes. Six d'entre elles provenaient de différentes régions de l'utérus : je commençai par elles.

Il sautait aux yeux que la fille n'était pas enceinte. L'endomètre n'était pas hyperplasié. Au contraire, il apparaissait quiescent et atrophique, avec une couche proliférative mince, quelques rares glandes, et une vascularisation diminuée. J'examinai plusieurs autres coupes pour être sûr. Toutes étaient identiques. La seule différence était que certaines montraient des images de thrombose dues au curetage.

Tout en regardant les coupes, je songeais à leur signification. La fille n'était pas enceinte ; et pourtant, elle était convaincue qu'elle l'était. Ses menstruations avaient donc dû s'interrompre. Ceci pouvait expliquer l'aspect quiescent de l'endomètre. Mais qu'est-ce qui avait provoqué l'arrêt des règles ? Je parcourus mentalement le diagnostic différentiel.

Chez une gosse de cet âge, le facteur nerveux vient immédiatement à l'esprit. La tension et l'excitation du début des études, jointes à la transplantation dans un nouvel environnement, pouvaient avoir supprimé temporairement les menstruations — mais pas pendant quatre mois, et pas avec les signes associés : obésité, modification du système pileux, etc.

Viennent ensuite les troubles hormonaux. Syndromes surrénaliens virilisants, maladie de Stein-Leventhal, conséquences d'une irradiation. Pour l'une ou l'autre raison, chacune de ces affections paraissait peu probable ; il existait d'ailleurs un moyen permettant de trancher rapidement.

Je plaçai la coupe de surrénale sous le microscope. Il existait une évidence nette d'atrophie, en particulier dans la zone réticulée : la zone glomérulaire apparaissait normale.

— Éliminés : les syndromes virilisants et la tumeur surrénale.

Je portai alors mon attention sur les ovaires : ici, les altérations étaient frappantes. Les follicules étaient petits, immatures, d'aspect flétri. Tout l'organe, de même que l'endomètre, avait un aspect quiescent.

Éliminés : le Stein-Leventhal et la tumeur ovarienne.

Finalement, je plaçai sous le microscope la coupe thyroïdienne. Même à faible grossissement, l'atrophie de la glande était apparente. Les follicules étaient rapetissés, et les cellules bordantes, basses. Hypothyroïdisme évident.

Ce qui signifiait que la thyroïde, les surrénales et les ovaires étaient tous atrophiés. Le diagnostic était clair, si l'étiologie ne l'était pas. J'ouvris le dossier et parcourus le protocole officiel. Weston l'avait rédigé dans son style net et direct. J'arrivai aux commentaires des préparations microscopiques. Il avait noté que l'endomètre était bas et d'aspect aberrant, mais il avait considéré les autres glandes comme étant « d'apparence normale, avec quelques signes d'atrophie débutante.

Je fermai le dossier et allai trouver Weston.

Son bureau était grand, tapissé de livres et très soigné. Il était assis derrière un lourd bureau ancien, fumant une pipe de bruyère. Il avait l'air érudit et vénérable.

— Il y a quelque chose qui ne va pas ? demanda-t-il.

J'hésitai. Je m'étais demandé s'il avait voulu dissimuler, s'il s'était joint au groupe des autres qui voulaient monter une cabale contre Art. Mais c'était ridicule. Weston ne pouvait pas être acheté, pas à son âge, pas avec sa réputation.

D'ailleurs, il n'était pas spécialement proche de la famille Randall. Il n'aurait aucune raison de falsifier le rapport.

— Oui, dis-je, votre diagnostic microscopique m'étonne.

Il tira calmement une bouffée de sa pipe.

— Tiens ?

— Oui. Je viens de revoir les coupes, et elles me semblent très atrophiques. Je pensais que peut-être…

— Eh bien, John, dit Weston, avec un mince sourire. Je sais ce que vous allez me dire. Vous pensez que je devrais peut-être les regarder à nouveau. Il me sourit plus franchement. Je les *ai* revues. Deux fois. Ceci est une autopsie importante, et je l'ai exécutée avec tout le soin dont je suis capable. La première fois que je les ai examinées, j'ai trouvé, comme vous, qu'elles paraissaient démontrer l'existence d'un état d'hypopituitarisme affectant les trois glandes réceptrices : thyroïde, surrénales, gonades. Cette impression était très forte, aussi suis-je retourné aux viscères. Comme vous avez pu le constater vous-même, les viscères ne montraient pas d'anomalies frappantes.

— Les troubles glandulaires peuvent être d'apparition récente, rétorquai-je.

— En effet, dit-il, c'est possible. C'est ce qui rend les choses si difficiles. Et puis, d'autre part, nous aurions aimé pouvoir regarder le cerveau, et y chercher une tumeur ou une thrombose apparente. Mais ce n'était pas possible : le corps a été incinéré ce matin.

— Je vois.

Il me sourit à nouveau.

— Asseyez-vous, John. Vous m'énervez à rester campé comme cela. Quand je me fus assis, il ajouta : — De toute façon, j'ai réexaminé les viscères, puis je suis retourné aux coupes. Cette fois, j'étais moins certain. Je n'étais plus pleinement convaincu. C'est pourquoi, je me suis reporté à certains cas anciens de panhypopituitarisme. J'ai examiné les coupes correspondantes et, finalement, j'ai scruté les coupes Randall une troisième fois. A partir de ce moment, j'ai compris que je n'étais plus si certain du diagnostic de dysfonction hypophysaire. Plus je regardais, plus mon incertitude augmentait. J'aurais voulu qu'un argument vînt corroborer mon hypothèse : examen cérébral, radio ou dosage des hormones sanguines. C'est pourquoi j'appelai Jack Murphy.

— Oh ?

— Oui. Sa pipe s'était éteinte ; il la bourra à nouveau. J'avais soupçonné que vous aviez pris un échantillon de sang pour y faire doser de l'œstradiol, et que vous en aviez chargé Murphy. Je voulais également savoir si vous aviez également décidé de faire déterminer le taux d'autres hormones, thyréostimuline, A.C.T.H., et tout ce qui pouvait se révéler utile.

— Pourquoi ne m'avoir pas appelé, moi ?

— Je l'ai fait, mais votre labo m'a répondu qu'on ne savait pas où vous étiez.

Je hochai la tête. Tout ce qu'il avait dit était parfaitement raisonnable. Je sentais mon corps se détendre progressivement.

— A propos, dit Weston, j'ai appris que des radios du crâne de Karen Randall avaient été prises il y a quelque temps. Avez-vous quelque idée de ce qu'elles montraient ?

— Rien, dis-je. Elles étaient négatives.

Weston soupira :

— C'est une pitié !

— Je vais tout de même vous dire quelque chose d'intéressant, ajoutai-je.

— De quoi s'agit-il ?

— On les a demandées parce que Karen se plaignait de vision brouillée.

Weston soupira à nouveau.

— John, savez-vous quelle est la cause la plus fréquente de ce genre de symptôme visuel ?

— Non.

— Le manque de sommeil, dit Weston. Il plaça sa pipe dans le coin de sa bouche et la serra entre ses dents. Que feriez-vous à ma place ? Poser un diagnostic basé sur des plaintes subjectives ayant conduit à un examen radiographique normal ?

— Les coupes sont suggestives, lui rappelai-je.

— Mais rien de plus que suggestives. Il secoua lentement la tête. C'est déjà un cas embrouillé, John. Je ne vais pas l'embrouiller un peu plus en lançant un diagnostic dont je ne suis pas sûr. Après tout, je puis être appelé à témoigner devant le tribunal pour le défendre. Et je n'ai pas envie de prendre des risques. Si l'accusation ou la défense souhaitent trouver un pathologiste prêt à réexaminer le matériel, puis à prendre *ses* risques, c'est fort bien. Le matériel est ici, à la disposition de quiconque veut l'utiliser. Mais je n'ai pas l'intention de me risquer. Mes années dans la salle du tribunal m'ont appris au moins une chose.

— C'est-à-dire ?

— N'adoptez jamais une position à moins que vous soyez en mesure de la défendre contre n'importe quelle attaque. Cela peut paraître un conseil qui sent un peu son état-major, dit-il en souriant, mais quoi ? un tribunal n'est rien d'autre qu'un champ de bataille très civilisé.

IV

Il fallait que je voie Sanderson. J'avais promis de lui rendre visite et maintenant, j'avais terriblement besoin de ses conseils. Mais en pénétrant dans le hall du Lincoln, je tombai sur Harry Fallon.

Il se glissait le long d'un couloir, rasant les murs, vêtu d'un imperméable et le chapeau rabattu sur les yeux. Harry est spécialiste en médecine interne et possède une importante clientèle dans les faubourgs résidentiels de Newton. Ayant été acteur jadis, il ne résiste pas toujours à l'attrait de la clownerie. Je le saluai et il souleva d'un doigt nonchalant le bord de son chapeau. Harry avait le visage tiré, les yeux injectés de sang.

— J'ai un rhube, dit-il.

— Qui est-ce qui vous soigne ?

— Gordon. Le cheb résident. Harry sortit un Kleenex de sa poche et se moucha bruyamment. Il be soigne bour mon mauvais rhube.

J'éclatai de rire.

— A vous entendre, on dirait que vous avez avalé une balle de coton.

— Berci beaugoup. Il renifla. Y a pas de quoi rire...

Harry avait raison, bien sûr. Tous les praticiens redoutent la maladie comme la peste. Même un petit rhume peut nuire à leur réputation, à ce qu'on appelle, faute de mieux, la relation médecin-malade, et toute maladie sérieuse devient une question de vie ou de mort sur le plan professionnel. Quand le vieux Henley a fini par attraper une glomérulonéphrite chronique, il a dépensé des trésors d'ingéniosité pour cacher la chose à ses malades. Il allait voir son propre docteur au milieu de la nuit en se faufilant le long des rues comme un voleur.

— Harry, votre rhume n'a pas l'air trop grave.

— Ah, vous groyez ? Egoutez ça ! Derechef, il se moucha, ce qui donna un son à mi-chemin entre une corne de brume et le râle d'un hippopotame agonisant.

— Depuis quand souffrez-vous de ce rhume ?

— Deux jours. Deux jours d'avreuses dordures. Bes balades commencent à s'en douter.

— Qu'est-ce que vous prenez ?

— Des grogs brûlants. C'est ce qu'il y a de bieux pour un rhube. Mais le bonde a décidé ba berte, John. Aujourd'hui, en blus de mon rhube, j'ai eu un diguet.

— Un diguet ?

— Oui, un diguet, une gondravention pour stationnement en double vile.

J'éclatai de rire, mais une arrière-pensée me tracassait, une chose dont, j'en étais sûr, j'aurais dû me souvenir et à quoi je devais réfléchir, mais que j'avais oubliée et à laquelle je n'avais plus pensé.

Un sentiment étrange et bien irritant.

Je rencontrai Sanderson dans la bibliothèque de l'anapath. C'est une salle carrée avec des tas de chaises pliantes, un écran et un projecteur. Des conférences de pathologie y sont données, au cours desquelles les autopsies sont passées en revue, et cela de façon tellement fréquente qu'il vous est pratiquement impossible d'entrer pour consulter les ouvrages de la bibliothèque. Sur les rayons, dans des classeurs, se trouvaient les protocoles de chaque autopsie effectuée au Lincoln depuis 1923, année où nous commençâmes à tenir convenablement en ordre nos archives. Avant cette époque, personne n'avait une idée vraiment précise du nombre de patients qui mouraient de telle ou telle maladie, mais comme la connaissance de la médecine et du corps humain s'améliorait, ce genre d'information devenait d'une importance vitale. Une preuve de l'intérêt accru était le nombre d'autopsies accomplies ; tous les rapports de 1923 remplissaient un mince classeur ; mais en 1965, il avait fallu un demi-rayon pour loger tous les protocoles. A présent, plus de soixante-dix pour cent de tous les patients qui décédaient à l'hôpital étaient autopsiés, et on parlait de mettre sur microfilms les protocoles destinés à la bibliothèque.

Dans un coin de la pièce, je vis une cafetière électrique portative, un sucrier, une pile de gobelets de carton et une pancarte qui disait : *Cinq cents la tasse. Honneur de scout* ! Sanderson était occupé à manipuler la cafetière, essayant de la mettre en marche. La cafetière représentait un défi très ancien ; la légende voulait que personne ne fût autorisé à terminer sa résidence en pathologie à Lincoln avant d'avoir réussi à la mettre en marche.

— Un jour ou l'autre, marmotta Sanderson, je m'électrocuterai avec ce foutu machin. Il enfonça la prise ; des crépitements se firent entendre. Moi, ou quelque autre pauvre crétin. De la crème et du sucre ?

— S'il vous plaît, dis-je.

Sanderson remplit deux gobelets, tenant le pot à bout de bras. Sanderson était notoirement mauvais avec tout ce qui était mécanique. Il avait une compréhension superbe, presque instinctive, du corps humain et de ses fonctions, en chair et en os, mais les ustensiles mécaniques, métalliques et électriques, ça... c'était au-delà de ses capacités. Il vivait dans la terreur constante que sa voiture, sa télévision, ou sa chaîne stéréophonique ne se détraquent : il les regardait comme autant de traîtres ou de déserteurs en puissance.

Il était grand, puissamment bâti et il avait dans le temps fait partie de l'équipe d'aviron « poids lourds » de Harvard. Ses avant-bras et ses poignets avaient la dimension des mollets d'un homme moyen. Il avait une face solennelle et pensive ; il aurait pu être un juge, ou encore un excellent joueur de poker.

— Weston a dit quelque chose d'autre ? demanda-t-il.

— Non.

— Vous paraissez malheureux.

— Disons que je suis tracassé.

Sanderson hocha la tête.

— Je pense que vous vous trompez de direction, dit-il. Weston ne voudrait maquiller un rapport pour personne. S'il a dit que le diagnostic n'était pas certain, alors, c'est qu'il ne l'est pas.

— Peut-être devriez-vous jeter vous-même un coup d'œil sur les coupes.

— J'aimerais beaucoup, répondit Sanderson, mais vous savez que c'est impossible.

Il avait raison. S'il se montrait à Mallory, et demandait à voir les coupes, cela serait ressenti par Weston comme une insulte personnelle. Le genre de choses qu'on ne faisait pas. Je dis :

— Peut-être… s'il vous le demandait ?

— Pourquoi le ferait-il ?

— Je ne sais pas.

— Weston a posé un diagnostic qu'il a contresigné de son nom. L'affaire est close, à moins qu'elle ne soit rouverte devant le tribunal.

J'eus l'impression de sombrer. Tout au long des jours précédents, j'en étais arrivé à croire fermement qu'on n'irait pas jusque-là. Tout procès, même se terminant par un acquittement, causerait un tort énorme à la réputation d'Art, à sa position, à sa clientèle. Il fallait prévenir le procès.

— Mais vous pensiez qu'elle était atteinte d'insuffisance hypophysaire, fit Sanderson.

— Oui.

— D'étiologie ?

— Tumorale, je pense.

— Un adénome ?

— J'imagine. Peut-être un crânio-pharyngiome.

— Évoluant depuis combien de temps ?

— Pas depuis très longtemps en tout cas, dis-je. Il y a quatre mois, la radio du crâne était normale. Ni augmentation, ni érosion de la selle turcique. Mais elle se plaignait de troubles visuels.

— Et s'il s'agissait d'un syndrome pseudo-tumoral ?

Le syndrome de pseudo-tumeur cérébrale est une affection qui atteint les femmes et les enfants. Les patients présentent tous les symptômes d'une tumeur, bien qu'en fait, ils n'en aient pas. Ce syndrome est à rattacher à l'interruption d'une corticothérapie. Les femmes qui prennent des pilules contraceptives le présentent parfois. Mais, pour autant que je sache, Karen ne prenait pas la pilule. Je le dis à Sanderson.

— C'est idiot que nous n'ayons pas de préparations du cerveau, dit-il.

J'approuvai de la tête.

— Par ailleurs, dit Sanderson, on a pratiqué un avortement. Nous ne pouvons l'oublier.

— Je sais, dis-je. Mais c'est une autre raison d'admettre qu'Art n'est pas intervenu. Il n'aurait pas pratiqué l'avortement sans faire d'abord un test de la lapine, qui aurait été négatif.

— Au mieux, ça nous fournirait une preuve par les circonstances.

— Je sais, répétai-je. Mais c'est quelque chose. Un point de départ.

— Il y a une autre possibilité, dit Sanderson. Supposons que l'avorteur ait pris Karen au mot quand elle se déclarait enceinte.

Je fronçai les sourcils.

— Je ne vois pas où vous voulez en venir. Art ne connaissait pas la fille ; il ne l'avait jamais vue auparavant. Il n'aurait jamais...

— Ce n'est pas à Art que je pensais, fit Sanderson.

Il fixait ses pieds, comme s'il venait de penser à un détail embarrassant.

— Qu'est-ce que vous voulez dire ?

— Écoutez. Je sais que c'est pure supposition de ma part...

J'attendais qu'il parle.

— On a déjà remué beaucoup de fumier, dit-il. J'ai horreur d'élever le tas.

Je ne répondis point.

— Je n'en avais jamais entendu parler, continua Sanderson. Je me croyais bien informé à propos de tout cela, mais il y a un détail que j'ignorais jusqu'à ce jour. Comme vous pouvez l'imaginer, la communauté médicale tout entière est en pleine révolution. La fille de J.D. Randall meurt d'un avortement. Impossible d'empêcher les autres médecins de parler de *cela*. De toute façon, c'est un bruit qu'une des épouses a rapporté à la mienne. Je ne sais même pas si c'est vrai.

Je n'allais pas pousser Sanderson. Il pouvait prendre tout le temps de me parler ; j'allumai une cigarette et attendis patiemment.

— Et puis diable, dit Sanderson, ce n'est sans doute rien d'autre qu'une rumeur. J'ai peine à m'imaginer n'en avoir rien entendu jusqu'ici.

— Mais de quoi s'agit-il ? dis-je finalement.

— Peter Randall. Peter pratique des avortements. Tout à son aise, et pas pour n'importe qui, mais il les fait.

— Seigneur, fis-je, tombant assis dans un fauteuil.

— C'est dur à croire, hein ? fit Sanderson.

Je pensai à tout cela en fumant ma cigarette. Si Peter avortait, est-ce que J.D. était au courant ? S'imaginait-il que c'était Peter le coupable, et agissait-il pour le couvrir ? Était-ce à cela qu'il faisait allusion en parlant de « problèmes de famille » ? S'il s'agissait de cela, pourquoi Art avait-il été mêlé à cette affaire ?

Et puis d'abord, pourquoi Peter aurait-il avorté la gosse ? Il avait la preuve que quelque chose d'autre clochait peut-être dans son état de santé. Il était suffisamment bon médecin pour penser à l'éventualité d'une tumeur hypophysaire. Si la fille était venue lui dire qu'elle était enceinte, il aurait certainement repensé aux troubles visuels. Et il aurait mis en marche une série d'analyses.

— Ce n'est pas Peter qui l'a fait, dis-je.

— Peut-être a-t-elle fait pression sur lui. Peut-être était-elle pressée par le temps. Elle n'avait que ce week-end.

— Non. Il ne se serait pas laissé influencer par elle.

— Elle était de la famille.

— C'était une jeune hystérique, fis-je, me rappelant la description de Peter.

— Pouvez-vous avoir la certitude que ce n'est pas Peter qui l'a fait ? dit Sanderson.

— Non, admis-je.

— Supposons qu'il l'ait fait. Et supposons que Mrs. Randall ait été au courant. Ou que la fille le lui ait dit, alors qu'elle saignait à blanc. Qu'aurait fait Mrs. Randall ? Dénoncer son beau-frère ?

Je commençais à comprendre où il voulait en venir. Son raisonnement fournissait certainement une explication pour un des points obscurs de l'histoire : pourquoi Mrs. Randall avait mêlé la police à l'affaire. Mais je n'aimais pas du tout cela et je le dis à Sanderson.

— La raison pour laquelle vous n'aimez pas cela est que vous aimez beaucoup Peter.

— Sans doute.

— Vous ne pouvez vous permettre de le mettre hors cause, ni personne d'autre. Avez-vous une idée de l'endroit où Peter se trouvait dimanche soir ?

— Non.

— Moi non plus, dit Wes Sanderson, mais je pense que cela vaudrait la peine de vérifier.

— Non, dis-je. C'est non. Peter ne l'aurait pas fait. Et même s'il l'avait fait, il n'aurait pas commis pareille boucherie. Aucun professionnel n'aurait opéré de la sorte.

— Vous préjugez du cas, observa Sanderson.

— Mais enfin, si Peter avait pu agir de la sorte — sans analyse, sans précautions — Art aussi aurait pu le faire.

— Oui, dit doucement Sanderson. C'est bien ce que je me suis dit.

V

En quittant Sanderson, j'étais nerveux, irritable, sans savoir exactement pourquoi. Peut-être avait-il raison ; peut-être étais-je en train de chercher, au mépris de toute raison et de toute logique, des points précis, des choses que je puisse croire, des gens en qui je puisse croire.

Mais il y avait autre chose. Une action judiciaire, n'importe laquelle, pouvait toujours révéler le rôle que Sanderson et moi avions joué dans la manœuvre ayant si brillamment dupé le conseil médical. Sanderson et moi, nous avions tous deux beaucoup à perdre dans cette affaire, autant à perdre qu'Art. Nous n'en avions pas soufflé mot mais cette arrière-pensée ne m'avait pas quitté et je suis sûr qu'elle n'avait pas quitté Sanderson non plus. Ce qui plaçait la situation sous une lumière différente.

Sanderson avait parfaitement raison : il nous était possible de faire pression sur Peter Randall. Mais si nous agissions ainsi, nous ne connaîtrions jamais le pourquoi de notre attitude. Nous pouvions toujours dire que nous étions convaincus de la culpabilité de Peter. Ou que nous employions un moyen efficace de sauver un homme accusé à tort.

Mais nous nous demanderions toujours si nous ne cherchions pas simplement à nous protéger, nous.

Avant de prendre la moindre initiative, il fallait que je complète mon information.

La théorie de Sanderson ne faisait aucune distinction entre une éventuelle certitude de Mrs. Randall sur la culpabilité de Peter, ou de simples soupçons.

Et une autre question se posait. Si Mrs. Randall soupçonnait Peter d'avoir pratiqué l'avortement et souhaitait le protéger de l'arrestation, pourquoi avait-elle donné le nom d'Art ? Que savait-elle d'Art ?

Art Lee était un homme circonspect et prudent ; on pouvait difficilement prétendre que les femmes enceintes de Boston ne juraient que par lui. Seuls le connaissaient quelques médecins et un nombre relativement petit de malades. Il avait très soigneusement choisi sa clientèle.

Comment Mrs. Randall avait-elle pu apprendre qu'il faisait des avortements ? Un seul homme connaissait peut-être la réponse : Fritz Werner.

Fritz Werner habitait une grande maison de Beacon Street. Le rez-de-chaussée était entièrement réservé à sa bibliothèque et à son cabinet de consultation, une grande pièce confortable où l'on trouvait le bureau, le fauteuil et le divan traditionnels. Quant à ses appartements privés, ils occupaient les deux étages supérieurs. Je montai directement au second et entrai dans le living pour le trouver exactement semblable à ce qu'il était au cours de mes précédentes visites : près de la fenêtre, un grand bureau couvert de plumes, de pinceaux, de carnets d'esquisses, de pastels ; au mur, des dessins de Picasso et de Miró : une photographie de T.S. Eliot qui lançait un sourire radieux vers l'objectif ; un portrait dédicacé de Marianne Moore en conversation familière avec son ami Floyd Patterson.

Vêtu d'un pantalon de velours et d'un volumineux pullover, Fritz était assis dans un profond fauteuil. Il avait une paire d'écouteurs stéréophoniques aux oreilles, il fumait un gros cigare et il pleurait. Les larmes roulaient sur ses joues pâles et plates. En me voyant entrer, il s'essuya les yeux et ôta les écouteurs.

— Bonjour, John. Vous connaissez Albinoni ?

— Non, dis-je.

— Alors, vous ne connaissez pas l'adagio ?

— J'ai bien peur que non.

— L'adagio me rend toujours triste, dit-il en se tamponnant les yeux. D'une tristesse infernale. Une mélodie si douce ! Mais asseyez-vous donc.

Je m'assis. Fritz arrêta l'électrophone et ôta le disque qu'il épousseta soigneusement avant de le remettre dans sa pochette.

— C'est gentil à vous de venir me voir. Avez-vous passé une bonne journée ?

— Intéressante.

— Vous avez examiné le cas Bulle ?

— Oui.

223

— Comment la trouvez-vous ?

— Embarrassante.

— Pourquoi dites-vous cela ?

Je souris.

— Ne commencez pas à m'analyser, Fritz. Je ne paie jamais mes notes de psychiatre.

— Non ?

— Parlez-moi plutôt de Karen Randall, dis-je.

— Une très vilaine affaire, John.

— Maintenant, on croirait entendre Charlie Frank.

— Charlie Frank n'est pas tout à fait un imbécile, dit Fritz. A propos, vous ai-je dit que j'avais un nouvel ami ?

— Non.

— Eh bien, j'en ai un, un être merveilleux, amusant comme personne. Nous devrons parler de lui un de ces jours.

— Karen Randall, dis-je pour le ramener à l'affaire en cause.

— Oui, Karen Randall. Fritz respira profondément. Vous ne connaissiez pas cette fille, John. Ce n'était pas un ange. Loin de là. C'était une enfant mauvaise comme une teigne, menteuse, insupportable, névrosée au stade le plus aigu. Confinant à la psychose, si vous voulez tout savoir.

Fritz passa dans sa chambre en enlevant son pull-over. Je le suivis, le regardai mettre une chemise propre et une cravate.

— Les problèmes, dit-il, de nature sexuelle, venaient des répressions imposées par ses parents au cours de son enfance. Son père n'est pas l'homme le plus équilibré que je connaisse. Son mariage avec cette femme en est la meilleure preuve. Vous l'avez rencontrée ?

— L'actuelle Mrs. Randall ?

— Oui. Une femme affreuse, *affreuse !*

Et il eut un frisson en nouant sa cravate devant le miroir.

— Connaissiez-vous Karen ? demandai-je.

— J'ai eu ce malheur. Je connaissais aussi ses parents. Nous avons fait connaissance à cette réception merveilleuse, splendide, que donnait la baronne de...

— Pas de digressions, Fritz, s'il vous plaît.

Il poussa un soupir.

224

— Cette fille, cette Karen Randall, avait fait l'impossible pour que ses parents n'aient rien à lui envier, question névrose. Dans un sens, elle a fait ce qu'ils rêvaient de faire sans jamais l'oser.

— Que voulez-vous dire ?

— Elle jetait bas les barrières, vivait dans la liberté sexuelle, se moquait de ce qu'on pouvait dire d'elle, ne fréquentait que des gens pas très comme il faut et toujours avec certaines intentions sexuelles. Des athlètes. Des Noirs. Des types comme ça.

— L'avez-vous soignée ?

Un nouveau soupir.

— Dieu merci, non. Un jour, on a suggéré que je m'en occupe, mais j'ai refusé. A cette époque, j'avais déjà trois adolescentes dans ma clientèle et c'était bien assez. Bien assez.

— Qui vous a demandé de vous en occuper ?

— Peter, bien sûr. Le seul de la famille qui montre un peu de bon sens.

— Qu'avez-vous à me dire sur les avortements de Karen ?

— Ses avortements ?

— Allons, Fritz !

Il ouvrit une armoire, en sortit une veste de sport, l'endossa, tira les revers.

— Les gens ne comprennent jamais, dit-il. Ce genre de comportement représente un cycle, un schéma, aussi facilement reconnaissable, aussi familier qu'un infarctus du myocarde. Le psychiatre apprend le schéma, les symptômes, la cause réelle des troubles. Et il voit le cycle se jouer devant lui, à d'innombrables reprises. Un enfant rebelle trouve le point faible d'un de ses parents — avec une précision infaillible, effrayante — et se met en devoir de l'exploiter. Mais quand la punition vient, elle doit se rapporter à ce même point faible. Tout doit s'accorder : si quelqu'un vous pose une question en français, vous devez répondre en français.

— Je ne comprends pas.

— Pour une fille comme Karen, la punition était une chose importante. Elle voulait être punie, mais sa punition, tout comme sa rébellion, devait être de nature sexuelle. Elle

225

voulait subir les douleurs de l'enfantement pour expier ainsi sa rupture avec sa famille, avec sa classe sociale, avec sa moralité. Dylan exprime cela de façon merveilleuse... j'ai le poème ici..., ajouta-t-il en se mettant à fouiller parmi les volumes d'une petite bibliothèque.

— On se passera bien du poème, dis-je.

— Non, c'est une citation charmante. Elle vous plaira.

Fritz chercha quelques instants encore, puis se redressa.

— Introuvable. Bah, tant pis ! Le nœud de cette histoire, c'est que Karen avait besoin de souffrir et ne trouvait dans sa vie aucun motif de souffrance. C'est pourquoi elle se faisait continuellement engrosser.

— Vous parlez comme un psychiatre.

— Nous parlons tous comme cela au jour d'aujourd'hui.

— Combien de fois s'est-elle fait engrosser ?

— A ma connaissance, deux fois. Mais je tiens ce chiffre de mes autres malades et je vous le donne sous toute réserve. Un très grand nombre de femmes se sentaient menacées par Karen. Elle remettait en question leur échelle de valeurs, leurs critères du bien et du mal. Elle les défiait, laissait entendre par sa conduite qu'elles étaient vieilles, asexuées, craintives et stupides. Une femme d'âge moyen ne peut supporter un tel défi ; pour elle, c'est une chose terrifiante. Elle doit répondre, réagir, elle doit se former une opinion qui la venge — et donc qui condamnait Karen.

— Alors, vous avez entendu beaucoup de commérages ?

— J'ai entendu s'exprimer beaucoup de terreurs.

Fritz fumait son cigare. La pièce était pleine de soleil et de fumée bleue. Il s'assit sur le lit et entreprit de mettre ses chaussures.

— Pour ne rien vous cacher, dit-il après quelque temps, j'en voulais un peu à Karen, moi aussi. Elle avait dépassé les bornes, elle en faisait trop, elle allait trop loin.

— Peut-être ne pouvait-elle s'en empêcher ?

— Peut-être avait-elle besoin d'une bonne fessée ?

— Cette dernière remarque est aussi une opinion professionnelle ?

Fritz sourit.

— Ce n'est que mon irritation qui montre le bout du nez, ma sympathie humaine pour les victimes. Si vous saviez le nombre de femmes qui se sont lancées dans des liaisons désastreuses — je dis bien désastreuses — simplement à cause de Karen !

— Je ne me soucie pas de ces femmes, c'est Karen qui m'intéresse.

— Elle est morte, maintenant.

— Ça vous fait plaisir ?

— Épargnez-moi votre humour. Pourquoi dites-vous cela ?

— Fritz...

— Je vous pose la question, voilà tout.

— Fritz, combien de fois Karen s'est-elle fait avorter avant le week-end dernier ?

— Deux.

— Une fois l'été dernier, en juin. Et une autre avant.

— Oui.

— Et qui l'a fait avorter ?

— Je n'en ai pas la moindre idée, dit-il en tirant sur son cigare.

— Quelqu'un qui connaissait son affaire, dis-je, car, d'après Bulle, Karen n'est restée absente qu'un après-midi. L'opérateur devait être très adroit pour éviter ainsi tout traumatisme.

— Sans doute. Après tout, Karen était riche.

Je regardais Fritz, assis là, sur son lit, nouant ses lacets et suçant son cigare. Je devinais, j'étais sûr qu'il en savait plus.

— Fritz, était-ce Peter Randall ?

Fritz poussa un grognement.

— Si vous êtes au courant, pourquoi me le demander ?

— J'ai besoin d'une confirmation.

— Vous avez besoin d'un bon nœud coulant autour du cou, si vous voulez mon avis. Mais oui, c'était Peter Randall !

— Et J.D. le savait ?

— Le ciel nous protège ! Évidemment non.

— Mrs. Randall le savait ?

— Hummm ! Là, je ne suis pas sûr. C'est possible, mais j'en doute.

— J.D. sait que Peter fait des avortements ?

— Oui. Tout le monde sait que Peter fait des avortements. C'est l'avorteur type, vous pouvez me croire.

— Mais J.D. n'a jamais su que Karen s'était fait avorter ?

— Exact.

— Quel est le rapport entre Mrs. Randall et Art Lee ?

— Vous êtes en grande forme aujourd'hui.

J'attendis la réponse. Fritz tira deux bouffées de son cigare, s'enveloppa le visage d'un spectaculaire nuage de fumée et détourna les yeux.

— Oh ! dis-je. Et quand cela ?

— L'année passée. Vers la Noël, si je me souviens bien.

— J.D. ne l'a jamais appris ?

— Si vous voulez bien faire un petit effort de mémoire, dit Fritz, vous vous souviendrez que J.D. a passé novembre et décembre de l'année dernière aux Indes, chargé de mission pour le *State Department*. Une tournée de conférences sur la santé publique pour montrer aux autochtones la bonne volonté des États-Unis, enfin, quelque chose comme ça.

— Qui était le père, dans ce cas ?

— Eh bien, on en est toujours réduit aux hypothèses. Les suppositions vont bon train, mais personne n'a la moindre certitude — peut-être même pas Mrs. Randall.

Une fois de plus, j'eus l'impression qu'il mentait.

— Voyons, Fritz. Vous voulez m'aider ou non ?

— Mon cher garçon, votre habileté ne connaît pas de limite !

Il se leva, marcha jusqu'au miroir et réajusta sa veste. Il passa les mains sur sa chemise. On remarquait tout de suite cette manie chez Fritz : il se touchait continuellement le corps comme pour s'assurer qu'il n'avait pas disparu.

— J'ai souvent pensé, dit-il, que l'actuelle Mrs. Randall aurait fort bien pu être la mère de Karen : comme chiennes en chaleur, elles se valent.

J'allumai une cigarette.

— Pourquoi J.D. l'a-t-il épousée ?

Fritz haussa les épaules pour exprimer son impuissance devant cette question et fit bouffer un mouchoir dans sa poche de poitrine. Il tira sur ses manchettes pour les faire dépasser de la longueur prescrite.

— Dieu seul le sait. On en a beaucoup parlé à l'époque. Elle vient d'une bonne famille, vous savez — une famille de Rhode Island —, mais on l'a mise à l'école en Suisse. Ces écoles suisses vous détruisent irrémédiablement une jeune fille. De toute façon, elle ne représentait guère le choix idéal pour un chirurgien d'une bonne soixantaine d'années, très pris par ses activités professionnelles. Elle s'est vite ennuyée, toute seule dans cette maison sinistre. D'ailleurs, les écoles suisses vous apprennent l'ennui. Il boutonna sa veste et se détourna du miroir sur un dernier regard lancé à son image, par-dessus son épaule. Donc, continua-t-il, elle a recherché un peu de distraction.

— Et ça a duré longtemps ?

— Plus d'une année.

— A-t-elle organisé elle-même l'avortement de Karen ?

— J'en doute. C'est difficile à dire, mais j'en doute. Je pencherais plutôt pour Signë.

— Signë ?

— Oui. La maîtresse de J.D.

Je respirai un bon coup en me demandant si Fritz se payait ma tête. Non, il y avait peu de chances.

— J.D. avait une maîtresse ?

— Oh, oui. Une jeune Finlandaise. Elle travaillait au labo de cardiologie du Mem. Une fille à damner un saint, paraît-il.

— Vous ne l'avez jamais rencontrée ?

— Hélas !

— Alors, comment pouvez-vous vous montrer aussi affirmatif ?

Il se contenta d'un sourire énigmatique.

— Karen était en bons termes avec cette Signë ?

— Oui, c'étaient deux bonnes amies. D'ailleurs, elles avaient à peu près le même âge.

Je feignis d'ignorer les implications de cette remarque.

— Voyez-vous, poursuivit Fritz, Karen était très proche de sa mère, la première Mrs. Randall. Celle-ci est morte d'un cancer, il y a deux ans — cancer du rectum, je crois — et ce fut un coup terrible pour Karen. Elle n'avait jamais beaucoup aimé son père, mais s'était toujours confiée à sa mère. A l'âge de seize ans, la perte d'une confidente est toujours très dure à supporter. Beaucoup de ses… activités subséquentes peuvent être attribuées à de mauvais conseils.

— Donnés par Signë ?

— Non. Signë est une fille tout à fait convenable, à ce qu'on m'a dit.

— Alors, je ne comprends plus.

— Si Karen portait une telle antipathie à son père, c'est, entre autres raisons, parce qu'elle connaissait ses débordements. Voyez-vous, J.D. a toujours eu des amies. Jeunes. D'abord Mrs. Jewett, puis…

— Le catalogue n'a pas beaucoup d'importance — Je voyais parfaitement la situation. Il trompait sa première femme ?

— Il papillonnait. Disons qu'il papillonnait.

— Et Karen était au courant ?

— Karen était une enfant très perspicace.

— Une chose me paraît difficile à comprendre, dis-je. Si Randall aime tant papillonner, pourquoi ce second mariage ?

— Oh, rien n'est plus clair. Un seul regard à l'actuelle Mrs. Randall et on comprend tout de suite. C'est un beau meuble dans la vie de J.D., une décoration, un ornement de son existence. Un peu comme une plante exotique enivrante — comparaison qui n'est d'ailleurs pas loin de la vérité quand on pense à tout ce que Mrs. Randall peut boire.

— Ça n'a pas de sens, dis-je.

Fritz me lança un regard malicieux.

— Et cette petite infirmière avec qui vous déjeunez deux fois par semaine ?

— Sandra est une amie. C'est une fille très bien.

Tout en prononçant ces paroles, je me fis la réflexion que Fritz Werner était remarquablement bien renseigné.

— Rien de plus ?

— Bien sûr que non, dis-je avec un peu de raideur.

— Vous la rencontrez par le plus grand des hasards, à la cafétéria, chaque jeudi et chaque vendredi ?

— Oui. Nos horaires de travail…

230

— Quels sont les sentiments de cette fille à votre égard, croyez-vous ?

— Ce n'est qu'une gamine. Elle a dix ans de moins que moi.

— Vous n'êtes pas flatté ?

— Que voulez-vous dire ? demandai-je, tout en sachant parfaitement ce qu'il voulait dire.

— Vous ne prenez aucun plaisir à vos conversations avec elle ?

Sandra travaillait comme infirmière au service médical du huitième étage. Elle était très jolie, elle avait des yeux immenses, une taille d'une remarquable finesse et une de ces façons de marcher...

— Il ne s'est rien passé, dis-je.

— Et il ne se passera rien. Pourtant, vous la voyez deux fois par semaine.

— Oui, il se trouve qu'une conversation avec Sandra m'offre une détente agréable après une matinée de travail. Deux fois par semaine. Un rendez-vous dans l'atmosphère toute d'intimité et de sexualité latente de la cafétéria, au Lincoln Hospital.

— Ce n'est pas une raison pour élever la voix.

— Je n'élève pas la voix, dis-je en baissant d'un ton.

— Vous voyez, dit Fritz, comme les hommes se comportent de façon différente. Vous ne ressentez aucun besoin de dépasser le stade de la simple conversation avec cette fille. Il suffit qu'elle soit là, buvant vos paroles, à moitié amoureuse de vous.

— Fritz...

— Écoutez, dit Fritz, prenons un cas tiré de mon expérience personnelle. J'avais un malade qui éprouvait le désir de tuer des gens. C'était un désir très fort, très difficile à maîtriser. Mon malade était bien ennuyé ; il craignait continuellement de tuer quelqu'un pour de bon. Mais cet homme a fini par trouver un emploi dans le Midwest, un emploi de bourreau. Il gagne sa vie en électrocutant les gens. Et il fait cela très bien ; jamais, dans l'histoire de l'État, on n'a vu meilleur électrocuteur. Il détient plusieurs brevets, de petites techniques personnelles pour terminer le travail plus vite et en faisant moins souffrir l'intéressé. Cet homme étudie

231

la mort. Il aime son travail. Il se voue à ce qu'il considère comme sa mission. Son attitude devant ses propres méthodes et découvertes rappelle beaucoup celle d'un médecin devant les siennes : il y voit un soulagement de la souffrance, une amélioration de l'état de choses existant, un progrès.

— Et alors ?

— Alors, je dis que des désirs normaux peuvent prendre différentes formes, certaines tout à fait légitimes, d'autres moins. Chacun doit trouver le moyen de mener ses désirs dans le bon chemin.

— Nous sommes loin de Karen.

— Pas vraiment. Vous êtes-vous déjà demandé pourquoi elle était si proche de sa mère et si hostile à son père ? Vous êtes-vous déjà demandé pourquoi, à la mort de sa mère, elle a choisi, de préférence à tout autre, ce mode de comportement ? Les coucheries, la drogue, l'auto-humiliation ? Au point de rechercher les bonnes grâces d'une fille qui était la maîtresse de son père ?

Je m'installai plus confortablement. Fritz se lançait à nouveau dans la rhétorique.

— Psychologiquement, dit-il, la fille devait subir certaines agressions. Elle avait certaines réactions, les unes défensives, les autres offensives, à ce qui se passait entre ses parents, une situation qui lui était bien connue. Elle réagissait à ce qu'elle savait. Il fallait qu'elle agît de la sorte. En un sens, elle stabilisait son monde.

— Comme stabilité, on ne fait pas mieux !

— Juste. Une vie déplaisante, mauvaise, perverse. Mais peut-être lui était-il impossible de mener une autre existence ?

— J'aimerais dire un mot à cette Signë.

— Impossible. Signë est rentrée à Helsinki il y a six mois.

— Et Karen ?

— Karen s'est retrouvée seule comme une âme en peine. Elle n'avait plus personne vers qui se tourner, plus d'ami, plus d'aide à espérer. Ou du moins, elle l'a cru.

— Bulle et Angela Harding ?

Fritz me tenait sous son regard.

— Oui. Et alors ?

— Elles auraient pu l'aider.

— Pouvez-vous sauver quelqu'un de la noyade quand vous êtes vous-même en train de vous noyer ?

Nous descendîmes au rez-de-chaussée.

VI

Au cours des années cinquante, Thompson l'Écraseur était bien connu dans les milieux de la lutte professionnelle. Sa tête plate, en forme de spatule, lui venait bien à point sur le ring : il s'en servait pour écraser le thorax de l'adversaire au tapis. Cette tactique avait fait rire le public pendant quelques années et rapporté à Thompson assez d'argent pour acheter un bar qui allait devenir un rendez-vous de jeunes avocats et autres membres de professions libérales. Le bar était bien tenu ; malgré la forme de sa tête, Thompson n'avait rien d'un imbécile. Mises à part quelques fautes de goût — en entrant, on s'essuyait les pieds sur un tapis de lutte — et, au mur, les inévitables photos du patron, l'effet général était plaisant.

A mon arrivée, il n'y avait qu'un autre client dans le bar, un Noir bien bâti et bien habillé, assis à l'autre bout de la pièce et penché sur un Martini. Je m'assis à mon tour et commandai un scotch. Thompson servait lui-même, les manches roulées pour exhiber des avant-bras massifs et poilus.

— Vous connaissez un gars appelé George Wilson ? demandai je.

— Sûr, répondit Thompson, avec un sourire entendu.

— Dites-moi quand il arrivera, voulez-vous ?

Thompson désigna d'un signe de tête l'homme assis à l'autre bout du bar.

— C'est lui, là-bas.

Le Noir leva les yeux et me sourit. Son regard se partageait entre l'amusement et l'embarras. Je traversai la pièce et lui serrai la main.

— Désolé, dis-je. Je suis John Berry.

— Pas de mal. C'est nouveau pour moi aussi.

Il était jeune, pas tout à fait la trentaine. Une cicatrice pâle lui partait de l'oreille droite, courait le long de son cou et disparaissait sous son col. Mais ses yeux restaient fermes et calmes tandis qu'il rajustait sa cravate rayée et me demandait :

— Si on s'installait dans un box ?

— D'accord.

Tandis que nous changions de place, Wilson se tourna vers le bar et dit :

— Deux autres, l'Écraseur.

Thompson répondit d'un clin d'œil.

— Ainsi, vous faites partie du bureau juridique de Bradford ?

— Oui, on m'a engagé il y a un peu plus d'un an.

Je hochai la tête.

— Le scénario habituel, dit Wilson. Ils m'ont donné un beau bureau donnant sur la réception ; ainsi, tout ce qui entre ou sort du bâtiment ne peut manquer de me voir. C'est comme ça…

On m'avait déjà raconté des arrangements de cette espèce. Je ne pouvais m'empêcher d'en ressentir un peu d'irritation. Je comptais plusieurs jeunes avocats parmi mes amis et aucun de ceux qui étaient entrés dans un bureau juridique n'avait pu obtenir de bureau, aussi minable fût-il, avant plusieurs années de service. Selon n'importe quel critère objectif, ce jeune homme avait de la chance, mais il ne me servirait à rien de le lui dire, car nous connaissions tous deux la raison de cette chance — Wilson était une sorte de bête curieuse, un produit que la société, du jour au lendemain, décidait de considérer comme précieux, un Noir éduqué. Un bel horizon s'ouvrait maintenant à lui et son avenir était plein de promesses. Mais il n'en restait pas moins une bête curieuse.

— Quel genre d'affaires vous a-t-on confiées jusqu'à présent ?

— Surtout des questions fiscales. Quelques successions.

Une ou deux causes au civil. La firme s'occupe rarement des causes au criminel, comme vous vous en doutez bien. En posant ma candidature, j'ai dit que je souhaitais plaider. Mais je n'aurais jamais cru qu'ils allaient me mettre une affaire pareille sur les bras.

— Je vois.

— Je veux simplement que vous compreniez bien la situation.

— Je crois la comprendre. Ils vous ont refilé le tocard, c'est bien cela ?

— Peut-être. Wilson sourit. Du moins, c'est ce qu'ils pensent.

— Et vous, qu'est-ce que vous en pensez ?

— Je pense, dit-il, qu'une cause se juge au tribunal, pas avant.

— Vous avez une ligne de défense ?

— J'essaie d'en trouver une. Ce qui va me donner beaucoup de travail, parce que je ne peux pas faire les choses à moitié. Le jury va entendre un arriviste noir défendre un avorteur chinois et cela ne lui plaira pas beaucoup.

Je bus un peu de mon whisky. Thompson apporta la seconde tournée et disposa les verres sur un coin de la table.

— D'autre part, dit Wilson, c'est une grande chance pour moi.

— Si vous gagnez.

— J'en ai bien l'intention, dit-il avec un flegme parfait.

Tout à coup, il me vint à l'idée que Bradford, quels qu'eussent été ses motifs de donner l'affaire à Wilson, n'aurait pu mieux choisir. Car ce garçon allait vouloir gagner. Coûte que coûte.

— Vous avez parlé à Arthur Lee ?

— Ce matin.

— Quelle est votre impression ?

— Innocent, j'en suis sûr.

— Pourquoi ?

— Parce que je le comprends, dit Wilson.

En buvant le second verre, je fis un résumé de mes démarches. Wilson m'écouta sans m'interrompre une seule fois, en prenant une note de temps en temps. Quand j'eus terminé, il dit :

— Vous m'avez épargné beaucoup de travail.

— Comment cela ?

— Avec ce que vous m'avez déjà dit, la cause est entendue. Nous pouvons facilement tirer le docteur Lee d'affaire.

— Parce que la jeune fille n'était pas enceinte ? C'est à cela que vous pensez ?

Wilson hocha négativement la tête.

— Dans plusieurs cas, et notamment dans l'affaire *Commonwealth contre Taylor*[1], on a conclu que la grossesse n'est pas un élément essentiel. De même, la mort du fœtus avant l'avortement n'entre pas en ligne de compte.

— En d'autres termes, que Karen Randall ait été enceinte ou non, cela ne fait aucune différence ?

— Aucune.

— Mais n'est-ce pas la preuve que l'avortement a été pratiqué par un amateur, quelqu'un qui n'a pas fait de test de grossesse au préalable ? Art n'aurait jamais commis une telle négligence.

— C'est ça votre argument ? Que le docteur Lee est trop bon médecin pour faire une faute aussi grossière ?

L'amusement de Wilson me dépita.

— Non, je suppose que non.

— Écoutez, dit Wilson, toute défense fondée sur les antécédents de l'accusé est impossible. Quel que soit le bout par lequel vous preniez l'affaire, ce genre d'argumentation est voué à l'échec. Il sortit un calepin qu'il se mit à feuilleter rapidement. Laissez-moi vous donner une petite idée de la situation sur le plan légal. En 1845, une loi générale du Massachusetts déclarait que faire avorter une femme, par n'importe quel moyen, constituait un délit. Si l'avortement ne provoquait pas la mort, la peine ne pouvait dépasser sept ans de prison. Si l'avortement provoquait la mort, la peine allait de cinq à vingt ans. Depuis cette époque, la loi s'est précisée. Quelques années plus tard, il était décrété qu'un avortement nécessaire pour sauver la vie de

1. La dénomination officielle de l'État du Massachusetts est « Commonwealth of Massachusetts ».

la mère n'était pas illégal. Ce n'est pas le cas dans notre affaire.

— Vous avez raison.

— Par la suite, d'autres causes, et notamment *Commonwealth contre Viera*, ont fait jurisprudence : tout emploi d'un instrument avec l'intention de faire avorter une femme constitue un délit, même sans aucune preuve qu'une fausse couche ou la mort en ait résulté. Ce point pourrait se révéler très important. Je suis sûr que l'accusation va essayer de démontrer que le docteur Lee pratique des avortements depuis plusieurs années ; puis, l'avocat général laissera entendre que l'absence de preuves directes ne suffit pas à le blanchir.

— Peut-il réussir ?

— Non. Mais il peut essayer et nous y laisserions énormément de plumes.

— Continuez.

— Deux autres décisions du tribunal nous intéressent parce qu'elles nous montrent le préjugé des lois contre l'avorteur et leur indifférence totale vis-à-vis de la femme qui subit l'avortement. Depuis l'affaire *Commonwealth contre Wood*, le consentement de la femme est jugé fait négligeable et ne peut apporter de justification à l'avortement. La même cour a également statué que la mort de la femme est simplement une circonstance aggravante. Cette jurisprudence signifie qu'au point de vue légal, votre enquête sur Karen Randall est une perte de temps pure et simple.

— Mais je pensais…

— Oui, dit-il. J'ai dit que la cause est entendue et elle l'est.

— Comment cela ?

— Il y a deux possibilités. La première est d'aller trouver les Randall avant le procès et de leur mettre le marché en main. Attirer leur attention sur le fait que Peter Randall, le médecin personnel de la défunte, est un avorteur. Le fait qu'il l'avait déjà fait avorter auparavant. Le fait que Mrs. Randall s'était fait avorter par le docteur Lee et lui en gardait peut-être rancune, ce qui lui a sans doute donné envie de mentir à propos des dernières paroles de Karen. Le fait que Karen était une jeune personne très instable qui adorait semer le scandale et que, de toute manière, la véracité de ses dernières paroles est sujette à caution. Nous pourrions dire tout cela aux membres de la famille pour les persuader de retirer leur plainte avant le procès.

Je respirai un bon coup. Ce garçon jouait dur.

— Et la seconde possibilité ?

— La seconde est la façon d'utiliser la première devant le tribunal. Il est clair que tout va se jouer sur les relations entre Karen, Mrs. Randall et le docteur Lee. Pour le moment, l'accusation fonde toute sa plaidoirie sur le témoignage de Mrs. Randall. Nous devons démolir ce témoignage et discréditer son auteur. Nous devons démolir la réputation de Mrs. Randall de telle sorte qu'aucun juré n'ose encore croire un mot de ce qu'elle raconte. Puis nous devons passer à la personnalité et au comportement de Karen. Nous devons démontrer que c'était une droguée, vivant dans la promiscuité la plus totale et atteinte d'une tendance pathologique au mensonge. Nous devons convaincre le jury que toutes les déclarations de Karen, à sa belle-mère ou à n'importe qui d'autre, sont d'une véracité douteuse. Nous pouvons aussi démontrer qu'elle s'était fait avorter deux fois par Peter Randall et que, selon toute vraisemblance, il a également pratiqué le troisième avortement.

— Je suis certain que Peter Randall ne l'a pas fait, dis-je.

— Peut-être, dit Wilson, mais ceci n'a aucun rapport avec la cause.

— Pourquoi ?

— Parce que ce n'est pas Peter Randall qui passe en jugement mais le docteur Lee, et nous devons faire flèche de tout bois pour le tirer d'affaire.

Je fixai Wilson droit dans les yeux.

— Je ne voudrais pas vous rencontrer la nuit au coin d'un bois.

— Vous n'aimez pas mes méthodes ?

Il avait un léger sourire en posant cette question.

— Pour être franc, non.

— Je ne les aime pas non plus, dit Wilson, mais nous y sommes forcés par la nature même des lois. Dans de nombreux cas, dès qu'il s'agit des rapports médecin-patient, les lois se fondent sur un préjugé défavorable au médecin. Pas plus tard que l'année dernière, nous avons défendu un interne de la clinique Gorly qui avait pratiqué sur une malade un toucher vaginal et rectal. Du moins, c'est ce qu'il prétendait. La femme, elle, affirmait qu'il l'avait violée. Aucune infirmière n'était présente au moment de l'examen ; pas de témoin. La femme avait dû se faire soigner par trois fois dans des institutions psychiatriques pour paranoïa et schizophrénie. Mais elle a gagné sa cause, l'interne n'a pas eu de chance ce jour-là — et n'a plus de métier maintenant.

— Malgré tout, je n'aime pas cette façon de défendre un accusé.

— Essayez de voir les choses rationnellement, dit Wilson. La loi est claire. Qu'elle ait raison ou tort, elle ne laisse place à aucune ambiguïté. Elle offre à l'accusation comme à la défense la possibilité de certaines attitudes, certaines approches, certaines tactiques vis-à-vis des textes actuels. Malheureusement pour l'accusation comme pour la défense, ces tactiques se ramènent à de la diffamation, et de la pire espèce. L'accusation va tenter de discréditer le docteur Lee aussi totalement qu'elle en est capable. Nous, la défense, nous allons tenter de discréditer la défunte, Mrs. Randall et Peter Randall. L'accusation pourra tabler sur l'hostilité innée d'un jury bostonien à l'égard d'un homme accusé d'avoir pratiqué l'avortement. Nous pouvons tabler sur cet axiome que douze Bostoniens pris au hasard ont toujours fort envie de voir traîner dans la boue une des vieilles familles de la cité.

— C'est dégoûtant.

Wilson approuva.

— D'accord. Tout à fait dégoûtant.

— N'existe-t-il aucune autre façon de mener l'affaire ?

— Oui. Bien sûr. Trouver le véritable avorteur.

— Quand a lieu le procès ?

— Audience préliminaire la semaine prochaine.

— Et le procès proprement dit ?

— Quinze jours plus tard, peut-être. L'affaire a reçu une certaine priorité. J'ignore la véritable raison de cet empressement, mais je la devine.

— Randall fait jouer son influence ?

— C'est bien cela.

— Et si on ne trouve pas le véritable avorteur avant l'ouverture du procès ? demandai-je.

Wilson eut un sourire sans joie.

— Mon père, dit-il, était pasteur. A Raleigh, Caroline du Nord. Dans notre quartier, lui seul avait fait des études. Il aimait lire. Je me souviens qu'un jour, je lui ai demandé si tous ces auteurs qu'il lisait, Keats, Shelley et les autres, étaient des Blancs. Il m'a répondu que oui. Je lui ai demandé s'il avait jamais lu l'œuvre d'un homme de couleur. Il m'a répondu non. Wilson se gratta le crâne, ses mains lui cachaient les yeux. Mais de toute manière, c'était un pasteur, et un pasteur baptiste, d'une religion très stricte. Il croyait à un Dieu vengeur. Il croyait que l'éclair céleste frappe le pécheur. Il croyait au feu de l'enfer et à la damnation éternelle. Il croyait au bien et au mal.

— Et vous ?

— Je crois, dit Wilson, qu'il faut combattre le feu par le feu.

— Le feu a-t-il toujours raison ?

— Non, mais il brûle toujours et il vous force toujours à faire certaines choses.

— Et vous croyez en la victoire ?

Il toucha la cicatrice qui courait le long de son cou.

— Oui.

— Même sans honneur ?

— L'honneur consiste à remporter la victoire.

— Vous croyez ?

Il me fixa un long moment.

— Pourquoi voulez-vous à toute force protéger les Randall ?

— Je ne le veux pas.

— Vous en donnez l'impression.

— Je fais ce qu'Art Lee voudrait me voir faire.

— Art Lee voudrait sortir de prison. Je vous dis que je peux l'en sortir. Personne d'autre à Boston ne voudra s'occuper de lui, c'est un pestiféré maintenant. Et je vous répète que je peux l'en sortir.

— C'est dégoûtant.

— Mais oui, Bon Dieu, c'est dégoûtant. A quoi vous attendiez-vous ? à un jeu de croquet ? Wilson finit son verre et dit : — Écoutez, Berry. Que feriez-vous à ma place ?

— J'attendrais.

— Vous attendriez quoi ?

— De trouver le véritable avorteur.

— Et s'il reste introuvable ?

Je hochai la tête.

— Alors, je ne sais pas.

— Eh bien, pensez à ce que je viens de vous dire. Et il sortit du bar.

VII

Wilson m'avait mis en colère, mais m'avait laissé de nombreux sujets de réflexion. Je rentrai à la maison, me versai une vodka sur des glaçons et m'installai dans mon fauteuil pour essayer d'y voir clair. Je passai mentalement en revue tous les gens à qui j'avais parlé et je me rendis compte que j'avais oublié de poser certaines questions importantes. Il y avait des trous, de grands trous. Par exemple, ce qu'avait fait Karen le samedi soir, quand elle était sortie avec la voiture de Peter. Ce qu'elle avait dit à Mrs. Randall le lendemain. Si elle avait rendu sa voiture à Peter — le véhicule figurait maintenant sur la liste des voitures volées ; quand Peter l'avait-il récupéré préalablement au vol ?

Je bus la vodka et sentis le calme descendre en moi. J'avais agi trop vite ; je m'étais mis en colère trop souvent ; j'avais réagi aux gens plus qu'aux renseignements fournis, aux personnalités plus qu'aux faits.

Je comptais bien me montrer plus prudent à l'avenir.

Le téléphone sonna. C'était Judith. Elle se trouvait chez les Lee.

— Qu'est-ce qui se passe ?

D'une voix très ferme, elle répondit :

— Tu ferais mieux de venir tout de suite. On manifeste ici.

— Quoi ?

— La maison est pour ainsi dire assiégée. Une foule s'est attroupée sur la pelouse.

— J'arrive, dis-je, et je raccrochai.

J'attrapai mon manteau et me mis à courir vers la voiture. Mais je m'arrêtai net. C'était le moment ou jamais de montrer un peu plus de prudence.

Je rentrai dans la maison et formai à toute allure le numéro du *Globe*. J'informai le rédacteur de service qu'une manifestation avait lieu à l'adresse des Lee. Je jouai le rôle du témoin hors d'haleine, je fus aussi mélodramatique que possible ; après cet appel, le journal allait agir, j'en étais sûr.

Cela fait, je pris la voiture et démarrai.

Quand j'arrivai à destination, la croix de bois[1] se consumait encore sur la pelouse devant la maison des Lee. Une voiture de police stationnait dans la rue et une foule s'était rassemblée, composée pour la plupart des enfants du voisinage et de leurs parents qui n'en croyaient pas leurs yeux. Le crépuscule n'était pas encore tombé ; le bleu du ciel se faisait plus sombre et la fumée de la croix montait toute droite.

Je dus me frayer un chemin à travers la foule pour atteindre la maison. Toutes les fenêtres visibles de la rue étaient brisées. Quelqu'un pleurait à l'intérieur. A la porte, un flic me barra le chemin.

— Qui êtes-vous ?

— Docteur Berry. Ma femme et mes enfants sont dans cette maison.

Il fit un pas de côté et j'entrai.

Ils étaient tous dans le living. Betty Lee pleurait ; Judith s'occupait des enfants. Il y avait du verre brisé partout. Deux des enfants souffraient de coupures profondes, mais bénignes. Un policier questionnait Mrs. Lee, sans obtenir aucun résultat. Elle ne pouvait que répéter :

— Nous avons demandé votre protection. Nous l'avons

1. Manifestation du Ku Klux Klan.

demandée. Nous vous avons suppliés, mais vous n'êtes pas venus...

— Pour l'amour du ciel, madame..., dit le flic.

— Nous vous avons suppliés. N'avons-nous plus aucun droit ?

— Pour l'amour du ciel, madame !

J'aidai Judith à panser les enfants.

— Qu'est-ce qui s'est passé ?

Soudain, le flic se tourna vers moi.

— Qui êtes-vous ?

— Je suis médecin.

— Ouais, bon. C'est pas trop tôt, grogna-t-il, et il reprit l'interrogatoire de Mrs. Lee.

Judith était pâle de frayeur.

— La manifestation a commencé il y a vingt minutes, dit-elle. Toute la journée, nous avons reçu des menaces et des lettres. Puis, c'est arrivé : quatre voitures ont débarqué toute une bande de jeunes. Ils ont planté la croix, l'ont arrosée d'essence et y ont mis le feu. Ils devaient être environ une vingtaine, là, debout sur la pelouse, et ils chantaient *En avant, soldats du Christ*. Puis, ils ont commencé à jeter des pierres quand ils ont vu que nous les regardions par la fenêtre. C'était un vrai cauchemar.

— A quoi ressemblaient ces jeunes ? Étaient-ils bien habillés ? De quel genre étaient les voitures ?

Judith hocha la tête.

— C'est bien là le pire. Ils avaient l'air tout à fait convenables. J'aurais pu comprendre une manifestation de vieux bigots, mais ce n'étaient que des moins de vingt ans. Tu aurais dû voir leurs visages !

Nous terminâmes les pansements et fîmes sortir les enfants.

— Je voudrais voir les lettres que vous avez reçues, dis-je.

A ce moment précis, le dernier-né des Lee, un bébé d'un an, fit son entrée dans le living, à quatre pattes, tout souriant, gazouillant et bavant. De toute évidence, les éclats de verre sur le tapis l'intriguaient.

— Eh, criai-je au flic debout devant la porte, attrapez-le !

Le flic avait les yeux baissés. Il observait le bébé depuis son entrée. Il se pencha et prit d'une main la cheville grassouillette de l'enfant.

— Prenez-le dans vos bras, dis-je au flic. Il ne peut pas vous faire de mal.

A contrecœur, le flic souleva le bébé. Il maniait l'enfant comme si ce dernier était atteint d'une maladie contagieuse. On lisait le dégoût sur son visage : le bébé d'un avorteur ! Judith traversa la pièce, ses chaussures crissant sur le verre. Elle enleva le bébé au flic. Le bébé ne savait rien des sentiments du flic. Il jouait avec les boutons brillants de la tunique et bavait sur l'uniforme bleu. Il protesta quand Judith vint l'enlever à ses boutons.

J'entendis l'autre flic dire à Mrs. Lee :

— Écoutez, madame. Des menaces, il y en a à tout le temps. Nous ne pouvons réagir chaque fois.

— Mais nous vous avons appelés dès qu'ils ont mis le feu à cette… cette chose sur la pelouse.

— C'est une croix.

— Je sais ce que c'est, dit-elle.

Elle ne pleurait plus maintenant. Elle était bleue de rage.

— Nous sommes venus aussi vite que possible, dit le flic. C'est la vérité, madame. Aussi vite que possible.

Judith intervint.

— Ils ont mis un quart d'heure à venir. Quand ils sont arrivés, toutes les vitres étaient brisées et les jeunes voyous avaient déguerpi.

J'allai jeter un coup d'œil aux lettres, bien rangées sur la table. La plupart étaient écrites à la main, quelques-unes tapées à la machine. Tous les textes étaient très courts, certains se réduisaient à une phrase unique et chacun sifflait comme une malédiction.

Sale communiste, copain des Juifs et des Nègres, tueur. Toi et ceux de ton espèce, vous aurez ce que vous méritez, tueurs d'enfants. Vous êtes l'écume de la terre. Tu te crois peut-être en Allemagne, mais tu te trompes.

Anonyme.

Notre-Seigneur et Sauveur a dit : « Laissez venir à moi les petits enfants. » *Tu as péché contre le Seigneur Jésus Notre Dieu et tu recevras le châtiment de Ses mains toutes-puissantes. Loué soit Dieu dans Son infinie sagesse et Son infinie clémence.*

Anonyme.

Les gens honnêtes et pieux de notre Commonwealth ne resteront pas les bras croisés. Nous vous combattrons partout où nous pourrons vous combattre. Nous vous chasserons de vos maisons, nous vous chasserons de ce pays. Nous vous chasserons tous jusqu'à ce que notre Commonwealth redevienne un endroit où l'on puisse mener une vie honnête.

Anonyme.

On t'a eu. Et on aura tous tes amis. Les médecins se croient tout permis : a) ils roulent en grosse Cadillac ; b) ils vous demandent des sommes folles pour une consultation ; c) ils font attendre les patients et c'est pour ça qu'ils les appellent des patients, parce qu'ils attendent patiemment ; d) mais vous êtes tous mauvais. On vous mettra au pas.

Anonyme.

Ça te plaît de tuer des gosses ? Attends voir qu'on te tue les tiens !

Anonyme.

L'avortement est un crime contre Dieu, contre l'homme, contre la société et contre l'enfant à naître. Vous paierez sur cette terre. Mais le Seigneur dont les voies sont infinies vous fera brûler en enfer pour l'éternité.

Anonyme.

L'avortement est pire que le meurtre. Que vous ont fait tous ces pauvres petits enfants ? Répondez et vous verrez que j'ai raison. Puissiez-vous pourrir dans un cachot et puisse votre famille mourir !

Anonyme.

Et la dernière lettre, d'une belle écriture féminine :

Je suis désolée d'apprendre votre malheur. Je sais que cette

245

épreuve doit être très pénible pour vous tous. Je veux sim-
plement vous dire que je vous garde une reconnaissance
profonde de ce que vous avez fait pour moi l'année der-
nière, que je crois en vous et en ce que vous faites. Vous
êtes le plus merveilleux médecin que j'aie jamais rencontré
et le plus honnête. Grâce à vous, ma vie est beaucoup plus
heureuse qu'elle ne l'aurait été. Mon mari et moi, nous
vous sommes éternellement reconnaissants. Je prierai pour
vous chaque soir.

Mrs. Allison Banks.

Je glissai la feuille de papier dans ma poche. Ce n'était pas le genre de lettre à laisser traîner. J'entendis parler derrière moi.

— Tiens, tiens, tiens ! Quelle bonne surprise !

Je me retournai. C'était Peterson.

— Ma femme m'a appelé.

— Quelle bonne surprise ! Il jeta un regard circulaire sur la pièce. Toutes les fenêtres étaient brisées, la nuit tombait, il commençait à faire froid. Un beau gâchis, n'est-ce pas ? ajouta-t-il.

— Comme vous dites !

— Oui, en effet. Il fit le tour de la pièce. Un beau gâchis !

En le regardant, j'eus soudain l'horrifiante vision d'un homme en uniforme et lourdes bottes se pavanant parmi des ruines. C'était une vision généralisée, non spécifique, qui ne se rattachait à aucune époque particulière, à aucun endroit particulier.

Un autre homme fit une entrée fracassante dans la pièce. Il portait un imperméable et tenait à la main un bloc de sténo.

— Qui êtes-vous ? demanda Peterson.

— Curtis, du *Globe*, monsieur.

— Écoutez-moi bien, vous. Qui vous a donné le tuyau ?

Le regard de Peterson fit le tour de la pièce et s'arrêta sur moi.

— Ce n'est pas joli, dit-il. Pas joli du tout.

— Le *Globe* est un journal honorablement connu. Ce

garçon fera un compte rendu objectif des faits. Vous n'avez certainement aucune objection à cela, capitaine.

— Écoutez, dit Peterson. Cette ville compte deux millions et demi d'habitants et la police manque d'effectifs. Nous ne pouvons lancer des recherches chaque fois qu'un cinglé porte plainte ou profère des menaces. Sinon, nous n'aurions pas le temps de remplir nos obligations permanentes, comme de régler la circulation, par exemple.

— La famille d'un accusé, lançai-je (je sentais le journaliste suspendu à mes lèvres), la famille d'un accusé — l'épouse et ses jeunes enfants — reçoit des menaces par téléphone et par lettres. Elle a peur. Et ça vous laisse parfaitement indifférent.

— Vous déformez sciemment les faits.

— Alors, il arrive quelque chose, quelque chose d'important. On met le feu à une croix sur la pelouse et on commence à ravager la maison. L'épouse vous appelle au secours. Il faut un quart heure à vos hommes pour arriver ici. À quelle distance se trouve le commissariat le plus proche ?

— Là n'est pas la question !

Le journaliste écrivait.

— Votre réputation va en prendre un coup, dis-je. De nombreux citoyens de cette ville sont contre l'avortement, mais plus nombreux encore sont ceux qui n'acceptent pas la destruction sauvage de la propriété privée par une bande de jeunes voyous.

— Ce n'étaient pas des voyous.

Je me tournai vers le journaliste.

— Le capitaine Peterson exprime l'opinion que les jeunes ayant brûlé la croix et brisé toutes les fenêtres de la maison n'étaient pas des voyous.

— Ce n'est pas ce que j'ai voulu dire ! lança Peterson.

— C'est ce que le capitaine Peterson a dit. De plus, il vous intéressera peut-être de savoir que des enfants ont été sérieusement coupés par des éclats de verre. Deux enfants âgés respectivement de trois et six ans, lacérations profondes.

— Ce n'est pas ce qu'on m'a dit, intervint Peterson. Les coupures n'étaient que...

— Je crois être le seul médecin présent dans cette maison. A moins que les policiers n'aient amené un médecin lorsqu'ils se sont enfin décidés à répondre au coup de téléphone qui les appelait au secours.

Peterson ne soufflait mot.

— La police a-t-elle amené un médecin ? demanda le journaliste.

— Non.

— A-t-elle appelé un médecin ?

— Non.

Le journaliste écrivait à toute allure.

— Je vous aurai, Berry. Vous vous en repentirez.

— Prenez garde à ce que vous dites en présence de la presse !

Ses yeux étaient deux poignards. Il pivota sur les talons.

— A propos, dis-je, quelles mesures la police compte-t-elle prendre pour prévenir une répétition des faits ?

— Ce n'est pas encore décidé.

— Vous feriez bien d'expliquer à ce journaliste que toute cette affaire est très regrettable et que vous allez poster une garde autour de la maison. Vingt-quatre heures sur vingt-quatre. Faites en sorte de bien préciser ce point.

Peterson ne répondit que par une grimace, mais j'étais sûr qu'il allait s'exécuter ; c'était tout ce que je voulais : une protection pour Betty et une légère pression sur la police.

VIII

Judith rentra à la maison avec nos enfants ; je restai avec Betty et l'aidai à clouer des planches sur les fenêtres brisées. Ce travail prit près d'une heure et, à chaque nouvelle fenêtre, ma colère augmentait.

Les gosses de Betty étaient calmés, mais ne parvenaient pas à s'endormir. Ils descendaient continuellement au rez-de-chaussée pour se plaindre de leurs coupures ou pour réclamer un verre d'eau. Le jeune Henry surtout répétait sans cesse que son pied lui faisait mal ; j'enlevai donc son pansement pour voir si quelque chose clochait et je trouvai un minuscule éclat de verre toujours logé dans la plaie.

Assis là, tenant d'une main le petit pied de l'enfant, écoutant Betty lui dire de ne pas pleurer tandis que je lavais à nouveau la blessure, je me sentis soudain pris d'une grande fatigue. La maison sentait le bois brûlé de la croix. Les fenêtres sommairement aveuglées laissaient passer le froid et les courants d'air. Tout était sens dessus dessous ; il faudrait des jours pour remettre un peu d'ordre. Toute cette violence, absolument gratuite !

Quand j'en eus terminé avec le pied d'Henry, je revins aux lettres que Betty avait reçues. Les relire ne fit qu'ajouter à ma fatigue. Je me demandais comment les gens pouvaient faire des choses pareilles, à quoi ils pouvaient bien penser. La réponse sautait aux yeux : ils ne pensaient à rien. Ils réagissaient simplement à une situation ; moi aussi, j'avais réagi, tout le monde avait réagi.

Tout à coup, je me mis à souhaiter que cette histoire finisse enfin, qu'il n'y ait plus de lettres anonymes, que les fenêtres soient réparées, les blessures guéries, la vie revenue à la normale. Je le souhaitais du fond de mon cœur.

Alors, j'appelai George Wilson.

— Je m'attendais un peu à votre coup de téléphone, dit-il

— Ça vous dirait de faire un tour en voiture avec moi ?

— Où ?

— Chez J.D. Randall.

— Pour quoi faire ?

— Renvoyer la meute au chenil.

— Rendez-vous dans vingt minutes, dit-il, et il raccrocha.

Tandis que nous roulions vers South Shore et la maison des Randall, Wilson demanda :

— Qu'est-ce qui vous a fait changer d'avis ?

— Un tas de choses.

— Les gosses ?

— Un tas de choses, répétai-je.

Nous roulâmes en silence pendant quelques minutes, puis Wilson reprit la parole.

— Vous savez ce que cette initiative signifie, n'est-ce pas ? Elle signifie que nous mettons tout sur le dos de Mrs. Randall et de Peter.

— D'accord, dis-je.

— Je croyais que Peter était votre copain.

— Je suis fatigué.

— Je croyais que les médecins ne connaissaient pas la fatigue ?

— Oh, taisez-vous, je vous en prie !

Il était tard, près de neuf heures. Le ciel était noir.

— Quand nous serons à destination, dit Wilson, vous me laisserez parler, d'accord ?

— O.K.

— Ça ne sert à rien si nous tenons le crachoir tous les deux. Seul un de nous deux doit parler.

— Soyez sans crainte, dis-je. Je ne vous priverai pas de ce plaisir.

Wilson sourit.

— Vous ne m'aimez pas beaucoup, n'est-ce pas ?

— Pas beaucoup.

— Mais vous avez besoin de moi.

— C'est juste.

— Cette petite mise au point simplement pour qu'il n'y ait pas de malentendus.

— Simplement pour que vous fassiez votre travail.

Je ne me souvenais plus de l'endroit précis où se trouvait la maison, de sorte que je ralentis en arrivant dans le voisinage. Je finis par la trouver et je m'apprêtais à virer dans l'allée quand je stoppai net. Droit devant moi, sur le terreplein de gravier devant la maison, se trouvaient deux voitures. L'une était la Porsche argentée de J.D. Randall. L'autre, une limousine Mercedes grise.

— Qu'est-ce qui se passe ?

Je réduisis mes phares et fis marche arrière.

— Qu'est-ce qui se passe ? répéta Wilson.

— Je ne sais pas au juste.

— Eh bien, nous entrons ou pas ?

— Non, dis-je.

Je traversai la route en marche arrière et me parquai à l'abri des arbustes. De là, j'avais une bonne vue sur toute l'allée jusqu'à la maison et je pouvais distinguer nettement les deux voitures.

— Pourquoi pas ?

— Parce que, dis-je, il y a une Mercedes parquée là.

— Et alors ?

— Peter Randall a une Mercedes.

— Tant mieux, dit Wilson. Ainsi, nous pourrons les confronter.

— Non, dis-je. Parce que Peter Randall m'a raconté qu'on lui avait volé sa voiture.

— Ah ?

— C'est ce qu'il m'a dit.

— Quand ?

— Hier.

Je repensai à cette journée. Quelque chose commençait à me tracasser, à me tirailler la mémoire. Puis, je me souvins : la voiture que j'avais vue dans le garage des Randall le jour de ma visite à Mrs. Randall.

J'ouvris ma portière.

— Venez.

— Où allons-nous ?

— Je veux voir cette voiture, dis-je.

Nous sortîmes dans la nuit qui était désagréablement humide. En m'engageant dans l'allée, je mis la main dans ma poche pour m'assurer que j'avais bien ma lampe-crayon. Je la portais toujours sur moi, c'était un souvenir de mon internat. J'étais heureux de l'avoir maintenant.

— Vous vous rendez compte, me chuchota Wilson, que dès maintenant, nous sommes coupables de violation de propriété.

— Je m'en rends parfaitement compte.

Pour éviter que le gravier ne crisse sous nos semelles, nous passâmes sur l'herbe douce de la pelouse et nous nous mîmes à grimper la colline vers la maison. Des lumières brillaient au rez-de-chaussée, mais les volets étaient fermés et nous ne pouvions rien voir à l'intérieur.

Nous arrivâmes auprès des voitures et dûmes bien nous

risquer sur le gravier. Notre marche nous semblait très bruyante. J'arrivai à la Mercedes et allumai ma lampe. La voiture était vide ; il n'y avait rien sur le siège arrière.

Je m'arrêtai.

Le siège du conducteur était imbibé de sang.

— Tiens, tiens ! murmura Wilson.

J'allais parler quand nous entendîmes des voix et le bruit d'une porte qui s'ouvre. Nous courûmes nous réfugier derrière un buisson en bordure de l'allée.

J.D. Randall sortit de la maison. Peter était avec lui. Ils discutaient à voix basse ; j'entendis Peter dire : « Tout cela est ridicule ! », et J.D. répondit : « Excès de prudence. » Mais pour le reste, leur conversation était inaudible. Ils descendirent les marches du perron et se dirigèrent vers les voitures. Peter entra dans la Mercedes et mit le moteur en marche. J.D. dit : « Suis-moi ! » et Peter fit un signe de tête affirmatif. Alors, J.D. entra dans la Porsche argent et descendit l'allée.

Arrivées à la route, les deux voitures tournèrent à droite, en direction du sud.

— Venez, dis-je.

Nous dévalâmes l'allée à toutes jambes pour rejoindre ma voiture parquée de l'autre côté de la route. Les deux autres véhicules étaient déjà loin. Nous entendions à peine leurs moteurs, mais nous pouvions voir leurs phares se déplacer le long de la côte.

Je démarrai et les suivis.

Wilson avait tiré de sa poche et faisait tourner entre ses doigts un objet que je ne pouvais identifier.

— Qu'est-ce que vous avez là ?

Il me tendit l'objet pour me permettre de mieux le voir. Un petit tube argenté.

— Minox. Vous emportez toujours un appareil photographique ?

— Toujours, dit-il.

Je maintins un écart raisonnable pour que les conducteurs des deux autres voitures ne se doutent de rien. Peter suivait J.D. de près. Après cinq minutes de trajet, les deux voitures s'engagèrent sur la rampe de l'autoroute du sud-est. J'y arrivai un peu plus tard.

— Je ne comprends pas, dit Wilson. Vous défendez ce type puis, d'une minute à l'autre, vous vous lancez à ses trousses comme un chien de chasse qui a découvert une piste.

— Je veux savoir, dis-je, c'est tout. Je veux simplement savoir.

Ma filature dura encore une demi-heure. La route se rétrécissait à Marshfield, deux bandes de roulement au lieu de trois. La circulation était fort peu dense ; je laissai l'écart s'accroître encore.

— Cette promenade est peut-être tout à fait innocente, dit Wilson. Toute cette histoire pourrait...

— Non, dis-je. Je venais de rassembler en pensée les pièces du puzzle. Peter a prêté sa voiture à Karen pour le week-end. C'est le fils Randall, William, qui me l'a dit. Karen s'est servie de cette voiture. Il y avait du sang sur le siège. Ensuite, cette voiture a été remise dans le garage des Randall et Peter a dit à la police qu'on la lui avait volée. Maintenant...

— Maintenant, ils vont s'en débarrasser, dit Wilson.

— Apparemment.

— Bon Dieu ! s'exclama Wilson. Cette fois-ci, c'est dans le sac !

Les deux voitures poursuivirent vers le sud, dépassèrent Plymouth en direction de Cape Cod. L'air devenait beaucoup plus frais, s'imprégnait de l'odeur piquante de l'eau salée.

Il n'y avait pour ainsi dire pas de circulation sur la route.

— Ça va très bien, dit Wilson qui observait les feux arrière. Donnez-leur beaucoup de champ.

Plus la route devenait déserte et plus les deux voitures augmentaient leur vitesse. Elles allaient à toute allure maintenant, à près de quatre-vingt milles à l'heure. Nous passâmes Plymouth, puis Hyannis, pour foncer vers Provincetown. Soudain, je vis briller leurs feux rouges de frein et elles prirent à droite, quittant l'autoroute pour se diriger vers la côte.

Nous suivîmes, sur un chemin de terre. Autour de nous, un taillis de jeunes pins. Je réduisis mes phares. De l'océan, un vent froid soufflait en rafales.

— Fait plutôt désert dans le coin, dit Wilson.

J'approuvai.

Bientôt, je pus entendre le grondement de la barre. Je me garai sur le bord du chemin. Nous continuâmes à pied en direction de l'océan et aperçûmes bientôt les deux voitures stationnant côte à côte.

Je reconnus l'endroit. Nous nous trouvions sur le versant est du Cape, là où un précipice sablonneux tombe dans la mer d'une hauteur de cent pieds. Les deux voitures étaient au bord, juste au-dessus de l'eau. Randall était sorti de sa Porsche et parlait à Peter. Ils discutèrent un petit moment, puis Peter entra dans la voiture, la fit avancer jusqu'à ce que les roues avant se trouvent à quelques centimètres du bord. Alors, il sortit et fit quelques pas en arrière.

Pendant ce temps, J.D. avait ouvert le coffre de la Porsche et en avait sorti un bidon d'essence. Ensemble, les deux hommes en vidèrent le contenu dans la voiture de Peter.

J'entendis quelque chose cliqueter tout près de moi. Son Minox à l'œil, Wilson prenait des photos.

— Vous n'avez pas assez de lumière.

— Tri X, dit-il, sans s'arrêter de photographier. On peut le pousser à 2 400 quand on a un bon laboratoire. Et j'ai le laboratoire qu'il faut.

Je me remis à observer les voitures. J.D. replaçait le bidon dans son coffre. Ensuite, il mit en marche le moteur de la Porsche, manœuvra de façon à tourner le dos à l'océan et faire face à la route.

— Prêt pour la retraite, dit Wilson. Joli !

J.D. appela Peter et sortit de la voiture. Un moment, il se tint debout auprès de Peter puis j'aperçus la brève lueur d'une allumette. L'intérieur de la Mercedes prit feu d'un seul coup.

Aussitôt, les deux hommes coururent se placer devant le coffre de la voiture et poussèrent de toutes leurs forces. La voiture bougea, lentement d'abord puis plus vite, et finit par basculer sur la pente de sable. J.D. et Peter reculèrent d'un pas et suivirent des yeux la chute de la voiture. Elle dut exploser au fond du précipice, car il y eut un grand bruit et un éclair de lumière rouge.

Les deux hommes coururent à la Porsche, y entrèrent et passèrent devant nous en prenant la fuite.

— Venez, dit Wilson.

Il bondit jusqu'au bord du précipice, son Minox prêt à l'action. En bas, à la limite des vagues, la carcasse informe de la Mercedes achevait de brûler. Wilson prit plusieurs photos puis me lança un regard. Il souriait d'une oreille à l'autre.

— Mon petit vieux, dit-il, on peut dire que notre affaire se présente bien maintenant.

IX

Sur le chemin du retour, je quittai l'autoroute à la sortie de Cohasset.

— Eh ? dit Wilson. Qu'est-ce que vous faites ?

— On va voir Randall.

— Maintenant ?

— Oui.

— Mais vous êtes fou ? Après ce que nous venons de voir ?

— Si je suis sorti ce soir, c'est pour tirer Art Lee d'affaire. Et c'est toujours mon intention.

— Bien entendu, dit Wilson. Mais pas maintenant. Pas de visite après ce que nous venons de voir. Il donna quelques petites tapes affectueuses à son Minox qu'il tenait toujours en main. Maintenant, nous pouvons paraître devant le tribunal.

— Je vous ai déjà dit que nous devions éviter un procès.

— Mais pourquoi ? Notre cause est inattaquable maintenant. Du vrai béton. De l'acier trempé.

Je fis non de la tête.

— Écoutez, dit Wilson. On peut secouer un témoin et l'amener au bord de la crise nerveuse. On peut le discréditer, le couvrir de ridicule. Mais on ne peut pas discréditer une photo. Personne ne peut nier une photo. On les tient.

— Non, dis-je.

Wilson poussa un soupir.

— Avant ce soir, je devais bluffer, que ça me plaise ou non. J'allais entrer dans la salle du tribunal et gagner ma cause en jouant les gros bras. J'allais leur faire peur, les terrifier, leur faire croire que nous avions des preuves alors que nous n'en avions pas une seule. Mais maintenant, tout est changé. Nous avons les preuves. Nous avons tout ce dont nous avons besoin.

— Si vous ne voulez pas leur parler, je leur parlerai moi-même.

— Berry, dit Wilson, si vous leur parlez, vous flanquez tout par terre.

— Non. Ils retireront leur plainte.

— Berry, vous allez tout flanquer par terre. Parce qu'ils viennent de faire quelque chose qui les incrimine très nettement. Ils le savent. Ils vont donc encore durcir leur attitude.

— Alors, nous leur dirons ce que nous savons.

— Et si l'affaire vient devant le tribunal ? Qu'arrivera-t-il ? Nous aurons stupidement dévoilé nos batteries.

— Ce point ne m'inquiète pas du tout. L'affaire ne viendra pas devant le tribunal.

À nouveau, Wilson se mit à gratter sa cicatrice, laissant courir son doigt le long de son cou.

— Écoutez, dit-il, vous n'avez pas envie de gagner ?

— Si. Mais sans combat.

— Le combat est inévitable. Vous pouvez prendre l'affaire par n'importe quel bout, il y aura combat. C'est moi qui vous le dis.

Je ralentis devant la maison des Randall et remontai l'allée.

— Ce n'est pas à moi qu'il faut le dire, Wilson. C'est à eux.

— Vous commettez une lourde erreur.

— Peut-être, mais ça m'étonnerait.

Nous grimpâmes les marches du perron et sonnâmes à la porte.

À contrecœur, le majordome nous introduisit dans le

living qui n'était pas plus grand qu'un terrain de basket-ball, une pièce immense avec une énorme cheminée. Assis autour d'un grand feu qui ronflait, Mrs. Randall, en pyjama d'intérieur, Peter et J.D. tenaient tous deux un grand verre de brandy.

Le majordome se figea près de la porte et déclama :

— Le docteur Berry et Mr. Wilson, monsieur. Ils se disent attendus.

J.D. fronça les sourcils en nous voyant. Peter se renversa sur le dossier de son siège et s'offrit un léger sourire. Mrs. Randall semblait s'amuser pour de bon.

— Qu'est-ce que vous voulez ? dit J.D.

Je laissai parler Wilson. Il s'inclina légèrement et dit :

— Je crois que vous connaissez déjà le docteur Berry, docteur Randall. Mon nom est George Wilson. Je suis l'avocat du docteur Lee.

— C'est charmant, dit J.D. Il jeta un regard à sa montre. Mais il est près de minuit et je me repose en famille. Je n'ai rien à vous dire, ni à l'un ni à l'autre, jusqu'à ce que nous nous rencontrions au tribunal. Alors, vous seriez gentils de...

— J'espère que vous voudrez bien nous pardonner, monsieur, dit Wilson, mais nous venons de loin pour vous voir. De Cape Cod, pour être précis.

J.D. cilla, mais son visage reprit aussitôt sa rigidité.

Peter étouffa un rire sous une quinte de toux. Mrs. Randall dit :

— Qu'est-ce que vous faisiez au Cape ?

— Nous assistions à un feu de joie, dit Wilson.

— Un feu de joie ?

— Oui, dit Wilson. Et, se tournant vers J.D. : — Nous prendrions bien un brandy, s'il vous plaît, et ensuite, nous aimerions tailler une petite bavette avec vous.

Cette fois, Peter ne put s'empêcher de rire. J.D. lui lança un regard sévère, puis sonna le majordome. Il commanda deux autres brandies et, au moment où le majordome allait passer la porte, il ajouta :

— Deux petits verres, Herbert. Ils ne resteront pas long-temps. Ensuite, il se tourna vers sa femme : — Si tu veux bien nous laisser, ma chérie ?

Elle accepta d'un signe de tête et quitta la pièce.

— Asseyez-vous, messieurs.

— Nous préférons rester debout, dit Wilson. Le major-dome apporta deux petits verres de cristal. Wilson leva le sien : — A votre santé, messieurs.

— Merci, dit J.D. d'une voix glaciale. Maintenant, qu'est-ce qui vous tracasse ?

— Un petit détail juridique, répondit Wilson. Nous avons pensé que vous désiriez peut-être reconsidérer votre plainte contre le docteur Lee.

— Reconsidérer ?

— Oui. C'est bien le mot que j'ai employé.

— Il n'y a rien à reconsidérer.

Wilson prit une gorgée de brandy.

— Vraiment ?

— Vraiment.

— Nous pensons, poursuivit Wilson, que votre femme a pu se tromper en entendant Karen Randall désigner le docteur Lee comme le coupable de l'avortement. De même que Peter Randall a pu se tromper en disant à la police qu'on avait volé sa voiture. A moins qu'il n'ait pas encore déclaré le vol ?

— Ni ma femme ni mon frère ne se sont trompés.

Peter toussa et alluma un cigare.

— Quelque chose qui ne va pas, Peter ? demanda J.D.

— Non, non, rien.

Il tira quelques bouffées et but une gorgée de son verre de brandy.

— Messieurs, dit J.D. en se tournant vers nous, vous perdez votre temps. Personne ne s'est trompé et il n'y a rien à reconsidérer.

Wilson dit alors, la voix très douce :

— Dans ce cas, messieurs, l'affaire va passer devant le tribunal.

— J'y compte bien, opina Randall.

— Et vous devrez rendre compte de vos faits et gestes au cours de la soirée d'aujourd'hui.

— C'est possible, en effet. Mais Mrs. Randall témoignera que nous avons passé la soirée à jouer aux échecs,

— et, du doigt, il désignait un échiquier dans un coin de la pièce.

— Qui a gagné ? demanda Wilson, avec l'ombre d'un sourire.

— Moi, Bon Dieu, dit Peter qui parlait pour la première fois et qui gloussait de rire, entre ses dents.

— Quel était le coup gagnant ?

— Fou au douze du cavalier, répondit Peter en gloussant de plus belle. Mon frère est un lamentable joueur d'échecs. Je me tue à le lui répéter.

— Peter, il n'y a pas de quoi rire.

— Tu es mauvais perdant, voilà la vérité.

— Tais-toi, Peter.

D'un coup, Peter cessa de rire. Il croisa les bras sur son abdomen massif et ne souffla plus mot.

J.D. Randall savoura le moment de silence puis demanda :

— Y a-t-il autre chose que je puisse faire pour vous, messieurs ?

— Vous êtes un salaud, dis-je à Wilson. Vous avez tout saboté.

— J'ai fait de mon mieux.

— Vous l'avez mis en colère pour le forcer à plaider.

— J'ai fait de mon mieux.

— C'est le plus sale, le plus dégueulasse...

— Calmez-vous, dit Wilson en caressant sa cicatrice.

— Vous auriez pu lui faire peur. Vous auriez pu lui dire comment les choses allaient se passer — lui donner les mêmes explications qu'à moi, pendant notre entretien au bar. Vous auriez pu lui parler des photos...

— Ça n'aurait servi à rien, dit Wilson.

— On ne sait jamais.

— Non. Ils sont résolus à porter l'affaire devant le tribunal. Ils...

— Oui, dis-je. Et cette résolution, c'est à vous qu'ils la doivent. Tout le temps à vous pavaner comme un salaud qui boit du petit lait ! A proférer des menaces ridicules comme un dur de banlieue ! Là, on peut dire que vous vous êtes surpassé.

— J'ai essayé de les convaincre, dit Wilson.

— Foutaise !

Il haussa les épaules.

— Je vais vous dire ce que vous avez fait, Wilson. Vous les avez acculés au procès parce que ce procès, vous en avez besoin. Il vous faut une arène, une occasion de montrer votre talent, une chance de vous faire un nom, de prouver que vous êtes un ténor du barreau, un défenseur que rien n'arrête quand il s'agit de sauver ses clients. Vous savez comme moi que si jamais l'affaire vient devant le tribunal, Art Lee sera perdant quel que soit le verdict. Il perdra son prestige, sa clientèle, peut-être même sa licence. Et si le procès a lieu, les Randall aussi seront perdants. Ils seront traînés dans la boue, harcelés de demi-vérités et d'implications sournoises, leur réputation ne sera plus qu'un souvenir. Une seule personne a quelque chose à gagner.

— Vraiment ?

— Et cette personne, c'est vous, Wilson. Vous seul tirerez un avantage de ce procès.

— Ce n'est que votre opinion.

Il commençait à se mettre en colère. Je ne le tenais pas encore, mais on y arrivait.

— Non, c'est un fait.

— Vous avez entendu J.D. Vous avez vu à quel point il est peu raisonnable.

— Vous auriez pu le forcer à vous entendre.

— Non. Mais il devra bien m'entendre au tribunal. Wilson se renversa sur le dossier de son siège et resta un moment le regard fixé devant lui, à se remémorer la soirée. Voyez-vous, Berry, vous me surprenez beaucoup. Vous êtes censé être un savant. Vous êtes censé voir les faits d'un œil objectif. Ce soir, vous avez eu toutes les preuves imaginables pour conclure à la culpabilité de Peter Randall et, malgré cela, vous vous faites toujours de la bile.

— Peter Randall vous a-t-il donné l'impression d'être coupable ? Son comportement constituait-il un aveu ?

— Il peut jouer la comédie.

260

— Répondez à la question.

— D'accord. La réponse est oui.

— Donc, vous le croyez coupable ?

— C'est exact, dit Wilson. Et je peux aussi le faire croire à un jury.

— Et si vous vous trompez ?

— Alors, je dirai que c'est bien regrettable. Tout comme il est regrettable que Mrs. Randall se soit trompée à propos d'Art Lee.

— Vous vous cherchez des excuses.

— Vous croyez ? Il fit un signe de dénégation. Non, mon vieux. C'est vous qui vous cherchez des excuses. Vous jouez au médecin loyal envers la profession, jusqu'à la besace. Vous léchez les bottes aux défenseurs de la tradition, vous entrez dans la conspiration du silence. Vous aimeriez voir l'affaire réglée gentiment, discrètement, sans éclat de part et d'autre ni rancune à la fin des négociations.

— N'est-ce pas la meilleure manière ? Le devoir d'un avocat est d'agir au mieux des intérêts de son client.

— Le devoir d'un avocat est de gagner ses causes.

— Art Lee est un homme. Il a une famille, il a des buts dans l'existence, des désirs et des souhaits personnels. Votre devoir est de l'aider. Et non de mettre en scène un grand procès à votre propre gloire.

— L'ennui avec vous, Berry, c'est que vous êtes comme tous les médecins. Vous ne pouvez croire qu'un confrère soit une franche crapule. Ce qui vous ferait vraiment plaisir, c'est de voir au banc des accusés un ancien infirmier militaire ou une infirmière quelconque. Ou encore une brave vieille sage-femme. Ces gens-là, vous n'hésiteriez pas une seconde à leur coller l'affaire sur le dos. Mais pas à un médecin.

— Je veux coller l'affaire sur le dos du coupable et de personne d'autre.

— Vous connaissez le coupable, dit Wilson. Bon Dieu, vous le connaissez aussi bien que moi.

Je déposai Wilson, puis rentrai chez nous et me versai un grand verre de vodka. Pas un bruit dans la maison, il était plus de minuit.

Je bus la vodka et pensai à ce que je venais de voir.

Comme l'avait dit Wilson, tout accusait Peter Randall. Il y avait du sang sur le siège de sa voiture et il avait détruit sa voiture. Le bidon d'essence déversé sur le siège avant avait effacé toutes les preuves, impossible d'en douter. Peter était blanc comme neige maintenant ; à ce détail près que je l'avais vu mettre le feu à sa voiture.

Dès lors, comme Wilson l'avait dit également, toutes les pièces du puzzle tombaient en place. Angela et Bulle disaient la vérité quand elles prétendaient n'avoir pas vu Karen ; elle était allée chez Peter ce dimanche soir. Et Peter avait commis une faute ; Karen était rentrée chez elle et s'était mise à saigner. Elle avait parlé à Mrs. Randall qui l'avait emmenée à l'hôpital dans sa propre voiture. A l'hôpital, Karen, qui ignorait la politique de l'établissement en ce domaine, avait cru que le diagnostic du service d'urgence allait provoquer l'intervention de la police ; pour éviter un scandale de famille, elle avait donc rejeté la responsabilité de l'avortement sur le seul autre avorteur qu'elle connût : Art Lee. Elle avait perdu les pédales et l'enfer s'était déchaîné.

Tout s'accordait à merveille.

Tout, sauf le point de départ. Peter Randall soignait Karen depuis des années. Il connaissait sa tendance à l'hystérie. C'est pourquoi il l'aurait certainement soumise au test de la lapine. En outre, il savait que Karen s'était déjà plainte de troubles visuels, symptômes d'une tumeur hypophysaire pouvant passer pour une grossesse. De sorte qu'il aurait certainement fait des tests.

Mais d'autre part, il avait apparemment envoyé Karen chez Art Lee. Pourquoi ? S'il avait voulu que Karen subît un avortement, il l'aurait pratiqué lui-même.

De plus, il l'avait déjà fait avorter deux fois, sans complications. Pourquoi aurait-il commis une faute — une faute grave — la troisième fois ?

Non, pensai-je, ce n'était pas possible.

Alors, je me souvins d'une phrase de Peterson : « On peut dire que vous vous serrez les coudes, vous autres médecins. » Je me rendis compte qu'il avait raison, et Wilson avec lui. Je voulais croire à l'innocence de Peter. D'abord parce qu'il était médecin et ensuite parce que je l'aimais bien. Même confronté avec les preuves les plus sérieuses, je voulais croire à son innocence.

Je poussai un soupir et bus une gorgée de vodka. Le fait était que j'avais vu quelque chose de très grave ce soir, un acte clandestin et répréhensible. Je ne pouvais pas fermer les yeux devant une chose pareille. Trop commode de conclure à un accident ou une coïncidence. Il fallait que je trouve une explication.

Et l'explication la plus logique voulait que l'avorteur s'appelât Peter Randall.

l'aima bien. Même continué avec les preuves les plus
sérieuses, la vraisemblance non innocente.

Je pouvais qu'il sourit et but une gorgée de vodka. Le fait
était que j'avais vu quelque chose de très grave, ceson qu'
aux clients son j'répétaisque je neuquais pas à fermer
les yeux devant une chose pareille. Non contrôlée de
ceux-là à un accident ou une coïncidence, a établi que là
même une explosion.

Et l'explosion la plus longue venait que l'avocat
Arnold Peter Kandall.

JEUDI

13 OCTOBRE

I

Je me réveillai de très méchante humeur. Je me sentais comme un animal pris au piège et mis en cage. Je n'appréciais pas du tout ce qui m'arrivait et je ne voyais aucun moyen de changer la situation. Et — c'était bien là le pire — je ne voyais aucun moyen de contrer Wilson. Il était déjà suffisamment difficile de prouver l'innocence d'Art Lee ; prouver aussi l'innocence de Peter Randall était impossible.

Un seul regard suffit à Judith pour me dire :

— De mauvais poil, ce matin.

Je répondis par un grognement et allai prendre une douche.

— Tu as trouvé quelque chose ? demanda-t-elle.

— Ouais. Wilson veut tout mettre sur le dos de Peter Randall.

Elle éclata de rire.

— Le bon vieux Peter ?

— Oui, le bon vieux Peter.

— Wilson a de quoi étayer ses accusations ?

— Oui.

— Tant mieux ! s'exclama-t-elle.

— Non, dis-je. Tant pis.

Je sortis de la douche et rentrai dans la chambre à là recherche d'une serviette.

— Je ne parviens pas à croire à la culpabilité de Peter.

— C'est très charitable de ta part.

— Non. Mais faire porter le chapeau à un autre innocent n'arrange rien.

267

— Ils ne l'ont pas volé, dit Judith.

— Qui cela ?

— Les Randall ;

— Ce n'est pas juste, dis-je.

— C'est gentil de ta part de le dire. Toi, tu peux toujours te plonger dans les détails techniques du droit. Moi, je suis restée trois jours avec Betty Lee.

— Je sais que c'était dur.

— Je ne parle pas de moi, dit-elle, je parle de Betty. Tu as peut-être oublié la soirée d'hier ?

— Non, dis-je, en pensant que la soirée d'hier avait tout déclenché, toute cette sale histoire : la soirée d'hier et ma décision d'appeler Wilson au secours.

— Betty a vécu un véritable enfer, dit Judith. Cela, rien ne peut l'excuser et ce sont les Randall qui en sont responsables. Alors, laisse-les mijoter un peu dans leur jus. Fais-leur voir comme c'est agréable.

— Mais, Judith, si Peter est innocent...

— Peter est très spirituel ; cela ne prouve pas qu'il soit innocent.

— Cela ne prouve pas non plus qu'il soit coupable.

— Maintenant, je me moque de savoir qui est coupable ou non. Tout ce que je veux, c'est que cette histoire finisse et qu'Art sorte de prison.

— Oui, dis-je, je sais ce que tu ressens.

En me rasant, j'observai mon visage. Un visage plutôt ordinaire, trop de bajoues, les yeux trop petits, calvitie naissante. Au total, rien ne me distinguait particulièrement. J'éprouvai une étrange impression à me savoir, depuis trois jours, au centre des événements, au centre d'une crise qui bouleversait la vie d'une demi-douzaine de personnes. Je n'étais pas du tout l'homme d'une telle situation.

Je m'habillai en me demandant ce que j'allais faire ce matin-là, et je me demandai aussi si je m'étais bien trouvé au centre des événements. Une idée bizarre. Supposons que j'aie simplement tourné autour du pot, en exhumant des détails sans importance ? Supposons que le cœur du problème reste intact ?

Voilà que je me cherchais encore des arguments pour sauver Peter...

Et après tout, pourquoi pas ? Il valait d'être sauvé autant que n'importe qui. Alors, il me vint à l'idée que Peter Randall valait d'être sauvé autant qu'Art Lee. Tous deux étaient des hommes, tous deux médecins, tous deux établis, tous deux intéressants, tous deux un rien non conformistes. Si l'on voulait aller au fond des choses, rien ne permettait vraiment de faire un choix. Peter était plein d'humour, Art était sarcastique. Peter était gros et Art était mince. Mais ils étaient essentiellement semblables.

J'endossai mon veston et essayai d'oublier toute l'affaire. Je n'étais pas le juge, Dieu merci. Je n'aurais pas à laver le linge sale au tribunal.

Le téléphone sonna. Je n'allai pas répondre. Un moment plus tard, Judith me cria :

— C'est pour toi !

Je soulevai le combiné.

— Allô !

Une voix de stentor que je reconnus aussitôt me dit :

— John, c'est Peter. Voudriez-vous venir déjeuner chez moi ?

— Pourquoi ?

— J'aimerais vous présenter l'alibi dont je ne peux me servir.

— Qu'est-ce que cela signifie ?

— Midi et demi, ça vous convient ?

— A tout à l'heure, dis-je.

II

Peter Randall vivait à l'ouest de Newton, dans une maison moderne, petite, mais admirablement meublée : fauteuils de Breuer, un divan de Jacobsen, une table à café de Rachmann. Style contemporain plein d'élégance. Peter apparut, un verre à la main.

— Entrez donc, John. Il me conduisit dans le living. Qu'allez-vous boire ?

— Rien, merci.

— Si vous saviez ce qui vous attend, vous feriez mieux de prendre un verre. Du scotch ?

— Avec des glaçons, s'il vous plaît.

— Asseyez-vous. Il passa dans la cuisine ; j'entendis des cubes de glace tomber dans un verre. Qu'avez-vous fait ce matin ?

— Rien, dis-je. Je suis resté à la maison et j'ai un peu réfléchi.

— A quoi ?

— A toute cette affaire.

— Ne me faites pas de confidences si vous n'en avez pas envie, dit-il en revenant avec un verre de scotch.

— Vous savez que Wilson a pris des photos ?

— Je m'en doutais un peu. Ce jeune homme ne manque pas d'ambition.

— Oui, dis-je.

— Et je suis dans le pétrin.

— Ça m'en a tout l'air.

Il me fixa un moment, puis :

— Qu'en pensez-vous ?

— Je ne sais plus que penser.

— Savez-vous, entre autres choses, que je fais parfois des avortements ?

— Oui, dis-je.

— Et que j'ai déjà fait avorter Karen ?

— Deux fois, dis-je.

Il se carra dans le fauteuil de Breuer où son corps rondouillard contrastait joliment avec les angles nets du meuble.

— Trois fois, pour être précis.

— Alors, vous…

— Non, non. La dernière fois. c'était en juin.

— Et la première fois ?

— Quand Karen avait quinze ans. Il poussa un soupir. Voyez-vous, j'ai commis quelques erreurs. L'une d'elles fut de vouloir m'occuper de Karen. Son père semblait ignorer jusqu'à son existence et… j'aimais bien Karen. C'était une gosse adorable. Désemparée, perdue, mais adorable. Je me suis donc chargé de son premier avortement, comme il m'arrive parfois de rendre le même service à d'autres malades. Ça vous choque ?

— Non.

— Bien. Mais l'ennui, c'est que Karen se faisait continuellement mettre enceinte. Trois fois en trois ans, à son âge, ce n'était pas très malin. C'était même pathologique. J'ai donc fini par conclure qu'elle devait porter le quatrième enfant.

— Pourquoi ?

— Parce que, manifestement, elle voulait être enceinte. Elle faisait tout pour cela. De toute évidence, elle avait besoin de la honte et des épreuves qui s'attachent à toute naissance illégitime. J'ai donc refusé, la quatrième fois.

— Êtes-vous sûr qu'elle était enceinte ?

— Non, et vous savez pourquoi j'avais des doutes ? Cette histoire de troubles visuels… On pense tout de suite au rôle possible d'un trouble hypophysaire. Je voulais faire des tests, mais Karen a refusé. Elle exigeait l'avortement tout de suite et comme je ne lui cédais pas, elle s'est mise en colère.

— Alors, vous l'avez envoyée au docteur Lee ?

— Oui, dit-il.

— Et il a pratiqué l'avortement ?

Peter hocha négativement la tête.

— Art est bien trop habile pour cela. Il n'aurait rien fait sans tests préalables. En outre, Karen était enceinte de quatre mois, du moins le prétendait-elle. Donc, Art n'aurait jamais accepté.

— Et vous n'avez pas accepté non plus ?

— Non. Vous me croyez ?

— J'aimerais bien.

— Mais vous n'êtes pas entièrement convaincu ?

Je haussai les épaules.

— Vous avez mis le feu à votre voiture parce qu'elle était pleine de sang.

— Oui, dit-il. Le sang de Karen.

— Comment est-ce arrivé ?

— J'ai prêté ma voiture à Karen pour le week-end. A ce moment-là, j'ignorais qu'elle projetait un avortement.

— Vous voulez dire qu'elle s'est servie de votre voiture

pour aller chez l'avorteur puis pour rentrer chez elle, en pleine hémorragie ? Et ensuite, elle a pris la Porsche jaune ?

— Pas exactement, dit Peter. Mais quelqu'un d'autre peut vous donner une meilleure explication. Il éleva un peu la voix pour appeler : — Chérie ! Sors de là. Puis, avec un sourire à mon intention : — Je vous présente mon alibi.

Mrs. Randall entra dans la pièce ; son visage était tendu et dur, mais toute sa personne était diablement attirante. Elle s'assit dans un fauteuil près de Peter.

— Vous voyez, dit Peter, dans quelle impasse je me trouve ?

— Dimanche soir ? demandai-je.

— J'en ai bien peur.

— C'est embarrassant, dis-je. Mais cela vient à point.

— Dans un sens, admit Peter. Il donna quelques petites tapes affectueuses sur la main de Mrs. Randall et se souleva lourdement de son fauteuil. Mais pour ma part, je n'emploierais aucun de ces termes pour décrire cette situation.

— Vous êtes restés ensemble toute la nuit de dimanche ?

Il se versa un autre scotch.

— Oui.

— A faire quoi ?

— A faire, dit Peter, ce que je préférerais ne pas devoir expliquer sous serment.

— Avec la femme de votre frère ?

Peter fit un clin d'œil à Mrs. Randall.

— Es-tu la femme de mon frère ?

— Le bruit en a couru, répondit-elle mais je n'y crois pas.

— Vous voyez, dit Peter, je vous mets dans la confidence d'une affaire de famille ultra-secrète.

— Des affaires de famille ! On ne pourrait mieux dire !

— Cela vous indigne ?

— Non, je serais plutôt fasciné.

— Joshua, dit Peter, Joshua est un imbécile. Vous le savez, naturellement. Wilson aussi. C'est pourquoi il était si sûr de lui. Mais malheureusement, Joshua a épousé Evelyn.

— Malheureusement, dit Evelyn.

— Et maintenant, nous sommes dans une impasse, dit Peter. Elle ne peut divorcer pour m'épouser. Ce serait

272

impossible. Nous nous sommes donc résignés à notre vie telle qu'elle est aujourd'hui.

— Difficile, je suppose ?

— Pas vraiment, dit Peter qui vint se rasseoir après avoir rempli son verre. Joshua est très dévoué. Il travaille souvent jusque tard dans la nuit. Evelyn, pour sa part, fait partie de nombreux clubs et doit s'occuper de nombreuses bonnes œuvres.

— Il l'apprendra tôt ou tard.

— Il le sait déjà, dit Peter.

Je dus réagir, car il s'empressa d'ajouter :

— Pas consciemment, bien sûr. Consciemment, J.D. n'est au courant de rien. Mais dans son subconscient, il se rend compte qu'il a une jeune femme, qu'il la néglige et qu'elle trouve… certaines satisfactions ailleurs.

Je me tournai vers Mrs. Randall.

— Jureriez-vous que Peter était avec vous la nuit de dimanche ?

— Oui, si c'était nécessaire.

— Wilson vous y forcera. Il veut un procès.

— Je sais, dit-elle.

— Pourquoi avez-vous accusé Art Lee ?

Elle détourna la tête pour interroger Peter d'un regard. Celui-ci expliqua :

— Elle essayait de me protéger.

— Art était le seul autre avorteur de sa connaissance ?

— Oui, dit Evelyn.

— Il vous a fait avorter ?

— Oui. En décembre dernier.

— L'avortement s'est bien passé ?

Elle remua dans son fauteuil.

— L'opération a atteint son but, si c'est ce que vous voulez dire.

— C'est ce que je veux dire. Savez-vous qu'Art n'en parlera jamais à personne ?

Elle hésita un peu avant de répondre :

— Quand j'ai conduit Karen à l'hôpital… j'étais désemparée. J'avais peur. Je ne savais pas ce que je faisais.

— Vous mettiez Art en prison.

— Oui, dit-elle, c'est ainsi que les choses ont tourné.

— Eh bien, fis-je, vous pouvez l'en sortir maintenant.

— Comment ?

— Retrait de la plainte.

Peter intervint :

— Ce n'est pas si facile.

— Pourquoi pas ?

— Vous l'avez vu de vos yeux hier soir. J.D. est résolu à se battre, maintenant que les positions respectives sont claires. Sa conception du bien et du mal est celle d'un chirurgien. Il ne voit que le blanc et le noir, le jour et la nuit. Pas de gris. Pas de crépuscule.

— Pas de cocus.

Peter éclata de rire.

— Peut-être avez-vous quelques points communs tous les deux ?

Evelyn se leva et dit :

— Le déjeuner sera prêt dans cinq minutes. Voulez-vous un autre verre ?

— Oui, dis-je en regardant Peter. Ça vaudrait mieux.

Après la sortie d'Evelyn, Peter me dit :

— Vous me jugez absolument dépourvu de cœur, un monstre de cruauté. En fait, ce n'est pas vrai. Cette affaire n'est qu'une longue chaîne d'erreurs, une longue liste de fautes. J'aimerais que tout s'éclaircisse…

— Sans pots cassés…

— Autant que possible. Malheureusement, la personnalité de mon frère n'arrange rien. Dès que sa femme a accusé le docteur Lee, il a pris cela pour vérité d'Évangile. Et il a proclamé partout cette vérité comme un naufragé s'accrocherait à une bouée. Il ne reviendra jamais sur sa position.

— Continuez, dis-je.

— Mais le fait central demeure. Que vous me croyiez ou non, j'affirme que je n'ai pas fait cet avortement. Vous êtes tout aussi certain que le docteur Lee ne l'a pas fait non plus. Qui reste-t-il ?

— Je ne sais pas.

— Vous pouvez le découvrir.

— Vous me demandez mon aide ?

— Oui, dit Peter.

Pendant le repas, je demandai à Evelyn :

— Qu'est-ce que Karen vous a vraiment dit dans la voiture ?

— Elle répétait : « Le salaud ! Le salaud ! », sans arrêt.

— Elle n'a donné aucune explication ?

— Non.

— Savez-vous qui elle pouvait bien désigner ?

— Non. Aucune idée.

— A-t-elle dit autre chose ?

— Oui. Elle a parlé d'une aiguille. Des phrases indistinctes où ce mot revenait tout le temps : elle ne voulait pas l'aiguille, elle ne voulait pas l'aiguille dans son corps, elle ne voulait pas l'aiguille tout près d'elle. L'aiguille…

— Parlait-elle d'une drogue ?

— Je ne saurais dire.

— Qu'avez-vous pensé à ce moment ?

— Je ne pensais rien du tout, dit Evelyn. Je la conduisais à l'hôpital et elle se mourait sous mes yeux. J'avais peur que Peter ne l'ait fait, même si cela ne me paraissait pas possible. J'avais peur que Joshua ne découvre la vérité. J'avais peur d'un tas de choses.

— Mais pas pour Karen ?

— Si, dit-elle, pour Karen aussi.

III

Le repas était bon. Vers la fin, en observant le couple, je me pris à souhaiter n'être pas venu et ne rien savoir d'eux. Je ne voulais pas savoir, je ne voulais pas y penser.

Ensuite, je pris le café avec Peter. J'entendais Evelyn faire la vaisselle dans la cuisine. On l'imaginait difficilement occupée à la vaisselle, mais elle était tout autre auprès de Peter ; il ne fallait qu'un tout petit effort pour la trouver sympathique.

— Je suppose, dit Peter, que ce n'était pas très fair play de vous inviter aujourd'hui ?

— En effet.

Il poussa un soupir et redressa sa cravate qui tombait sur son gros ventre.

— Je ne me suis jamais trouvé dans ce genre de situation.

— Quelle situation ?

— Pris la main dans le sac.

Je me dis *in petto* qu'il ne devait s'en prendre qu'à lui-même, qu'il avait courtisé la catastrophe. J'essayai de lui en tenir rigueur, mais je n'y parvins pas tout à fait.

— Le plus terrible, dit-il, c'est de repenser à tout cela et de se demander en quoi l'on modifierait sa conduite si c'était à refaire. J'y pense sans arrêt. Et je ne trouve jamais l'erreur que je cherche, le moment crucial où j'ai pris le mauvais virage dans le labyrinthe. Le moment où je me suis engagé avec Ev, je suppose. Mais ça, je le referais sans hésiter une seconde. Où je me suis engagé vis-à-vis de Karen ? Mais je le referais aussi. Chaque décision était bonne en soi. C'est la rencontre de…

— Faites en sorte que J.D. retire sa plainte.

— Impossible. Mon frère et moi, nous n'avons jamais sympathisé. D'aussi loin que je me souvienne. Nous sommes différents en tout, même physiquement. Nous pensons différemment, nous agissons différemment. Quand j'étais jeune, je lui en voulais d'être mon frère et en secret, dans le fond de mon cœur, je m'imaginais qu'il ne l'était pas, que c'était un enfant adopté, ou quelque chose comme ça… Je suppose qu'il pensait de même à mon sujet. Il finit son café et baissa la tête. Ev a essayé de le convaincre de retirer sa plainte. Mais J.D. ne cède pas un pouce de terrain et elle ne peut vraiment pas…

— Inventer une excuse ?

— C'est cela.

— Dommage qu'elle ait commencé par donner le nom d'Art Lee.

— Oui. Mais ce qui est fait est fait.

Il me reconduisit à la porte. Je sortis dans la lumière pâle d'un soleil gris. Alors que je me dirigeais vers ma voiture, Peter me lança :

— Si vous ne vouliez pas vous mêler de cette affaire, je comprendrais…

Je me retournai pour lui faire face :

— Vous saviez fichtre bien que je n'ai pas le choix.

— Je ne le savais pas, dit-il. Mais j'en avais l'espoir.

En m'installant à mon volant, je me demandais ce que j'allais faire. Je n'avais aucune idée, aucune piste, rien. Peut-être ferais-je bien de rappeler Zenner pour voir s'il se souvenait d'autres détails de sa conversation avec Karen ? Peut-être ferais-je bien de rendre visite à Ginnie ou à Angela et Bulle pour voir si la mémoire leur revenait un peu ? Mais cela m'eût étonné.

Je plongeai la main dans ma poche pour y prendre mes clefs et mes doigts y trouvèrent autre chose : la photo d'un Noir en costume étincelant : Roman Jones.

J'avais complètement oublié Roman. A un certain moment, il s'était évanoui dans la foule, dans le flot des visages. Je fixai la photo un long moment, essayant de lire les traits, de jauger l'homme. C'était impossible. Roman prenait la pose traditionnelle, l'attitude insolente de l'« idole » en costume d'argent, le paon qui fait la roue, mi-charmeur, mi-méprisant. Cette photo destinée aux foules ne pouvait rien m'apprendre.

J'ai de la peine à manier les mots et j'ai toujours été surpris de voir mon fils Johnny tellement à l'aise dans l'emploi du vocabulaire. Quand Johnny est seul, tout en s'amusant avec ses jouets, il invente d'autres jeux où les mots tiennent la première place ; il invente des rimes ou se raconte des histoires. Rien de ce qu'il entend ne lui échappe et il vient toujours me demander des explications.

Un jour, il m'a demandé ce qu'était au juste un ophidien ; il prononçait le mot à la perfection, avec soin, comme s'il s'agissait d'un objet fragile.

Je ne fus donc pas vraiment surpris ce jour-là, de l'entendre interrompre ma réflexion silencieuse pour me demander :

— Papa, qu'est-ce que c'est un avorteur ?

— Pourquoi me demandes-tu ça ?

— Un des policiers a dit qu'oncle Art était un avorteur. C'est un méchant, un avorteur ?

— Parfois, dis-je.

Johnny vint s'appuyer contre mon genou, s'y cala le menton. Il a de grands yeux bruns, les yeux de Judith.

— Mais qu'est-ce que ça veut dire, papa ?

— C'est très compliqué, dis-je pour gagner quelques secondes.

— Est-ce que ça veut dire une sorte de médecin ? Comme un neurologue ?

— Oui. Mais un avorteur fait d'autres choses.

Je hissai Johnny sur mon genou, il commençait à peser, il grandissait. Judith disait que le temps était venu d'en avoir un autre.

— Des choses qui ont un rapport avec les bébés, expliquai-je.

— Comme un obstétricien ?

— Oui, dis-je, comme un obstétricien.

— Il retire le bébé de la maman ?

— Oui, mais c'est différent. Parfois, le bébé n'est pas normal. Parfois, il sera incapable de parler.

— Les bébés ne parlent pas, dit Johnny. Il faut attendre un peu.

— Oui. Mais parfois, le bébé naît sans bras ni jambes. Parfois, il est difforme. Alors, un médecin arrête le bébé et le retire plus tôt que d'habitude.

— Quand il n'est pas encore assez grand ?

— Oui, quand il n'est pas encore assez grand.

— Est-ce qu'on m'a retiré plus tôt ?

— Non, dis-je, et je serrai Johnny contre moi.

— Pourquoi il y a des bébés qui n'ont pas de bras ni de jambes ?

— C'est un accident. Une erreur.

Johnny étendit la main et l'observa, en pliant les doigts l'un après l'autre.

— C'est beau, un bras, dit-il.

— Oui.

— Mais tous les enfants ont des bras.

— Pas tous.

— Tous ceux que je connais.

— Oui. Mais parfois, des enfants naissent sans bras.

— Sans bras, comment est-ce qu'ils jouent à la balle ?

— Ils ne peuvent pas jouer.

— Je n'aime pas ça, dit Johnny. De nouveau, il se mit à regarder sa main, à fermer les doigts, à observer leur mouvement. Pourquoi a-t-on des bras ? me demanda-t-il ensuite.

— Parce que… (La question était vraiment trop difficile pour moi.)

— Parce que quoi ?

— Parce que dans notre corps, il y a un code.

— C'est quoi, un code ?

— C'est comme une série d'instructions. Un plan.

— Ah ?

Johnny ne dit plus rien.

— C'est comme ton jeu de construction. Tu regardes les images et tu fais ce que tu vois. C'est ça, un plan.

— Ah !

Impossible de savoir s'il comprenait ou non. Il réfléchit encore un peu à ce que je venais de lui apprendre puis leva les yeux vers moi.

— Quand on retire le bébé de la maman, qu'est-ce qu'il devient ?

— Il s'en va.

— Où ?

— Il s'en va, répétai-je ne voulant pas donner d'autres explications.

— Ah ? dit Johnny. Il descendit de mon genou. Est-ce qu'oncle Art est vraiment un avorteur ?

— Non.

Si je répondais autre chose, l'institutrice de l'école maternelle me téléphonerait dès le lendemain pour s'informer discrètement à propos de l'oncle avorteur. Mais je n'en étais pas moins mal à l'aise.

— Bien, dit Johnny. Je suis content.

Et il retourna à ses occupations.

— Tu ne manges pas, dit Judith.

Je repoussai mon assiette.

— Je n'ai pas très faim.

Judith se tourna vers Johnny et ordonna :

— Finis ton assiette, Johnny.

Il tenait la fourchette dans son petit poing serré.

— Je n'ai pas faim, dit-il en me fixant droit dans les yeux.

— Mais si, tu as faim, plaidai-je.

— Non, pas faim du tout.

Debby, qui était tout juste assez grande pour voir par-dessus le bord de la table, laissa tomber son couteau et sa fourchette.

— Je n'ai pas faim non plus. Ces légumes ont un drôle de goût.

— Je les trouve très bons, dis-je et, conscient de mes devoirs paternels, j'en avalai une bouchée.

Les gosses me lançaient des regards soupçonneux. Surtout Debby : à trois ans, c'était une petite femme de tête.

— Tu dis ça pour nous faire manger, papa.

— Je me régale, dis-je en prenant une autre bouchée.

— Tu fais semblant.

— Non, je t'assure que non.

— Alors, pourquoi tu ne souris pas ?

Grâces en soient rendues à la Providence, Johnny décida que le moment était venu de manger un peu. Il se frotta le ventre en disant :

— C'est bon !

— C'est vraiment bon ? demanda Debby.

— Oui, dit Johnny. Très bon.

Debby chipota dans son assiette. Elle garnit sa fourchette et tandis qu'elle la portait à sa bouche. elle renversa la nourriture sur sa robe. Alors, comme toute femme digne de ce nom, elle se mit en rogne contre tout ce qui se trouvait là. Elle proclama bien haut que c'était infect et qu'elle ne pouvait manger de pareilles horreurs. Judith lui répondit en l'appelant « mademoiselle », signe infaillible que la colère commençait à la gagner, elle aussi. Debby fit alors prudemment machine arrière tandis que Johnny continuait à manger jusqu'au moment où il nous mit fièrement sous le nez une assiette où il ne restait plus la moindre molécule de sauce.

Il fallut encore une bonne demi-heure avant que les

enfants consentent à se mettre au lit. J'étais resté dans la cuisine. Judith descendit enfin et dit :

— Veux-tu une tasse de café ?

— Oui. J'en ai bien besoin.

— Il ne faut pas en vouloir aux enfants, dit-elle. Ces derniers jours les ont mis à l'épreuve.

— Nous sommes tous dans le même cas.

Elle servit le café et s'assit de l'autre côté de la table.

— Je ne cesse de penser aux lettres, dit-elle. Aux lettres que Betty a reçues.

— Et qu'en penses-tu ?

— Je les juge simplement à leur juste valeur. Il y a des milliers de gens autour de cette maison, tout autour de toi, des milliers de gens qui attendent l'occasion de te traîner dans la boue. Des imbéciles, des bigots, des petits esprits qui...

— Nous vivons en démocratie, dis-je. Ces gens-là gouvernent le pays.

— Tu te paies ma tête ?

— Non. Mais je te comprends.

— De toute façon, ça me fait peur, dit Judith. En me passant le sucrier, elle ajouta : — Je crois bien que j'ai envie de quitter Boston. Et de n'y jamais revenir.

— C'est la même chose partout. Autant s'habituer à l'idée.

Je passai deux heures dans mon bureau, à parcourir de vieux textes et des articles de périodiques médicaux. Je m'offris également une bonne séance de réflexion. J'essayais de rassembler les pièces du puzzle, de déterminer le rôle exact de Karen Randall, du Génie, d'Alan Zenner, de Bulle et d'Angela. J'essayais de comprendre l'attitude de Weston mais, en fin de compte, je n'y comprenais plus rien.

Judith entra alors et me dit :

— Tu sais qu'il est déjà neuf heures ?

Je me levai aussitôt et endossai mon veston.

— Tu sors ?

— Oui.

— Où vas-tu ?

Je lui grimaçai un sourire.

— Dans un bar, dis-je. En ville.

— Pour quoi faire ?

— Du diable si je le sais !

L'Electric Grape se trouvait dans une rue latérale de Washington Street. De l'extérieur, la boîte n'avait rien d'impressionnant, une vieille bâtisse en briques, aux grandes fenêtres couvertes de papier de sorte que les passants ne puissent rien voir. Sur le papier, une inscription : *Chaque soir, les Zéphyrs, Go-go girls.* Je m'approchai un peu plus près et entendis quelques bribes d'un *rock'n roll* discordant.

C'était un jeudi soir, dix heures, une soirée creuse. Très peu de marins ; quelques prostituées plus loin dans la rue, immobiles, le poids du corps portant sur une hanche pour faire saillir le bassin. Une autre péripatéticienne sillonnait le quartier dans une petite voiture de sport ; au passage, ses cils gluants de mascara battirent à mon intention. J'entrai dans la salle.

Il y faisait chaud, d'une chaleur animale, lourde d'odeurs, et le bruit était à faire peur ; les murs en tremblaient, la salle n'était qu'un vacarme épais, envahissant. Mes oreilles se mirent à bourdonner. Je restai une seconde sur place pour permettre à mes yeux de s'habituer à la pénombre. Le long d'un mur, des demi-cloisons abritaient des tables de bois bon marché ; un bar courait devant l'autre mur. Une petite piste de danse était aménagée près de l'estrade où se tenait l'orchestre ; deux marins dansaient avec deux grosses filles à l'air sale. C'étaient les seuls clients.

Sur l'estrade, les Zéphyrs s'en donnaient à cœur joie. Ils étaient cinq : trois guitaristes, un batteur, un chanteur qui étreignait le micro et enroulait ses jambes autour de la tige. Tous les cinq faisaient beaucoup de bruit mais, bizarrement, leurs visages restaient sans expression, comme s'ils attendaient quelque chose, comme s'ils tuaient le temps en faisant de la musique.

Une *go-go girl* se démenait de chaque côté de l'orchestre. Pour tout costume, elles portaient des bikinis à franges. L'une était un peu trop grassouillette ; l'autre avait un visage ravissant, mais un corps sans grâce. A la lumière des projecteurs, leur peau paraissait crayeuse.

J'allai au bar et commandai un scotch à la glace. De cette façon, j'aurais ce que je désirais, du scotch à l'eau.

Je payai mon verre et me retournai pour regarder l'orchestre. Roman était l'un des guitaristes, un homme de quelque vingt-cinq ans, tout en muscles nerveux, aux cheveux noirs et bouclés. La brillantine luisait à la lumière rose des projecteurs. En jouant, il gardait le regard fixé sur les doigts de sa main droite.

— Ils ne sont pas mauvais du tout, dis-je au barman.

Le barman haussa les épaules.

— Vous aimez ce genre de musique ?

— Bien sûr, pas vous ?

— Du bruit, dit le barman, rien que du bruit !

— Quel genre de musique aimez-vous ?

— L'opéra, répondit-il en se tournant vers un autre client ; je n'aurais pu dire s'il se payait ma tête ou non.

Je restai là, debout, mon verre en main. Les Zéphyrs finirent leur morceau et, sur la piste de danse, les marins applaudirent. Personne ne les imita. Le chanteur dont le corps oscillait toujours au rythme de la chanson qu'il venait de terminer, se pencha vers le micro et lança :

— Merci ! merci ! d'une voix haletante, comme si des milliers de personnes l'applaudissaient à tout rompre. Puis il dit : — Notre prochain morceau sera une chanson de Chuck Berry.

En fait, nous eûmes droit à *Long Tall Sally*. Un air du bon vieux temps. Assez vieux pour que je puisse, sans risque d'erreur, l'attribuer à Little Richard, et non à Chuck Berry. Assez vieux pour me rappeler l'époque ayant précédé mon mariage, l'époque où j'emmenais des filles passer une folle soirée dans des endroits comme celui-ci, l'époque où les Noirs, loin de poser un problème en tant qu'êtres humains, n'étaient pour nous que d'amusants musiciens, toujours prêts à nous distraire après une journée de travail. L'époque où les jeunes Blancs pouvaient, sans aucun risque, aller à l'*Apollo*, à Harlem.

Le bon vieux temps...

Les Zéphyrs jouaient bien, vite et fort. Judith a horreur

du *rock'n roll* et c'est regrettable, car moi, j'ai toujours aimé ça. Mais le *rock'n roll* n'était pas à la mode au moment où grandissait notre génération. C'était de la musique grossière, bonne pour les classes inférieures. Les débutantes ne juraient encore que par Lester Lanin et Eddie Davis ; Leonard Bernstein n'avait pas encore appris le twist.

Les temps changent.

Enfin, les Zéphyrs jouèrent la dernière note. Ils adaptèrent alors un électrophone à leurs amplificateurs et mirent les disques en route. Puis ils descendirent de l'estrade et se dirigèrent vers le bar. Comme Roman s'approchait de moi, j'allai à sa rencontre et lui touchai le bras.

— Je vous offre un verre ?

Il me lança un regard de surprise.

— Pourquoi ?

— Je suis un fan de Little Richard.

Ses yeux m'examinaient de la tête aux pieds.

— Allez, pas de blagues ! dit-il.

— Non, je parle sérieusement.

— Vodka, dit-il en s'asseyant auprès de moi.

Je commandai une vodka que Roman avala en deux gorgées.

— On va en reprendre une, dit-il, et puis nous pourrons parler de Little Richard. D'accord ?

— O.K.

Il prit le deuxième verre et alla vers une table de l'autre côté de la salle. Je le suivis. Son costume argenté brillait dans la pénombre. Nous nous assîmes, il regarda son verre et dit :

— Montrez-moi votre plaque.

— Quoi ?

Il me lança un regard peiné.

— Votre insigne, bébé. La jolie petite étoile. Je ne dis rien si vous n'avez pas votre insigne.

Je dus paraître très perplexe.

— Bon Dieu, dit Roman, quand est-ce qu'on va recruter de la flicaille un peu moins bête ?

— Je ne suis pas un flic.

— Mais non, bien sûr, ricana-t-il en prenant son verre et en se levant.

— Attendez une minute, dis-je. J'ai quelque chose à vous montrer.

J'extirpai mon portefeuille de ma poche et en sortis ma carte de médecin. Il faisait si sombre que Roman dut se pencher pour la lire.

— Sans blague ! fit-il, la voix sarcastique, mais il se rassit.

— C'est la vérité, dis-je. Je suis médecin.

— O.K., vous êtes médecin. Pour moi, vous puez le flic, mais vous êtes médecin. Alors, mettons les choses au point. Vous voyez ces autres types, là-bas ? D'un signe de tête, il désignait les autres membres de l'orchestre. S'il arrive quelque chose, ils témoignent tous que vous m'avez montré une carte de médecin plutôt qu'un insigne de police. Ça, c'est extorquer des renseignements, bébé... Ça ne tient pas devant le tribunal. Compris ?

— Je veux simplement bavarder un peu avec vous.

— Sans blague ! redit-il, et il but une gorgée de vodka. Puis, il eut un mince sourire. On peut dire que les nouvelles vont vite.

— Vraiment ?

— Ouais, dit-il. Un instant, il me jaugea du regard. Qui vous a mis au courant ?

— J'ai des moyens de m'informer.

— Quels moyens ?

Je haussai les épaules.

— Simplement... mes moyens à moi.

— Qui a besoin de marchandise ?

— Moi.

Roman éclata de rire.

— Vous ? Soyez sérieux, mon vieux. Vous n'avez besoin de rien.

— Très bien, dis-je. Je me levai, fis mine de partir. Peut-être me suis-je trompé d'adresse ?

— Une minute, bébé !

Je m'arrêtai. Il était toujours assis, il regardait son verre et le faisait tourner entre ses doigts.

Je me rassis. Roman ne leva pas les yeux.

— C'est de la bonne marchandise, dit-il. Pas frelatée du tout. C'est la meilleure qualité ; alors, elle coûte cher, vous comprenez ?

— O. K., dis-je.

Il se gratta nerveusement les avant-bras et les mains.

— Combien de sachets ?

— Dix. Quinze. Tout ce que vous avez.

— J'en ai autant que vous voudrez.

— Alors, disons quinze. Mais je veux voir la marchandise d'abord.

— Ouais, ouais, ça va, vous la verrez. A nouveau, il se gratta les bras à travers le tissu argenté et sourit.

— Mais avant de faire l'affaire, j'ai une question à vous poser.

— Allez-y.

— Qui vous a mis au courant ?

J'hésitai un peu avant de répondre :

— Angela Harding.

Roman parut surpris, embarrassé. Pour ma part, j'étais incapable de dire si j'avais ou non fait une erreur. Il remua sur sa chaise comme s'il prenait une décision et dit :

— C'est une amie à vous ?

— Quelque chose comme ça.

— Quand l'avez-vous vue pour la dernière fois ?

— Hier. Il hocha lentement la tête. — La porte est là, dit-il. Je vous donne trente secondes pour sortir d'ici avant que je ne vous déchire en petits morceaux. Tu m'entends, sale flic ? Trente secondes !

— D'accord, ce n'était pas Angela Harding. C'était une de ses amies.

— Qui ça ?

— Karen Randall.

— Jamais entendu parler.

— J'ai cru comprendre que vous la connaissiez très bien. Il hocha la tête.

— Non.

— C'est ce qu'on m'a dit.

— Alors, on t'a dit une sottise, bébé. Une grosse sottise. Je sortis sa photo de ma poche.

— Cette photo se trouvait dans sa chambre à l'université.

Tout se passa si vite que je ne me rendis même pas compte de ce qui arrivait : Roman m'avait arraché la photo et était en train de la déchirer.

— Quelle photo ? dit-il sans même hausser la voix. Je ne vois pas de quelle photo vous voulez parler. Je n'ai jamais vu cette fille.

Je me rassis.

Il m'observait d'un œil furieux.

— Fous le camp ! dit-il.

— Je suis venu ici pour acheter quelque chose, dis-je. Je ne partirai pas avant de l'avoir.

— File tout de suite si tu as un brin de jugeote.

Derechef, il se grattait les bras. Un seul regard me suffit pour comprendre que je n'apprendrais rien de plus. Roman ne parlerait plus et je n'avais aucun moyen de l'y forcer.

— Très bien, dis-je. Je me levai, laissant mes lunettes sur la table. A propos, savez-vous où je pourrais me procurer un peu de thiopenthal ?

L'espace d'une seconde, ses yeux s'élargirent.

— Un peu de quoi ?

— Thiopenthal.

— Jamais entendu parler de ça. Maintenant, fichez le camp avant qu'un de ces gentils garçons que vous voyez là au bar ne vous cherche querelle et ne vous casse la tête.

Je sortis. Il faisait froid ; une pluie légère s'était remise à tomber. Sur le pas de la porte, je regardai un moment Washington Street et les lumières éclatantes des autres boîtes à *rock'n roll* et à strip-tease. J'attendis trente secondes avant de rentrer.

Mes lunettes étaient toujours sur la table. Je les pris et me retournai pour partir. Mais auparavant, j'examinai soigneusement la salle.

Roman se servait du téléphone public installé dans un coin.

C'était tout ce que je voulais savoir.

IV

Au coin de la rue, au bout du pâté de maisons, se trouvait une échoppe crasseuse. Hamburgers à vingt *cents*. Le « restaurant » n'était séparé de la rue que par une grande vitrine. A l'intérieur. quelques gamines mangeaient en pouffant de rire à chaque bouchée, deux ou trois clochards moroses se recroquevillaient dans des imperméables en lambeaux qui leur tombaient presque jusqu'aux pieds. Dans un coin, trois matelots riaient en se donnant de grandes claques sur l'épaule, revivant quelque conquête ou préparant la suivante. Un téléphone était fixé au mur du fond.

J'appelai le Mem et demandai le docteur Hammond. On me dit qu'il était de service à la salle d'urgence ce soir-là ; la réception transmit l'appel.

— Norton, c'est John Berry.

— Qu'est-ce qui se passe ?

— J'ai besoin d'autres renseignements, dis-je. A trouver dans les archives.

— Tu as de la chance. La nuit s'annonce calme, ici. Deux ou trois blessures par arme blanche et quelques bagarres d'ivrognes. Rien d'autre. De quoi as-tu besoin ?

— Prends note, dis-je. Roman Jones, vingt-quatre ou vingt-cinq ans, de race noire. Je veux savoir s'il a déjà été admis à l'hôpital et s'il a été suivi dans une des consultations. Et je veux les dates.

— Bien, dit Hammond. Roman Jones… Admissions et traitements en consultation… Je vérifie tout de suite.

— Merci, dis-je.

— Tu me rappelles ?

— Non, je passerai au service des urgences un peu plus tard.

Comme l'avenir allait le montrer, je n'aurais pu mieux dire.

En raccrochant, je m'aperçus que j'avais faim ; alors, je commandai un *hot dog* et du café. Ne prenez jamais un hamburger dans un endroit de ce genre. D'abord, le gargotier emploie souvent de la viande de seconde qualité, ou du lapin, ou des tripes, bref, tout ce qui peut entrer dans un

288

hachoir. Ensuite, neuf fois sur dix, la viande contient assez de bactéries pour infecter toute une armée. De trichinoses, par exemple ; le taux d'infection est six fois plus élevé à Boston que dans le reste du pays. On n'est jamais trop prudent.

J'ai un ami bactériologiste. Il consacre tout son temps à diriger un laboratoire d'hôpital où l'on cultive des organismes ayant infecté des malades. Aujourd'hui, ce garçon en arrive à ne plus jamais prendre un repas au restaurant, même pas au *Joseph's* ! Il refuse de toucher à un steak qui n'est pas cuit au maximum. Il se fait vraiment un sang d'encre. Je me souviens d'un dîner avec lui. C'était affreux ! Il a sué de peur pendant tout le repas. Un seul regard sur son visage et on comprenait qu'il imaginait ses petites colonies de microbes envahissant viandes et sauces, infectant chaque bouchée de staphylocoques et de streptocoques. Sa vie est fichue. De toute manière, les *hot dogs* sont un peu plus sûrs que les hamburgers. J'en pris donc un, l'apportai au comptoir avec mon café et le mangeai en regardant par la fenêtre la foule qui passait sur le trottoir.

Je pensais à Roman. Ce qu'il m'avait dit ne me plaisait pas du tout. Manifestement, il vendait de la drogue, et sans doute de la drogue puissante. La marijuana était trop facile à se procurer. Le L.S.D. n'était plus fabriqué par Sandoz, mais l'acide lysergique, la substance-mère, est produit à la tonne en Italie et n'importe quel étudiant peut le transformer en volant quelques réactifs à son labo de chimie. Quant à la psylocybine et au D.M.T. ils sont encore plus faciles à fabriquer.

Roman vendait probablement des opiacés, de la morphine ou de l'héroïne. Ce qui compliquait beaucoup les choses, surtout si l'on pensait à sa réaction en entendant prononcer les noms d'Angela Harding et de Karen Randall. Je n'étais pas sûr de bien distinguer la connexion entre les deux faits, mais j'avais le pressentiment que, bientôt, j'allais en savoir beaucoup plus.

Je finis mon *hot dog* et bus mon café. En regardant par la fenêtre, je vis soudain Roman passer à toute allure. Il regardait droit devant lui, son visage était crispé, inquiet.

J'avalai d'un trait le restant de mon café et suivis Roman.

V

Je lui laissai une avance d'un demi-pâté de maisons. Il se hâtait, jouant des coudes et des épaules pour écarter la foule. Je le vis se diriger vers Stuart Street. Là, il tourna à gauche et prit le chemin de l'autoroute. Je le suivis. Cette partie de Stuart Street était déserte. Je relevai le col de mon imperméable. Je n'avais pas de chapeau et c'était bien dommage. S'il jetait un regard par-dessus son épaule, il me reconnaîtrait certainement.

Roman parcourut la longueur d'un pâté de maisons puis tourna de nouveau à gauche. Il semblait vouloir revenir à son point de départ. Je ne comprenais pas pourquoi, mais je résolus d'être plus prudent. Il marchait d'un pas vif et saccadé, comme quelqu'un qui a peur.

Nous étions dans Harvey Street maintenant, là où se trouvent quelques restaurants chinois. Je m'arrêtai, fis mine de lire le menu affiché à l'une des vitrines. Roman ne regarda pas en arrière. Encore un pâté de maisons et il tournait à droite.

Je le suivis toujours.

Au sud de Boston Commons, la ville change de caractère sans aucune transition. Le long des Commons, dans Tiemont Street, se côtoient grands théâtres et magasins de luxe. Dès le carrefour suivant, Washington Street prend un caractère moins convenable ; il y a des bars, des putains et des cinémas pornographiques. Au-delà, la situation s'aggrave encore. Puis on trouve une rue de restaurants chinois et c'est fini. A partir de cet endroit, c'est le quartier du commerce en gros. Des textiles, surtout.

C'est là que nous nous trouvions maintenant.

Les magasins avaient éteint leurs lumières, mais on distinguait les rouleaux d'étoffe dressés dans les vitrines. De grandes portes en fer pour les camions assurant le transport des marchandises. Quelques petites épiceries, un costumier de théâtre qui exposait des collants pour danseuses, un vieil uniforme et quelques perruques. Une salle de billard en sous-sol d'où venait le léger cliquetis des boules d'ivoire.

Les rues étaient sombres et humides. Nous étions tout à

fait seuls. Roman marcha très vite jusqu'à la rue suivante puis il fit halte.

Je me cachai sous une porte cochère et attendis. Roman jeta un regard derrière lui et se remit en marche. Je lui emboîtai le pas.

A plusieurs reprises, il suivit un trajet le faisant revenir en arrière et il s'arrêta souvent pour regarder par-dessus son épaule. A certain moment, une voiture passa, ses pneus sifflant sur l'asphalte humide. D'un bond, Roman se dissimula dans l'ombre des maisons et ne reprit le milieu du trottoir qu'une fois la voiture disparue. Il était visiblement nerveux.

Je le suivis pendant quinze minutes environ. J'étais incapable de dire s'il cherchait à dépister une éventuelle filature ou s'il tuait simplement le temps. Il s'arrêta plusieurs fois pour regarder un objet qu'il tenait en main, peut-être une montre, peut-être autre chose. Impossible de s'en assurer.

Enfin, il prit la direction du nord, se glissant le long des rues latérales, contournant les Commons et State House.

Je mis un certain temps à me rendre compte qu'il se dirigeait vers Beacon Street.

Dix autres minutes passèrent et je dus me laisser endormir par la monotonie de la filature, car je perdis sa trace. Il tourna un coin à toute allure et lorsque j'y arrivai quelques instants plus tard, Roman n'était plus là : je me trouvais dans une rue déserte. Je m'arrêtai pour essayer d'entendre un bruit de pas, mais en vain. Je commençais à me faire du souci ; aussi me remis-je en marche, très vite. Alors, quelque chose de lourd, d'humide et de froid me frappa la tête, une douleur aiguë me vrilla le front, puis je reçus un coup terrible à l'estomac. Je tombai sur le trottoir et le monde se mit à tourbillonner autour de moi, à m'en donner la nausée. J'entendis un cri, un bruit de pas et puis… plus rien.

VI

Je voyais la rue comme dans un de ces rêves où tout est déformé. Les maisons étaient noires et si haut, si haut au-dessus de moi qu'elles menaçaient de s'écrouler. Elles semblaient s'élever sans fin. J'avais froid, j'avais l'impression d'être trempé jusqu'aux os et la pluie me crépitait sur le visage. Je soulevai un peu la tête et vis que le trottoir était tout rouge de sang.

Je m'appuyai sur un coude. Des gouttes de sang tombaient sur mon imperméable. Je fixai d'un regard stupide la flaque rouge sur le trottoir. Une sacrée quantité de sang. Mon sang à moi ?

Mon estomac fut pris d'un vrai mouvement de baratte et je vomis sur le trottoir. La tête me tournait et, un moment, mes yeux virent tout en vert.

Enfin, je me forçai à me mettre à genoux.

J'entendis une sirène, très loin, puis de plus en plus proche. Je me levai sur mes jambes vacillantes, m'appuyai sur une voiture parquée le long du trottoir. Je ne savais pas où j'étais, la rue était sombre et silencieuse. Je regardais le trottoir sanglant et je me demandais ce que j'allais faire.

La sirène se rapprochait.

En titubant, je tournai le coin de la rue, puis je m'arrêtai pour reprendre mon souffle. La sirène était toute proche maintenant. Un phare bleu jetait des éclairs dans la rue que je venais de quitter.

Je me mis à courir. Je ne sais quelle distance je pus franchir ainsi. Je ne savais pas où j'étais.

Je courus jusqu'au moment où j'aperçus un taxi. Il était parqué à la station, son moteur tournait.

— Emmenez-moi au plus proche hôpital.

Le chauffeur me regarda droit dans les yeux.

— Pas question, dit-il.

J'essayai d'ouvrir la portière.

— Tire-toi, mon vieux. Il claqua la portière et démarra, me laissant debout sur le trottoir.

J'entendis à nouveau la sirène, loin.

Un vertige me submergea. Je m'accroupis pour attendre

que ça passe. Une nouvelle nausée. Le sang coulait encore de ma blessure quelque part au visage. De petites gouttes rouges éclaboussèrent la vomissure.

La pluie continuait. Je tremblais de froid, mais cela m'aidait à rester conscient. Je me mis debout, essayai de m'orienter ; j'étais quelque part au sud de Washington Street ; sur le poteau indicateur le plus proche, on lisait : Curley Place. Ce nom ne me disait rien. Je me forçai à marcher ; j'avais les jambes en coton et m'arrêtais souvent.

J'espérais aller dans la bonne direction, mais je ne pouvais que l'espérer. Je savais que je perdais du sang, mais je ne savais pas si j'en perdais peu ou beaucoup. Tous les quelques pas, je devais m'appuyer sur une voiture pour reprendre mon souffle. Le vertige empirait.

Je trébuchai, tombai. Je frappai violemment le trottoir des deux rotules, un choc à les briser net. La douleur me perça tout le corps comme une flèche, mais elle m'éclaircit momentanément le cerveau et je pus me remettre debout. Mes chaussures trempées chuintaient. La sueur et la pluie me collaient les vêtements au corps.

Je me concentrai sur le bruit que faisaient mes chaussures et je m'obligeai à marcher encore. Un pas à la fois. A trois pâtés de maisons, je voyais des lumières. Je savais que j'étais capable d'y arriver.

Un pas à la fois.

Je m'appuyai une minute sur une voiture bleue, rien qu'une minute, pour reprendre mon souffle.

— C'est lui… C'est le gars en question.

Quelqu'un me soulevait par les aisselles. Je me trouvais dans une voiture dont on essayait de me sortir. On me posa le bras sur l'épaule de quelqu'un et je me retrouvai en train de marcher. Devant moi, des lumières éclatantes. Un écriteau : *Salle d'urgence.* Un écriteau éclairé par une lampe bleue. Une infirmière devant la porte.

— Doucement, mon vieux. Tout à ton aise.

Mon cou avait toutes les peines du monde à soutenir ma tête. Je tentai de parler, mais j'avais la bouche trop sèche. J'avais terriblement soif et froid. Je jetai un coup d'œil à l'homme en train de m'aider, un vieil homme à la barbe grise et au crâne chauve. J'essayai de prendre une meilleure position pour lui éviter de soutenir tout mon poids, mais j'avais les genoux en caoutchouc et je tremblais comme une feuille.

— Ça va très bien, mon vieux. On y arrive.

Sa voix était rude, mais encourageante. L'infirmière s'avança un peu, flotta sur la grande tache de lumière devant la porte de la salle d'urgence, m'aperçut, fit demi-tour et rentra dans la pièce à toutes jambes. Deux internes sortirent et chacun me prit un bras. Ils étaient forts ; je me sentis soulevé au point que mes orteils raclaient le gravier entre les flaques d'eau. Je sentis la pluie sur ma nuque au moment où ma tête basculait en avant. Le chauve courut devant nous pour aller ouvrir la porte.

Les internes me firent entrer. Il faisait chaud. Ils m'allongèrent sur une table rembourrée et commencèrent à ôter mes vêtements, mais le drap était trempé d'eau et de sang ; il me collait au corps et, en fin de compte, il fallut le couper aux ciseaux. Tout cela était très compliqué et prit des heures. Je gardais les yeux fermés, parce que la lumière au-dessus de ma tête était si forte qu'elle me faisait mal.

— Faites-lui un hématocrite et une compa, dit un des internes. Et installez une trousse numéro quatre dans la salle deux.

Des gens s'affairaient autour de ma tête. Je sentis vaguement des mains et des tampons de gaze me presser la peau. J'avais le front engourdi et froid. On m'avait complètement déshabillé maintenant. On me sécha au moyen d'une serviette rêche, on m'enveloppa dans une couverture grise, on me mit sur une autre table capitonnée et la table roula le long du couloir. J'ouvris alors les yeux et je vis le chauve qui me couvait d'un regard plein de sollicitude.

— Où l'avez-vous trouvé ? demanda l'un des internes.

— Sur une voiture. Il était couché sur une voiture. Je l'ai vu et j'ai cru que c'était un ivrogne tombé dans les pommes. Mais il était à moitié dans la rue, vous voyez. Alors, je me suis dit qu'il risquait de se faire écraser et je me suis arrêté pour le changer de place. Puis j'ai vu qu'il était bien habillé et tout plein de sang. Je ne savais pas ce qui s'était passé mais il avait l'air mal en point ; alors, je vous l'ai amené.

— Vous n'avez aucune idée de ce qui lui est arrivé ? demanda l'interne.

— L'a dû se faire taper sur la figure, si vous voulez mon avis.

— Il n'avait pas de portefeuille, dit l'interne. Il vous doit de l'argent pour la course ?

— Ce n'est pas la peine, dit le chauve.

— Je suis sûr qu'il voudrait vous payer.

— Ça va comme ça, dit le chauffeur de taxi. Bon ! Faut que j' m'en aille maintenant !

— Laissez quand même votre nom et votre adresse au bureau, dit l'interne.

Mais l'homme était déjà parti.

Ils me poussèrent dans une pièce aux murs carrelés de bleu.

Un scialytique s'alluma au-dessus de ma tête. Des visages se penchèrent sur moi pour m'examiner. Des mains se glissèrent dans des gants de caoutchouc, des masques de gaze furent ajustés.

— Nous allons arrêter le sang, dit l'interne. Ensuite, on prendra quelques radios.

Il me jeta un regard.

— Vous êtes réveillé, monsieur ?

Je fis un signe de tête affirmatif et voulus dire quelque chose.

— Ne parlez pas. Vous avez peut-être la mâchoire brisée. Je vais d'abord simplement fermer la plaie de votre front, et puis nous verrons ce qu'il y a lieu de faire,

L'infirmière me lava le visage, d'abord à l'eau savonneuse chaude. Quand elle eut terminé, il y avait du sang sur l'éponge.

— L'alcool, maintenant, dit-elle. Ça va peut-être piquer un peu.

Les deux internes échangeaient leurs réflexions tout en examinant la blessure.

— Notez : plaie superficielle de six centimètres sur la tempe droite.

C'est à peine si je sentis l'alcool. Il me rafraîchissait le visage et me chatouillait légèrement, c'était tout.

L'interne fixa l'aiguille courbe à suture dans un porte-aiguille. L'infirmière fit un pas de côté et il vint se placer tout près de ma tête. Je m'attendais à de la douleur, mais je ne ressentis qu'un léger picotement sur le front. L'interne qui faisait les sutures dit :

— Voici une coupure fichtrement nette. A première vue, on dirait presque une incision chirurgicale.

— Au couteau ?

— Peut-être, mais j'en doute.

L'infirmière me fixa alors un garrot au bras et me fit une prise de sang.

— Autant lui administrer aussi un rappel antitétanique, dit l'interne, sans cesser de recoudre. Et une piqûre de péni-cilline. Il se retourna vers moi. Clignez des yeux une fois pour l'affirmative, deux fois pour la négative. Êtes-vous allergique à la pénicilline ?

Je clignai deux fois des yeux.

— Vous êtes sûr ?

Un seul clin d'œil.

— Ça va, fit l'interne, et il reprit son travail.

L'infirmière me fit ensuite deux piqûres, pendant que l'autre interne examinait mon corps sans dire un mot.

Je dois m'être évanoui de nouveau. Quand j'ouvris les yeux, j'avais une machine à rayons X au-dessus de la tête. Quelqu'un disait d'un ton irrité :

— Doucement ! doucement !

Et je retombai dans les pommes.

Je me réveillai dans une autre pièce. Ici, les murs étaient peints en vert clair. Les internes examinaient par transpa-rence les radiographies encore humides et échangeaient leurs commentaires. Puis l'un d'eux s'en alla et l'autre vint se planter devant moi.

— Il semble que tout aille bien, dit-il. Peut-être avez-vous quelques dents déchaussées, mais nous ne voyons de fracture nulle part.

J'avais les idées plus claires maintenant, j'étais suffi-samment réveillé pour demander :

— Est-ce que le radiologiste a vérifié ?

Ma question les cloua sur place, car ils devinèrent aussitôt ma pensée : les radiographies crâniennes sont difficiles à interpréter ; ce travail demande l'œil d'un spécialiste. De plus, c'était manifestement la première fois qu'un malade exigeait ce genre de précisions.

— Non, le radiologiste n'est pas ici pour le moment.

— Et où est-il donc ?

— Il vient de sortir pour aller prendre une tasse de café.

— Eh bien, faites-le revenir, dis-je.

J'avais la bouche sèche et engourdie ; ma mâchoire me faisait mal. Je touchai ma joue et sentis une grosse fluxion, très douloureuse. Pas étonnant qu'ils cherchent une fracture !

— Combien, mon hématocrite ? demandai-je.

— Vous dites ?

Ils avaient peine à m'entendre, car ma langue était épaisse et mes paroles peu distinctes.

— Je vous demande quel est le résultat de mon hématocrite.

Ils échangèrent un regard, puis l'un d'eux répondit :

— Quarante, monsieur.

— Apportez-moi un peu d'eau.

L'un d'eux alla chercher de l'eau, l'autre me jeta un regard perplexe comme s'il venait à l'instant de découvrir que j'étais un être humain.

— Vous êtes médecin, monsieur ?

— Non, je suis un Pygmée autodidacte.

Il ne savait plus à quel saint se vouer. Il sortit son calepin et me demanda :

— Avez-vous déjà été admis dans cet hôpital, monsieur ?

— Non. Et je n'ai pas l'intention d'y être admis maintenant.

— Mais, monsieur, votre plaie...

— Au diable ma plaie ! Trouvez-moi un miroir.

— Un miroir ?

Je poussai un soupir excédé.

— Je veux voir à quoi ressemblent vos sutures.

— Monsieur, si vous êtes médecin...

— Trouvez-moi un miroir.

J'eus le miroir et le verre d'eau dans un délai remarquablement bref. Avant toute chose, je bus à longs traits : c'était délicieux.

— Il vaudrait mieux ne pas trop boire, monsieur.

— Un hématocrite de quarante, ça n'a rien de grave, dis-je. Et vous le savez très bien.

Je levai le miroir pour examiner la coupure de mon front. J'étais furieux contre les internes et cette colère m'aidait à oublier la douleur. La coupure était nette et incurvée, partait au-dessus d'un sourcil et descendait vers l'oreille. Ils avaient mis environ vingt points de suture.

— Depuis combien de temps suis-je là ? demandai-je.

— Une heure, monsieur.

— Cessez de m'appeler monsieur et faites un nouvel hématocrite. Je veux savoir s'il y a hémorragie interne.

— Votre pouls n'est qu'à soixante-quinze, monsieur, et votre teint…

— Faites ce que je vous dis.

Ils firent un autre prélèvement. L'interne me prit cinq centimètres cubes de sang.

— Doucement, ce n'est qu'un hématocrite, mon vieux !

Avec un regard d'excuse qui m'amusa beaucoup, il sortit sans demander son reste. En salle d'urgence, on finit par en prendre un peu à son aise. Il suffit de moins d'un centimètre cube pour faire un hématocrite.

Je dis à l'autre interne :

— Je m'appelle John Berry ; je suis pathologiste au Lincoln.

— Très bien, monsieur.

— Cessez de prendre note.

— Oui, monsieur, dit-il en rangeant son calepin.

— Pas question de m'admettre à l'hôpital, vous entendez. Alors, pas de notification officielle.

— Monsieur, si quelqu'un vous a attaqué et volé quelque chose…

— Je n'ai pas été attaqué. J'ai trébuché et je suis tombé. Rien d'autre. Ce n'était qu'une erreur stupide.

— Monsieur, la distribution des ecchymoses sur votre corps semble indiquer…

— Tant pis si je ne présente pas les symptômes exacts

d'une mauvaise chute. Je vous dis ce qui s'est passé, un point c'est tout.

— Mais, monsieur…

— Ça suffit. Pas de discussion.

L'interne portait une blouse un peu éclaboussée de sang. Je supposai que ce sang était le mien.

— Vous n'avez pas votre plaquette d'identification, dis-je.

— Non.

— Eh bien, ne l'oubliez plus à l'avenir. Nous, malades, aimons savoir à qui nous avons affaire.

Il prit une profonde inspiration avant de répondre :

— Monsieur, je suis étudiant de quatrième année.

— Ciel !

— Monsieur…

— Écoutez, fiston, autant mettre tout de suite quelques petites choses au point. J'étais content de me sentir si furieux, cela me donnait de l'énergie. Ça vous excite peut-être de passer un mois de votre tour de service en salle d'urgence mais moi, je ne trouve pas ça drôle du tout. Appelez le docteur Hammond.

— Qui, monsieur ?

— Le docteur Hammond. Le résident de service.

— Bien, monsieur.

Au moment où il prenait le chemin de la porte, je m'aperçus que j'avais été trop dur envers lui. Après tout, ce n'était qu'un étudiant et un brave gosse, semblait-il.

— A propos, dis-je, c'est vous qui avez placé les points de suture ?

Un long silence, lourd de culpabilité.

— Oui, c'est moi.

— C'est du beau travail.

Il sourit :

— Merci, monsieur.

— Cessez de m'appeler monsieur ! Avez-vous examiné l'incision avant de faire la suture ?

— Oui. Mmm… Oui.

— Quelle est votre impression ?

— L'incision était remarquablement nette. Pour moi, elle ressemblait à une coupure de rasoir.

Je souris à mon tour.

— Ou de scalpel ?

— Je ne comprends pas.

— Je crois que vous allez passer une nuit intéressante, dis-je. Allez appeler Hammond.

Une fois seul, je n'avais plus rien pour me faire oublier la douleur. Le pire, c'était mon estomac : j'avais l'impression d'avoir avalé une boule de bowling. Je me couchai sur le flanc, ce qui me soulagea un peu. Après quelques minutes, Hammond fit son apparition, l'étudiant de quatrième année dans son sillage.

— Salut, John !

— Salut, Norton. Comment vont les affaires ?

— Je ne t'ai pas vu entrer, sinon je…

— Aucune importance. Tes gars ont fait du beau travail.

— Qu'est-ce qui t'est arrivé ?

— Un accident.

— Tu as eu de la chance, dit Norton qui se penchait sur la blessure pour l'examiner. Coupure de la temporale superficielle. Tu pissais le sang, paraît-il. Mais ton hématocrite n'est pas mauvais.

— J'ai une rate de première qualité.

— Peut-être. Comment te sens-tu ?

— Comme une merde !

— Mal à la tête ?

— Un peu. Mais ça va mieux.

— Envie de dormir ? Des nausées ?

— Voyons, Norton…

— Reste couché et tiens-toi tranquille, dit Hammond.

Il sortit sa lampe-crayon de sa poche et vérifia l'état de mes pupilles puis m'examina les fonds d'yeux avec un ophtalmoscope. Ensuite, il testa mes réflexes, pour chaque bras et chaque jambe.

— Tu vois, dis-je. Rien ne cloche.

— Reste la possibilité d'un hématome.

— Bah !

— Je te garde en observation pour vingt-quatre heures, dit Hammond.

— Pas question ! Je m'assis, grimaçant de douleur ; mon estomac faisait toujours des siennes. Aide-moi à me lever.

— J'ai bien peur que tes vêtements…

— N'aient été découpés en menues lanières, je sais. Procure-moi une blouse et un pantalon blanc tu veux ?

— Une blouse ? Pour quoi faire ?

— Je veux être présent lorsqu'on amènera les autres, dis-je.

— Quels autres ?

— Un peu de patience, Norton.

L'étudiant de quatrième année me demanda mes mesures pour la blouse et je les lui donnai. Il allait sortir quand Hammond l'attrapa par le bras.

— Une minute, mon vieux. Puis, tourné vers moi : — Tu l'auras, ta tenue blanche, mais à une condition.

— Norton, pour l'amour de Dieu, je n'ai pas d'hématome. Et même si j'avais un hématome sous-dural, il attendrait peut-être des semaines ou des mois pour se manifester. Tu le sais très bien.

— Et s'il est exhadural ?

— Pas de fracture sur les radios crâniennes, dis-je.

L'hématome exhadural est un amas de sang à l'intérieur du crâne, suite à la rupture d'une artère elle-même provoquée par une fracture du crâne. Cet afflux de sang dans le crâne peut provoquer la mort par compression du cerveau.

— Tu as toi-même fait remarquer que le radiologiste n'avait pas encore vérifié.

— Norton, je t'en prie… Tu ne parles pas à une vieille dame de quatre-vingts ans. Je…

— Allons, tu auras ta blouse, dit-il calmement, si tu acceptes de passer la nuit ici.

— Je ne veux pas d'une admission officielle.

— D'accord. Tu restes simplement là, à la salle d'urgence.

Je fronçai les sourcils.

— Soit, dis-je enfin. Je reste.

L'étudiant de quatrième année sortit pour aller me chercher ma tenue blanche. Hammond restait planté là et me regardait en hochant la tête.

— Qui t'a mis dans cet état ?

— Un peu de patience et tu sauras tout.

— On peut dire que tu as flanqué une belle frousse à l'interne et à cet étudiant.

— Je ne l'ai pas fait exprès. Mais ils prenaient la situation avec une certaine désinvolture.

— Le radiologiste de service est Harrisson. Un parfait jean-foutre.

— Et alors, tu crois que ça me fait changer d'avis ?

— Tu sais comment ça se passe, dit-il.

— Oui, je sais comment ça se passe.

La tenue blanche arriva et je m'empressai de la revêtir. C'était étrange : je n'en avais plus porté de pareille depuis des années. Jadis, j'étais fier de ce vêtement. Maintenant, le tissu me paraissait désagréablement rêche.

On trouva mes chaussures, trempées d'eau et de sang ; je les essuyai avant de les mettre. Je me sentais faible, fatigué, mais il me fallait tenir bon. Tout serait fini avant le matin. J'en étais sûr.

J'allai prendre du café et un sandwich au distributeur automatique. Le sandwich n'avait aucun goût : j'avais l'impression de manger du papier journal mais, pensai-je, un peu de nourriture m'était nécessaire. Hammond ne me quittait pas.

— A propos, dit-il, j'ai fait tes vérifications au sujet de Roman Jones.

— Et alors ?

— On ne l'a vu qu'une fois à l'hôpital. A la consultation d'urologie. Symptômes de colique néphrétique à son arrivée ; alors, on lui a fait une analyse d'urine.

— Le résultat ?

— Il avait bien de l'hématurie. Globules rouges nucléés.

— Je vois.

L'histoire classique. Beaucoup de malades s'amènent en clinique en se plaignant de fortes douleurs dans le bas-ventre et de difficultés à uriner. Le diagnostic le plus plausible dans ce cas est la présence d'une pierre dans le rein, l'un des cinq états médicaux les plus douloureux ; on administre donc de la morphine au malade dès l'établissement du diagnostic. Mais pour confirmer ces prévisions, on prélève un échantillon d'urine que l'on examine à la recherche d'une trace de sang. D'ordinaire, les pierres du rein exercent une action irritante et provoquent un léger saignement dans les voies urinaires.

Comme les morphinomanes savent qu'il est relativement facile de recevoir une dose de morphine en cas de pierres au rein, ils essaient souvent de simuler la colique néphrétique. Certains sont très forts à ce petit jeu ; ils connaissent les symptômes et parviennent à les reproduire exactement. Puis, lorsqu'on leur demande un échantillon d'urine, ils s'exécutent ; mais une fois seuls, ils se piquent le doigt avec une épingle et font tomber une petite goutte de sang dans le flacon.

Mais quelques-uns d'entre eux sont douillets, et plutôt que d'employer leur propre sang, ils utilisent le sang d'un animal, un poulet par exemple. L'ennui, c'est que les poulets, contrairement aux humains, ont des globules rouges nucléés. La présence de globules rouges nucléés dans le sang d'un malade soi-disant atteint de colique néphrétique signifie presque toujours que l'on a affaire à un simulateur et, le plus souvent, ce simulateur est un drogué.

— A-t-on cherché des piqûres d'aiguille sur son corps ?

— Non. Aux premières questions du médecin, il a quitté la clinique. On ne l'a plus jamais revu.

— Intéressant. Donc, Roman Jones est probablement morphinomane ?

— Oui. Probablement.

La nourriture m'avait fait du bien. Je parvins à me mettre debout, mais la sensation d'épuisement et la douleur ne me lâchaient pas. J'appelai Judith au téléphone, lui dis que j'étais au service des consultations externes du Mem et que tout allait bien, qu'il n'y avait aucune raison de s'inquiéter. Je ne mentionnai ni l'agression ni ma blessure. Judith se ferait suffisamment de souci quand je rentrerais à la maison, je n'allais pas l'effrayer dès maintenant.

Je suivis Hammond le long du corridor, en essayant de ne pas trop grimacer de douleur. Il n'arrêtait pas de me demander comment j'allais et je n'arrêtais pas de lui répondre que j'allais très bien. C'était un pieux mensonge. Le sandwich commençait à me tourner sur l'estomac et la station debout n'arrangeait pas mon mal de tête. Mais le pire, c'était la fatigue. J'étais atrocement fatigué.

Nous allâmes ainsi jusqu'à l'entrée des urgences. C'est une sorte de stalle, un garage ouvert à l'une de ses extrémités, où les ambulances entrent en marche arrière pour décharger leur cargaison. Des portes automatiques, actionnées par des pédales, conduisent à l'hôpital proprement dit. Hammond et moi, nous sortîmes et respirâmes l'air frais de la nuit. La pluie n'avait pas cessé, il y avait du brouillard, mais l'air frais me fit du bien.

— Tu es pâle, dit Hammond.

— Ne t'inquiète pas.

— Nous n'avons pas encore vérifié si tu souffres ou non d'hémorragie interne.

— Ne t'inquiète pas.

— Préviens-moi si tu te sens mal. Ne joue pas les héros.

— Je n'ai rien d'un héros.

Nous attendions. De temps en temps, une voiture passait devant nous. Les pneus sifflant sur l'asphalte humide. Mais dans les intervalles, rien ne venait rompre le silence.

— Qu'est-ce qui va se passer ? demanda Hammond.

— Je ne sais pas au juste, mais je crois qu'on va vous amener un Noir et une jeune fille.

— Roman Jones ? Il est impliqué dans cette histoire ?

— J'en ai l'impression.

En fait, j'étais presque certain que Roman Jones était mon agresseur. Je ne me rappelais plus exactement : je ne voyais plus que dans une sorte de brume tout ce qui s'était passé immédiatement avant mon accident. J'aurais dû m'y attendre. Je ne souffrais pas de véritable amnésie rétrograde, commune dans le cas de blessures par instrument contondant et pouvant couvrir tout le quart d'heure ayant précédé le coup. Mais je n'avais pas l'esprit bien clair.

Ce ne pouvait être que Roman. C'était la seule hypothèse logique. Roman s'était dirigé vers Beacon Hill. Et il n'y avait aussi qu'une seule raison logique à cela.

Nous devions nous armer de patience.

— Comment te sens-tu ?

— Tu n'arrêtes pas de me le demander, dis-je. Et je n'arrête pas de te répondre que je me sens très bien.

— Tu as l'air fatigué.

— Je le suis. En fait, cela fait une semaine que je suis fatigué.

— Non. Je veux dire que tu as l'air somnolent.

— Pas de quoi s'affoler !

Je jetai un coup d'œil à ma montre. Près de deux heures s'étaient écoulées depuis que je m'étais fait casser la figure. Ça faisait beaucoup de temps. Beaucoup plus que le temps nécessaire.

A ce moment précis, une voiture de police tourna le coin, pneus hurlants, sirène mugissante, phares bleus jetant des éclairs. Aussitôt après, surgit une ambulance, suivie d'une troisième voiture. Alors que l'ambulance venait se ranger devant l'entrée des urgences, deux hommes en costume de ville sautèrent de la troisième voiture : des journalistes. Ça se voyait à leurs petits visages curieux. L'un d'eux portait un appareil photographique.

— Pas de photos, dis-je.

On ouvrit les portes de l'ambulance, on en sortit une civière. J'aperçus d'abord les vêtements : tailladés et déchirés sur le tronc et les membres supérieurs comme si le corps avait été pris dans quelque monstrueuse machine. Puis, dans la froide lumière fluorescente de l'entrée de la salle d'urgence, je vis le visage — le visage de Roman Jones. Son crâne défoncé sur le côté droit ressemblait à un ballon de football défoncé ; ses lèvres étaient pourpres, presque noires.

Le flash de l'appareil photographique éclata soudain.

Hammond se mit au travail sur-le-champ, sans même attendre d'être entré dans l'hôpital. D'un seul mouvement, il attrapa de la main gauche le poignet de Roman, posa son oreille sur la poitrine et, de la main droite, palpa les carotides. Puis, il se redressa et sans prononcer un seul mot, il se mit à marteler la poitrine de Roman, une main à plat sur le thorax et la base de l'autre main la frappant à coups secs et rythmés.

— Appelez l'anesthésiste, dit-il, et faites venir le chirurgien résident. Amenez-moi un chariot de réanimation. Je veux de l'aramine, en solution à 1/1 000. Oxygène en pression positive par masque. Exécution.

Nous emmenâmes Roman dans la salle d'urgence, puis dans une des petites salles de traitement. Durant tout le trajet, Hammond continua le massage cardiaque, sans rompre le rythme une seconde. Quand nous arrivâmes dans la salle, le chirurgien résident était déjà là.

— Arrêt cardiaque ?

— Oui, dit Hammond. Apnéique, plus de pouls perceptible.

Le chirurgien prit un sac de papier contenant des gants de taille huit. Il n'attendit même pas que l'infirmière l'ouvrît à sa place : il déchira lui-même le sac, passa les gants d'un geste brutal, sans quitter des yeux la silhouette immobile de Roman Jones.

— Nous ouvrons tout de suite, dit-il en fléchissant les doigts pour les assouplir.

Hammond approuva en silence, sans cesser de marteler la poitrine. Le massage ne semblait pas faire beaucoup de bien : les lèvres et la langue de Roman étaient encore plus noires que tantôt. Sa peau, surtout sur le visage et les oreilles, se couvrait de taches sombres.

Le masque à oxygène fut mis en place.

— Combien, monsieur ? demanda l'infirmière.

— Sept litres, répondit le chirurgien.

On lui tendit un scalpel. Les vêtements de Roman, déjà en lambeaux, furent arrachés de sa poitrine ; personne ne prit la peine de le déshabiller complètement. Le chirurgien s'avança, le visage vide de toute expression, le scalpel serré dans la main droite, l'index reposant sur la lame.

— Parfait, dit-il, et il pratiqua l'incision, en biais, en travers des côtes gauches.

L'incision était profonde et provoqua des saignements qu'il négligea. Il exposa alors les côtes blanchâtres et brillantes, incisa entre elles et appliqua des écarteurs. Ceux-ci furent très largement repoussés et il se produisit un craquement marqué lorsque les côtes se brisèrent. A travers l'incision béante, nous pûmes voir les poumons de Roman, collabés et paraissant chiffonnés, ainsi que le cœur, large, bleuâtre, sans vrais battements, mais frétillant comme un amas de vermine.

Le chirurgien plongea alors la main dans le thorax et

entama le massage. Il procédait doucement, contractant d'abord son petit doigt puis, d'un seul coup, l'annulaire, le médius et l'index, chassant le sang du cœur. Il comprimait très fortement, avec des grognements rythmés.

Quelqu'un avait mis en place la manchette d'un tensiomètre et Hammond la gonfla pour prendre une mesure. Il fixa l'aiguille un moment puis dit :

— Rien.

— Il est en fibrillation, dit le résident en manipulant le cœur. Pas d'épinéphrine. Attendons.

Le massage se poursuivit durant une minute, puis deux. Le teint de Roman devint plus sombre.

— Il s'affaiblit. Donnez-moi cinq centimètres cubes d'épinéphrine à un pour mille.

On prépara une seringue. Le chirurgien pratiqua l'injection directement dans le cœur, puis on continua le massage.

Quelques minutes s'écoulèrent encore. Je regardais le cœur que l'on massait, et l'insufflation rythmique d'air dans le poumon par le respirateur. Mais l'état du patient déclinait. Finalement, le chirurgien s'arrêta.

— C'est fini, dit-il.

Il retira sa main du thorax, regarda Roman Jones et ôta ses gants. Il examina les lacérations qui zébraient le thorax et les bras, et l'indentation dans le crâne.

— Probabilité d'arrêt respiratoire primitif, dit-il. Il a été frappé avec une réelle violence à la tête. Puis, à Hammond :

— Vous allez signer le certificat de décès ?

— Oui, dit Hammond, je m'en occupe.

Au même moment, une infirmière jaillit dans la salle :

— Docteur Hammond, dit-elle, le docteur Jorgensen a besoin de vous ; on vient d'admettre une femme en état de choc hémorragique.

La première personne que je vis dans le hall fut Peterson. Il était là, debout, immobile, en costume civil, l'air à la fois perplexe et inquiet. En m'apercevant, il courut vers moi et me prit par la manche.

— Dites donc, Berry…

— Plus tard, dis-je.

Je suivis Hammond et l'infirmière qui se dirigeaient vers une autre salle de traitement. Une jeune fille y gisait sur la table, très pâle. Elle avait les poignets bandés. Elle était consciente mais à peine, sa tête oscillait d'avant en arrière et elle n'arrêtait pas de gémir.

Jorgensen, l'interne, était penché sur elle.

— Suicide, dit-il à Hammond. Elle s'est ouvert les poignets. Nous avons arrêté l'hémorragie et nous allons lui faire une transfusion.

Il cherchait une veine pour l'intraveineuse. Dans la jambe.

— La compa est déjà faite, dit-il en introduisant l'aiguille. La banque nous envoie une provision supplémentaire de sang, il faudra au moins un litre. L'hématocrite est O. K., mais ça ne signifie rien.

— Pourquoi injectez-vous dans la jambe ? demanda Hammond.

— On a dû lui bander les poignets. Je ne tiens pas à prendre des risques avec les extrémités supérieures.

Je fis un pas en avant. La fille était Angela Harding. Elle n'était plus aussi jolie, maintenant, avec son visage crayeux et des reflets grisâtres autour de la bouche.

— Qu'en pensez-vous ? demanda Hammond à Jorgensen.

— Nous ne la perdrons pas. Sauf imprévu, évidemment.

Hammond examina les poignets bandés.

— Oui. Les deux côtés. Nous avons suturé.

Ensuite, il regarda les mains. Les doigts étaient tachés de brun sombre. Hammond tourna les yeux vers moi.

— C'est la fille dont tu parlais ?

— Oui, dis-je. Angela Harding.

— Elle fumait beaucoup, dit Hammond.

— Regarde un peu mieux.

Hammond souleva une des mains d'Angela et renifla les doigts tachés.

— Ce n'est pas du tabac, dit-il.

— En effet.

— Alors…

Je hochai la tête.

— Tu as raison.

— ... elle est infirmière ?

— Oui.

C'étaient des taches de la teinture d'iode que l'on emploie comme désinfectant. Ce liquide d'un brun jaunâtre tache les tissus avec lesquels il entre en contact. Il sert aussi à désinfecter l'endroit où l'on va effectuer soit une incision chirurgicale, soit une piqûre intraveineuse.

— Je ne comprends pas, dit Hammond.

Je soulevai les mains d'Angela. L'éminence du pouce et le dos des mains étaient couverts de minuscules estafilades trop peu profondes pour saigner.

— Que penses-tu de ceci ?

— Essais de lame. C'est une des constatations classiques permettant de conclure au suicide dans ce cas. Les désespérés qui veulent s'ouvrir les poignets se font quelques petites coupures préliminaires sur la main, sans doute pour essayer le fil de la lame ou mesurer l'intensité de la douleur.

— Non, dis je.

— Alors quoi ?

— Tu as déjà vu quelqu'un qui s'est battu au couteau ?

Hammond secoua la tête. Il n'en avait jamais vu, ce qui n'avait d'ailleurs rien d'étonnant. Ce genre d'expérience médicale est réservé au seul pathologiste : de petites coupures sur les mains sont l'inévitable conséquence d'un combat au couteau. La victime lève les mains pour parer les coups.

— Ce sont les marques typiques ?

— Oui.

— Tu veux dire qu'elle a subi une attaque au couteau ?

— Oui.

— Mais pourquoi ?

— Tu le sauras bientôt.

Je retournai auprès de Roman Jones. On l'avait laissé dans la même pièce où se trouvaient également Peterson et un autre personnage en civil qui examinait les yeux du cadavre.

— Berry, dit Peterson, vous arrivez toujours comme un cheveu sur la soupe.

— Vous aussi.

— Ouais, dit Peterson. Mais moi, c'est mon métier.

D'un signe de tête, il indiqua son compagnon.

— Pour ne plus m'attirer les mêmes reproches que l'autre fois, j'ai amené un médecin. Un médecin de la police. Vous savez que l'affaire dépend du coroner, maintenant ?

— Je sais.

— Ce type s'appelle Roman Jones. Du moins, c'est ce que disent les papiers de son portefeuille.

— Où l'avez-vous trouvé ?

— Couché dans une rue. Une jolie rue tranquille de Beacon Hill. Avec le crâne défoncé. L'a dû tomber sur la tête. Deux étages au-dessus du trottoir ; il y avait une fenêtre brisée, à l'appartement d'une certaine Angela Harding. On l'a également amenée ici.

— Je sais.

— Vous savez un tas de choses ce soir, dites donc ?

Je ne pris pas la peine de répondre. Ma migraine empirait ; mes tempes battaient douloureusement et je me sentais terriblement fatigué. Je ne désirais qu'une chose, me coucher et dormir, longtemps, longtemps. Mais cette somnolence ne me détendait pas ; les crampes d'estomac me tordaient le ventre.

Je me penchai sur le corps de Roman Jones. Quelqu'un lui avait arraché ses derniers lambeaux de vêtements de sorte qu'on lui voyait sur le tronc et sur les bras des lacérations multiples et profondes. Les jambes étaient indemnes. Je me dis qu'on ne pouvait rêver symptômes plus caractéristiques.

Le médecin se redressa et jeta un regard à Peterson.

— Difficile de déterminer maintenant la cause de la mort, dit-il. D'un signe de tête, il indiqua la poitrine béante. Ils n'ont rien laissé en place. Mais, à première vue, je pencherais pour un éclatement du crâne. Vous dites qu'il est tombé d'une fenêtre ?

— C'est ce que nous avons conclu, dit Peterson en me jetant un regard.

— Je m'occupe des papiers, dit le médecin. Donnez-moi le portefeuille.

Peterson lui donna le portefeuille de Roman Jones. Le médecin alla se réfugier dans un coin de la pièce pour remplir les formulaires. Je poursuivis mon examen du cadavre.

C'était surtout le crâne qui m'intéressait. Au moment où je touchais la plaie béante, Peterson me demanda :

— Qu'est-ce que vous faites ?

— J'examine le corps.

— Qui vous en a donné l'autorisation ?

— De quelle autorisation aurais-je besoin ?

Tout en prononçant ces paroles, je jetai un regard au médecin. Il prenait des notes en inspectant le contenu du portefeuille, mais j'étais certain qu'il ne perdait rien de la conversation.

— Il y aura une autopsie, dit Peterson.

— Je voudrais avoir votre permission, dis-je.

— Je ne vous la donne pas.

A ce moment, le médecin dit :

— Oh, ne faites pas votre tête de cochon, Jack !

Peterson regarda le médecin de la police ; puis moi, puis à nouveau le médecin. Enfin, il dit :

— Soit, Berry. Faites votre examen. Mais laissez tout en place.

J'observai la lésion crânienne. C'était une indentation en forme de coupe, approximativement de la taille d'un poing ; mais aucun homme n'avait le poing assez fort pour causer une plaie pareille. Il avait fallu l'extrémité d'un bâton ou d'un tuyau manié avec une force considérable. Je regardai d'un peu plus près et aperçus de petites échardes de bois brun collées sur le cuir chevelu tout poisseux de sang. Je me gardai bien d'y toucher.

— Vous dites que cette fracture du crâne a été provoquée par une chute ?

— Oui, dit Peterson. Pourquoi ?

— Simple question.

— Mais pourquoi la posez-vous ?

— Parce que j'aimerais savoir comment vous expliquez les lacérations sur le corps.

— A notre avis, il a reçu ses blessures dans l'appartement. Selon toutes les apparences, il s'est battu avec cette fille, Angela Harding. On a retrouvé dans l'appartement un couteau de cuisine couvert de sang. La fille doit s'en être servie pour l'attaquer. De toute manière, il est tombé par la fenêtre ou on l'a poussé. Et il s'est fait cette fracture qui l'a tué.

Peterson s'arrêta pour reprendre haleine, les yeux toujours fixés sur moi.

— Continuez, dis-je.

— Il n'y a rien d'autre à dire.

J'approuvai, quittai la pièce et revins avec une aiguille et une seringue. Je me penchai sur le cadavre et enfonçai l'aiguille dans le cou en espérant toucher la veine jugulaire. Ça ne servait à rien de perdre mon temps avec les veines du bras, pas maintenant.

— Qu'est-ce que vous faites ?

— Je prélève un peu de sang, dis-je en tirant quelques millimètres de sang bleuâtre.

— Pour quoi faire ?

— Je veux savoir s'il a été empoisonné. (C'était la première idée, la première réponse qui me fût venue à l'esprit.)

— Empoisonné ?

— Oui.

— Qu'est-ce qui vous fait croire qu'on l'a empoisonné ?

— Rien qu'une idée comme ça, un pressentiment, si vous voulez.

Je laissai tomber la seringue dans ma poche et fis mine de sortir. Peterson me regarda faire et dit :

— Une petite minute !

Je m'arrêtai.

— J'ai une ou deux questions à vous poser.

— Ah oui ?

— A notre avis, dit Peterson, ce type et Angela Harding se sont battus. Puis Jones est tombé et la fille a fait une tentative de suicide.

— Vous me l'avez déjà dit.

— Mais il y a un problème. Jones était un costaud. Il devait peser dans les deux cents livres. Vous croyez qu'une fille aussi frêle qu'Angela Harding a pu le pousser par la fenêtre ?

— Il est peut-être tombé tout seul.

— Et peut-être lui a-t-elle donné un coup de main ?

— Peut-être.

Les yeux de Peterson étaient fixés sur mon visage, sur le pansement qui couvrait sa blessure.

— Vous avez eu des ennuis ce soir ?

— Oui.

— Qu'est-ce qui s'est passé ?

— Je suis tombé sur le pavé mouillé.

— Alors, vous vous êtes éraflé la figure ?

— Non. Je me suis heurté à l'un des magnifiques compteurs de stationnement que nous devons à la générosité de la ville de Boston. J'ai une coupure.

— Plaie contuse ?

— Non. Très nette, au contraire.

— Comme celle de Roman Jones ?

— Je ne sais pas.

— Vous aviez déjà rencontré Jones auparavant ?

— Oui.

— Ah ? Quand ?

— Ce soir. Il y a environ trois heures de cela.

— Voilà qui est intéressant, dit Peterson.

— Tirez-en le meilleur parti possible, dis-je. Je vous souhaite bonne chance.

— Je pourrais vous faire coffrer pour interrogatoire.

— Bien sûr. Mais sous quelle inculpation ?

Peterson haussa les épaules.

— Complicité. N'importe quoi.

— Et vous vous retrouveriez devant le tribunal avant de pouvoir dire ouf. Je vous tirerais deux millions de dollars de dommages et intérêts avant que vous n'ayez compris ce qui vous arrive.

— Pour un simple interrogatoire ?

— Mais oui. Garde à vue arbitraire compromettant la réputation d'un médecin. Voyez-vous, pour un médecin, la réputation, c'est la vie. La moindre petite ombre de suspicion à son égard représente un dommage potentiel, un dommage financier. Le tribunal n'hésiterait pas une seconde.

— Art Lee ne prend pas cette attitude.

Je souris.

— Vous voulez parier ?

Je repris la direction de la porte. Peterson m'arrêta de nouveau.

— Combien pesez-vous, docteur ?

— Cent quatre-vingt-cinq livres. Le même poids qu'il y a huit ans.

— Huit ans ?

— Oui, dis-je. Quand j'étais flic dans l'armée.

J'avais l'impression qu'on me serrait la tête dans un étau. La douleur éclatait en élancements continus et me mettait à la torture. En suivant le corridor, je fus pris d'une nausée soudaine et violente. J'entrai dans les waters des hommes et restituai mon sandwich et mon café. Tout de suite après, je me sentis si faible que j'eus le front couvert de sueur froide mais, après quelque temps, je me remis un peu et retournai auprès de Hammond.

— Comment te sens-tu ?

— Tu te répètes, mon vieux.

— Tu as une sale tête. Comme si tu étais sur le point de vomir.

— Ce n'est pas le cas.

Je tirai de ma poche la seringue qui contenait un peu du sang de Roman Jones et la posai sur la table de nuit. Et je pris une autre seringue dans l'armoire à instruments.

— Peux-tu me procurer une souris ? demandai-je.

— Une souris ?

— Oui.

Hammond fronça les sourcils.

— Il y a quelques rats au labo de Cochran ; c'est peut-être ouvert maintenant.

— Je n'ai pas besoin d'un rat, mais d'une souris.

— Nous pouvons toujours tenter notre chance.

Nous nous mîmes en marche vers les sous-sols. En chemin, une infirmière arrêta Hammond pour lui dire qu'on avait prévenu les parents d'Angela Harding. Hammond demanda qu'on l'avertît de leur arrivée et du moment où la jeune fille reprendrait connaissance.

Nous descendîmes à la cave ; il nous fallut trouver notre chemin dans un labyrinthe de corridors, nous glisser sous des tuyaux en saillie. Nous finîmes par arriver au secteur où l'on gardait les animaux. Comme la plupart des grands hôpitaux travaillant en collaboration avec une université, le Mem comportait une aile réservée à la recherche et de nombreux animaux y servaient aux expériences. En passant de pièce en pièce, nous entendîmes aboyer des chiens, des oiseaux battre des ailes. Enfin, nous arrivâmes devant une porte où un écriteau indiquait : *Petits animaux*. Hammond l'ouvrit d'un coup de coude.

Du plancher au plafond, tous les murs étaient couverts de rayonnages où s'alignaient les cages des rats et des souris. L'odeur était forte et caractéristique. Chaque jeune médecin connaît cette odeur et l'on ne peut que s'en féliciter, car elle a une signification clinique. L'haleine des patients atteints d'une maladie du foie est d'une odeur très particulière à laquelle on donne le nom d'haleine hépatique ; elle ressemble beaucoup à l'odeur d'une pièce pleine de souris.

Hammond sortit une souris de sa cage de la manière consacrée, en la tirant par la queue. La souris se tortilla et essaya de mordre la main de Hammond, mais sans y parvenir. Hammond déposa l'animal sur la table et le maintint par un pli de chair juste derrière la tête.

— Et maintenant ?

Je pris la seringue dans ma poche et injectai un peu du sang prélevé sur le corps de Roman Jones. Ensuite, Hammond laissa tomber la souris dans un grand bocal de verre.

Pendant de longues minutes, la souris se contenta de courir sur le fond du bocal en parcourant toujours le même cercle.

— Eh bien ? demanda Hammond.

— L'impatience du non-spécialiste, dis-je. As-tu déjà entendu parler du test de la souris ?

— Non.

— C'est une vieille méthode. Longtemps, nous n'en avons pas eu d'autre pour le titrage biologique.

— Titrage biologique ? Pour déceler quoi ?

— La morphine, dis-je.

La souris continuait à courir en cercles. Puis elle parut ralentir, ses muscles se contractèrent et sa queue se dressa, parfaitement verticale.

— Positif, dis-je.

— Il y a donc de la morphine ?

— Nous avons de meilleurs tests aujourd'hui, grâce notamment à la nalorphine, mais pour un essai sur le sang d'un cadavre, le test de la souris vaut tous les autres.

— Jones était donc morphinomane ? demanda Hammond.

— Oui.

— Et la fille ?

— Nous le saurons bientôt.

A notre retour, Angela était consciente ; fatiguée par la transfusion d'un litre et demi, elle avait l'œil triste. Mais elle n'était certainement pas plus fatiguée que moi. Je ressentais une fatigue profonde, accablante, une sorte de faiblesse généralisée, une terrible envie de dormir.

Il y avait une infirmière dans la salle maintenant. Elle chuchota :

— La tension est remontée de six et demi à dix.

— Bien, dis-je. Surmontant ma fatigue, j'allai vers le lit, tapotai un peu la main de la jeune fille. Comment vous sentez-vous, Angela ?

Sa voix n'avait aucune expression quand elle me répondit :

— Prête à claquer.

— Vous vous remettrez très vite.

— J'ai échoué, dit-elle d'une voix morne.

— Que voulez-vous dire ?

Une larme lui coula sur la joue.

— J'ai échoué, voilà tout. J'ai essayé et j'ai échoué.

— Tout va bien maintenant.

— Oui. Mais j'ai échoué.

— Nous aimerions vous parler.

Elle détourna la tête.

— Laissez-moi tranquille !

— Angela, c'est très important.

— Au diable tous les médecins ! Pourquoi ne pouvez-vous me laisser tranquille ? Je voulais qu'on me laisse tranquille. C'est pour ça que je l'ai fait, pour qu'on me laisse tranquille.

— La police vous a trouvée.

Elle eut un rire spasmodique.

— Les médecins et les flics !

— Angela, nous avons besoin de votre aide.

— Non. Elle leva les mains pour regarder ses poignets couverts de bandages. Non. Jamais.

— Dans ce cas, je suis désolé. Me tournant vers Hammond, je lui dis : — Trouve-moi de la nalorphine.

J'étais certain que la jeune fille m'avait entendu, mais elle ne réagit pas.

— Combien ?

— Dix milligrammes, dis-je. Une bonne dose.

Angela eut un léger frisson, mais ne dit rien.

— Vous êtes d'accord, Angela ?

Elle leva les yeux vers moi, des yeux remplis de colère et d'autres choses, quelque chose qui ressemblait presque à de l'espoir. Elle savait de quoi il était question, pas d'erreur.

— Qu'est-ce que vous avez dit ? demanda-t-elle.

— J'ai dit : êtes-vous d'accord pour que nous vous donnions dix milligrammes de nalorphine ?

— Bien sûr, dit-elle. Tout ce que vous voudrez. Je m'en moque.

La nalorphine est un antagoniste de la morphine[1]. Si cette fille était une droguée, la nalorphine la déprimerait très vite et très violemment — peut-être assez vite pour la tuer si nous y mettions la quantité suffisante. Une infirmière entra dans la pièce. Elle eut un léger sursaut en ne me reconnaissant pas tout de suite, mais cela ne dura guère.

— Docteur, Mr. et Mrs. Harding sont ici. La police les a prévenus.

— Très bien. Je vais les voir.

Je sortis. Une femme et un homme se trouvaient dans le couloir, debout, très nerveux. L'homme était de haute taille, portait des habits qu'il avait manifestement enfilés à la hâte — ses chaussettes n'appartenaient pas à la même paire. La femme était belle et semblait inquiète. En regardant son visage, j'eus l'étrange impression de l'avoir déjà rencontrée

---

1. Ou, plus précisément, un antagoniste partiel, ce qui signifie qu'à faibles doses elle a des effets semblables à ceux de la morphine mais qu'à fortes doses, chez un morphinomane, elle provoque des symptômes de réaction à la privation.

quelque part et pourtant, j'étais certain du contraire. Ses traits me parurent familiers au point d'en être obsédants.

— Je suis le docteur Berry.

— Tom Harding. L'homme me serra la main comme s'il voulait la tordre. Et voici Mrs. Harding.

Je les regardais tous les deux. Deux braves gens d'une cinquantaine d'années, très surpris de se retrouver dans la salle d'urgence d'un hôpital à quatre heures du matin pour voir leur fille qui venait de s'ouvrir les veines.

Mrs. Harding s'éclaircit la gorge et dit :

— La... hum... l'infirmière nous a dit ce qui était arrivé... à Angela.

— Elle sera vite rétablie, dis-je.

— Pouvons-nous la voir ? demanda Mrs. Harding.

— Pas tout de suite. Nous faisons encore quelques tests.

— Alors, il n'y a pas...

— Non, dis-je, ce sont des tests de routine.

Tom Harding hocha la tête.

— J'avais dit à ma femme que tout se passerait bien. Je lui avais dit qu'Angela étant infirmière ici, à l'hôpital, on prendrait bien soin d'elle.

— Oui, dis-je, nous faisons de notre mieux.

— Elle va vraiment bien ? demanda Mrs. Harding.

— Oui. Dans quelques jours, il n'y paraîtra plus.

Alors, elle dit à son mari :

— Il vaudrait mieux appeler Leland pour lui dire qu'il n'a pas besoin de se déranger.

— Il est probablement déjà en route.

— Essaie quand même.

— Il y a un téléphone dans le bureau des admissions, dis-je.

Tom Harding partit donner son coup de téléphone. Et je demandai à Mrs. Harding s'il allait prévenir le médecin de la famille.

— Non, dit-elle, mon frère. Il est médecin et il aime beaucoup Angela depuis qu'elle est toute petite.

— Leland Weston, dis-je, la reconnaissant enfin.

— Oui. Vous le connaissez ?

— C'est un vieil ami.

318

Avant qu'elle eût pu répondre, Hammond revint avec la nalorphine et une seringue.

— Crois-tu vraiment, dit-il, que nous devions...

Je m'empressai de lui couper la parole.

— Mrs. Harding. Le docteur Hammond, chef-résident du service de médecine.

— Docteur..., Mrs. Harding salua d'un léger signe de tête mais ses yeux s'étaient brusquement remplis de méfiance.

— Votre fille se remettra très vite, dit Hammond.

— Je suis heureuse de l'apprendre, dit-elle. Mais le ton était sec.

Nous prîmes congé et retournâmes auprès d'Angela.

— Bon sang, j'espère que tu sais ce que tu fais, dit Hammond tandis que nous suivions le couloir.

— Je le sais très bien.

Je m'arrêtai au distributeur d'eau fraîche et remplis un gobelet, que je bus pour le remplir à nouveau. Mon mal de tête s'était encore aggravé, ma somnolence devenait presque irrésistible. Je voulais me coucher, tout oublier, dormir... Mais je me gardai bien d'en parler, car je ne savais que trop comment Hammond réagirait à ces nouvelles.

— Je sais ce que je fais, répétai-je.

— Je l'espère bien, répéta-t-il. Parce que, si quelque chose tourne mal, je suis responsable. C'est moi le résident de service !

— Je sais. Ne t'en fais pas.

— Ne t'en fais pas ! Tu en as de bonnes ! Dix milligrammes de ce machin, ça va lui faire un drôle de coup !

— Ne t'inquiète pas.

— Ça pourrait la tuer. Nous devrions procéder par doses graduées. Commence par deux milligrammes et, s'il n'y a pas d'effet dans vingt minutes, passe à cinq milligrammes et ainsi de suite.

— Oui, dis-je. Mais des doses graduées ne la tueront pas.

Hammond me fixa longuement et dit :

— John, as-tu perdu l'esprit ?

— Non.

Nous entrâmes dans la chambre d'Angela. Couchée sur

le flanc, elle nous tournait le dos. Je pris l'ampoule de
nalorphine apportée par Hammond et la posai avec la seringue sur la petite table, juste à côté du lit ; je voulais être
sûr qu'Angela lirait l'étiquette. Ensuite, je contournai le lit,
de sorte qu'Angela ne pût me voir. Je passai le bras par-
dessus la jeune fille, pris l'ampoule et la seringue sur la
petite table. Puis, très vite, je remplis la seringue avec l'eau
du gobelet.

— Voulez-vous vous retourner, Angela, je vous prie ?

Elle roula sur le dos et me tendit son bras. Hammond
était trop surpris pour bouger. Je fixai le garrot au bras de
la jeune fille, frottai les veines à la saignée du coude pour
les faire saillir. Alors, j'introduisis l'aiguille et injectai le
contenu de la seringue. Angela me regardait sans dire un
mot.

Quand j'eus terminé, je fis un pas en arrière et dis :

— Nous y voilà !

Les yeux d'Angela se tournèrent vers Hammond, puis
revinrent se poser sur moi.

— Ça ne sera pas long, dis-je.

— Combien m'en avez-vous donné ?

— Suffisamment.

— Dix ? Vous m'en avez donné dix ?

Elle commençait à s'agiter. Je lui tapotai le bras en un
geste de réconfort.

— Vous n'avez aucune raison de vous faire du souci.

— C'était vingt ?

— Ma foi non, dis-je. Deux seulement. Deux milligrammes.

— Deux !

— Vous voyez, cela ne vous tuera pas, dis-je, la voix
aussi douce que possible.

Elle gémit, roula sur le flanc pour nous tourner le dos.

— Déçue ? demandai-je.

— Qu'est-ce que vous cherchez à prouver ?

— Voilà une question dont vous connaissez la réponse,
Angela.

— Mais deux milligrammes, c'est…

— Juste assez pour vous donner les symptômes. Juste

les sueurs froides, les crampes et la douleur. Juste les débuts de la réaction de privation.

— Mon Dieu !

— Ça ne vous tuera pas, répétai-je. Et vous le savez.

— Salauds ! Je n'ai pas demandé à venir ici ! Je n'ai pas demandé à être…

— Mais vous êtes ici, Angela. Et vous avez de la nalorphine dans les veines. Pas beaucoup, mais assez.

La sueur perlait sur son front.

— Faites quelque chose pour arrêter ça, dit-elle.

— Nous pourrions employer de la morphine.

— Arrêtez ça ! Je vous en prie ! Je ne veux pas de morphine !

— Alors, parlez, dis-je. Parlez-nous de Karen.

— Arrêtez d'abord ça.

— Non.

Toute cette histoire commençait à inquiéter Hammond. Il fit un pas en direction du lit. Je le repoussai doucement.

— Parlez, Angela.

— Je ne sais rien du tout.

— Alors, nous allons attendre que les symptômes commencent. Et vous parlerez quand vous aurez mal à en hurler.

Son oreiller était trempé de sueur.

— Je ne sais pas, je ne sais pas !

— Parlez.

— Je ne sais rien ! Angela fut prise de frissons, d'abord légers, puis graduellement incontrôlables. Bientôt, tout son corps se mit à trembler.

— Ça commence, Angela.

Elle grinça des dents…

— Je m'en moque !

— Ça ne fera qu'empirer, Angela.

— Non !… Non !… Non !…

Je sortis de ma poche une ampoule de morphine et la posai sur la table devant la jeune fille.

— Parlez !

Les frissons revinrent, encore plus violents, jusqu'à ce que tout son corps soit déchiré de spasmes. Elle se tordait sur le lit. J'en aurais eu pitié si je n'avais su qu'elle provoquait elle-même la réaction, puisque je n'avais pas injecté une seule goutte de nalorphine.

— Angela…

— D'accord, dit-elle, haletante. C'est moi qui l'ai fait. Il fallait que je le fasse !

— Pourquoi ?

— A cause de l'enquête. L'enquête. La clinique et l'enquête…

— Vous aviez volé au département de chirurgie ?

— Oui… pas beaucoup, rien qu'un peu… mais assez…

— Pendant combien de temps ?

— Trois ans… peut-être quatre…

— Et qu'est-il arrivé ?

— Roman en a volé à la clinique… Roman Jones.

— Quand ?

— La semaine dernière.

— Et alors ?

— Alors, l'enquête… Ils vérifiaient pour tout le monde.

— Alors, vous avez dû cesser de voler ?

— Oui.

— Qu'avez-vous fait ?

— J'ai essayé d'en acheter à Roman.

— Et ?…

— Il voulait beaucoup d'argent. Beaucoup.

— Qui a eu l'idée de l'avortement ?

— Roman.

— Pour avoir de l'argent ?

— Oui.

— Combien voulait-il ?

Je connaissais déjà la réponse. De fait, Angela répondit :

— Trois cents dollars.

— Alors, vous avez pratiqué l'avortement ?

— Oui… oui… oui…

— Et qui a joué le rôle d'anesthésiste ?

— Roman. C'était facile. Thiopental.

— Et Karen est morte ?

— Elle allait bien quand elle est partie… On l'a fait sur mon lit… toute l'opération… Tout a très bien marché, tout… sur mon lit.

— Mais elle est morte ensuite.

322

— Oui… Mon Dieu, donnez-m'en un peu !

— C'est ce qu'on va faire, dis-je. Je remplis une autre seringue d'eau, expulsai l'air jusqu'à ce que jaillît un mince filet de liquide que j'injectai par voie intraveineuse. Angela se calma aussitôt. Sa respiration se ralentit, elle se détendit.

— Angela, dis-je, c'est vous qui avez pratiqué l'avortement ?

— Oui.

— Et il a provoqué la mort de Karen ? Une voix éteinte :

— Oui.

— Bon ! Je lui donnai quelques petites tapes sur le bras. C'est fini, maintenant. Reposez-vous.

A nouveau, nous suivîmes le couloir. Tom Harding attendait avec sa femme, fumant une cigarette et marchant de long en large.

— Elle va bien, docteur ? Est-ce que les tests…

— Parfait, dis-je. Elle va se remettre à merveille.

— C'est un soulagement, dit-il, tandis que ses épaules s'affaissaient sous le coup de la réaction nerveuse.

— Oui, fis-je. Norton Hammond me jeta un rapide regard que j'évitai soigneusement. Je me sentais prêt à claquer, moi aussi ; ma tête me faisait atrocement mal et je commençais à voir trouble par moments. Mon œil droit me semblait beaucoup plus gravement atteint que le gauche.

Mais il fallait bien que quelqu'un leur annonçât la nouvelle. Je pris mon courage à deux mains.

— Mr. Harding, j'ai bien peur que votre fille soit impliquée dans une affaire relevant de la police.

Il me regardait, abasourdi, incrédule. Puis je vis son visage se fondre en une étrange résignation. Presque comme s'il avait toujours su.

— La drogue, n'est-ce pas ? dit-il dans un murmure.

— Oui. (Je me sentais plus moche que jamais.)

— Nous ne savions pas, dit-il précipitamment. Je veux dire, si nous avions…

— Mais nous nous en doutions un peu, dit Mrs. Harding. Nous ne sommes jamais parvenus à influencer la conduite d'Angela. Elle était obstinée, très indépendante. Très sûre d'elle, ne comptant sur personne. Tout enfant, elle était déjà très sûre d'elle.

D'un coup de manche, Hammond s'essuya la sueur du visage.

— Eh bien, dit-il, nous y voilà.

— Oui.

Norton était tout près de moi, mais j'avais l'impression qu'il se trouvait loin, loin. D'une minute à l'autre, sa voix était devenue faible, dérisoire. Autour de moi, tout était dérisoire. Les gens rapetissaient, s'estompaient dans le décor. Ma migraine éclatait maintenant en salves de douleurs aiguës. Je dus m'arrêter un moment pour me reprendre.

— Qu'est-ce qui se passe, John ?

— Rien. Un peu de fatigue, tout simplement.

Hammond hocha la tête.

— Eh bien, dit-il, toute cette histoire est finie maintenant. Tu devrais être heureux.

— Et toi, tu l'es ?

Nous entrâmes dans la salle de conférence des médecins, un minuscule cagibi meublé de deux chaises et d'une table. Sur les murs, des diagrammes exposaient en détail la procédure à suivre pour chaque catégorie d'urgence grave : choc hémorragique, œdème pulmonaire, infarctus du myocarde, brûlures, blessures par écrasement. Hammond et moi nous assîmes, allumâmes une cigarette. Ma main gauche fut à peine capable d'actionner mon briquet.

Hammond contempla un moment les diagrammes ; ni lui ni moi ne soufflions mot. Enfin, Hammond rompit le silence.

— Tu veux boire un verre ?

— Oui.

La douleur me travaillait du sommet du crâne au creux de l'estomac ; j'étais inquiet, dégoûté de toute cette histoire. Un verre me ferait du bien, me donnerait un coup de fouet. A moins qu'il ne me rende plus malade encore. Hammond ouvrit une armoire, fouilla quelques secondes à l'intérieur et sortit un flacon.

— Vodka, dit-il. Inodore. Souveraine dans les cas d'urgence médicale grave.

Il but une gorgée, puis me passa le flacon.

Tandis que je buvais, il s'exclama :

— Seigneur ! Je te mets en condition, je te fais parler et puis bonsoir ! Seigneur !

— Oui, c'était à peu près cela, Norton.

Je lui rendis le flacon.

— Une brave fille, en plus.

— Oui.

— Et cet effet placebo ! De l'eau pour provoquer tous les symptômes de la réaction à la privation et de l'eau pour l'en guérir !

— Tu sais pourquoi, dis-je.

— Ouais. Elle t'a cru.

— C'est juste. Elle m'a cru.

J'observai un moment le diagramme illustrant la lésion pathologique et les mesures d'urgence à prendre pour le diagnostic et le traitement de la grossesse extra-utérine. J'arrivais à ce point du texte où l'on mentionne l'irrégularité menstruelle et les crampes dans le quadrant inférieur droit lorsque les mots imprimés se brouillèrent devant mes yeux.

— John ?

Je mis longtemps à répondre. Et j'eus l'impression de mettre longtemps à entendre Hammond prononcer mon prénom. J'avais sommeil, je pensais au ralenti, j'agissais au ralenti.

— John ?

— Oui ? dis-je. J'avais la voix creuse, une voix sépulcrale. Elle faisait écho dans la petite pièce.

— Ça va ?

— Oui, je suis très bien.

J'entendais les mots se répéter dans une sorte de rêve : très bien, très bien, très bien...

— Tu as une sale tête.

— Je suis très bien... Bien, bien, bien...

— John, ne te mets pas en rogne...

— Je ne suis pas en rogne, dis-je, puis je fermai les yeux. C'était trop difficile de garder les paupières ouvertes.

Leur propre poids les faisait tomber, elles se collaient aux paupières inférieures. Je suis heureux, ajoutai-je.

— Heureux ?

— Quoi ?

— Tu es heureux ?

— Non, dis-je. Hammond racontait des sottises. Ça ne voulait rien dire. Il avait une voix aiguë et babillarde, comme celle d'un bébé. Non, répétai-je, je ne suis pas en rogne du tout.

— John...

— Cesse de m'appeler John !

— C'est ton nom, dit Norton.

Il se leva doucement, il se mouvait avec la lenteur des personnes qu'on voit dans un rêve et je me sentais très fatigué en le regardant. Il plongea une main dans sa poche, en sortit sa lampe-crayon et m'envoya la lumière en plein dans la figure. Je me détournai ; la lumière était trop violente et me faisait mal aux yeux, surtout à l'œil droit.

— Regarde-moi !

La voix forte et impérieuse. La voix d'un sergent qui commande l'exercice. Irritable et saccadée.

— Fous-moi la paix, dis-je.

Des doigts robustes qui m'attrapent la tête, la maintiennent et la lumière qui éclate dans mes yeux.

— Arrête ça, Norton !

— John, tiens-toi tranquille !

— Arrête !

Je fermai les yeux. J'étais fatigué, très fatigué. Je voulais dormir pendant un million d'années. Le sommeil était une chose merveilleuse, comme l'océan qui vient laver le sable, clapotant à petits coups répétés, dans un lent et merveilleux chuchotement, l'océan qui nettoie tout.

— Ça va, Norton. Je suis en rogne, c'est tout.

— John, tiens-toi tranquille.

John, tiens-toi tranquille... John, tiens-toi tranquille... John, tiens-toi tranquille...

— Norton, pour l'amour de Dieu...

— Tais-toi, dit Norton.

Tais-toi, tais-toi...

Norton avait sorti de quelque part un petit marteau de

caoutchouc. Il me tapotait les jambes. Faisait rebondir mes jambes. Ça me chatouillait, ça m'énervait. Je voulais dormir. Je voulais m'endormir tout de suite, d'un sommeil de plomb.

— Norton, t'es un salaud !

— Tais-toi. Tu n'es pas plus raisonnable que les autres.

Les autres. Les autres… Les mots résonnaient dans ma tête. Les autres quoi ? Puis le sommeil qui s'insinuait dans mon corps rampait d'une veine à l'autre, gagnait du terrain, des doigts qui s'étendaient, des doigts de caoutchouc souple, qui se refermaient sur mes yeux, maintenaient mes paupières.

— Je suis fatigué.

— Je sais que tu es fatigué, je le vois.

— Moi, je ne vois rien. Je ne vois rien du tout. Rien du tout… Je ne vois rien…

J'essayai d'ouvrir les yeux.

— Café. Besoin de café…

— Non.

— Donne-moi un fœtus, dis-je.

Aussitôt, je me demandai pourquoi j'avais dit ça. Ça ne signifiait rien. Peut-être que ça signifiait quelque chose ? Qu'est-ce que ça signifiait ? Allez savoir ! Tout était si confus. Mon œil droit me faisait mal. Le mal de tête se trouvait juste derrière mon œil droit. Comme un petit homme avec un marteau qui frapperait la paroi postérieure de mon globe oculaire.

— Un petit homme, répétai-je.

— Quoi ?

— Un petit homme. Je voulais expliquer. Pourtant, c'était l'évidence même. Norton était stupide s'il ne comprenait pas ça. Ça sautait aux yeux, une déclaration raisonnable faite par un homme raisonnable. Norton jouait la comédie en feignant de ne pas comprendre.

— John, dit-il, tu vas compter à l'envers en partant de cent. Soustrais sept de cent. Tu peux faire ça.

Je réfléchis. Ce n'était pas facile. En pensée, je vis une feuille de papier, une feuille de papier blanc qui brillait, et un crayon posé dessus. Cent moins sept. Et une ligne pour la soustraction.

— Quatre-vingt-treize.

— Bien, continue.

C'était encore plus difficile. Il me fallait une nouvelle feuille de papier. Je devais arracher la vieille feuille du bloc avant de commencer sur la nouvelle. Et quand j'eus arraché la première feuille, je ne me souvenais plus de ce qu'il y avait dessus. Compliqué. Confus.

— Continue, John, Quatre-vingt-treize.

— Quatre-vingt-treize moins sept. Je réfléchis. Quatre vingt-cinq. Non ! Quatre-vingt-six.

— Continue.

— Soixante-dix-neuf.

— Oui.

— Soixante-treize ? Non. Soixante-quatorze. Non, non. Attends une minute.

J'arrachais des feuilles de papier, mais beaucoup moins vite maintenant. C'était si pénible d'arracher des feuilles de papier ! Si difficile… Et tout était si confus… Il fallait faire tant d'efforts pour se concentrer…

— Quatre-vingt-sept.

— Non.

— Quatre-vingt-cinq.

— John, quel jour sommes-nous ?

— Jour ?

Quelle question stupide ! Norton ne posait que des questions stupides aujourd'hui. Quel jour sommes-nous ?

— Aujourd'hui, dis-je.

— Quelle date ?

— La date ?

— Oui, la date.

— Mai, dis-je. La date, c'était mai.

— John, où es-tu maintenant ?

— Je suis à l'hôpital, dis-je.

Je voyais mes vêtements, j'avais ouvert les yeux d'une mince fente parce qu'ils étaient lourds, et j'étais assommé, et la lumière me faisait mal. Je souhaitais que Norton cesse de parler et me laisse dormir. Je voulais dormir. J'avais besoin de dormir. J'étais très, très fatigué.

— Quel hôpital ?

— L'hôpital.

— Quel hôpital ?

— Le...

Je voulais dire quelque chose, mais je ne me rappelais plus ce que je voulais dire. Mon mal de tête était terrible, maintenant. Il me martelait l'œil droit, sur le devant de la tête, du côté droit, un terrible mal de tête qui me martelait l'œil.

— Lève la main gauche, John.

— Quoi ?

— Lève la main gauche, John.

Je l'entendais, j'entendais les mots, mais ils étaient stupides. Personne ne prêtait attention à des mots pareils. Personne ne s'en soucierait une seconde.

— Quoi ?

Ensuite, je ne sentis plus qu'une vibration, sur le côté droit de ma tête. Une vibration grondante, bizarre. J'ouvris les yeux et je vis une jeune fille. Elle était jolie, mais elle me faisait de drôles de choses. Des choses brunes et duveteuses tombaient de ma tête. Tombaient en pluie. Norton regardait et demandait quelque chose, mais je ne comprenais pas les mots. J'étais presque endormi, tout cela était très étrange. Après le duvet, je vis une sorte de crème blanche.

Et le rasoir. Je le regardai, je regardai la crème à raser et, tout à coup, je fus malade, sans avertissement, sans rien, mais il y avait de la vomissure partout et Norton disait :

— Dépêchons, dépêchons.

Et puis, ils ont amené le trépan. Je l'aperçus à peine, mes yeux n'arrêtaient pas de se refermer et je vomis encore.

La dernière chose que je pus dire fut :

— Pas de trou dans ma tête !

Je dis cela très clairement, très lentement et très distinctement.

Du moins, je le crois.

VENDREDI, SAMEDI ET DIMANCHE

14, 15 ET 16 OCTOBRE

J'avais l'impression que quelqu'un avait essayé de me couper la tête, sans y parvenir tout à fait. A mon réveil, je sonnai l'infirmière et exigeai une dose supplémentaire de morphine. Avec le sourire réservé aux patients difficiles, elle me dit qu'il n'en était pas question et je lui suggérai d'aller au diable. Cela ne lui plut pas beaucoup, mais elle ne me plaisait pas beaucoup non plus. Levant la main, je tâtai les pansements sur le côté de mon crâne et me permis quelques commentaires. L'infirmière ne les apprécia guère plus que ma remarque précédente et quitta la pièce. A peine quelques instants plus tard, Norton Hammond faisait son entrée.

— Comme barbier-chirurgien, on ne fait pas mieux, dis-je en me touchant la tête.

— A mon avis, c'est de l'assez beau travail.

— Combien de trous ?

— Trois. Pariétale droite. Nous t'avons enlevé pas mal de sang. Tu t'en souviens un peu ?

— Non.

— Tu étais somnolent, tu vomissais et tu avais une pupille dilatée. On n'a pas attendu les radiographies, on a ouvert tout de suite.

— Oh ! dis-je. Quand est-ce que je sors d'ici ?

— Trois jours, quatre au plus.

— Tu te paies ma tête ? Trois ou quatre jours ?

— On ne plaisante pas avec un extradural. Nous voulons être sûrs que tu vas prendre du repos.

— Ai-je le moindre choix ?

— On dit toujours que les médecins sont les malades les moins raisonnables.

— Donne-moi encore un peu de morphine.

— Non.

— Du Darvon.

— Non.

— De l'aspirine.

— D'accord. Tu peux prendre un peu d'aspirine.

— Bon, mais de l'aspirine véritable, hein, pas des pilules de lactore !

— Prends garde. Si tu continues, j'appelle un psychiatre en consultation.

— Tu n'oserais pas.

Hammond se contenta d'éclater de rire et quitta la chambre.

Je dormis un peu, puis Judith vint me voir. Elle me reprocha mon imprudence, mais pas trop longtemps. Je lui expliquai que ce n'était pas ma faute, elle me dit que j'étais un sacré imbécile et elle m'embrassa.

Puis, la police voulut m'interroger et je fis semblant de dormir jusqu'au départ des inspecteurs.

Dans la soirée, l'infirmière m'apporta quelques journaux et j'y cherchai des nouvelles d'Art Lee. Il n'y en avait pas. Quelques articles bien sensationnels sur Angela Harding et Roman Jones, mais rien d'autre. Judith revint à la visite du soir, m'apprit que Betty et les gosses allaient bien et qu'Art serait libéré le lendemain.

Je dis que c'était formidable et Judith se contenta de sourire.

On perd conscience du temps dans un hôpital. Chaque jour se fond dans le jour qui suit, sans cassure ; la routine y est souveraine : prise de température, repas, visite des médecins, nouvelle prise de température, repas suivant. Sanderson vint me voir, et Fritz, et quelques autres. Les policiers aussi ; cette fois, je ne pouvais plus feindre le sommeil. Je leur dis tout ce que je savais et ils m'écoutèrent en prenant des notes. Le soir du second jour, j'allais mieux. Je me sentais plus fort j'avais la tête plus claire et je dormais moins.

Je le dis à Hammond. Il se contenta de grogner et m'ordonna d'attendre un jour encore. Art Lee vint me voir dans l'après-midi. Son vieux sourire sarcastique éclairait son visage. mais il paraissait fatigué. Et vieilli.

— Salut ! lui dis-je. Quelle impression ça fait de sortir de prison ?

— C'est agréable.

Assis au pied de mon lit, il me regardait en hochant la tête.

— Tu as très mal ?

— Plus maintenant.

— Je suis désolé que les choses se soient passées ainsi, John.

— Oh, ça va…

Dans un sens. c'était intéressant. Mon premier hématome extradural… Je me tus quelques secondes. J'avais une question à lui poser. J'avais réfléchi à un tas de choses et je m'étais mentalement botté le derrière pour me punir de mes erreurs. Je m'étais comporté comme un idiot, surtout quand j'avais appelé ce journaliste chez les Lee, cette fameuse nuit. C'était réussi comme bêtise ! Mais il y avait d'autres mauvais souvenirs. C'est pourquoi je voulais interroger Art. Mais au lieu de le faire, je demandai simplement :

— Je suppose que la police a éclairci tout le mystère, maintenant ?

Art fit un signe de tête affirmatif.

— Roman Jones ravitaillait Angela. Il l'a forcée à pratiquer l'avortement. Quand les choses ont mal tourné — et quand tu t'es mis à fureter un peu partout — il a décidé de rendre visite à Angela, sans doute pour la tuer. Mais il s'est aperçu qu'on le filait et il t'a pris sur le fait. Puis il est allé chez Angela et l'a attaquée au rasoir. L'arme favorite de Roman, ton front est là pour en témoigner.

— Charmant garçon !

— Angela s'est défendue au couteau de cuisine et a quelque peu tailladé son agresseur. La scène devait être plaisante, Roman et son rasoir, Angela et son couteau. Enfin, elle est parvenue à lui donner un bon coup sur la tête avec une chaise et à le faire passer par la fenêtre.

— C'est elle qui l'a dit ?

— Oui, apparemment.

Je hochai la tête.

Nous nous regardâmes sans rien dire pendant quelques secondes.

— John, je te suis très reconnaissant de ton aide. De tout ce que tu as fait pour moi.

— Pas de quoi. Tu es sûr que je t'ai aidé ?

Art sourit.

— Je suis libre.

— Ce n'est pas ce que je voulais dire.

Il haussa les épaules et s'assit sur le bord du lit.

— Tu n'es pas responsable de la publicité donnée à cette affaire, dit-il. De plus, je commençais à me lasser de cette ville. Besoin de changement.

— Où comptes-tu aller ?

— Je crois que je vais retourner en Californie. J'aimerais bien vivre à Los Angeles. Je vais peut-être mettre au monde les bébés des vedettes de cinéma.

— Les vedettes n'ont pas de bébés. Elles ont des imprésarios.

Il rit.

Un moment, je retrouvai le rire familier, cet éclat de plaisir qu'Art s'offrait quand il venait d'entendre quelque chose d'amusant et de trouver pour sa part une réponse non moins amusante. Il fut sur le point de répliquer, puis décida de se taire et baissa les yeux.

— Es-tu retourné à ton cabinet ?

— Juste pour fermer boutique. Je prépare mon déménagement.

— Quand pars-tu ?

— La semaine prochaine.

— Si tôt ?

Il haussa les épaules.

— Je n'ai pas tellement envie de rester.

— Non, dis-je. Je m'en doute un peu.

Je suppose que tous les événements ultérieurs n'ont été qu'une conséquence de ma colère. Ce n'était déjà qu'une trop sale histoire et j'aurais dû en rester là. Il n'y avait aucune raison de continuer, de prendre une initiative quelconque. Je pouvais laisser aller les choses et oublier toute l'affaire. Judith voulait donner une réception d'adieu en l'honneur d'Art ; je refusai sous prétexte qu'Art n'y prendrait pas vraiment plaisir.

Ce qui ne fit qu'ajouter à ma colère.

Pendant mon troisième jour d'hôpital, je harcelai Hammond jusqu'à ce qu'il consentît à me laisser sortir. A mon avis, les infirmières lui avaient déjà présenté la même requête. On me déclara donc sortant à trois heures de l'après-midi ; Judith m'apporta des vêtements et m'embarqua dans la voiture pour me reconduire à la maison. En chemin, je lui dis :

— Prends à droite au prochain tournant.

— Pourquoi ?

— Il faut que je m'arrête quelque part.

— John...

— S'il te plaît, Judith ! Cela ne prendra qu'une minute.

Elle fronça les sourcils, mais suivit mes instructions. Je la menai jusqu'à la rue où habitait Angela Harding. Une voiture de police stationnait devant l'immeuble. Je sortis et montai au deuxième étage. Un flic était planté devant la porte.

— Docteur Berry, du laboratoire Mallory, dis-je d'un ton aussi officiel que possible. A-t-on déjà pris les échantillons de sang ?

Le flic parut surpris.

— Les échantillons de sang ?

— Oui. Le sang trouvé dans la pièce. Les échantillons de sang séché. Pour les analyses du facteur vingt-six. Vous êtes au courant ?

Le policier secoua la tête. Il n'était pas au courant.

— Le docteur Lazare se fait du souci à propos de ces échantillons, dis-je. Il m'envoie vérifier.

— Je ne sais rien de tout ça. Quelques médecins sont venus hier. C'est de ceux-là que vous voulez parler ?

— Non, dis-je. Ceux-là viennent du service de dermatologie.

— Ah ! Mmm... Eh bien, vous feriez mieux de voir par

vous-même. Il m'ouvrit la porte. Mais ne touchez à rien. Ils sont en train de prendre les empreintes.

Je pénétrai dans l'appartement. Tout était sens dessus dessous, les meubles renversés, les divans et les tables tachés de sang. Trois hommes vaporisaient une poudre sur un verre, soufflaient dessus puis photographiaient les empreintes digitales. Un seul leva les yeux à mon entrée.

— Qu'est-ce que vous voulez ?

— La chaise dis-je...

— Par là, dit-il, le pouce tendu vers une chaise dans un coin de la pièce. Mais n'y touchez pas.

J'allai jeter un coup d'œil à la chaise. Pas très lourde, une simple chaise de cuisine en bois bon marché, assez miteuse. Mais d'une fabrication solide. Il y avait un peu de sang sur un des pieds.

Je me retournai vers les trois hommes.

— Vous en avez terminé avec cette chaise ?

— Ouais. C'est marrant, d'ailleurs. Il y a des centaines d'empreintes dans cette pièce. Les empreintes de plusieurs douzaines de personnes. Il nous faudra des années pour tout classer. Mais deux objets sont absolument vierges d'empreintes. Cette chaise et le bouton de la porte donnant sur le palier.

— Comment est-ce possible ?

L'homme haussa les épaules.

— On les a essuyés.

— Essuyés ?

— Ouais. Quelqu'un a nettoyé la chaise et le bouton de porte. Enfin, c'est l'effet que ça me fait. Sacrément bizarre ! Rien d'autre n'a été essuyé, même pas le couteau dont elle s'est servie pour s'ouvrir les poignets.

J'approuvai d'un signe de tête.

— On est déjà venu prélever les échantillons de sang ?

— Ouais.

— O.K. ! Puis-je donner un coup de téléphone ? Je dois vérifier avec les types du laboratoire.

— Bien sûr. Allez-y.

J'allai au téléphone, soulevai le combiné et formai le numéro des renseignements météorologiques. Lorsque les premiers mots de l'enregistrement se firent entendre, je dis :

— Passez-moi le docteur Lazare.

— ... ensoleillé et frais, la température maximale se situera entre douze et seize degrés. Nébulosité plus abondante en fin d'après-midi...

— Fred ? John Berry. Je suis sur les lieux pour le moment.

— ... Les possibilités d'averse doivent être estimées à cinquante pour cent...

— Oui, les échantillons ont été pris. Tu es sûr que tu ne les as pas encore reçus ?

— ... demain, temps beau mais plus froid, température maximale aux environs de onze degrés...

— O.K. Je vois. O.K. Bien. Oui, c'est d'accord. A bientôt.

— ... vent d'est soufflant à quarante kilomètres à l'heure...

Je raccrochai et me tournai vers les trois hommes.

— Merci.

— Pas de quoi.

Personne ne me prêta attention tandis que je quittais la pièce. Personne ne s'intéressait vraiment à mes allées et venues. Ces hommes faisaient leur travail habituel. Ils l'avaient fait des douzaines et des douzaines de fois. Ce n'était pour eux que pure routine.

ÉPILOGUE

LUNDI

17 OCTOBRE

Le lundi fut pénible. Pendant le plus clair de la matinée, je me traînai d'un fauteuil à l'autre, bus du café, fumai des cigarettes. J'avais comme un mauvais goût dans la bouche. Je n'arrêtais pas de me répéter que si je laissais tomber l'affaire, personne ne s'en soucierait le moins du monde. C'était fini. Je ne pouvais plus aider Art et je ne pouvais plus rien défaire de ce qui était fait. Je ne pouvais plus qu'aggraver la situation.

De plus, rien de tout ça n'était vraiment la faute de Weston. Même si je voulais à toute force rejeter la responsabilité sur quelqu'un, je ne pouvais le blâmer, lui. Et c'était un vieil homme.

C'était une perte de temps. Je buvais du café et je me répétais que c'était une perte de temps. N'empêche que je l'ai fait quand même.

Un peu avant midi, j'allai au Mallory et entrai dans le bureau de Weston. Il examinait quelques lames de microscope et dictait ses constatations dans un petit enregistreur de bureau. Il s'arrêta en me voyant.

— Hello, John ? Quel bon vent vous amène ?

— Comment ça va ?

— Moi ? Il éclata de rire. Mais je vais à merveille. Et vous ? D'un signe de tête, il désigna le pansement qui entourait mon front. J'ai appris ce qui s'était passé.

— Je vais très bien, dis-je.

J'essayai de voir ses mains. Elles étaient sous la table, sur ses genoux. Il les avait cachées dès que j'étais entré dans la pièce.

— Elles vous font très mal ?

343

— Quoi ?

— Vos mains ?

Il voulut me répondre d'un regard surpris, mais il n'y parvint pas tout à fait. D'un signe de tête, j'indiquai l'endroit où se trouvaient ses mains et il les sortit de sous la table. Deux doigts de sa main gauche étaient bandés.

— Un accident ?

— Oui. Ridicule de ma part. C'est arrivé à la maison. J'ai voulu donner un coup de main à la cuisine et je me suis coupé en hachant un oignon. Blessure superficielle, mais embarrassante. Après toutes ces années de métier, je me croyais pourtant capable de manier un couteau.

— Vous avez fait le pansement vous-même ?

— Oui. Ce n'est qu'une petite coupure.

Je m'assis sur la chaise devant son bureau et j'allumai une cigarette, conscient de ce que Weston observait le moindre de mes gestes. Je soufflai un jet de fumée vers le plafond. Weston parvenait à garder un visage calme, inexpressif. Il ne me facilitait pas les choses. Mais c'était son droit, je suppose. A sa place, j'aurais probablement agi de même.

— Vous vouliez me voir pour quelque chose de précis, John ?

— Oui.

Un moment, nous nous regardâmes droit dans les yeux, puis Weston poussa son microscope de côté et arrêta son enregistreur.

— Est-ce à propos de l'autopsie de Karen Randall ? On m'a dit que vous vous posiez des questions à ce sujet.

— En effet.

— Seriez-vous rassuré si quelqu'un d'autre vérifiait ? Sanderson, par exemple ?

— Pas maintenant, dis-je. Cela n'a vraiment plus d'importance maintenant. Tout au moins, pas du point de vue légal.

— Vous avez probablement raison.

Nous nous remîmes à nous observer tandis que tombait un long silence. Je ne savais comment en venir au fait, mais ce silence me tuait à petit feu.

— On a essuyé toutes les empreintes sur la chaise, dis-je. Vous le saviez ?

Un moment, il fronça les sourcils et je crus qu'il allait faire celui qui ne sait pas ce qu'on lui veut. Je me trompais.

— Je le savais, dit-il. Elle m'avait dit qu'elle allait les essuyer.

— De même que le bouton de porte ?

— Oui. De même que le bouton de porte.

— Quand êtes-vous arrivé ?

Weston poussa un soupir.

— Tard, dit-il. J'avais travaillé tard au labo et je rentrais à la maison. Je me suis arrêté à l'appartement d'Angela pour voir comment elle allait. Je le faisais souvent. Je m'arrêtais une minute en passant. Pour prendre de ses nouvelles.

— Vous la traitiez, pour la drogue ?

— Vous voulez savoir si je la ravitaillais ?

— Je veux savoir si vous la traitiez.

— Non. Je me savais impuissant. J'y ai pensé, bien sûr, mais je me savais incapable de la guérir, j'aurais même aggravé la situation. Je lui ai dit et redit de se faire soigner, mais…

Il haussa les épaules.

— Alors, vous lui rendiez de fréquentes visites pour la tenir à l'œil ?

— Simplement pour l'aider dans les passages difficiles, si possible. Je ne pouvais pas faire moins.

— Et jeudi soir ?

— Il était déjà là quand je suis arrivé. J'ai entendu un bruit de bousculade et des cris, j'ai ouvert la porte et je l'ai trouvé en train de la pourchasser avec un rasoir. Elle avait un couteau de cuisine — un de ces longs couteaux dont on se sert pour couper le pain — et elle résistait. Il voulait la tuer parce qu'elle était un témoin. C'est ce qu'il répétait tout le temps ; « Tu es un témoin, bébé ! », d'une voix basse, grondante. Je ne sais plus exactement ce qui s'est passé par la suite. J'aimais bien Angela, depuis toujours. Lui m'a dit quelque chose, quelques mots, et il s'est lancé vers moi avec son rasoir. Il avait l'air terrible ; Angela lui avait déjà porté quelques coups de couteau et touché au moins ses vêtements.

— Alors, vous avez pris la chaise.

— Non. J'ai reculé. Il s'est retourné contre Angela. Il lui faisait face, loin de moi. C'est alors que... j'ai pris la chaise.

D'un geste, je montrai ses doigts.

— Et vos coupures ?

— Je ne me souviens plus. Je suppose que c'est lui qui m'a fait ça. Il y avait aussi une petite estafilade sur la manche de mon manteau quand je suis rentré à la maison. Mais je ne me souviens plus au juste.

— Après la chaise...

— Il est tombé sans connaissance. Il est tombé, tout simplement.

— Qu'avez-vous fait alors ?

— Angela avait peur pour moi. Elle m'a dit de partir immédiatement, qu'elle s'occuperait de tout. Elle tremblait de peur à l'idée que je puisse être impliqué dans l'affaire. Et moi...

— Vous êtes parti.

Il regardait ses mains.

— Oui.

— Roman était déjà mort quand vous êtes parti ?

— Je ne pourrais le dire au juste. Il était tombé près de la fenêtre. Je suppose qu'elle l'a simplement poussé dehors et puis s'est mise à nettoyer. Mais je n'en suis pas sûr. Je n'en suis pas sûr...

Je regardai son visage, les rides de la peau et le blanc des cheveux et je me souvins de l'époque où il était notre professeur, de la manière dont il nous encourageait, nous poussait au travail, nous récompensait d'une gentillesse. Je me souvins de mon respect pour lui, de ces jeudis après-midi, où il emmenait les résidents dans un bar proche de l'hôpital pour prendre un verre et parler médecine, je me souvins du grand gâteau qu'à chacun de ses anniversaires, Weston partageait avec tout le personnel de l'étage. Tout me revint en mémoire, les plaisanteries, les bons et les mauvais jours, les questions et les explications, les longues heures passées dans la salle de dissection, les certitudes et les doutes du travail quotidien.

— Eh bien, dit Weston avec un sourire triste, voilà.

J'allumai une autre cigarette, gardai les mains en coupe autour de l'extrémité incandescente et baissai la tête bien qu'il n'y eût pas le moindre courant d'air dans la pièce. La chaleur y était lourde, étouffante, comme dans une serre hébergeant des plantes délicates.

Weston ne posa pas la question. Ce n'était pas nécessaire.

— Vous pourriez vous en tirer en plaidant la légitime défense.

— Oui, dit-il, et il mit longtemps à finir sa réponse. Oui, je le pourrais. Peut-être.

Dehors, un froid soleil d'automne éclaboussait les branches nues des arbres squelettiques bordant Massachusetts Avenue. Comme je descendais les marches du Mallory, une ambulance passa dans la rue, en route vers le service d'urgence du Municipal. Au passage, j'aperçus un corps allongé à l'arrière, un visage sur lequel un infirmier maintenait un masque à oxygène. Impossible de distinguer les traits de ce visage ; je ne pus même pas voir s'il s'agissait d'un homme ou d'une femme.

Sur le trottoir, plusieurs autres personnes s'étaient arrêtées pour regarder l'ambulance. Leurs expressions figées reflétaient la sollicitude, la curiosité ou la pitié. Mais tous s'étaient arrêtés un moment, pour regarder et pour réfléchir.

On comprenait tout de suite qu'ils se demandaient qui était cet être humain, quelle était sa maladie et si le patient ou la patiente quitterait jamais l'hôpital. Les passants ne pouvaient connaître les réponses à ces questions. Moi si.

Cette ambulance-là faisait marcher son phare clignotant, mais non sa sirène, et roulait avec une lenteur presque désinvolte. Cela signifiait que le passager n'était pas très malade.

Ou qu'il était déjà mort. Impossible de choisir entre les deux hypothèses.

Un moment, je fus pris d'une curiosité étrange, impérieuse, je me sentis presque obligé d'aller à la salle d'urgence, de trouver qui était le patient et quel était le diagnostic.

Mais je ne pris pas le chemin du Municipal. Je descendis la rue, j'entrai dans ma voiture et je rentrai à la maison. J'essayais d'oublier l'ambulance parce qu'il y a des millions d'ambulances et des millions de gens, chaque jour, dans tous les hôpitaux. Et j'ai fini par oublier. C'est depuis lors que je me sens bien dans ma peau.

TABLE DES MATIÈRES

Composition réalisée
par S.C.C.M. - Paris XIVe.

Anthony BRUNO

Un thriller au sujet pour le moins original, puisque les meurtres se rapportent aux sept péchés capitaux. Reste à trouver le mobile...
• *Seven*, n° 4475

Tom CLANCY/Steve PIECZNIK

Un duo efficace : Tom Clancy est un spécialiste des dossiers militaires, politiques et technologiques et Steve Piecznik, médecin psychiatre, a été sous-secrétaire d'État aux Affaires étrangères et l'un des négociateurs américains lors des affaires de prises d'otages. Thrillers technologiques, captivants et très rythmés, les 4 titres de la série *Op-Center* peuvent être lus indépendamment les uns des autres.
• *Op-center 1*, n° 10262
• *Op-center 2 — Image virtuelle*, n° 10309
• *Op-center 3 — Jeux de pouvoir*, n° 10310
• *Op-center 4 — Actes de guerre*, n° 10311 (novembre 99)

Larry COLLINS

Bien connu par ses livres en duo avec Dominique Lapierre, Larry Collins écrit, seul, des thrillers politiques au rythme rapide et fort bien documentés.
• *Les aigles noirs*, n° 4234
• *Dédale*, n° 10133

Robin COOK

Spécialiste du thriller médical, Robin Cook doit ses connaissances scientifiques à son expérience de chirurgien.
• *Mutation*, n° 3427

Michael CRICHTON

Mondialement connu pour les films tirés de ses livres — *Harcèlement, Jurassic Park*, entre autres — Michael Crichton, par sa formation de médecin, domine incontestablement le thriller scientifique.

- *Congo*, n° 4429
- *Extrême urgence*, n° 4253
- *Harcèlement*, n° 10046
- *L'homme terminal*, n° 3639
- *Jurassic Park*, n° 3275
- *Le monde perdu*, n° 10263
- *Soleil levant*, n° 4334
- *Sphère*, n° 10483
- *Turbulences*, n° 10448
- *Un train d'or pour la Crimée*, n° 4465 — INEDIT
- *La variété Andromède*, n° 4193

Martin CRUZ SMITH

Aujourd'hui mondialement connu grâce à ses best-sellers *(Parc Gorki)*, Cruz Smith a aussi un autre visage. Indien Pueblo par sa mère il sait mieux que personne parler des minorités. *L'étoile polaire* est la suite de *Parc Gorki*.

- *Parc Gorki*, n° 4237
- *L'étoile polaire*, n° 10630

Nelson DEMILLE

Auteurs de thrillers psychologiques très forts, Nelson Demille a été journaliste avant de publier ses premiers livres.

- *Le déshonneur d'Ann Campbell*, n° 4332
- *Retour de l'enfer*, n° 10003

Thomas DRESDEN

Anglais, Thomas Dresden est non seulement auteur de littérature policière, mais également d'ouvrages sur l'histoire contemporaine. *Ne te retourne pas* est un thriller politique avec en toile de fond les camps de travail soviétiques.

- *Ne te retourne pas*, n° 10384

Loup DURAND

Avant de se consacrer au journalisme, Loup Durand fit de nombreux métiers. En 1967, il publia un premier roman policier, puis sous un pseudonyme, de nombreux autres livres. Les trois titres de la collection Thrillers, bien que très différents, sont tous d'une efficacité redoutable.
- *Daddy*, n° 3144
- *Le grand silence*, n° 10013
- *Le jaguar*, n° 4541

Daniel EASTERMAN

Irlandais, Daniel Easterman est spécialiste de l'Islam iranien. Ses thrillers sont très efficaces par leur trame politique très bien documentée.
- *Le jugement final*, n° 10526
- *Le nom de la bête*, n° 4495
- *La nuit de l'apocalypse*, n° 10224
- *Le testament de Judas*, n° 4494

Penelope EVANS

Penelope Evans, Anglaise, est avocate. Dans son premier roman publié chez Pocket, *La locataire*, elle nous décrit un terrifiant voyage dans les méandres psychologiques d'un psychopathe amoureux.
- *La locataire*, n° 10122
- *Voyage au cœur des ténèbres*, n° 10513

Joy FIELDING

Avant de devenir l'une des reines du thriller psychologique, cette Canadienne d'origine était auteur de romans sentimentaux. Ce thriller est un angoissant suspense où tous les repères de la vie d'une femme s'effondrent les uns après les autres.
- *Ne pleure plus*, n° 10177

John FULLERTON

Journaliste, John Fullerton a écrit un livre extrêmement bien documenté dont l'action se déroule dans Sarajevo en guerre, dans la grande tradition de John Le Carré.
- *La cage aux singes*, n° 10113

Stephen GALLAGHER

En Angleterre, Stephen Gallagher est considéré comme l'un des meilleurs auteurs de suspense. *Mort sur catalogue* est un thriller psychologique mené de main de maître, au dénouement surprenant et fort.

• *Mort sur catalogue*, n° 10357

Sophie GALLOIS

Un thriller où se mêle au suspense une réflexion scientifique médicale et intellectuelle sur le génie créatif, sa définition, et sa fonction dans la société.

• *Genius*, n° 4498

Michael GRANT

Une forme originale pour ce thriller : le lecteur connaît l'identité du criminel grâce à la narration alternée de deux personnages, le tueur et le détective.

• *Ascenseur pour un tueur*, n° 10483

James GRIPPANDO

• *Le pardon*, n° 10489

John GRISHAM

Né en 1955 dans l'Arkansas, John Grisham est avocat, mais sa véritable vocation étant l'écriture, il n'a eu de cesse de devenir romancier. Aujourd'hui auteur de plusieurs best-sellers dans le monde, les studios d'Hollywood avancent des millions de dollars pour lui acheter les droits cinématographiques de ses ouvrages.

• *L'affaire Pélican*, n° 4335
• *Le client*, n° 10286
• *Le couloir de la mort*, n° 10087
• *La firme*, n° 2959
• *L'idéaliste*, n° 10285
• *Le maître du jeu*
• *Non coupable (Le droit de tuer)*, n° 10043

Remo GUERRINI

• *Ecran noir*, n° 10458

James HALL

• *Tueurs de jungle*, n° 10374

Robert HARRIS

Journaliste politique, Robert Harris maîtrise parfaitement l'art du thriller politique historique, digne de Forsythe, Le Carré ou Cruz Smith.
- *Enigma*, n° 10199
- *Fatherland*, n° 4485

Thomas HARRIS

Auteur star chez Pocket Terreur avec *Le silence des agneaux* et *Dragon rouge*, Thomas Harris signe là un superbe thriller politique relayé par le film aux cinq oscars de Jonathan Demme.
- *Black Sunday*, n° 4457

Colin HARRISON

Corruption, ou la longue déchéance d'un jeune loup de la finance pris dans un engrenage fatal.
- *Corruption*, n° 4454

Eric HARRY

Le roman de la Troisième Guerre mondiale, un techno-thriller magnifique. Un roman apocalyptique où l'anarchie qui règne en ex-URSS réactive la menace nucléaire.
- *10 juin 99*, n° 10116

Steven HARTOV
- *La fièvre du Ramadan*, n° 4262

Carl HIAASEN
- *Pêche en eaux troubles*, n° 10496

Tami HOAG

Meurtre au carnaval, n° 10389

Marie-Reine de JAHAM
- *Le Libanais*, n° 3107

Iris JOHANSEN
- *Bien après minuit*, n° 10539

John KATZENBACH
- *Juste cause*, n° 10038

Jonathan KELLERMAN

Psychologue spécialisé dans les traumatismes de l'enfance, Jonathan Kellerman concocte des thrillers psychologiques à l'efficacité garantie.
- *Double miroir*, n° 10016
- *Le nid de l'araignée*, n° 10219
- *Terreurs nocturnes*, n° 10088
- *La valse du diable*, n° 10282

Judith KELMAN

Ancienne éducatrice spécialisée, Judith Kelman se consacre maintenant à l'écriture et sa maîtrise du thriller est tout à fait remarquable. A propos d'*Un dernier baiser*, Mary Higgins Clarks a déclaré : « Un suspense digne d'un cauchemar... »
- *Phobies*, n° 10351
- *Un dernier baiser*, n° 10463

Jerry KENNEALLY
- *Le chef d'orchestre*, n° 10510
- *Un talent mortel*, n° 10297

Laurie KING

Comparée à Ruth Rendell ou P.D. James, Laurie King sait, dans ses thrillers, réunir avec brio tous les éléments du genre : meurtres en série, suspense, soupçons.
- *Le jeu du fou*, n° 10391
- *Un talent mortel*, n° 10297

Dean KOONTZ
- *Prison de glace*, n° 4423

John LA GALITE

Par un biochimiste, un thriller scientifique captivant d'un bout à l'autre, à mi-chemin entre Michael Crichton et Robert Ludlum.
- *Mon nom est Kate Crow*, n° 10636

Dominique LAPIERRE/Larry COLLINS
- *Le cinquième cavalier*, n° 4179

William LASCHNER

Ancien procureur du ministère de la Justice américain, William Lashner, aujourd'hui avocat, a choisi le thriller juridique comme forme de roman, dans la veine de John Grisham.

- *Les prévaricateurs*, n° 10335
- *Veritas*, n° 10336

John T. LESCROART

Considéré par la critique comme un maître du thriller à l'instar de Grisham, John Lescroart a publié huit romans aux États-Unis.

- *Faute de preuves*, n° 10547
- *Justice sauvage*, n° 10250

Robert LUDLUM

D'abord producteur de théâtre, il est devenu le maître incontesté du thriller avec 200 millions d'exemplaires vendus à travers le monde.

- *L'agenda Icare*, n° 10451
- *La conspiration Trevayne*, n° 10373
- *Le duel des gémeaux*, n° 4218
- *L'échange Rhinemann*, n° 10452
- *L'illusion Scorpio*, n° 4217
- *Le manuscrit Chancellor*, n° 3637
- *La route d'Omaha*, n° 4232
- *Le secret Halyadon*, n° 1059
- *Les veilleurs de l'Apocalypse*, n° 4219
- *La vengeance dans la peau*, n° 10484 (juillet 99)

Philip MARGOLIN

Philip M. Margolin, lui-même avocat d'assises dans l'Oregon, est un spécialiste des coulisses de la justice américaine.

- *La dernière chance*, n° 10242
- *Les heures noires*, n° 10135
- *La rose noire*, n° 10041

Marcel MONTECINO

La recherche d'un meurtrier dont les mobiles semblent uniquement raciaux. Une variation très réussie sur un tueur fou.

- *Crosskiller*, n° 10024

Susanna MOORE

Une écriture nerveuse et un thriller teinté d'érotisme mettant en scène un personnage féminin ambigu, à la fois proie et voyeuse.

- *A vif*, n° 10385

Michael PALMER

- *Mesure d'urgence*, n° 10154

James PATTERSON

Dans ces thrillers sans temps mort, menés à un rythme d'enfer, nous retrouvons le personnage d'Alex Cross, un flic noir, docteur en psychologie.

- *Et tombent les filles (Le collectionneur)*, n° 10036
- *Jack et Jill*, n° 10350

Douglas PEARSON RYNE

- *Code Mercury*, n° 10349

Thomas PERRY

Un thriller original dans lequel l'écologie et le mode de vie indien sont prédominants.

- *Une fille de rêve*, n° 4499

Jessie PRICHARD HUNTER

Un thriller particulièrement efficace dans lequel une femme découvre progressivement que son mari est un serial killer.

- *L'assassin habite à la maison*, n° 4406

Enzo RUSSO

Sicilien, spécialisé dans les affaires de la mafia, Enzo Russo nous conte ici le jeu du chat et de la souris entre un homme et l'Etat, une extraordinaire descente dans les fonctionnements de la mafia et de lutte anti mafia.

- *Tous sans exception*, n° 10163

John SANDFORD

Journaliste (prix Pulitzer), John Sandford, considéré comme l'un des maîtres du thriller, a créé le personnage de Lucas Davenport à l'humour grinçant, dont on a fait connaissance dans *La proie de l'ombre*.
- *La proie de l'esprit*, n° 10660
- *La proie de la nuit*, n° 10249
- *La proie de l'ombre*, n° 10110

André SOUSSAN
- *Octobre II*, n° 3907

Harry STEIN
- *Victoire in extremis*, n° 10316

Alain THIERRY
- *L'étrange destin du docteur Tillac*, n° 4496

Eric VAN LUSTBADER
- *Le Ninja*, n° 4394

Michael WEAVER

Digne successeur de Stephen King et Thomas Harris, Michael Weaver est très vite entré dans la catégorie best-seller aux États-Unis grâce à son premier roman, *Obsession mortelle*.
- *Obsession mortelle*, n° 4353
- *La part du mensonge*, n° 10048

Tom WILLOCKS

Psychiatre à Londres, Tom Willocks nous décrit, dans ce livre d'une rare violence, le monde clos et infernal d'un pénitencier.
- *L'odeur de la haine*, n° 10090

Achevé d'imprimer en mai 2000
sur les presses de l'Imprimerie Bussière
à Saint-Amand (Cher)

POCKET - 12, avenue d'Italie - 75627 Paris Cedex 13
Tél. : 01-44-16-05-00

— N° d'imp. 1075. —
Dépôt légal : février 1995.
Imprimé en France